考試分數大躍進
累積實力
百萬考生見證
應考秘訣

**5**

根據日本國際交流基金考試相關概要

精修版

# 絕對合格
# 日檢必背閱讀

吉松由美
西村惠子
◎合著

# N5

# 新制對應！

山田社

# 前言
## preface

開啟日檢閱讀心法，日檢實力大爆發！
只要找對方法，就能改變結果！
即使閱讀成績老是差強人意，也能一舉過關斬將，得高分！

★ 日籍金牌教師編著，百萬考生推薦，應考秘訣一本達陣！！

★ 被國內多所學校列為指定教材！

★ N5 閱讀考題 66 × 日檢必勝單字、文法 × 精準突破解題攻略！

★ 魔法般的三合一學習法，讓您樂勝考場！

★ 百萬年薪跳板必備書！

★ 目標！升格達人級日文！成為魔人級考證大師！

---

為什麼每次日檢閱讀測驗，就像水蛭一樣，不知不覺把考試時間吞噬殆盡！
為什麼背了單字、文法，閱讀測驗還是看不懂？
為什麼總是找不到一本適合自己的閱讀教材呢？

你有以上疑問嗎？
不知道該怎麼準備新日檢 N5 閱讀嗎？
市面上這麼多閱讀參考書，不知道該怎麼選嗎？
胡亂買了一堆書，卻不知從何唸起嗎？

放心！ 不管是考前一個月或是考前一週，《精修版 新制對應絕對合格！日檢必背閱讀 N5》帶你揮別過去所有資訊不完整的閱讀教材，磨亮你的日檢實力，不再擔心不知道怎麼準備閱讀考試，更不用煩惱來不及完成測驗！

**本書【4大必背】不管閱讀考題怎麼出，都能見招拆招！**

☞ 閱讀內容無論是考試重點、出題方式、設問方式，完全符合新制考試要求。為的是讓考生培養「透視題意的能力」，經過做遍各種「經過包裝」的題目，就能找出公式、定理和脈絡並進一步活用，就是抄捷徑方式之一。

☞「解題攻略」掌握關鍵的解題技巧，確實掌握考點、難點及易錯點，說明完整詳細，答題準確又有效率，所有盲點一掃而空！

☞ 本書「單字及文法」幫您整理出 N5 閱讀必考的主題單字和重要文法，只要記住這些必考關鍵單字及文法，考試不驚慌失措，答題輕鬆自在！

☞「小知識」單元，將 N5 程度最常考的各類主題延伸單字、文法表現、文化背景知識等都整理出來了！只要掌握本書小知識，就能讓您更親近日語，實力迅速倍增，進而提升解題力！

**本書【五大特色】內容精修，全新編排，讓您讀得方便，學的更有效率！閱讀成績拿高標，就能縮短日檢合格距離，成為日檢閱讀高手！**

**1. 名師傳授，完全命中考試內容！**

　　由多位長年在日本、持續追蹤新日檢的日籍金牌教師，完全參照 JLPT 新制重點及歷年試題編寫。無論是考試重點、出題方式、設問方式都完全符合新日檢要求。完整收錄日檢閱讀「理解內容（短文）」、「理解內容（中文）」、「釐清資訊」三大題型，每題型各十一回閱讀模擬試題，徹底抓住考試重點，準備日檢閱讀精準有效，合格率不再交給命運！

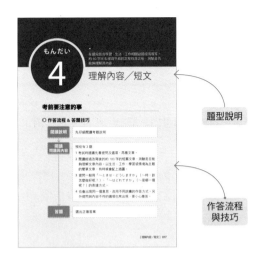

題型說明

作答流程
與技巧

## 2. 精闢分析解題，一掃所有閱讀盲點！

閱讀文章總是看得一頭霧水、頭昏眼花？其實閱讀測驗心法，處處有跡可循！本書每道試題都附上詳盡的分析解說，分段說明，脈絡清晰，帶你一步一步突破關卡，並確實掌握考點、難點及易錯點，所有盲點一掃而空！給你完勝日檢高招盡出！

詳盡解題
分段說明

## 3. 掌握 N5 相關單字、文法、萬用句型，三倍提升應考實力！

　　針對測驗文章，詳細挑出 N5 單字、文法和萬用句型，讓你用最短的時間達到最好的學習效果！有了本書，就等於擁有一部小型單字書及文法辭典，「單字 × 文法 · 萬用句型 × 解題攻略」同步掌握閱讀終極錦囊，大幅縮短答題時間，三倍提升應考實力！

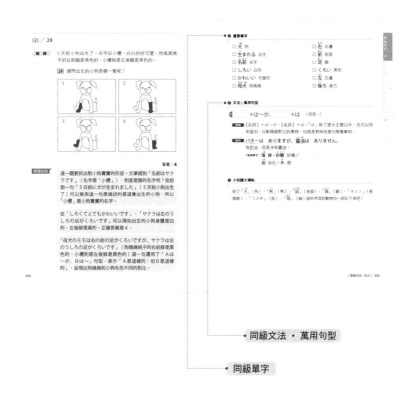

・ 同級文法 · 萬用句型

・ 同級單字

## 4. 小知識萬花筒，讓你解題更輕鬆，成效卻更好！

閱讀文章後附上的「小知識」，除了傳授解題訣竅及相關單字，另外更精選貼近 N5 程度的時事、生活及文化相關知識，內容豐富多元。絕對讓你更貼近日本文化、更熟悉道地日語，破解閱讀測驗，就像看書報雜誌一樣輕鬆，實力迅速倍增！

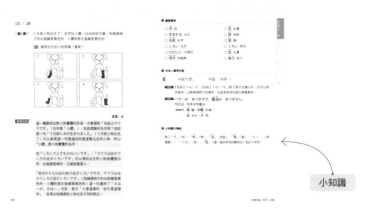

小知識

## 5. 萬用句小專欄，給你一天 24 都用得到的句子，閱讀理解力百倍提升！

本書收錄了日本人日常生活的常用句子，無論是生活、學校、職場都用得到！敞開你的閱讀眼界，啟動聰明的腦系統基因，以後無論遇到什麼主題的文章，都能舉一反三，甚至能舉一反五反十，閱讀理解力百倍提升！

# 目錄
contents

# 新「日本語能力測驗」概要

## JLPT

## 一、什麼是新日本語能力試驗呢

## 1. 新制「日語能力測驗」

從 2010 年起實施的新制「日語能力測驗」（以下簡稱為新制測驗）。

1－1 實施對象與目的

　　新制測驗與舊制測驗相同，原則上，實施對象為非以日語作為母語者。其目的在於，為廣泛階層的學習與使用日語者舉行測驗，以及認證其日語能力。

1－2 改制的重點

改制的重點有以下四項：

1 測驗解決各種問題所需的語言溝通能力

　　新制測驗重視的是結合日語的相關知識，以及實際活用的日語能力。因此，擬針對以下兩項舉行測驗：一是文字、語彙、文法這三項語言知識；二是活用這些語言知識解決各種溝通問題的能力。

2 由四個級數增為五個級數

　　新制測驗由舊制測驗的四個級數（1 級、2 級、3 級、4 級），增加為五個級數（N1、N2、N3、N4、N5）。新制測驗與舊制測驗的級數對照，如下所示。最大的不同是在舊制測驗的 2 級與 3 級之間，新增了 N3 級數。

| N1 | 難易度比舊制測驗的 1 級稍難。合格基準與舊制測驗幾乎相同。 |
| N2 | 難易度與舊制測驗的 2 級幾乎相同。 |
| N3 | 難易度介於舊制測驗的 2 級與 3 級之間。（新增） |
| N4 | 難易度與舊制測驗的 3 級幾乎相同。 |
| N5 | 難易度與舊制測驗的 4 級幾乎相同。 |

＊「N」代表「Nihongo（日語）」以及「New（新的）」。

3 施行「得分等化」

　　由於在不同時期實施的測驗，其試題均不相同，無論如何慎重出題，每次測驗的難易度總會有或多或少的差異。因此在新制測驗中，導入「等

化」的計分方式後，便能將不同時期的測驗分數，於共同量尺上相互比較。因此，無論是在什麼時候接受測驗，只要是相同級數的測驗，其得分均可予以比較。目前全球幾種主要的語言測驗，均廣泛採用這種「得分等化」的計分方式。

4 提供「日本語能力試驗 Can-do 自我評量表」（簡稱 JLPT Can-do）

　　為了瞭解通過各級數測驗者的實際日語能力，新制測驗經過調查後，提供「日本語能力試驗 Can-do 自我評量表」。該表列載通過測驗認證者的實際日語能力範例。希望通過測驗認證者本人以及其他人，皆可藉由該表格，更加具體明瞭測驗成績代表的意義。

## 1－3 所謂「解決各種問題所需的語言溝通能力」

　　我們在生活中會面對各式各樣的「問題」。例如，「看著地圖前往目的地」或是「讀著說明書使用電器用品」等等。種種問題有時需要語言的協助，有時候不需要。

　　為了順利完成需要語言協助的問題，我們必須具備「語言知識」，例如文字、發音、語彙的相關知識、組合語詞成為文章段落的文法知識、判斷串連文句的順序以便清楚說明的知識等等。此外，亦必須能配合當前的問題，擁有實際運用自己所具備的語言知識的能力。

　　舉個例子，我們來想一想關於「聽了氣象預報以後，得知東京明天的天氣」這個課題。想要「知道東京明天的天氣」，必須具備以下的知識：「晴れ（晴天）、くもり（陰天）、雨（雨天）」等代表天氣的語彙；「東京は明日は晴れでしょう（東京明日應是晴天）」的文句結構；還有，也要知道氣象預報的播報順序等。除此以外，尚須能從播報的各地氣象中，分辨出哪一則是東京的天氣。

　　如上所述的「運用包含文字、語彙、文法的語言知識做語言溝通，進而具備解決各種問題所需的語言溝通能力」，在新制測驗中稱為「解決各種問題所需的語言溝通能力」。

　　新制測驗將「解決各種問題所需的語言溝通能力」分成以下「語言知識」、「讀解」、「聽解」等三個項目做測驗。

| 語言知識 | 各種問題所需之日語的文字、語彙、文法的相關知識。 |
|---|---|
| 讀　　解 | 運用語言知識以理解文字內容，具備解決各種問題所需的能力。 |
| 聽　　解 | 運用語言知識以理解口語內容，具備解決各種問題所需的能力。 |

作答方式與舊制測驗相同，將多重選項的答案劃記於答案卡上。此外，並沒有直接測驗口語或書寫能力的科目。

## 2. 認證基準

新制測驗共分為 N1、N2、N3、N4、N5 五個級數。最容易的級數為 N5，最困難的級數為 N1。

與舊制測驗最大的不同，在於由四個級數增加為五個級數。以往有許多通過 3 級認證者常抱怨「遲遲無法取得 2 級認證」。為因應這種情況，於舊制測驗的 2 級與 3 級之間，新增了 N3 級數。

新制測驗級數的認證基準，如表 1 的「讀」與「聽」的語言動作所示。該表雖未明載，但應試者也必須具備為表現各語言動作所需的語言知識。

N4 與 N5 主要是測驗應試者在教室習得的基礎日語的理解程度；N1 與 N2 是測驗應試者於現實生活的廣泛情境下，對日語理解程度；至於新增的 N3，則是介於 N1 與 N2，以及 N4 與 N5 之間的「過渡」級數。關於各級數的「讀」與「聽」的具體題材（內容），請參照表 1。

■ 表 1　新「日語能力測驗」認證基準

| 困難 ↑ * | 級數 | 認證基準<br>各級數的認證基準，如以下【讀】與【聽】的語言動作所示。各級數亦必須具備為表現各語言動作所需的語言知識。 |
|---|---|---|
| | N1 | 能理解在廣泛情境下所使用的日語<br>【讀】・可閱讀話題廣泛的報紙社論與評論等論述性較複雜及較抽象的文章，且能理解其文章結構與內容。<br>　　　・可閱讀各種話題內容較具深度的讀物，且能理解其脈絡及詳細的表達意涵。<br>【聽】・在廣泛情境下，可聽懂常速且連貫的對話、新聞報導及講課，且能充分理解話題走向、內容、人物關係、以及說話內容的論述結構等，並確實掌握其大意。 |
| | N2 | 除日常生活所使用的日語之外，也能大致理解較廣泛情境下的日語<br>【讀】・可看懂報紙與雜誌所刊載的各類報導、解說、簡易評論等主旨明確的文章。<br>　　　・可閱讀一般話題的讀物，並能理解其脈絡及表達意涵。<br>【聽】・除日常生活情境外，在大部分的情境下，可聽懂接近常速且連貫的對話與新聞報導，亦能理解其話題走向、內容、以及人物關係，並可掌握其大意。 |

| | | 能大致理解日常生活所使用的日語 |
|---|---|---|
| | N3 | 【讀】・可看懂與日常生活相關的具體內容的文章。<br>・可由報紙標題等，掌握概要的資訊。<br>・於日常生活情境下接觸難度稍高的文章，經換個方式敘述，即可理解其大意。<br>【聽】・在日常生活情境下，面對稍微接近常速且連貫的對話，經彙整談話的具體內容與人物關係等資訊後，即可大致理解。 |
| ＊<br>容<br>易<br>↓ | N4 | 能理解基礎日語<br>【讀】・可看懂以基本語彙及漢字描述的貼近日常生活相關話題的文章。<br>【聽】・可大致聽懂速度較慢的日常會話。 |
| | N5 | 能大致理解基礎日語<br>【讀】・可看懂以平假名、片假名或一般日常生活使用的基本漢字所書寫的固定詞句、短文、以及文章。<br>【聽】・在課堂上或周遭等日常生活中常接觸的情境下，如為速度較慢的簡短對話，可從中聽取必要資訊。 |

＊ N1 最難，N5 最簡單。

# 3. 測驗科目

新制測驗的測驗科目與測驗時間如表 2 所示。

■ 表 2　測驗科目與測驗時間 ＊①

| 級數 | 測驗科目<br>（測驗時間） | | | |
|---|---|---|---|---|
| N1 | 語言知識（文字、語彙、文法）、讀解<br>（110 分） | | 聽解<br>（60 分） | → 測驗科目為「語言知識（文字、語彙、文法）、讀解」；以及「聽解」共 2 科目。 |
| N2 | 語言知識（文字、語彙、文法）、讀解<br>（105 分） | | 聽解<br>（50 分） | → |
| N3 | 語言知識<br>（文字、語彙）<br>（30 分） | 語言知識（文法）、讀解<br>（70 分） | 聽解<br>（40 分） | → 測驗科目為「語言知識（文字、語彙）」；「語言知識（文法）、讀解」；以及「聽解」共 3 科目。 |
| N4 | 語言知識<br>（文字、語彙）<br>（30 分） | 語言知識（文法）、讀解<br>（60 分） | 聽解<br>（35 分） | → |
| N5 | 語言知識<br>（文字、語彙）<br>（25 分） | 語言知識（文法）、讀解<br>（50 分） | 聽解<br>（30 分） | → |

N1 與 N2 的測驗科目為「語言知識（文字、語彙、文法）、讀解」以及「聽解」共 2 科目；N3、N4、N5 的測驗科目為「語言知識（文字、語彙）」、「語言知識（文法）、讀解」、「聽解」共 3 科目。

　　由於 N3、N4、N5 的試題中，包含較少的漢字、語彙、以及文法項目，因此當與 N1、N2 測驗相同的「語言知識（文字、語彙、文法）、讀解」科目時，有時會使某幾道試題成為其他題目的提示。為避免這個情況，因此將「語言知識（文字、語彙、文法）、讀解」，分成「語言知識（文字、語彙）」和「語言知識（文法）、讀解」施測。

\*①：聽解因測驗試題的錄音長度不同，致使測驗時間會有些許差異。

# 4. 測驗成績

## 4－1　量尺得分

　　舊制測驗的得分，答對的題數以「原始得分」呈現；相對的，新制測驗的得分以「量尺得分」呈現。

　　「量尺得分」是經過「等化」轉換後所得的分數。以下，本手冊將新制測驗的「量尺得分」，簡稱為「得分」。

## 4－2　測驗成績的呈現

　　新制測驗的測驗成績，如表 3 的計分科目所示。N1、N2、N3 的計分科目分為「語言知識（文字、語彙、文法）」、「讀解」、以及「聽解」3 項；N4、N5 的計分科目分為「語言知識（文字、語彙、文法）、讀解」以及「聽解」2 項。

　　會將 N4、N5 的「語言知識（文字、語彙、文法）」和「讀解」合併成一項，是因為在學習日語的基礎階段，「語言知識」與「讀解」方面的重疊性高，所以將「語言知識」與「讀解」合併計分，比較符合學習者於該階段的日語能力特徵。

■ 表 3　各級數的計分科目及得分範圍

| 級數 | 計分科目 | 得分範圍 |
|---|---|---|
| N1 | 語言知識（文字、語彙、文法）<br>讀解<br>聽解 | 0 ～ 60<br>0 ～ 60<br>0 ～ 60 |
|  | 總分 | 0 ～ 180 |

| | | |
|---|---|---|
| N2 | 語言知識（文字、語彙、文法）<br>讀解<br>聽解 | 0～60<br>0～60<br>0～60 |
| | 總分 | 0～180 |
| N3 | 語言知識（文字、語彙、文法）<br>讀解<br>聽解 | 0～60<br>0～60<br>0～60 |
| | 總分 | 0～180 |
| N4 | 語言知識（文字、語彙、文法）、讀解<br>聽解 | 0～120<br>0～60 |
| | 總分 | 0～180 |
| N5 | 語言知識（文字、語彙、文法）、讀解<br>聽解 | 0～120<br>0～60 |
| | 總分 | 0～180 |

各級數的得分範圍，如表 3 所示。N1、N2、N3 的「語言知識（文字、語彙、文法）」、「讀解」、「聽解」的得分範圍各為 0～60 分，三項合計的總分範圍是 0～180 分。「語言知識（文字、語彙、文法）」、「讀解」、「聽解」各占總分的比例是 1：1：1。

N4、N5 的「語言知識（文字、語彙、文法）、讀解」的得分範圍為 0～120 分，「聽解」的得分範圍為 0～60 分，二項合計的總分範圍是 0～180 分。「語言知識（文字、語彙、文法）、讀解」與「聽解」各占總分的比例是 2：1。還有，「語言知識（文字、語彙、文法）、讀解」的得分，不能拆解成「語言知識（文字、語彙、文法）」與「讀解」二項。

除此之外，在所有的級數中，「聽解」均占總分的三分之一，較舊制測驗的四分之一為高。

## 4－3　合格基準

舊制測驗是以總分作為合格基準；相對的，新制測驗是以總分與分項成績的門檻二者作為合格基準。所謂的門檻，是指各分項成績至少必須高於該分數。假如有一科分項成績未達門檻，無論總分有多高，都不合格。

新制測驗設定各分項成績門檻的目的，在於綜合評定學習者的日語能力，須符合以下二項條件才能判定為合格：①總分達合格分數（＝通過標準）以上；②各分項成績達各分項合格分數（＝通過門檻）以上。如有一科分項成績未達門檻，無論總分多高，也會判定為不合格。

N1 ～ N3 及 N4、N5 之分項成績有所不同，各級總分通過標準及各分項成績通過門檻如下所示：

| 級數 | 總分 | | 分項成績 | | | | | |
|---|---|---|---|---|---|---|---|---|
| | | | 言語知識<br>（文字・語彙・文法） | | 讀解 | | 聽解 | |
| | 得分範圍 | 通過標準 | 得分範圍 | 通過門檻 | 得分範圍 | 通過門檻 | 得分範圍 | 通過門檻 |
| N1 | 0～180分 | 100分 | 0～60分 | 19分 | 0～60分 | 19分 | 0～60分 | 19分 |
| N2 | 0～180分 | 90分 | 0～60分 | 19分 | 0～60分 | 19分 | 0～60分 | 19分 |
| N3 | 0～180分 | 95分 | 0～60分 | 19分 | 0～60分 | 19分 | 0～60分 | 19分 |

| 級數 | 總分 | | 分項成績 | | | |
|---|---|---|---|---|---|---|
| | | | 言語知識<br>（文字・語彙・文法）・讀解 | | 聽解 | |
| | 得分範圍 | 通過標準 | 得分範圍 | 通過門檻 | 得分範圍 | 通過門檻 |
| N4 | 0～180分 | 90分 | 0～120分 | 38分 | 0～60分 | 19分 |
| N5 | 0～180分 | 80分 | 0～120分 | 38分 | 0～60分 | 19分 |

※ 上列通過標準自 2010 年第 1 回 (7 月)【N4、N5 為 2010 年第 2 回 (12 月)】起適用。

缺考其中任一測驗科目者，即判定為不合格。寄發「合否結果通知書」時，含已應考之測驗科目在內，成績均不計分亦不告知。

4－4 測驗結果通知

依級數判定是否合格後，寄發「合否結果通知書」予應試者；合格者同時寄發「日本語能力認定書」。

■ N1, N2, N3

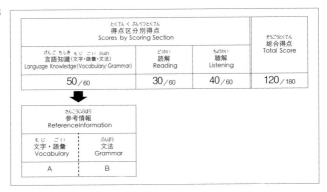

■ N4, N5

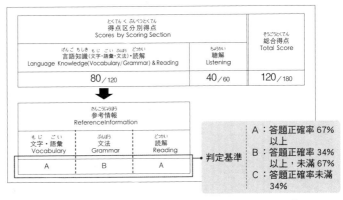

※ 各節測驗如有一節缺考就不予計分，即判定為不合格。雖會寄發「合否結果通知書」但所有分項成績，含已出席科目在內，均不予計分。各欄成績以「＊」表示，如「＊＊／60」。

※ 所有科目皆缺席者，不寄發「合否結果通知書」。

## N5　題型分析

| 測驗科目<br>(測驗時間) | | | | 試題內容 | |
|---|---|---|---|---|---|
| | | | 題型 | 小題<br>題數<br>＊ | 分析 |
| 語言知識<br>(25分) | 文字、語彙 | 1 | 漢字讀音　◇ | 12 | 測驗漢字語彙的讀音。 |
| | | 2 | 假名漢字寫法　◇ | 8 | 測驗平假名語彙的漢字及片假名的寫法。 |
| | | 3 | 選擇文脈語彙　◇ | 10 | 測驗根據文脈選擇適切語彙。 |
| | | 4 | 替換類義詞　○ | 5 | 測驗根據試題的語彙或說法，選擇類義詞<br>或類義說法。 |
| 語言知識、讀解<br>(50分) | 文法 | 1 | 文句的文法1<br>（文法形式判斷）　○ | 16 | 測驗辨別哪種文法形式符合文句內容。 |
| | | 2 | 文句的文法2<br>（文句組構）　◆ | 5 | 測驗是否能夠組織文法正確且文義通順的<br>句子。 |
| | | 3 | 文章段落的文法　◆ | 5 | 測驗辨別該文句有無符合文脈。 |
| | 讀解<br>＊ | 4 | 理解內容<br>（短文）　○ | 3 | 於讀完包含學習、生活、工作相關話題或<br>情境等，約80字左右的撰寫平易的文章段<br>落之後，測驗是否能夠理解其內容。 |
| | | 5 | 理解內容<br>（中文）　○ | 2 | 於讀完包含以日常話題或情境為題材等，<br>約250字左右的撰寫平易的文章段落之<br>後，測驗是否能夠理解其內容。 |
| | | 6 | 彙整資訊　◆ | 1 | 測驗是否能夠從介紹或通知等，約250字左<br>右的撰寫資訊題材中，找出所需的訊息。 |
| 聽解<br>(30分) | | 1 | 理解問題　◇ | 7 | 於聽取完整的會話段落之後，測驗是否能<br>夠理解其內容（於聽完解決問題所需的具<br>體訊息之後，測驗是否能夠理解應當採取<br>的下一個適切步驟）。 |
| | | 2 | 理解重點　◇ | 6 | 於聽取完整的會話段落之後，測驗是否能<br>夠理解其內容（依據剛才已聽過的提示，<br>測驗是否能夠抓住應當聽取的重點）。 |
| | | 3 | 適切話語　◆ | 5 | 測驗一面看圖示，一面聽取情境說明時，<br>是否能夠選擇適切的話語。 |
| | | 4 | 即時應答　◆ | 6 | 測驗於聽完簡短的詢問之後，是否能夠選<br>擇適切的應答。 |

＊「小題題數」為每次測驗的約略題數，與實際測驗時的題數可能未盡相同。
　此外，亦有可能會變更小題題數。

＊有時在「讀解」科目中，同一段文章可能會有數道小題。

＊符號標示：「◆」舊制測驗沒有出現過的嶄新題型；「◇」沿襲舊制測驗
　的題型，但是更動部分形式；「○」與舊制測驗一樣的題型。

資料來源：《日本語能力試驗JLPT官方網站：分項成績・合格判定・合否結果通知》。2016年1月11日，
　　取自：http://www.jlpt.jp/tw/guideline/results.html

# もんだい 4

在讀完包含學習、生活、工作相關話題或情境等，約 80 字左右撰寫平易的文章段落之後，測驗是否能夠理解其內容。

## 理解內容／短文

## 考前要注意的事

### ▶ 作答流程 & 答題技巧

**閱讀說明** ⋯⋯⋯ 先仔細閱讀考題說明

**閱讀問題與內容**

預估有 3 題

1 考試時建議先看提問及選項，再看文章。

2 閱讀經過改寫後的約 180 字的短篇文章，測驗是否能夠理解文章內容。以生活、工作、學習或情境為主題的簡單文章，有時候會配上插圖。

3 提問一般用「～ときは、どうしますか」（～時，該怎麼做好呢？）、「～はどれですか」（～是哪一個呢？）的表達方式。

4 也會出現同一個意思，改用不同詞彙的作答方式。另外提問與內容不符的選項也常出現，要小心應答。

**答題** ⋯⋯⋯ 選出正確答案

つぎの (1)から (3)の ぶんしょうを 読んで、しつもんに こたえて ください。こたえは、1・2・3・4から いちばん いい ものを 一つ えらんで ください。

(1)

　きょうの 昼、友だちが うちに ごはんを 食べに 来ますので、今 母が 料理を 作って います。わたしは、フォークと スプーンを テーブルに 並べました。おさらは 友だちが 来てから 出します。

27　今、テーブルの 上に 何が ありますか。

1　フォーク

2　フォークと スプーン

3　おさら

4　フォークと スプーンと おさら

(2)

　きょうは　山に　登りました。きれいな　花が　さいて　いた
ので、向こうの　山も　入れて　写真を　とりました。鳥も　いっ
しょに　とりたかったのですが、写真に　入りませんでした。

28　とった　写真は　どれですか。

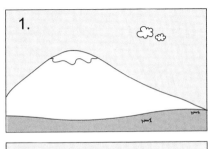

1.

2.

3.

4.

(3)

友だちに　メールを　書きました。

---

来週、日本に　帰ります、一度　会いませんか。わたし
は　月曜日の　夜に　日本に　着きます。火曜日と　木曜
日は　出かけますが、水曜日は　だいじょうぶです。金曜
日は　おばさんの　家に　行きます。

---

**29**　「わたし」は　いつ　時間が　ありますか。

1　来週は　毎日

2　月曜日

3　水曜日

4　火曜日と　木曜日

## ① 翻譯與解題

請先閱讀下面的文章(1)～(3)再回答問題。請從選項 1．2．3．4 當中選出一個最適當的答案。

## (1) / 27

**翻　譯**　今天中午朋友要來我家吃飯，所以家母現在正在煮菜。我把叉子和湯匙排放在餐桌上。盤子就等朋友來了之後再拿出來。

27　請問現在餐桌上有什麼呢？

1　叉子
2　叉子和湯匙
3　盤子
4　叉子、湯匙和盤子

**答案：2**

**解題攻略**　這一題問題關鍵在「今」（現在），問的是當下的事情，重點在「フォークとスプーンをテーブルに並べました」（把叉子和湯匙排放在餐桌上），從這一句可以得知餐桌上至少有叉子和湯匙，所以選項 1、3 是錯的。

至於盤子有沒有在餐桌上面，就要看「おさらは友だちが来てから出します」（盤子就等朋友來了之後再拿出來）。

句型「～てから」（先…）表示動作先後順序，意思是先做前項動作再做後項動作，表示朋友來了之後盤子才要拿出來，由此可知盤子現在沒有擺放在餐桌上面，所以選項 4 是錯的，正確答案是 2。

## 重要單字

- □ 今日（きょう）今天
- □ 昼（ひる）白天
- □ 友だち（とも）朋友
- □ 家（うち）家裡
- □ ごはん 飯
- □ 食べる（た）吃
- □ 来る（く）來
- □ 今（いま）現在
- □ 母（はは）我的媽媽；家母

- □ 料理（りょうり）料理
- □ 作る（つく）作〈飯〉
- □ わたし 我〈自稱詞〉
- □ フォーク 叉子
- □ スプーン 湯匙
- □ テーブル 餐桌
- □ 並べる（なら）排列；排整齊
- □ お皿（さら）盤子
- □ 出す（だ）拿…出來

## 文法と萬用句型

**1** ☐☐☐☐ ＋に （去…、到…）

**說明**【動詞ます形；する動詞詞幹】＋に。表示動作、作用的目的、目標。

**例句** 泳ぎに（およ）　行きます。（い）
去游泳。
[替換單字] 勉強（べんきょう）念書／遊び（あそ）玩／旅行（りょこう）旅行

022

## (2) ╱ 28

**翻　譯**　今天我去爬山。山上有盛開的漂亮花朵，所以我把它和對面那座山一起拍了進去。原本也想要拍小鳥的，可是牠沒有入鏡。

**28** 請問拍到的照片是哪一張呢？

1.

2.

3.

4.

答案：3

**解題攻略**　這一題解題關鍵在「きれいな花がさいていたので、向こうの山も入れで写真をとりました」（山上有盛開的漂亮花朵，所以我把它和對面那座山一起拍了進去），從上下文關係可以判斷這邊舉出的是前面提到的花和這一句提到的山，所以照片裡一定有花和山，因此選項1、2、4都是錯的，正確答案是3。

如果要形容花盛開，可以說「花がさいています」，這邊用過去式「花がさいていた」，暗示當時作者看到的樣子是盛開的，現在就不曉得了。

「鳥もいっしょにとりたかったのですが、写真に入りませんでした」（原本也想要拍小鳥的，可是牠沒有入鏡），這一句的「～たかった」表示說話者原本有某種希望、心願，後面常常會接逆接的「が」來傳達「我本來想…可是…」的惋惜語氣。

## ✐ 重要單字

□ 山<sub>やま</sub> 山
□ 登る<sub>のぼ</sub> 登〈山〉
□ きれい 美麗的
□ 花<sub>はな</sub> 花
□ 咲く<sub>さ</sub> 〈花〉開
□ 向こう<sub>む</sub> 對面

□ 一緒に<sub>いっしょ</sub> 一起
□ 写真<sub>しゃしん</sub> 照片
□ 撮る<sub>と</sub> 照〈相〉
□ 鳥<sub>とり</sub> 鳥
□ 入る<sub>はい</sub> 進去…

## ✐ 文法と萬用句型

**1** ⬚ ＋が （但是…）

**說明**【名詞です（だ）；形容動詞詞幹だ；[形容詞・動詞]丁寧形（普通形）】＋が。表示連接兩個對立的事物，前句跟後句內容是相對立的。

**例句** おいしいですが、高いです。<sub>たか</sub>
雖然<u>很好吃</u>，但是<u>很貴</u>。

[替換單字] 丈夫だ／不便です<sub>じょうぶ</sub><sub>ふべん</sub>
堅固／不方便
書きました／出して いません<sub>か</sub><sub>だ</sub>
寫完了／沒有提出

## ✐ 小知識大補帖

想和別人一起拍照合影時該怎麼説呢？只要説「一緒に写真を撮ってもいいです<sub>いっしょ</sub><sub>しゃしん</sub><sub>と</sub>か」（可以一起拍張照嗎）就可以了。想和大家合影時，可以説「みんなで写真を<sub>しゃしん</sub>撮りませんか」<sub>と</sub>（大家一起拍照好嗎）。如果是想請別人幫自己拍照，則可以説「写真を撮っていただけますか」<sub>しゃしん</sub><sub>と</sub>（可以幫我拍照嗎）。

| 翻 譯 |
|---|

我寫了封電子郵件給朋友。

> 下週我會回日本。要不要見個面呢？我星期一晚上抵達日本。星期二和星期四要出門，不過星期三沒事。星期五要去一趟阿姨家。

**29** 請問「我」什麼時候有空呢？

1 下週每一天
2 星期一
3 星期三
4 星期二和星期四

答案：**3**

| 解題攻略 |
|---|

這一題問題關鍵在「いつ」（什麼時候），要仔細留意文章裡面出現的時間、日期、星期。

解題重點在「火曜日と木曜日は出かけますが、水曜日はだいじょうぶです」這一句，說明自己星期二和星期四都要出門（＝有事），所以選項1、4是錯的。

「だいじょうぶ」有「沒關係」的意思，可以用來表示肯定，在這邊是指時間上不要緊，也就是說自己星期三可以赴約，句型「Aは～が、Bは…～」表示「A是這樣的，但B是那樣的」，呈現出A和B兩件事物的對比。

月曜日（星期一）的行程是「夜に日本に着きます」（晚上抵達日本），可見這一天約見面不太恰當，所以選項2是錯的，正確答案是3。

## ❶ 重要單字

☐ メール 電子郵件
☐ 来週（らいしゅう） 下週
☐ 日本（にほん） 日本
☐ 帰る（かえる） 回…
☐ 会う（あう） 見面
☐ 月曜日（げつようび） 星期一
☐ 夜（よる） 晚上
☐ 着く（つく） 到達

☐ 火曜日（かようび） 星期二
☐ 木曜日（もくようび） 星期四
☐ 出かける（でかける） 出門
☐ 水曜日（すいようび） 星期三
☐ 大丈夫（だいじょうぶ） 沒問題；靠得住
☐ 金曜日（きんようび） 星期五
☐ おばさん 阿姨

## ❷ 文法と萬用句型

**❶** ⬚⬚⬚ ＋に （給…、跟…）

**説明** 【名詞（對象）】＋に。表示動作、作用的對象。

**例句** 弟（おとうと）に　メールを　出（だ）しました。
寄電子郵件給弟弟了。
[替換單字] 両親（りょうしん） 父母／兄弟（きょうだい） 兄弟姊妹／家族（かぞく） 家人

**❷** ⬚⬚⬚ ＋ませんか （要不要…吧）

**説明** 【動詞ます形】＋ませんか。表示行為、動作是否要做，在尊敬對方抉擇的情況下，有禮貌地勸誘對方，跟自己一起做某事。

**例句** 週末（しゅうまつ）、遊園地（ゆうえんち）へ　行（い）きませんか。
週末要不要一起去遊樂園？
[替換單字] 実家（じっか）に　帰（かえ）り 回老家／映画（えいが）を　見（み）に　行（い）き 去看電影

つぎの　(1)から　(3)の　ぶんしょうを　読んで、しつもんに　こたえて　ください。こたえは、1・2・3・4から　いちばん　いい　ものを　一つ　えらんで　ください。

(1)

　きょう　お昼に、本屋へ　10月の　雑誌を　買いに　行きましたが、売って　いませんでした。お店の　人が、あしたか　あさってには　お店に　来ると　言いましたので、あさって　もう　一度　行きます。

[27]　いつ　雑誌を　買いに　行きますか。

1　来月

2　きょうの　午後

3　あさって

4　あした

(2)

　5日前に　犬が　生まれました。名前は　サクラです。しろくて
とても　かわいいです。母犬の　モモは　右の　前の　足が
くろいですが、サクラは　左の　うしろの　足が　くろいです。

**28**　生まれた　犬は　どれですか。

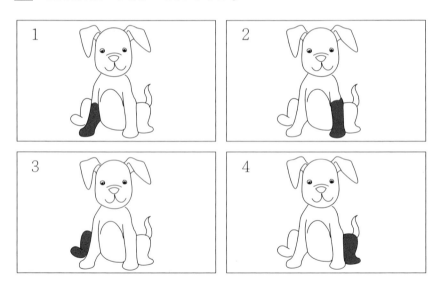

028

(3)

机の　上に　メモが　あります。

> わたしと　山田先生は　となりの　部屋で　会議を　して　います。ほかの　学校からも　先生が　5人　来ました。会議で　使う　資料は　今　4枚　ありますが、3枚　足りませんので、コピーを　お願いします。

**29**　今　となりの　部屋には　全部で　何人　いますか。

1　3人
2　5人
3　7人
4　8人

## ② 翻譯與解題

請先閱讀下面的文章 (1) ～ (3) 再回答問題。請從選項 1 · 2 · 3 · 4 當中選出一個最適當的答案。

## (1) ／ 27

**翻　譯** 今天中午我去書店買 10 月號雜誌，但是書店沒有賣。店員說，明天或後天雜誌會到貨，所以我後天還要再去一趟。

27 請問什麼時候要去買雜誌呢？

1 下個月
2 今天下午
3 後天
4 明天

答案：**3**

**解題攻略** 這一題問題關鍵在「いつ」，要注意題目出現的時間。

解題重點在「お店の人が、あしたかあさってにはお店に来ると言いましたので、あさってもう一度行きます」，這一句明確地指出作者要後天再去一趟書局（買雜誌），因此正確答案是 3。

「あしたかあさって」（明天或後天）是指雜誌到貨的時間，「か」是「或」的意思，表示有好幾種選擇，每一種都可以。

## ❶ 重要單字

□ 本屋 書店　　　　　　　□ お店 店家
□ 雑誌 雑誌　　　　　　　□ あした 明天
□ 買う 買　　　　　　　　□ あさって 後天
□ 売る 賣　　　　　　　　□ もう一度 再一次

## ❷ 文法と萬用句型

**1** ＿＿＿＿＋か＋＿＿＿＿＋か　（…或是…）

**説明** 【名詞；形容詞普通形；形容動詞詞幹；動詞普通形】＋か＋【名詞；形容詞普通形；形容動詞詞幹；動詞普通形】。「か」也可以接在最後的選擇項目的後面。跟「～か～」一樣，表示在幾個當中，任選其中一個。

**例句** 辺見さんが　結婚して　いるか　いないか、知って　いますか。
你知道邊見小姐結婚了或是還沒呢？

**2** ＿＿＿＿＋に　（去…、到…）

**説明** 【動詞ます形；する動詞詞幹】＋に。表示動作、作用的目的、目標。

**例句** 図書館へ　勉強に　行きます。
去圖書館唸書。

翻　譯　5天前小狗出生了。名字叫小櫻。白白的好可愛。狗媽媽桃子的右前腳是黑色的，小櫻則是左後腳是黑色的。

28　請問出生的小狗是哪一隻呢？

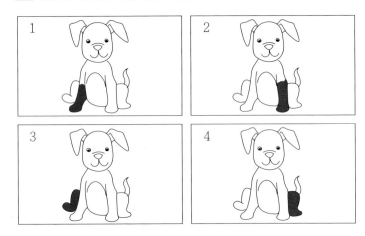

答案：**4**

解題攻略　這一題要抓出對小狗寶寶的形容。文章提到「名前はサクラです」（名字是「小櫻」），到底是誰的名字呢？從前面一句「5日前に犬が生まれました」（5天前小狗出生了）可以推測這一句是描述的是這隻出生的小狗，所以「小櫻」是小狗寶寶的名字。

從「しろくてとてもかわいいです」、「サクラは左のうしろの足がくろいです」可以得知出生的小狗身體是白的，左後腳是黑的。正確答案是4。

「母犬のモモは右の前の足がくろいですが、サクラは左のうしろの足がくろいです」（狗媽媽桃子的右前腳是黑色的，小櫻則是左後腳是黑色的）這一句運用了「Aは〜が、Bは〜」句型，表示「A是這樣的，但B是這樣的」，呈現出狗媽媽和小狗毛色不同的對比。

## ❶ 重要單字

☐ 犬 <sub>いぬ</sub> 狗
☐ 生まれる <sub>う</sub> 出生
☐ 名前 <sub>な まえ</sub> 名字
☐ しろい 白色
☐ かわいい 可愛的
☐ 母犬 <sub>はは いぬ</sub> 狗媽媽

☐ 右 <sub>みぎ</sub> 右邊
☐ 前 <sub>まえ</sub> 前面
☐ 足 <sub>あし</sub> 腳
☐ くろい 黑色
☐ 左 <sub>ひだり</sub> 左邊
☐ 後ろ <sub>うし</sub> 後方

## ❷ 文法と萬用句型

**❶** ☐ ＋は～が、 ☐ ＋は （但是…）

**說明** 【名詞】＋は～が、【名詞】＋は。「は」除了提示主題以外，也可以用來區別、比較兩個對立的事物，也就是對照地提示兩種事物。

**例句** バターは　ありますが、醤油は　ありません。
<sub>しょう ゆ</sub>
有奶油，但是沒有醬油。

[替換單字] 塩 <sub>しお</sub> 鹽・砂糖 <sub>さ とう</sub> 砂糖／
岩 <sub>いわ</sub> 岩石・木 <sub>き</sub> 樹

## ❸ 小知識大補帖

除了「犬」<sub>いぬ</sub>（狗），「熊」<sub>くま</sub>（熊）、「鼠」<sub>ねずみ</sub>（老鼠）、「鶏」<sub>にわとり</sub>（雞）、「キリン」（長頸鹿）、「うさぎ」（兔）、「猫」<sub>ねこ</sub>（貓）這些常見的動物也一起記下來吧！

**翻譯**　書桌上有張紙條。

> 我和山田老師在隔壁房間開會。其他學校也派了5位老師過來。現在在會議上使用的資料有4張，不過還少了3張，所以請你影印一下。

29 請問現在隔壁房間一共有幾個人呢？

1　3人
2　5人
3　7人
4　8人

**答案：3**

**解題攻略**

這一題問題關鍵在「全部で」，問的是全部的人數，這邊的「で」表示數量的總和，和文章裡面的「会議で使う資料」表示動作發生場所的「で」（在…）意思不同。

解題重點在「わたしと山田先生はとなりの部屋で会議をしています。ほかの学校からも先生が5人来ました」（我和山田老師在隔壁房間開會。其他學校也派了5位老師過來），由此可知現在會議室裡面有「わたし」、山田老師和其他學校的5位老師，所以一共有7人。正確答案是3。

「コピーをお願いします」（麻煩你影印一下）的「～をお願いします」用來請求別人做某件事，或是向別人要什麼東西。

## ❷ 重要單字

□ 机 桌子

□ メモ 備忘錄，紙條

□ 先生 老師

□ 部屋 房間

□ 会議 會議

□ 学校 學校

□ 使う 使用

□ 資料 資料

□ ～枚 …張

□ 足りる 充分；足夠

□ コピー 影印

□ 全部で 總共

## ❷ 文法と萬用句型

**❶** ＿＿＿＿＋で （在…）

**說明** 【名詞】＋で。「で」的前項為後項動作進行的場所。不同於「を」表示動作所經過的場所，「で」表示所有的動作都在那一場所進行。

**例句** 家で テレビを 見ます。

在家看電視。

[替換單字] 部屋 房間／ベッド 床上

**❷** ＿＿＿＿＋をお願いします （麻煩您…）

**說明** 【名詞】＋をお願いします。用於想要什麼的時候，或是麻煩對方做事的時候。

**例句** お皿を お願いします。

麻煩您把盤子給我。

[替換單字] スプーン 湯匙／フォーク 餐叉／グラス 玻璃杯

つぎの (1)から (3)の ぶんしょうを 読んで、しつもんに こたえて ください。こたえは、1・2・3・4から いちばん いい ものを 一つ えらんで ください。

(1)

　皆さん、今週の　宿題は　3ページだけです。21ページから 23ページまでです。月曜日に　出して　ください。24ページと 25ページは　来週の　じゅぎょうで　やります。

27 今週の　宿題は、どうなりましたか。

1　ありません

2　3ページまで

3　21ページから　23ページまで

4　24ページから　25ページまで

(2)

　わたしの　部屋には　窓が　一つしか　ありません。窓の　上
には　時計が　かかって　います。テレビは　ありませんが、本
棚の　上に　ラジオが　あります。あした　父と　パソコンを
買いに　行きますので　パソコンは　机の　上に　置きます。

28 今の　部屋は　どれですか。

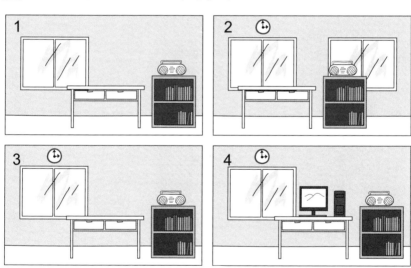

(3)

山田さんが 友だちに メールを 書きました。

> 土曜日の カラオケ、わたしも 行きたいですが、その日は 昼から 夜まで 仕事が あります。でも、日曜日は 休みです。日曜日に 行きませんか。あとで 時間を 教えて ください。

29 山田さんは いつ 働いて いますか。

1 土曜日の 昼から 夜まで

2 土曜日の 昼まで

3 土曜日の 夜から

4 日曜日

## ③ 翻譯與解題

請先閱讀下面的文章 (1)～(3) 再回答問題。請從選項 1・2・3・4 當中選出一個最適當的答案。

---

## (1) ／ **27**

**翻 譯**

各位同學，這禮拜的作業只有 3 頁。從第 21 頁寫到第 23 頁。請在星期一繳交。第 24 頁和第 25 頁要在下禮拜的課堂上寫。

**27** 請問這禮拜的作業是什麼？

**1** 沒作業
**2** 寫到第 3 頁
**3** 從第 21 頁到第 23 頁
**4** 從第 24 頁到第 25 頁

**答案：3**

**解題攻略**

這一題的解題關鍵在「今週の宿題は 3 ページだけです。21ページから23ページまでです」（這禮拜的作業只有 3 頁。從第21頁寫到第23頁）。正確答案是 3。

「21ページから23ページまでです」這一句因為前面已經提過「今週の宿題は」，為了避免繁複所以省略了主語，它是接著上一句繼續針對這個禮拜的作業進行描述。

---

**✷ 重要單字**

□ 今週（こんしゅう） 本週
□ 宿題（しゅくだい） 家庭作業
□ ページ 頁碼；第…頁
□ 授業（じゅぎょう） 教課；上課
□ やる 做〈某事〉

**❶** ☐☐☐☐ **＋だけ** （只、僅僅）

**說明** 【名詞；形容動詞詞幹な；[形容詞・動詞]普通形】＋だけ。表示只限於某範圍，除此以外沒有別的了。

**例句** お弁当は 一つだけ 買います。

只買一個便當。

[替換單字] 少し 一點／好きな 喜歡的／小さい 小的／ある 有的

**❷** ☐☐☐☐ **＋から＋** ☐☐☐☐ **＋まで** （從…到…）

**說明** 【名詞】＋から＋【名詞】＋まで。表示時間或距離的範圍，「から」前面的名詞是開始的時間或地點，「まで」前面的名詞是結束的時間或地點。

**例句** 朝から 晩まで 忙しいです。

從早忙到晚。

[替換單字] 昨日 昨天・今日 今天／
一日 一號・十日 十號／
先週 上星期・今週 這星期

**❸** ☐☐☐☐ **＋てください** （請…）

**說明** 【動詞て形】＋ください。表示請求、指示或命令某人做某事。一般常用在老師對學生、上司對部屬、醫生對病人等指示、命令的時候。

**例句** これを 開けて ください。

請打開這個。

[替換單字] 教えて 教／買って 買／洗って 洗／読んで 讀

**翻　譯**　我的房間只有一扇窗而已。窗戶上方掛了一個時鐘。雖然沒有電視機，但是書櫃的上面有一台收音機。明天我要和爸爸去買電腦，電腦要擺在書桌上面。

**28**　請問現在房間是哪一個呢？

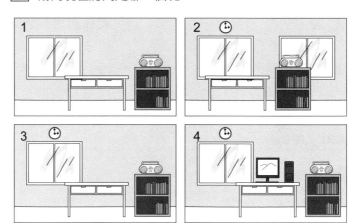

**答案：3**

**解題攻略**　這一題要從全文的敘述來找出房間的樣貌，問題問的是「今」（現在），所以要注意時態。

「わたしの部屋には窓が一つしかありません」，從這一句可以得知房間的窗戶只有一扇，所以選項2是錯的。

「窓の上には時計がかかっています」表示窗戶上方掛了一個時鐘，可見選項1是錯的。

文章接下來又提到「テレビはありませんが、本棚の上にラジオがあります」，指出房間裡面沒有電視機，書櫃上面有台收音機。

最後作者又說「あした父とパソコンを買いに行きますのでパソコンは机の上に置きます」，指出明天才要去買電腦，買回來的電腦要擺在書桌上，所以現在房間裡並沒有電腦，選項4是錯的。正確答案是3。

## ✏️ 重要單字

□ 窓（まど） 窗戶
□ 時計（とけい） 時鐘
□ かかる 垂掛
□ テレビ 電視

□ 本棚（ほんだな） 書架；書櫃
□ ラジオ 收音機
□ パソコン 電腦
□ 置く（おく） 放置

## ✏️ 文法と萬用句型

### ❶ ＿＿＿＿＿＋しか～ない　（只、僅僅）

【說明】【名詞（＋助詞）】＋しか～ない。「しか」下接否定，表示限定。

【例句】私は　あなたしか　ない。
我只有你了。（你是我的唯一）
[替換單字] 5,000円（ごせんえん）五千圓／一つ（ひとつ）一個／半分（はんぶん）一半

### ❷ ＿＿＿＿＿＋ています　（表結果或狀態的持續）

【說明】【動詞て形】＋います。表示某一動作後的結果或狀態還持續到現在，也就是說話的當時。

【例句】絵（え）が　かかって　います。
掛著畫。
[替換單字] ドアが　閉まって（しまって）關著門／電気が（でんき）　つけて　開著電燈

## ✏️ 小知識大補帖

其他住家相關單字還有「机（つくえ）」（桌子）、「椅子（いす）」（椅子）、「ベッド」（床）、「階段（かいだん）」（樓梯）、「部屋（へや）」（房間）、「トイレ」（廁所）、「台所（だいどころ）」（廚房）、「玄関（げんかん）」（玄關），不妨一起記下來哦！

## (3) ／ 29

**翻 譯**　山田小姐寫電子郵件給朋友。

> 星期六的卡拉 OK 我雖然也很想去，但是那天我要從中午工作到晚上。不過禮拜日我就休息了。要不要禮拜日再去呢？等一下請告訴我時間。

**29**　請問山田小姐工作的時間是什麼時候？

1　星期六的中午到晚上
2　到星期六的中午
3　從星期六晚上開始
4　星期日

**答案：1**

**解題攻略**　這一題問的是「いつ」（什麼時候），所以要注意文章裡面出現的時間表現。

解題關鍵在「土曜日のカラオケ、わたしも行きたいですが、その日は昼から夜まで仕事があります」這一句。問題問的是「いつ働いていますか」，「働く」可以對應到文章裡面的「仕事」，可見「その日は昼から夜まで仕事があります」（那天我要從中午工作到晚上）就是答案所在。

不過這個「その日」（那天）指的又是哪天呢？關鍵就在前一句的「土曜日」（禮拜六）。山田先生工作時間應該是星期六的中午到晚上，正確答案是 1。

□ カラオケ 卡拉OK
□ 仕事 工作
□ 日曜日 星期日
□ あとで …之後

□ 時間 時間
□ 教える 教導；告訴
□ 働く 工作

● 文法と萬用句型

**1** ⬜＋に （給…、跟…）

**說明**【名詞（對象）】＋に。表示動作、作用的對象。

**例句** 彼女に ペンを 渡しました。
把筆遞給了她。

**2** ⬜＋が （但是…）

**說明**【名詞です（だ）；形容動詞詞幹だ；[形容詞・動詞]丁寧形（普通形）】＋が。表示連接兩個對立的事物，前句跟後句內容是相對立的。

**例句** 日本語は 難しいですが、面白いです。
雖然日語很難學，但是很有趣。
[替換單字] 習いました 學了・できませんでした 做不來／
大好きです 非常喜歡・不便です 不方便

**3** ⬜＋ませんか （要不要…吧）

**說明**【動詞ます形】＋ませんか。表示行為、動作是否要做，在尊敬對方抉擇的情況下，有禮貌地勸誘對方，跟自己一起做某事。

**例句** いっしょに 映画を 見ませんか。
要不要一起去看電影？
[替換單字] 帰り 回去／行き 去／散歩し 散步

**④** ☐☐☐ ＋から＋ ☐☐☐ ＋まで　（從…到…）

**説明**　【名詞】＋から＋【名詞】＋まで。表示時間或距離的範圍，「から」前面的名詞是開始的時間或地點，「まで」前面的名詞是結束的時間或地點。

**例句**　駅<sub>えき</sub>から　郵便局<sub>ゆうびんきょく</sub>まで　遠<sub>とお</sub>いです。

從車站到郵局很遠。

[替換單字]　家<sub>うち</sub>　家・スーパー　超市／

病院<sub>びょういん</sub>　醫院・銀行<sub>ぎんこう</sub>　銀行

**⊘ 小知識大補帖**

「月曜日<sub>げつようび</sub>」（星期一）、「火曜日<sub>かようび</sub>」（星期二）、「水曜日<sub>すいようび</sub>」（星期三）、「木曜日<sub>もくようび</sub>」（星期四）、「金曜日<sub>きんようび</sub>」（星期五）、「土曜日<sub>どようび</sub>」（星期六）、「日曜日<sub>にちようび</sub>」（星期日）。

這些 “星期” 可是新日檢的必考題，你都記熟了嗎？

つぎの (1)から (3)の ぶんしょうを 読んで、しつもんに こたえて くださ
い。こたえは、1・2・3・4から いちばん いい ものを 一つ えらんで く
ださい。

(1)

　けさは いつもより 早く 新聞が 来ました。いつもは 朝
6時ぐらいですが、きょうは 30分 早かったです。わたしは
毎日、新聞が 来る 時間に 起きますが、きょう 起きた とき、
新聞は もう 来て いました。

**27** けさは 何時 ごろに 新聞が 来ましたか。
1 朝 6時ごろ
2 朝 6時半ごろ
3 朝 5時ごろ
4 朝 5時半ごろ

(2)

　きょう、本屋で　買った　2さつの　本を　本棚に　入れました。大きくて　厚い　本は、下の　棚の　右の　ほうに　入れました。小さくて　うすい　本は、上の　棚の　左の　ほうに　入れました。

28　今の　本棚は　どれですか。

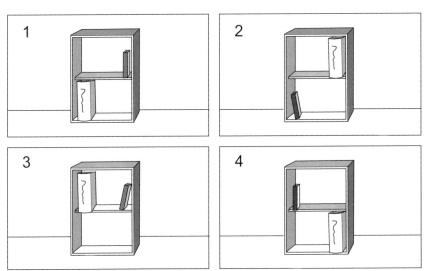

(3)

友だちに　メールを　書きました。

---

　　土曜日に　パーティーを　します。30人に　電話を
しましたが、18人は　その　日は　時間が　ないと　言って
いました。全部で　20人　ぐらい　集めたいので、ぜひ
来て　ください。

---

**29**　土曜日に　時間が　ある　人は　何人　いますか。

1　8人

2　12人

3　20人

4　30人

# ④ 翻譯與解題

請先閱讀下面的文章(1)～(3)再回答問題。請從選項1・2・3・4當中選出一個最適當的答案。

## (1) ／ 27

**翻 譯**　今早的報紙比平時都還早送來。平時是大約早上6點送來，今天卻早了30分鐘。我每天都在送報的時間起床，不過今天起床的時候，報紙已經送來了。

**27**　請問今早報紙大概是幾點送來的？

1　早上6點左右　　　　　　2　早上6點半左右
3　早上5點左右　　　　　　4　早上5點半左右

答案：4

**解題攻略**　這一題的解題關鍵在「いつもは朝6時ぐらいですが、今日は30分早かったです」（平時是大約早上6點送來，今天卻早了30分鐘），比6點早30分鐘就是5點半，正確答案是選項4。

文中第一句「けさはいつもより早く新聞が来ました」（今早的報紙比平時都還早送來）用句型「AよりB～」（B比A還…）表示比較。

文中最後一句「今日起きたとき、新聞はもう来ていました」（今天起床的時候，報紙已經送來了）。「～とき」（…的時候）表示在某個時間點同時發生了後項的事情，「もう」後面如果接肯定表現，意思是「已經…」，如果接否定表現，則是「已經不…」的意思。句末「来ていました」的意思是「（我沒看到報紙送來，等我看到的時候，報紙）已經來了一段時間」。正確答案是4。

□ 今朝 今天早上
□ 早い 早的

□ 起きる 起床
□ もう 已經

● 文法と萬用句型

**❶** ☐ ＋は＋ ☐ ＋より （…比…）

**說明** 【名詞】＋は＋【名詞】＋より。表示對兩件性質相同的事物進行比較後，選擇前者。「より」後接的是性質或狀態。如果兩件事物的差距很大，可以在「より」後面接「ずっと」來表示程度很大。

**例句** 飛行機は 船より 速いです。
飛機比船還快。

[替換單字] バス 公車・バイク 機車／
電車 電車・車 汽車／
自動車 汽車・自転車 腳踏車／
地下鉄 地下鐵・タクシー 計程車

**❷** ☐ ＋ぐらい （大約、左右、上下；和…一樣…）

**說明** 【數量詞】＋ぐらい。用於對某段時間長度的推測、估計。一般用在無法預估正確的數量，或是數量不明確的時候。

**例句** コンサートには 1万人ぐらい 来ました。
演唱會來了大約一萬人。

● 小知識大補帖

在日本，有許多家庭都訂閱特定的報紙，這叫做「新聞を取る」（訂閱報紙）。這裡的「取る」（訂閱）含有「配達してもらって買う」（買了以後請店家送來）的意思，其他還有「すしを取る」（訂壽司）、「ピザを取る」（訂披薩）等用法。

## (2)／28

翻譯　今天我把在書店買的兩本書放進書櫃裡。又大又厚的書放在下層的右邊。又小又薄的書則是放在上層的左邊。

28 請問現在書櫃是哪一個？

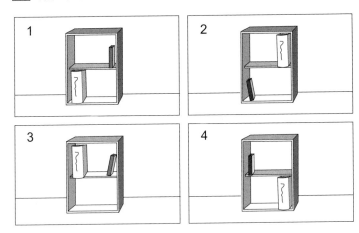

**答案：4**

解題攻略　本題問的是「今」（現在），這類強調時間點的題目經常會有情況的變化，所以請注意時態。

解題重點在「大きくて厚い本は、下の棚の右のほうに入れました。小さくてうすい本は、上の棚の左のほうに入れました」這兩句話。從過去式「入れました」可以得知「放置」的動作已經完成，所以現在的書櫃有兩本書，一本是又大又厚的書，放在下層書櫃的右邊，另一本是又小又薄的書，放在上層書櫃的左邊。正確答案是4。

若要連用兩個形容詞形容同一件事物，接續方式是把第一個形容詞去掉語尾的「い」再加上「くて」，然後接上第二個形容詞，如文中的「小さくてうすい本」（又小又薄的書）。

> 「～ほう」用來表示不明確的位置，因此「右のほう」僅表示右半邊那一區，並非明確的指最右邊的位置。

### 重要單字

□ ～冊（數量詞）…本      □ 下 下方
□ 入れる 放入      □ 薄い 薄的
□ 厚い 厚重的      □ 上 上面

### 文法と萬用句型

**1** ▢ ＋で （在…）

**說明** 【名詞】＋で。「で」的前項為後項動作進行的場所。不同於「を」表示動作所經過的場所，「で」表示所有的動作都在那一場所進行。

**例句** 玄関で 靴を 脱ぎました。
在玄關脫了鞋子。

---

## (3) ／ 29

**翻譯** 我寫了封電子郵件給朋友。

> 星期六要開派對。我打電話給 30 個人，其中有 18 個人說他們昨天沒有空。我一共想邀請 20 個人來參加，所以請你一定要到場。

**29** 請問星期六有空的有幾個人呢？

**1** 8 人
**2** 12 人
**3** 20 人
**4** 30 人

**解題攻略**

本題解題關鍵在「何人」（幾人），通常詢問人數的題型都會需要運算，所以請注意題目中出現過的人數。

文中第二句「30人に電話をしましたが、18人はその日は時間がないと言っていました」（我打電話給30個人，其中有18個人說他們那天沒有空）。「そ」開頭的指示詞多是指前一句提到的人事物，因此「その日」（那天）就是「土曜日にパーティーをします」的「土曜日」（星期六）。

根據文章，30人當中有18個人表明星期六沒空，「30－18＝12（人）」，所以星期六有空的有12人。正確答案是2。

「30人に電話をしました」（打電話給三十個人）的「に」表示動作的對象，如「友だちにメールを書きました」（寫信給朋友），「に」可以翻譯成「給…」。

「ぜひ来てください」的「ぜひ」（務必…）表達強烈希望。「ぜひ～てほしい」、「ぜひ～てください」皆表示非常希望"別人"做某件事情，「ぜひ～たい」則表示說話者非常希望做某件事情。

---

### ✎ 重要單字

□ 書<sub>か</sub>く　寫

□ パーティー　派對

□ 電話<sub>でんわ</sub>　電話

□ ほか　其他

□ 全部<sub>ぜんぶ</sub>　全部

□ 集<sub>あつ</sub>める　召集；收集

□ ぜひ　一定；務必

## ⁊ 文法と萬用句型

**①** ☐ **＋と** （説…、寫著…）

**説明** 【引用句子】＋と。「と」接在某人説的話，或寫的事物後面，表示説了什麼、寫了什麼。

**例句** テレビで 「今日は 晴れるでしょう」と 言って いました。
電視的氣象預報説了「今日大致是晴朗的好天氣」。

**②** ☐ **＋ので** （因為…）

**説明** 【[形容詞・動詞]普通形】＋ので、【名詞；形容動詞詞幹】＋なので。表示原因、理由。前句是原因，後句是因此而發生的事。「～ので」一般用在客觀的自然的因果關係，所以也容易推測出結果。

**例句** 雨なので 行きたく ないです。
因為下雨，所以不想去。
[替換單字] 寒い 冷／不便な 不方便／仕事が ある 有工作

**③** ☐ **＋てください** （請…）

**説明** 【動詞て形】＋ください。表示請求、指示或命令某人做某事。一般常用在老師對學生、上司對部屬、醫生對病人等指示、命令的時候。

**例句** この 問題が 分かりません。教えて ください。
這道題目我不知道該怎麼解，請教我。

# 日本語能力試験 ⑤

つぎの (1)から (3)の ぶんしょうを 読んで、しつもんに こたえて ください。こたえは、1・2・3・4から いちばん いい ものを 一つ えらんで ください。

(1)

　わたしは、毎日　漢字を　勉強して　います。月曜日から　金曜日は　一日に　3つ、土曜日と　日曜日は　5つずつ　覚えます。がんばって　もっと　たくさんの　漢字を　覚えたいです。

27 　「わたし」は　一週間に　いくつの　漢字を　覚えますか。

1　15こ

2　20こ

3　25こ

4　30こ

(2)

　ぼくの　うちは　5人　家族です。兄と　姉が　いますが、兄
は　去年から　東京に　住んで　います。姉も　来年から　遠く
の　大学に　行くので、さびしく　なります。

28　今、いっしょに　住んで　いる　家族は　だれですか。

(3)

友だちに　メールを　書きました。

---

けさは　頭が　痛かったので、学校を　休みました。熱も
ありましたので、病院へ　行って　かぜの　薬を　もらい
ました。今は、もう　元気ですから、心配しないで　くださ
い。

---

29 けさ　この　人は　どうでしたか。

1　熱が　ありましたが、頭は　痛く　ありませんでした。

2　頭が　痛かったですが、熱は　ありませんでした。

3　頭が　痛くて、熱も　ありました。

4　とても　元気でした。

# ⑤ 翻譯與解題

請先閱讀下面的文章(1)～(3)再回答問題。請從選項1・2・3・4當中選出一個最適當的答案。

---

## (1) ∕ 27

**翻 譯**　我每天都學習漢字。星期一到星期五每天學習3個；星期六和星期日每天各學5個。我想加把勁多記住一些漢字。

　　**27** 請問「我」一個禮拜大概記住幾個漢字呢？

　　**1** 15個
　　**2** 20個
　　**3** 25個
　　**4** 30個

答案：**3**

**解題攻略**
題目問的是一個禮拜背誦多少漢字，「いくつ」用以詢問數量。

解題關鍵在「月曜日から金曜日は一日に3つ、土曜日と日曜日は5つずつ覚えます」（星期一到星期五每天學習3個；星期六和星期日每天各學5個）。

由此可知週一到週五（共五天）每天背3個，週末兩天各背5個，「5×3＋2×5＝15＋10＝25」，所以一個禮拜背誦的漢字數量是25個。正確答案是3。

句型「時間＋に＋次數／數量」用於表達頻率，如「一日に3つ」（一天三個）、「週に1回」（一週一次）。「ずつ」前面接表示數量、比例的語詞，意思是「各…」。

## ✏ 重要單字

- □ 漢字（かんじ） 漢字
- □ 勉強（べんきょう） 學習
- □ 3つ（みっつ） 三個
- □ 5つ（いつつ） 五個
- □ 覚える（おぼえる） 記住
- □ 頑張る（がんばる） 加油

## ✏ 文法と萬用句型

**1**　□□□□□□ ＋ています　（表習慣性）

**說明**　【動詞て形】＋います。跟表示頻率的「毎日（まいにち）、いつも、よく、時々（ときどき）」等單詞使用，就有習慣做同一動作的意思。

**例句**　彼女（かのじょ）は　いつも　お金（かね）に　困（こま）って　います。
她總是為錢煩惱。

---

## (2) ／ 28

**翻譯**　我家一共有 5 個人。我有哥哥和姊姊，哥哥從去年開始就住在東京。姊姊從明年開始也要去很遠的地方唸大學，到時我會很寂寞。

**28**　請問現在一起住在家裡的家人有誰？

**解題攻略**

這一題的問題關鍵在「今」（現在），所以請特別注意時態。

文章第一句「ぼくの家は5人家族です」（我家有五個人），「人數」直接加上「家族」表示家庭成員有幾人。

文中提到「兄は去年から東京に住んでいます」（哥哥從去年開始就住在東京），表示大哥現在沒有住在家裡，「5－1＝4」，所以現在家裡住了4個人。

下一句「姉も来年から遠くの大学に行く」（姊姊從明年開始也要去很遠的地方唸大學）是陷阱，從「来年から」和「行く」的時態可知這是還沒發生的事，所以姊姊現在還住在家裡。因此正確答案是2。

「～から～ています」表示動作從之前一直持續到現在。

---

**❷ 重要單字**

□ 僕（ぼく） 我（男子自稱）　　□ 来年（らいねん） 明年

□ 兄（あに） 哥哥　　□ 遠く（とお） 遠方

□ 姉（あね） 姊姊　　□ 大学（だいがく） 大學

□ 去年（きょねん） 去年　　□ 寂しい（さび） 孤單的；寂寞的

---

**❷ 文法と萬用句型**

**1** ☐☐☐ ＋が （但是…）

**說明** 【名詞です（だ）；形容動詞詞幹だ；[形容詞・動詞]丁寧形（普通形）】＋が。表示連接兩個對立的事物，前句跟後句內容是相對立的。

**例句** 鶏肉（とりにく）は　食（た）べますが、牛肉（ぎゅうにく）は　食（た）べません。
我吃雞肉，但不吃牛肉。

**2** ☐ ＋ので　（因為…）

**説明** 【[ 形容詞・動詞 ] 普通形】＋ので。表示原因、理由。前句是原因，後句是因此而發生的事。「～ので」一般用在客觀的自然的因果關係，所以也容易推測出結果。

**例句** 仕事が　あるので、7時に　出かけます。
　　　　因為有工作，所以七點要出門。

**3** ☐ ＋なります　（變成…）

**説明** 【形容詞詞幹】＋く＋なります。形容詞後面接「なります」，要把詞尾的「い」變成「く」。表示事物本身產生的自然變化，這種變化並非人為意圖性的施加作用。即使變化是人為造成的，若重點不在「誰改變的」，也可用此文法。

**例句** 子どもは　すぐに　大きく　なります。
　　　　小孩子一轉眼就長大了。

---

❷ **小知識大補帖**

介紹別人時，可以用句型「人＋は＋年齡或職業＋です」。例如：「父は 40 歲です」（爸爸四十歲）、「姉は警官です」（姐姐是警官）。試著用日語介紹家人吧！

## (3) ／ 29

**翻　譯**　　我寫了封電子郵件給朋友。

> 今早我頭很痛，所以向學校請假。我還發了燒，所以去醫院拿了感冒藥。現在已經好了，請別擔心。

29 請問今早這個人怎麼了？

1 雖有發燒但是頭不痛
2 雖然頭很痛，但是沒有發燒
3 頭很痛，也有發燒
4 非常健康

**答案：3**

**解題攻略**

本題問的是「けさ」（今天早上）的狀態，答案就在「けさは頭が痛かった」（今早我頭很痛）、「熱もありました」（發燒）這兩句，表示這個人今天早上的狀態是頭痛又發燒。

請小心文章最後「今は、もう元気ですから」（現在已經好了）是陷阱，「もう」表示已經達到後面的狀態，意思是「已經…」。由於題目問的是「けさ」（今天早上）的狀態，因此正確答案是3。

句型「もらいました」常以「AからBをもらいました」（從A那邊得到B）表現。如果將「から」換成「に」，「AにBをもらいました」意思就變成了「向A要了B」。

## ❷ 重要單字

- □ 痛い 疼痛
- □ 熱がある 發燒
- □ 病院 醫院
- □ 風邪 感冒
- □ 薬 藥
- □ 心配 擔心

## ❷ 文法と萬用句型

**1** ☐ ＋から （因為…）

**說明** 【[ 形容詞・動詞 ] 普通形】＋から、【名詞；形容動詞詞幹】＋だから。
表示原因、理由。一般用於説話人出於個人主觀理由，進行請求、命令、
希望、主張及推測，是種較強烈的意志性表達。

**例句** 今日は　日曜日だから、学校は　休みです。
今天是星期日，所以不必上學。

**2** ☐ ＋ないでください （請不要…）

**說明** 【動詞否定形】＋ないでください。表示否定的請求命令，請求對方不
要做某事。

**例句** もう　撮らないで　ください。
請不要再拍照了。
[ 替換單字 ] 見ない 不要看／使わない 不要用／
言わない 不要説／呼ばない 不要叫

## ❷ 小知識大補帖

在日本，綜合性大醫院通常有附設藥局可以拿藥，但是一般小醫院或小診所就沒有
了。所以醫生會開一張處方箋，患者要拿處方箋到附近藥局去領藥，並且需要另外
支付藥費。

つぎの (1)から (3)の ぶんしょうを 読んで、しつもんに こたえて ください。こたえは 1・2・3・4から いちばん いい ものを 一つ えらんでください。

(1)

　あした 学校で テストが ありますので、きょうは 晩ごはんを 食べた あと、テレビを 見ないで、勉強を 始めました。もう 夜の 11時ですが、まだ 終わりません。もう 少し 勉強して から 寝ます。

27 この 人は 今、何を して いますか。

1 寝て います。

2 勉強して います。

3 ごはんを 食べて います。

4 テレビを 見て います。

(2)

　新しい　車を　買いました。

　ドアが　二つ　だけの　ちいさい　車ですが、うえにも　一つ
窓が　あります。

　色は　しろいのと　くろいのが　ありましたが、しろいのを
買いました。

28　どの　車を　買いましたか。

| | |
|---|---|
| 1  | 2  |
| 3  | 4  |

(3)

日記を　書きました。

きのうは　暑かったので、友だちと　海に　行きました。海では　おおぜいの　人が、泳いだり　遊んだり　して　いました。わたしたちは　ゆうがたまで　泳ぎました。とても　疲れましたが、楽しかったです。

29　海は　どうでしたか。

1　寒かったです。

2　たかかったです。

3　にぎやかでした。

4　しんせつでした。

**⑥ 翻譯與解題**

請先閱讀下面的文章(1)～(3)再回答問題。請從選項1・2・3・4當中選出一個最適當的答案。

## (1) ／ 27

**翻 譯**　明天學校有考試，所以我今天吃過晚餐後不看電視，開始唸書。現在已經是晚上11點了，可是我還沒有唸完。我想再用功一下，然後才上床睡覺。

**27** 請問這個人現在在做什麼呢？

1 在睡覺
2 在讀書
3 在吃飯
4 在看電視

**答案：2**

**解題攻略**　題目關鍵在「今」（現在），問的是現在在做什麼，所以請留意時態。

文章一開始提到「きょうは晩ごはんを食べたあと、テレビを見ないで、勉強を始めました」（吃過晚餐後不看電視，開始唸書），由此可知晚餐已經吃完了，並且沒有看電視，所以選項3和4都錯誤。

文章接著提到「もう夜の11時ですが、まだ終わりません」（已經是晚上11點了，可是我還沒有唸完）。「まだ終わりません」的主語是前面的「勉強」（唸書），表示作者現在還在唸書，並且「もう少し勉強してから寝ます」（想再用功一下，然後才上床睡覺）。因為作者還要再唸一下書，所以選項1錯誤。正確答案是2。

[ 理解內容／短文 ] 067

「もう少し」是「再稍微…」、「再…一下下」的意思，「…てから」強調動作先後順序，表示先做完前項再來做後項的事情。

### ⚫ 重要單字

□ 明日 明天
□ テスト 考試；測驗
□ 晩ご飯 晚餐
□ 食べる 吃
□ テレビ 電視

□ 見る 看
□ 勉強 學習
□ もう少し 再稍微…
□ 寝る 睡覺

### ⚫ 文法と萬用句型

**1** ⬛⬛⬛ ＋あと （…以後…）

**説明**【動詞た形】＋あと。後項如果是前項發生後，而繼續的行為或狀態時，就用「あと」。

**例句** 弟は、宿題を　した　あと、テレビを　見て　います。
弟弟做完作業以後才看電視。
[替換單字] ご飯を　食べた 吃完飯／お風呂に　入った 泡澡

**2** もう＋ ⬛⬛⬛ （已經…〈了〉）

**説明** もう＋【動詞た形；形容動詞詞幹だ】。和動詞句一起使用，表示行為、事情到某個時間已經完了。

**例句** 妹は　もう　出かけました。
妹妹已經出門了。
[替換單字] 治りました 痊癒了／
食べました 吃了／
お風呂に　入りました 洗澡了／
お腹が　いっぱいだ 吃得很飽了

## (2) ／ 28

**翻譯**　我買了新車。我買的是一台只有兩個車門的小車，車頂也有一扇天窗。顏色有白色的和黑色的，我買了白色的。

**28** 請問作者買了哪一台車呢？

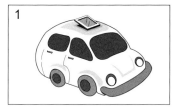 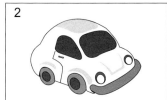

**答案：4**

**解題攻略**　「どの」用來請對方在三樣以上的東西裡面挑出一個，如果選項只有兩樣，那就用「どちら」。

文章提到新車「ドアが二つだけ」（只有兩個車門）、「ちいさい」（小）、「うえにも一つ窓があります」（車頂也有一扇天窗）。「うえにも」的「も」是「也」的意思，暗示新車側邊有兩扇窗戶（因為是雙門，所以窗戶只有兩扇），不過車頂「還有」一扇窗戶。由此知道圖1、2都是錯的。

最後一句「しろいのを買いました」（我買了白色的）指出這個車款雖然有白色和黑色，不過作者買的是白色的車子。「色は…のと…のが…、…のを…」這句出現三個「の」都是為了避免繁複，用來代替「車」，所以圖3是錯的。

綜上所述，正確答案是 4。

## ❷ 重要單字

□ 新しい 新的　　　　　　　□ 窓 窗戶；車窗
□ 車 汽車　　　　　　　　　□ 色 顏色
□ ドア 門；車門

## ❷ 文法と萬用句型

**❶** ____ ＋にも　（表強調）

**説明**【名詞】＋にも，表示不只是格助詞前面的名詞以外的人事物。

**例句** 学校には　冷房が　ありません。うちにも　ありません。
學校裡沒裝冷氣，家裡也沒裝。

## ❷ 小知識大補帖

在日本，出門除了「車に乗る」（乘小汽車）、「バイクに乗る」（騎機車）或「タクシーをひろう」（叫計程車）之外，搭乘方便的大眾運輸工具「電車」（電車）、「地下鉄」（地下鐵）或是「バス」（公車）都是不錯的選擇哦！如果目的地的距離不遠，也可以「自転車に乗る」（騎腳踏車）或是「徒歩」（步行），不僅健康環保，還能省下交通費。

**翻 譯**  我寫了日記。

> 昨天天氣很熱，所以我和朋友去了趟海邊。有很多人在海邊游泳、戲水。我們一直游到傍晚。雖然非常疲累，但是玩得很盡興。

**29**  請問海邊是什麼情景呢？

1 很冷 　　　　　　　2 很高

3 很熱鬧 　　　　　　4 很親切

**答案：3**

**解題攻略**  這一題可以用刪去法作答。題目問的是「どう」（如何），「どう」用來詢問狀態或樣貌。

文章開頭提到「きのうは暑かった」（昨天很熱），因此選項1「さむかったです」（很冷）是錯的。

選項2「たかかったです」（很高）和選項4「しんせつでした」（很親切）都沒有辦法拿來形容海邊，所以都是錯的。

選項3「にぎやかでした」（很熱鬧）呼應文章第二句「海ではおおぜいの人が泳いだり遊んだりしていました」（有很多人在海邊游泳、戲水），因為很多人在游泳戲水，所以「にぎやかでした」（很熱鬧）。正確答案是3。

「〜たり〜たり」表示動作的列舉，暗示還有其他動作，僅舉出兩項具有代表性的。「たり」遇到「泳ぐ」和「遊ぶ」都會起音便變成「だり」。

「わたしたちはゆうがたまで泳ぎました」（我們一直游到傍晚）的「まで」表示時間的範圍，可以翻譯成「到…」。

## 重要單字

- □ 日記 (にっき) 日記
- □ 昨日 (きのう) 昨天
- □ 友達 (ともだち) 朋友
- □ 海 (うみ) 海邊
- □ 大勢 (おおぜい) 許多人
- □ 夕方 (ゆうがた) 傍晚
- □ 泳ぐ (およぐ) 游泳
- □ とても 非常…
- □ 疲れる (つかれ) 疲勞；累
- □ 楽しい (たの) 快樂；開心

## 文法と萬用句型

**1** ⬛⬛⬛⬛ ＋と （跟…一起；跟…）

**說明** 【名詞】＋と。「と」前接一起去做某事的對象時，常跟「一緒に」一同使用。

**例句** 家族(かぞく)と いっしょに 温泉(おんせん)へ 行(い)きます。
和家人一起去洗溫泉。

[替換單字] 友(とも)だち 朋友／両親(りょうしん) 父母／彼女(かのじょ) 女朋友／彼氏(かれし) 男朋友

**2** ⬛⬛⬛⬛ ＋り＋ ⬛⬛⬛⬛ ＋り＋する （又是…、又是…；有時…、有時…）

**說明** 【動詞た形】＋り＋【動詞た形】＋り＋する。可表示動作並列，意指從幾個動作之中，例舉出 2、3 個有代表性的，並暗示還有其他的。

**例句** ゆうべの パーティーでは、飲(の)んだり 食(た)べたり 歌(うた)ったり しました。
在昨晚那場派對上吃吃喝喝又唱了歌。

つぎの (1)から (3)の ぶんしょうを 読んで、しつもんに こたえて ください。こたえは 1・2・3・4から いちばん いい ものを 一つ えらんでください。

(1)

　わたしは きのう 夜 おそく 喫茶店に 行きました。ケーキと アイスクリームを 食べたかったのですが、もう ありませんでした。サンドイッチが まだ ありましたので、サンドイッチを 注文しました。

27 「わたし」は 何を 食べましたか。

　1　ケーキ

　2　サンドイッチ

　3　アイスクリーム

　4　ケーキと アイスクリーム

(2)

　家で　ケーキを　作ります。卵　5つと　牛乳　3本を　使
います。今　れいぞうこの　なかに　卵は　ありますが、牛乳は
ありません。卵も　3つしか　ありませんから、今から　買いに
行きます。

28 今の　れいぞうこは　どれですか。

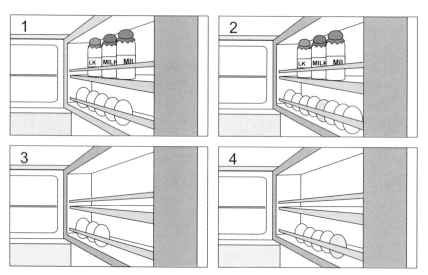

(3)

佐藤さんが　木村さんに　メールを　書きました。

---

木村さん

　あしたの　夜、時間が　ありますか。

　あさっては　休みで、ゆっくり　できますから、わたし
は　午後の　テストが　おわった　あと、映画を　見に
行きます。

　木村さんも　いっしょに　行きませんか。

佐藤

---

29 佐藤さんは　いつ　映画を　見ますか。

1　きょう

2　あした

3　きのう

4　あさって

請先閱讀下面的文章(1)～(3)再回答問題。請從選項1・2・3・4當中選出一個最適當的答案。

## (1) ／ 27

**翻　譯**　我昨天很晚的時候去了咖啡廳。我本來想吃蛋糕和冰淇淋，但是沒賣。店裡還有賣三明治，所以我點了三明治。

**27** 請問「我」吃了什麼呢？

**1** 蛋糕
**2** 三明治
**3** 冰淇淋
**4** 蛋糕和冰淇淋

答案：**2**

**解題攻略**

文章第二句「ケーキとアイスクリームを食べたかったのですが、もうありませんでした」（我本來想吃蛋糕和冰淇淋，但是沒賣）。由此可知選項1、3、4的「ケーキ」（蛋糕）和「アイスクリーム」（冰淇淋）都是錯誤的。

解題關鍵在最後一句「サンドイッチがまだありましたので、サンドイッチを注文しました」（店裡還有賣三明治，所以我點了三明治），直接說明「わたし」（我）點了三明治。正確答案是2。

句型「～たかったですが」表示說話者本來想做某件事情，可惜不能如願。

「注文しました」（點餐）也可以說成「たのみました」（委託），用於此處都是「點菜」的意思。

## ❷ 重要單字

- □ 夜遅く（よるおそ） 深夜
- □ 喫茶店（きっさてん） 咖啡店
- □ ケーキ 蛋糕
- □ アイスクリーム 冰淇淋
- □ サンドイッチ 三明治
- □ 注文（ちゅうもん） 點菜；訂購

## ❷ 文法と萬用句型

### 1 もう+ ☐ （已經不…了）

**說明** もう+【否定表達方式】。表示不能繼續某種狀態了。一般多用於感情方面達到相當程度。

**例句** もう 飲みたく（の） ありません。
我已經不想喝了。
［替換單字］痛く（いた） 痛／子供では（こども） 是小孩／話したく（はな） 想説話

### 2 まだ+ ☐ （還…；還有…）

**說明** まだ+【肯定表達方式】。表示同樣的狀態，從過去到現在一直持續著，或是還留有某些時間或東西。

**例句** まだ 時間が（じかん） あります。
還有時間。
［替換單字］お金（かね） 錢／2キロ 兩公里／一週間（いっしゅうかん） 一星期／
やりたい こと 想做的事情

## ❷ 小知識大補帖

你知道各式甜點的日語該怎麼説嗎？「ケーキ」（蛋糕）、「プリン」（布丁）、「パフェ」（聖代）、「アイスクリーム」（冰淇淋）、「ようかん」（羊羹），將這些甜點的日語記下來，再搭配萬用句「（甜點）＋をください」（請給我〈甜點〉），以後去甜品店就方便多了！

## (2) ／ 28

我要在家裡做蛋糕。要用到雞蛋 5 顆和牛奶 3 瓶。現在冰箱裡面雖然有雞蛋，可是沒有牛奶，而且雞蛋也只有 3 顆，我現在要出門去買。

**28** 請問現在的冰箱是哪張圖片呢？

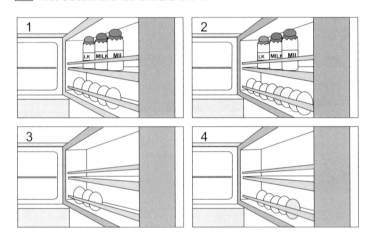

答案：**3**

解題攻略

本題問的是「今のれいぞうこ」（現在的冰箱），而不是製作蛋糕需要用到的材料，請小心。

文中提到「今れいぞうこのなかにたまごはありますが、ぎゅうにゅうはありません」（現在冰箱裡面雖然有雞蛋，可是沒有牛奶），由此可知現在冰箱裡面有雞蛋，沒有牛奶。

接著下一句提到「卵も３つしかありませんから」（雞蛋也只有 3 顆），這裡用「も」表示並列關係，也就是說雞蛋和牛奶一樣不夠，因此正確答案是 3。

「～しかありません」意思是「僅僅如此而已」，「しか」和「だけ」一樣表示限定範圍，不過「しか」的後面只能接否定表現，並且強調的語氣更為強烈。

文章最後一句「今から買いに行きます」（我現在要出門去買）中的「いまから」意思是「現在就…」，「動詞ます形＋に行きます」表示為了某種目的前往。

## ❷ 重要單字

□ 作る 做

□ 卵 雞蛋

□ 5つ 五個

□ 牛乳 牛奶

□ ～本 （數量詞）…瓶

□ 使う 使用

□ 冷蔵庫 冰箱

□ 中 裡面；中間

□ 3つ 三個

□ 今から 從現在起…

## ❷ 文法と萬用句型

**1** ［　　　　］＋しか～ない （只、僅僅）

**説明** 【名詞（＋助詞）】＋しか～ない。「しか」下接否定，表示限定。

**例句** 今年は　海に　1回しか　行きませんでした。
今年只去過一次海邊。

| 翻 譯 | 佐藤寫了封電子郵件給木村。 |

> 木村先生
>
> 明天晚上你有空嗎？
>
> 後天我放假，可以稍微悠閒一下，我下午考完試之後要去看電影。
>
> 你要不要一起去呢？
>
> 佐藤

**29** 請問佐藤什麼時候要去看電影呢？

| **1** 今天 | **2** 明天 | **3** 昨天 | **4** 後天 |

答案：2

| 解題攻略 | 這一題問的是「いつ」（什麼時候），請小心題目中出現的干擾的時間點。 |

文章沒有直接點出是哪一天，但是信件一開始就問道「あしたの夜、時間がありますか」（明天晚上你有空嗎），再搭配最後一句「木村さんも一緒に行きませんか」（木村先生要不要一起去呢）就可以知道佐藤想約木村明天晚上去看電影，正確答案是2。

「あさっては休みで…」（後天我放假…）是陷阱，這句話只是表明後天放假，並不是後天要看電影，因此選項4錯誤。

「ゆっくりできます」原句是「ゆっくりします」（悠閒做事情）。「ゆっくり」的意思是「慢慢地」，「できます」意思是「可以（做）…」。

## ✎ 重要單字

□ 明後日 後天

□ 休み 放假；休假

□ ゆっくり 悠閒地；慢慢地

□ できる 可以…

□ テスト 考試

□ 終わる 結束

□ 映画 電影

## ✎ 文法と萬用句型

**1** ＿＿＿＿＿＋か （嗎、呢）

【說明】接於句末，表示問別人自己想知道的事。

【例句】今晚　勉強しますか。

今晚會唸書嗎？

[替換單字] 映画は　面白いです 電影有趣／彼は　真面目です 他認真／
一緒に　行きます 一起去

**2** ＿＿＿＿＿＋あと （…以後…）

【說明】【動詞た形】＋あと。表示前項的動作做完後，做後項的動作。是一種按照時間順序，客觀敘述事情發生經過的表現，而前後兩項動作相隔一定的時間發生。後項如果是前項發生後，而繼續的行為或狀態時，就用「あと」。

【例句】授業が　始まった　あと、おなかが　痛く　なりました。

開始上課以後，肚子忽然痛了起來。

**3** ＿＿＿＿＿＋ませんか （要不要…吧）

【說明】【動詞ます形】＋ませんか。表示行為、動作是否要做，在尊敬對方抉擇的情況下，有禮貌地勸誘對方，跟自己一起做某事。

【例句】タクシーで　帰りませんか。

要不要搭計程車回去呢？

[理解內容／短文] 081

つぎの　(1)から　(3)の　ぶんしょうを　読んで、しつもんに　こたえて　ください。こたえは　1・2・3・4から　いちばん　いい　ものを　一つ　えらんでください。

(1)

　わたしは　よく　日本の　テレビを　見ます。話して　いる　ことばが　すこし　わかりますから、とても　おもしろいです。でも、わからない　ことばも　まだ　たくさん　あります。もっと　たくさんの　ことばを　早く　覚えたいです。

27　どうして　テレビは　おもしろいですか。
　1　テレビの　中の　人の　話が　よく　わかりますから。
　2　テレビの　中の　人の　話が　すこし　わかりますから。
　3　わからない　ことばが　たくさん　ありますから。
　4　たくさんの　ことばを　早く　覚えたいですから。

(2)

　みなさん、今から　英語の　テストを　します。机の　上には　鉛筆と　消しゴムだけ　出して　ください。本と　ノートは　かばんの　なかに　入れて　ください。かばんは　机の　よこに　置いて　ください。

**28**　机の　上は　どうなりましたか。

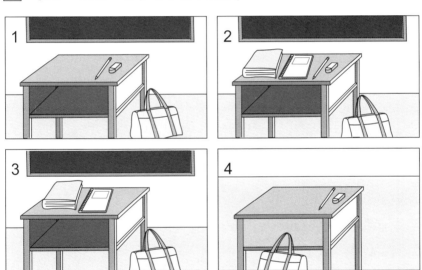

(3)

高木さんが　りんさんに　メールを　書きました。

りんさん

　きのう　DVDを　借りました。
　りんさんが　好きだと　いって　いた　フランスの　映画の　DVDです。
　わたしは　きょう　はじめて　見ました。とても　おもしろかったです。
　また、おもしろい　映画を　教えて　くださいね。

高木

29　高木さんは　きょう、何を　しましたか。

1　映画を　見に　行きました。

2　DVDを　買いました。

3　DVDを　見ました。

4　DVDを　借りました。

## ⑧ 翻譯與解題

請先閱讀下面的文章 (1) ～ (3) 再回答問題。請從選項 1・2・3・4 當中選出一個最適當的答案。

## (1) ／ 27

**翻　譯**　我常常看日本的電視節目。我聽得懂一點電視上所講的話，所以覺得很有趣。不過我還有很多不懂的單字。我想快點記住更多的單字。

**27**　請問電視為什麼很有趣呢？

**1**　因為都聽得懂電視裡面的人在說什麼
**2**　因為稍微聽得懂電視裡面的人在說什麼
**3**　因為有很多不懂的單字
**4**　因為想快點記住很多單字

答案：**2**

**解題攻略**　這一題題目問「おもしろい」（有趣），而文章第二句「話していることばがすこしわかりますから、とてもおもしろいです」就有「おもしろい」這個單字。

「から」用以表示主觀的原因。作者表示覺得有趣是因為電視上所說的話他能聽懂一點。「すこし」是「一點點」、「稍微」的意思。因此正確答案是2。

### ❷ 重要單字

□ 話す　説話
□ 言葉　語言；字彙
□ 少し　一點點
□ 分かる　知道

□ 面白い　有趣的
□ 早い　快的
□ 覚える　記住

# ❶ まだ＋ □ （還…;還有…）

**說明** まだ＋【定表達方式】。表示同樣的狀態，從過去到現在一直持續著，或是還留有某些時間或東西。

**例句** 別れた　恋人の　ことが　まだ　好きです。
依然對已經分手的情人戀戀不忘。

---

## (2) ／ 28

**翻譯** 各位同學，現在我們要開始考英文。桌子上只能放鉛筆和橡皮擦。書和筆記本請收到書包裡面。書包請放在桌子旁邊。

28 請問桌面的情形為何？

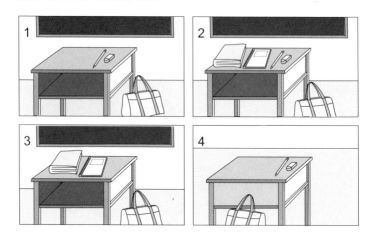

答案：1

**解題攻略** 這一題的解題關鍵在文章中的「～てください」，此句型用於表示請求、指示或命令。

文章首先提到「机の上には鉛筆と消しゴムだけ出してください」（桌子上只能放鉛筆和橡皮擦），所以圖2和圖3都是錯的。

文章最後提到「かばんはつくえのよこに置いてください」（書包請放在桌子旁邊），所以圖4是錯的。

「本とノートはかばんのなかに入れてください」（書和筆記本請收到書包裡面）是本題的陷阱。句中雖然也有「～てください」句型，但是這句話是要學生把書和筆記本收起來，所以桌面上不會出現這兩項東西。因此正確答案是1。

「だけ」表示限定，翻譯成「只…」。

## ✎ 重要單字

□ 英語（えいご） 英文

□ 机（つくえ） 桌子

□ 上（うえ） 上面

□ 鉛筆（えんぴつ） 鉛筆

□ 消しゴム（けし） 橡皮擦

□ だけ 只有

□ 本（ほん） 書

□ ノート 筆記本

□ かばん 包包

□ 入れる（い） 放入

□ よこ 橫向；側面

□ 置く（お） 放置

| 翻 譯 | 高木寫了封電子郵件給林同學。 |

> 林同學
>
> 昨天我租了 DVD。
>
> 我租的是你之前說很喜歡的法國電影。
>
> 我今天第一次看。非常有趣。
>
> 如果還有好看的電影請再告訴我喔。
>
> 高木

**29** 請問高木今天做了什麼事情？

**1** 去看電影

**2** 去買 DVD

**3** 看 DVD

**4** 去租 DVD

**答案：3**

| 解題攻略 | 本題問題關鍵在「きょう」（今天），所以要特別注意時間點。 |

信件裡面提到「わたしはきょうはじめて見ました」（我今天第一次看），從前兩句話可以得知這句話指的是看DVD，所以今天高木做的事情是看DVD。其中「はじめて」是「第一次」的意思。

選項1「映画を見に行きました」（去電影院看電影）是錯誤的。

選項2「DVDを買いました」（去買DVD）也是錯的，因為文章一開始高木就說DVD是用租的。

選項4「DVDを借りました」（租DVD），高木的確有租DVD，不過從「きのうDVDを借りました」（昨天租了DVD）可以得知這是昨天的事情。因此正確答案是3。

**❷ 重要單字**

□ 借りる 借（入）

□ フランス 法國

□ 映画 電影

□ 初めて 第一次

□ また 再次；又…

□ 教える 教導；告訴

つぎの (1)から (3)の ぶんしょうを 読んで、しつもんに こたえて くださ
い。こたえは、1・2・3・4から いちばん いい ものを 一つ えらんで く
ださい。

(1)

　きょう デパートで 新しい セーターを 買いました。わた
しは 赤い セーターと 白い セーターは 持っていますが、
青いのは 持って いませんでしたので、一枚 ほしかったから
です。いいのが あったので とても うれしいです。

27　「わたし」は きょう、何を 買いましたか。
　1　赤い セーター
　2　赤い セーターと 白い セーター
　3　青い セーターと 白い セーター
　4　青い セーター

(2)

　一日に、新聞を　読む　時間を　調べました。A（20歳〜29歳）は　2時間で、B（30歳〜39歳）は　Aよりも　1.5時間おおいです。C（40歳〜49歳）は　Aより　0.5時間　すくないです。D（50歳〜59歳）は　いちばん　おおいです。

28　どの　グラフが　ただしいですか。

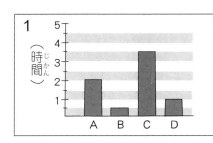
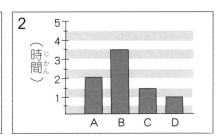

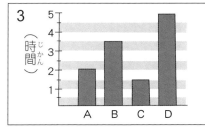
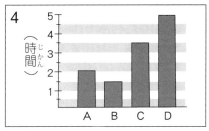

(3)

テーブルの　上<ruby>上<rt>うえ</rt></ruby>に　メモが　あります。

---

　　お<ruby>母<rt>かあ</rt></ruby>さんは　スーパーに　<ruby>買<rt>か</rt></ruby>い<ruby>物<rt>もの</rt></ruby>に　<ruby>行<rt>い</rt></ruby>って　います。<ruby>冷<rt>れい</rt></ruby><ruby>蔵庫<rt>ぞうこ</rt></ruby>の　<ruby>中<rt>なか</rt></ruby>に　ケーキが　あります。<ruby>宿題<rt>しゅくだい</rt></ruby>が　<ruby>終<rt>お</rt></ruby>わって　から<ruby>食<rt>た</rt></ruby>べて　くださいね。お<ruby>母<rt>かあ</rt></ruby>さんは　6<ruby>時<rt>じ</rt></ruby>　ごろ　<ruby>帰<rt>かえ</rt></ruby>りますから、<ruby>出<rt>で</rt></ruby>かけないで、<ruby>家<rt>いえ</rt></ruby>で　<ruby>待<rt>ま</rt></ruby>って　いて　ください。

---

**29**　ケーキを　<ruby>食<rt>た</rt></ruby>べる　まえに　<ruby>何<rt>なに</rt></ruby>を　しますか。

1　<ruby>家<rt>いえ</rt></ruby>に　<ruby>帰<rt>かえ</rt></ruby>ります。

2　<ruby>外<rt>そと</rt></ruby>に　<ruby>出<rt>で</rt></ruby>かけます。

3　スーパーに　<ruby>買<rt>か</rt></ruby>い<ruby>物<rt>もの</rt></ruby>に　<ruby>行<rt>い</rt></ruby>きます。

4　<ruby>宿題<rt>しゅくだい</rt></ruby>を　します。

## ⑨ 翻譯與解題

請先閱讀下面的文章 (1) ～ (3) 再回答問題。請從選項 1・2・3・4 當中選出一個最適當的答案。

## (1) ／ 27

**翻 譯** 今天我在百貨公司買了新的毛衣。我雖然有紅色毛衣和白色毛衣，但我沒有藍色毛衣，所以很想買一件。因為找不錯的，所以我很開心。

**27** 請問「我」今天買了什麼呢？

**1** 紅色毛衣

**2** 紅色毛衣和白色毛衣

**3** 藍色毛衣和白色毛衣

**4** 藍色毛衣

**答案：4**

**解題攻略**

本題問題關鍵在「何を買いましたか」，問的是買了什麼，不是「わたし」有什麼，請小心。

文章最初提到「きょうデパートで新しいセーターを買いました」（今天我在百貨公司買了新的毛衣），後面又提到「青いのは持っていませんでしたので、一枚ほしかったからです」（但我沒有藍色毛衣，所以很想買一件）。由上述可知「わたし」（我）買的是藍色毛衣。正確答案是4。

「～を持っています」表示某人擁有某物。

「ので」用於表示客觀原因，「ほしかった」的意思是「之前很想要」。「～からです」則是用於表示主觀原因。

「青いのは」和「いいのがあった」的「の」都沒有實質意義，只是為了避免繁複，用來取代「セーター」而已。

## 🖊 重要單字

□ デパート 百貨公司
□ 新<sub>あたら</sub>しい 新的
□ セーター 毛衣

□ しろい 白色
□ 青<sub>あお</sub>い 藍色
□ ～枚<sub>まい</sub> （數量詞）…件

## 🖊 文法と萬用句型

### 1 ⬚ ＋の （…的）

**說明** 【名詞】＋の。準體助詞「の」後面可省略前面出現過，或無須說明大家都能理解的名詞，不需要再重複，或替代該名詞。

**例句** その 車<sub>くるま</sub>は 私<sub>わたし</sub>のです。
那輛車是我的。

---

## (2) ╱ 28

**翻 譯** 我調查了人們一天之中花多少時間閱讀報紙。A（20～29歲）花2個小時，B（30～39歲）比A多花了1.5個小時，C（40～49歲）比A少了0.5個小時，D（50～59歲）花最多時間。

**28** 請問哪個圖表是正確的呢？

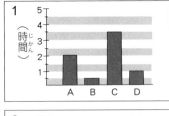

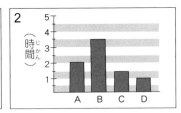

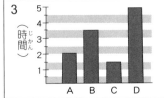

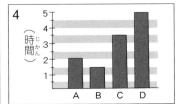

**解題攻略**

本題要將字面上的資料轉化成直條圖，考驗考生的讀圖能力。

調查以A（2小時）為基準，B比A多1.5個小時，所以B是 2＋1.5＝3.5（小時）。

C比A少了0.5個小時，所以是 2 - 0.5 = 1.5（小時）

「D（50歲～59歲）はいちばんおおいです」，這句指出D是所有年代當中花最多時間的，「いちばん～」的意思是「最…」，表示程度最高。

四個年代按照時間多寡排順序，依序是「D＞B＞A＞C」。所以正確答案是3。

句型「～より」（比起…）表示比較。「どの」用於在三樣以上的東西裡面挑出一個，如果選項只有兩樣，則用「どちら」。

---

⚠️ **重要單字**

□ 一日（いちにち）一天
□ 新聞（しんぶん）報紙
□ 読む（よむ）看（報紙）
□ 時間（じかん）時間；小時

□ 調べる（しらべる）調查
□ ～歳（さい）…歲
□ グラフ 圖表

**❶** ☐ ＋は＋ ☐ ＋より （…比…）

**說明** 【名詞】＋は＋【名詞】＋より。表示對兩件性質相同的事物進行比較後，選擇前者。「より」後接的是性質或狀態。如果兩件事物的差距很大，可以在「より」後面接「ずっと」來表示程度很大。

**例句** 兄<sup>あに</sup>は 母<sup>はは</sup>より 背<sup>せ</sup>が 高<sup>たか</sup>いです。
哥哥個子比媽媽高。

**❷** どの＋ ☐ （哪…）

**說明** どの＋【名詞】。「どの」（哪…）表示事物的疑問和不確定。

**例句** どの 人<sup>ひと</sup>が 田中<sup>た なか</sup>さんですか。
哪一個人是田中先生呢？

---

## (3) ／ 29

**翻 譯** 桌上有一張紙條。

> 媽媽去超市買東西。冰箱裡面有蛋糕，寫完功課後再吃喔。媽媽大概 6 點會回家，你不要出門，乖乖待在家。

29 請問吃蛋糕前要做什麼事情呢？

1 回家
2 出門
3 去超市買東西
4 寫功課

解題攻略

本題題目關鍵在「ケーキを食べるまえに」（吃蛋糕前）。

解題重點在「冷蔵庫の中にケーキがあります。宿題が終わってから食べてくださいね」（冰箱裡面有蛋糕，寫完功課後再吃喔），由此知冰箱裡面的蛋糕要等功課寫完才能吃。正確答案是4。

「～まえに」前面接動詞原形，表示「在…之前」，像這種詢問先後順序的題目要特別注意像是「～まえに」（在…之前）、「～あとで」（在…之後）、「～てから」（先…）、「初めに」（最先…）等表示順序的詞語。

「待っていてください」是要對方維持等待的狀態，而且可能要等上一段時間。

### 重要單字

□ テーブル 桌子　　□ 冷蔵庫（れいぞうこ）冰箱
□ メモ 備忘錄；紙條　□ ケーキ 蛋糕
□ スーパー 超市　　□ 出（で）かける 出門

### 小知識大補帖

日本的超市有很多料理和調理方便的食品，許多主婦會利用晚上七點後生鮮食品打折的時段前往超市，用這些材料不但可以輕鬆做出餐廳菜色，還可以替家裡省下一筆開銷！

つぎの (1)から (3)の ぶんしょうを 読んで、しつもんに こたえて ください。こたえは、1・2・3・4から いちばん いい ものを 一つ えらんで ください。

(1)

先週、友だちと 京都へ 行きました。たくさんの お寺や 神社を 見ました。友だちは 美術館へも 行きましたが、わたしは 行きませんでした。大阪へも 行きたかったですが、時間が ありませんでした。

27 「わたし」は 京都で どこへ 行きましたか。
1 お寺と 神社と 美術館
2 美術館と 大阪
3 お寺と 神社
4 大阪

(2)

　わたしの　家は　駅の　近くです。駅の　左側に　スーパーが　あります。スーパーは　交差点の　角に　ありますので、入り口の　前の　信号を　渡って　ください。そこに　パン屋が　あります。わたしの　家は　その　右側です。

28　「わたしの　家」の　絵は　どれですか。

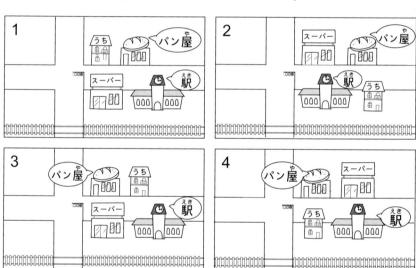

(3)

花子さんは　山田さんに　メモを　書きました。

---

山田さんへ

　きのうは　一日　どうもありがとう。山田さんに　借りた　本を　持って　きました。とても　おもしろかったので、山田さんに　借りて　よかったです。借りた　本は　机に　置きます。それから　母から　送って　きた　おかしも　置きます。どうぞ　食べて　ください。

　ではまた。

7月10日　午後　3時　花子より

---

**29**　花子さんは　7月10日に　何を　しましたか。

1　本を　借りました。

2　本を　返しました。

3　おかしを　送りました。

4　おかしを　つくりました。

## ⑩ 翻譯與解題

請先閱讀下面的文章(1)～(3)再回答問題。請從選項 1・2・3・4 當中選出一個最適當的答案。

---

## (1) ／ 27

**翻　譯**　上個禮拜我和朋友去京都。參觀很多寺廟和神社。朋友還去了美術館，不過我沒去。雖然我也很想去大阪，不過沒時間。

**27**　請問「我」在京都去了哪裡呢？

1　寺廟、神社和美術館
2　美術館和大阪
3　寺廟和神社
4　大阪

**答案：3**

**解題攻略**

本題問的是「どこ」（哪裡），要掌握「わたし」（我）去了哪些地方，哪些地方沒去。

文章第一句提到「先週、友だちと京都へ行きました」（上個禮拜我和朋友去京都），暗示接下來的話題是關於這趟京都行。

文章接著寫到「たくさんのお寺や神社を見ました」（參觀很多寺廟和神社），所以選項 2、4 都是錯的。

下一句又說「友だちは美術館へも行きましたが、わたしは行きませんでした」（朋友還去了美術館，不過我沒去），所以選項1錯誤。

最後文章又提到「大阪へも行きたかったですが、時間がありませんでした」（雖然我也很想去大阪，不過沒時間），所以「わたし」沒有去大阪。正確答案是３。

「～たかったですが」表達說話者原本想做某件事卻不能如願的惋惜。

## 📝 重要單字

□ 先週（せんしゅう） 上週
□ 友達（ともだち） 朋友
□ 京都（きょうと） 京都

□ お寺（てら） 寺廟
□ 神社（じんじゃ） 神社
□ 美術館（びじゅつかん） 美術館

## 📝 文法と萬用句型

**1** ⬚⬚⬚ ＋へも （…也去…）

**說明** 【名詞（＋助詞）】＋も。表示不只是「へ」前面的名詞以外的人事物。

**例句** 日曜日（にちようび）は 東京（とうきょう）へも 行（い）きました。
星期日也去了東京。

## 📝 小知識大補帖

京都是日本平安時代的首都，因而留下許多古建築，保留許多古色古香的文化風格。藝妓、神社、京都御所等，都是世界知名的觀光點。

## (2) ／ 28

**翻 譯**

我家在車站附近。車站左邊有一間超市，超市在十字路口的轉角，入口處有一個紅綠燈，請過那個紅綠燈。過了紅綠燈會看到一家麵包店，我家就在它的右邊。

**28** 請問「我家」的位置圖是下列哪一張圖片呢？

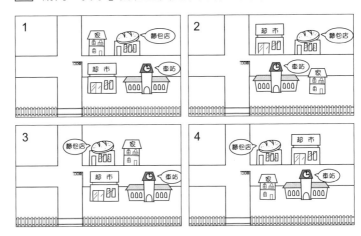

**答案：3**

**解題攻略**

這一題考的是路線位置，這種題型需要背熟的單字有：「角（かど）、橋（はし）、交差点（こうさてん）」。方向「まっすぐ、右（みぎ）、左（ひだり）、向こう（むこう）、後ろ（うしろ）、前（まえ）」。順序「一つ目（ひとつめ）、次（つぎ）」。動詞「行く（いく）、歩く（あるく）、渡る（わたる）、曲がる（まがる）」。

文章首先提到「駅の左側にスーパーがあります」（車站左邊有一間超市），所以圖2、4都是錯的。

接著作者又說「スーパーは交差点の角にありますので、入り口の前の信号を渡ってください」（超市在十字路口的轉角，入口處有一個紅綠燈，請過那個紅綠燈），圖1、3都吻合這個敘述。

［理解內容／短文］103

もんだい
4

もんだい
5

もんだい
6

⑩

最後提到「そこにパンやがあります。わたしの家はその右側です」（過了紅綠燈會看到一家麵包店，我家就在它的右邊）。「そ」開頭的指示詞用於指示前面所提到的東西，這個「そこ」指的是過了紅綠燈後所在的位置，說明這裡有一間麵包店。後面的「その」指的是前一句提到的麵包店，意思是「わたし」（我）的家就在這間麵包店的右邊，所以圖1是錯的，正確答案是3。

句型「AにBがあります」（在A這邊有B）和「BはAにあります」（B在A），都用於表示東西的位置。

## ❷ 重要單字

| | |
|---|---|
| □ 近く 附近 | □ 角 （街）角 |
| □ 左側 左側 | □ 信号 交通號誌 |
| □ 交差点 十字路口 | □ パン屋 麵包店 |
| □ 入り口 出口 | |

## ❷ 文法と萬用句型

**1**　[　　　]＋に＋[　　　]＋があります　（…有…）

**［説明］**【名詞】＋に＋【名詞】＋があります。表某處存在某個無生命事物，用「（場所）に（物）があります」。

**［例句］** あそこに　交番が　あります。
那裡有派出所。

[替換單字] ここ 這裡・花瓶 花瓶／

そこ 那裏・カメラ 相機／
向こう 那邊・建物 建築物／
箱の中 箱子裡・お菓子 甜點

**❶ 小知識大補帖**

如果在日本迷路了，就詢問當地人吧！透過問路可以增強日語實力，等於直接跟日本人學日語，這可是很好的機會喲！以下幾個句子可以在迷路時派上用場：「すみませんが、ちょっと教(おし)えてください」（對不起，請教一下）、「道(みち)を迷(まよ)いました」（我迷路了）、「駅(えき)への道(みち)を教(おし)えてください」（請告訴我車站怎麼走）、「今(いま)いるところはこの地図(ちず)のどこですか」（現在位置在這張地圖的哪裡呢）。

---

## (3) ／ 29

| 翻　譯 | 花子寫了張紙條給山田。 |

> 給山田
>
> 昨天真是多謝了。我把向你借的書帶來了。這本書非常好看，還好我有向你借。借來的書就放在書桌上，還附上我媽媽寄給我的點心，請你吃吃看。
>
> 就這樣。
>
> 　　　　　　　　　　　7 月 10 日下午 3 點　花子

**29** 請問花子在 7 月 10 日做了什麼事情呢？

**1** 借書

**2** 還書

**3** 寄送點心

**4** 做點心

答案：**2**

| 解題攻略 | 信件開頭通常會寫上收件者，收件者後加上「へ」就是「給⋯」的意思。信末則會留下寄件者署名，在署名後加上「より」就表示「上」。署名前面的日期（7 月10日）就是留下這張紙條的日期。 |

解題關鍵在紙條的第二句「山田さんに借りた本を持ってきました」（我把向你借的書帶來了）和紙條中的「借りた本は机に置きます」（借來的書就放在書桌上），由此可知把借的書帶來、放在桌上就是寫這張紙條的當天（7月10日）的事，所以正確答案是選項2「本を返えしました」（還書）。

接著提到「それから母から送ってきたおかしも置きます」（還附上我媽媽寄給我的點心），「母から」的「から」表示東西的來源，由此可知點心是從母親那裡得到的，並非花子寄的或做的，花子僅是「おきます」（擺放），所以選項3、4都錯誤，正確答案是2。

「よかったです」用於表示慶幸、感激的心情。

「それから」意思是「接著…」、「還有…」，用於承上啓下。

### 🖋 重要單字

□ 昨日（きのう）昨天

□ 借りる（か）借

□ それから 接著；還有

□ 送る（おく）寄；送

□ お菓子（かし）點心

JLPT
**N5** 日本語能力試験 ⑪

つぎの (1)から (3)の ぶんしょうを 読んで、しつもんに こたえて ください。こたえは、1・2・3・4から いちばん いい ものを 一つ えらんで ください。

(1)

　わたしは、きょう 図書館に 本を 借りに 行きました。でも、読みたい 本は ほかの 人が 借りて いて、ありませんでした。図書館の 人が 「予約を して ください。」と 言いましたので、そうしました。

27 「わたし」は きょう 図書館で 何を しましたか。
1 本を 返しました。
2 本を 借りました。
3 本を 読みました。
4 本を 予約しました

(2)

　この　ネクタイは　1500円です。その　となりの　しろい　ネクタイは　2000円ですが、きょうは　200円　安く　なって　います。

28　どの　絵が　ただしいですか。

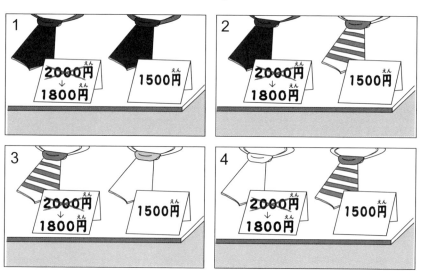

(3)

　あした　いっしょに　遊びに　行く　友だちから　メールが　来ました。

---

　山川さん

　　あしたの　お弁当と　飲み物は　わたしが　準備します。山川さんは　おかしを　持って　きて　ください。それから、あしたは　暑く　なりますから、ぼうしを　忘れないで　ください。じゃ、あした　8時に　駅で　会いましょう。

　　　　　　　　　　　　　　　　　　　　　　　　　吉田

---

**29**　山川さんは　あした　何を　持って　行きますか。

1　お弁当と　飲み物

2　おかし

3　お弁当と　飲み物と　ぼうし

4　おかしと　ぼうし

## ⑪ 翻譯與解題

請先閱讀下面的文章(1)～(3)再回答問題。請從選項 1・2・3・4 當中選出一個最適當的答案。

---

## (1) ／ 27

**翻　譯**　我今天去圖書館借書。可是我想看的書被別人借走了，所以找不到。圖書館的人要我預約，所以我照做了。

**27** 請問「我」今天在圖書館做了什麼事情？

1　還書　　　　　　　2　借書
3　看書　　　　　　　4　預約借書

答案：**4**

**解題攻略**　這一題問的是「きょう」（今天），但可別看到第一句「わたしは、きょう図書館に本を借りに行きました」（我今天去圖書館借書）就以為選項2「本を借りました」（借書）是答案，請小心後面表示逆接的「でも」（可是）。

文章第二句「でも、読みたい本はほかの人が借りていて、ありませんでした」（可是，我想看的書被別人借走了，所以找不到）表達了無法借書，所以選項2錯誤。

解題重點在最後一句「そうしました」（我照做了），過去式「しました」表示「わたし」（我）做了一件事，至於是什麼事呢？線索就藏在「そう」（這樣…），「そ」開頭的指示詞指示前面提到的事物，在本文指的是「図書館の人が『予約をしてください』と言いました」（圖書館的人要我預約）這件事。也就是說「わたし」（我）接受館員的建議，預約了想借的書。正確答案是4。

## ✏ 重要單字

□ 今日 <ruby>今日<rt>きょう</rt></ruby> 今天
□ 図書館 <ruby>図書館<rt>と しょかん</rt></ruby> 圖書館
□ 本 <ruby>本<rt>ほん</rt></ruby> 書
□ 借りる <ruby>借<rt>か</rt></ruby>りる 借（入）

□ ほか 其他
□ 予約 <ruby>予約<rt>よ やく</rt></ruby> 預約
□ 返す <ruby>返<rt>かえ</rt></ruby>す 歸還

---

## (2) ／ 28

**翻 譯** 這條領帶是 1500 圓。它旁邊的白色領帶是 2000 圓，不過今天便宜了 200 圓。

**28** 請問下列哪張圖是正確的呢？

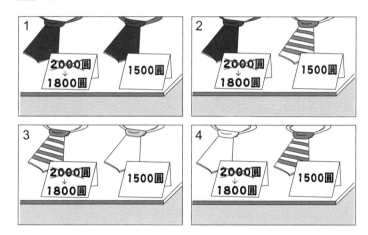

**答案：4**

**解題攻略** 「どの」用於在三樣以上的東西裡面挑出一個，如果選項只有兩樣，就用「どちら」。

「このネクタイは1500円です」（這條領帶是1500圓），「こ」開頭的指示詞用來指示離說話者比較近的事物。

下一句「そのとなりのしろいネクタイは2000円ですが、きょうは200円安くなっています」（它旁邊的白色領帶是2000圓，不過今天便宜了200圓）的「その」指的是「（このネクタイの）となりのしろいネクタイ」（〈這條領帶〉旁邊的白色領帶）。「そ」開頭的指示詞指前面提到的1500日圓的領帶。這句話用了對比句型「Aは～が、Bは～」，表示白色領帶今天的售價和之前不一樣。

2000－200＝1800（圓），所以白色領帶是1800圓。正確答案是4。

❷ 重要單字

□ この 這個
□ ネクタイ 領帶
□ ～円（えん）…日圓

□ どの 哪一個
□ 絵（え）插圖

❷ 小知識大補帖

在日本購物時，想要試穿、試戴商品時，該怎麼説呢？不妨試試萬用句「動詞＋もいいですか」（可以＿＿嗎）吧！只要在動詞部分套用「試着して」（しちゃく）（試穿）、「つけてみて」（試戴）、「触って」（さわ）（摸摸看）就行囉！

## (3) ／ 29

**翻 譯**　明天要一起出去玩的朋友寄了電子郵件給我。

> 山川同學
>
> 明天的便當和飲料就由我來準備。請你帶零食過來。另外，明天會變得很熱，所以別忘了戴帽子。那麼我們明天 8 點在車站見囉。
>
> 　　　　　　　　　　　　　　　　　　　　　　　吉田

**29**　請問明天山川同學要帶什麼過去？

**1**　便當和飲料

**2**　零食

**3**　便當、飲料和帽子

**4**　零食和帽子

**答案：4**

**解題攻略**

> 這一題問的是「山川さん」要帶什麼東西過去，可別搞混了。因為寫這封信的人不是山川本人，所以可以從表示請求或命令的句型「～てください」中找出答案。

> 「あしたのお弁当と飲み物はわたしが準備します」（明天的便當和飲料就由我來準備）這句話的主語是「わたし」，也就是寫這封信的吉田。「わたしが」的「が」帶有強調的語感，排他性很強，翻譯成「就由我」，意思是「來做這件事情的不是別人，是我」。所以選項 1、3 都是錯的。

吉田接著說「山川さんはおかしを持ってきてください」
（請山川帶零食過來），後面又提到「ぼうしを忘れない
でください」（別忘了戴帽子）。所以山川要帶零食和帽
子，正確答案是4。

「〜を忘れないでください」（請別忘了…）隱含的意思
就是「〜を持ってきてください」（請帶…過來）。

「〜ましょう」用來邀請對方一起做某件事情，在這邊暗
示了兩人早就約好碰面時間，需要一起遵守。

## ⊘ 重要單字

- □ お弁当 便當
- □ 飲み物 飲料
- □ 準備 準備
- □ お菓子 點心；零食
- □ 暑い 炎熱的
- □ 帽子 帽子
- □ 忘れる 忘記
- □ 駅 車站

## ⊘ 文法と萬用句型

**❶** ⬚⬚⬚⬚ ＋から （從…、由…）

**說明** 【名詞（對象）】＋から。表示從某對象借東西、從某對象聽來的消息，
或從某對象得到東西等。「から」前面就是這某對象。

**例句** 山川さんから 時計を 借りました。
我向山田先生借了手錶。
[替換單字] 友だち 朋友／姉 姐姐／伯父さん 伯父

▶ **介紹家庭**

わたしの 家は 4人 家族です。

我家一共有四個人。

家族は 夫と 子供 3人です。

我家有先生、孩子、還有我一共三個人。

わたしの 家族は 父、母、姉、そして 僕です。

我家有爸爸、媽媽、姐姐，還有我。

一番 下の 娘です。

這是我么女。／我是排行最小的女兒。

三人 兄弟の 真ん中です。

我在三個兄弟姊妹裡排行中間。

父は 来年 50に なります。

我的父親明年五十歲。

姉は 会社員です。

姐姐是上班族。

兄は 野球が 上手です。

哥哥很會打棒球。

我が家は 大家族です。

我們家是個大家庭。

▶ **邀約**

出かけませんか。

要不要出來碰個面呢。

出かけましょう。

我們出門去吧。

日曜日に　会えますか。
星期日可以見個面嗎？

買い物に　行かない。
要不要去買東西？

明日、暇ですか。
明天有空嗎？

土曜日は　大丈夫ですか。
你星期六有時間嗎？

近い　うちに　会いましょう。
我們最近見個面吧。

今度また　みんなで　会いましょう。
下回大家一起聚一聚吧。

▶ **道謝與道歉**

ありがとう。
謝謝。

どうも　ありがとうございます。
非常感謝。

どういたしまして。
不客氣。

大丈夫ですよ。
不要緊

こちらこそ。
我才應該向你道謝。

すみません。
對不起

ごめんなさい。
對不起。

# 5

在讀完包含以日常話題或情境為題材等，約 250 字左右撰寫平易的文章段落之後，測驗是否能夠理解其內容。

## 理解內容／中文

## 考前要注意的事

### ▶ 作答流程 & 答題技巧

| 閱讀說明 | 先仔細閱讀考題說明 |
|---|---|

| 閱讀 問題與內容 | 預估有 2 題 |
|---|---|

1 考試時建議先看提問及選項，再看文章。

2 閱讀約 250 字的中篇文章，測驗是否能夠理解文章的內容。文章多以日常生活話題或情境所改寫。

3 提問一般用造成某結果的理由「～はどうしてですか」、文章中某詞彙的意思「～は、どんなことですか」、文章內容「～とき、何をしましたか」的表達方式。

4 還有，選擇錯誤選項的「正しくないものどれですか」偶而也會出現，要仔細看清提問喔！

| 答題 | 選出正確答案 |
|---|---|

つぎの ぶんしょうを 読んで、しつもんに こたえて ください。こたえは、1・
2・3・4から いちばん いい ものを 一つ えらんで ください。

　わたしが 住んで いる ビルは 5階まで あります。わた
しの 家は 4階です。4階には わたしの 家の ほかに、二
つの 家が あります。

　となりの 家には、小さい 子どもが います。3歳 ぐらい
の 男の 子で、いつも 帽子を かぶって います。よく 公
園で お母さんと 遊んで います。

　もう 一つの 家には、女の 子が 二人 います。わたしと
同じ 小学校に 行って います。一人は 同じ クラスなの
で、いつも いっしょに 帰って きます。

　今度、新しく 2階に 来る 家には、わたしと 年の 近い
女の 子が いると 聞きました。早く いっしょに 遊びたい
です。

**30** いつも いっしょに 帰って くる 子は、何階に 住ん で いますか。

1　5階

2　4階

3　3階

4　2階

**31** 男の 子は よく 何を して いますか。

1　家に いる

2　公園に 行く

3　学校に 行く

4　女の 子と 遊ぶ

## ① 翻譯與解題

請先閱讀下面的文章再回答問題。請從選項 1・2・3・4 當中選出一個最適當的答案。

---

**翻 譯**　我住的大樓一共有五層樓。我家在 4 樓。4 樓除了我家以外，還有其他兩戶。

隔壁那戶有很小的小朋友。是個年約 3 歲的小男孩，總是戴著帽子。他常常和他媽媽在公園玩耍。

另一戶有兩個小女孩。她們和我上同一間小學。其中一個人和我同班，所以我們都一起回家。

聽說這次要搬來 2 樓的新住戶有個和我年紀差不多的女孩，希望能快快和她一起玩。

---

**30**

**翻 譯**　30 請問總是和作者一起回家的小孩住在幾樓呢？

**1**　5 樓
**2**　4 樓
**3**　3 樓
**4**　2 樓

**答案：2**

**解題攻略**

這一題先找出文章裡面提到一起回家的女孩。第三段提到「一人は同じクラスなので、いつもいっしょに帰ってきます」（其中一個人和我同班，所以我們都一起回家），這一段是在說「もう一つの家」（另一戶）的情形，當同時說明兩件事物時，說完第一項，要說第二項的時候，就可以用「もう一つ」（另一個…）。

第一段提到「わたしの家は４階です。４階にはわたしの家のほかに、二つの家があります」（我家在４樓。４樓除了我家以外，還有其他兩戶），由此可知這個「もう一つの家」也住在４樓，因此正確答案是２。

「〜のほかに」表示「除了…還有…」。

---

## 31

翻　譯

**31** 請問小男孩常常做什麼呢？

**1** 待在家
**2** 去公園
**3** 去上學
**4** 和小女孩一起玩

答案：**2**

解題攻略

這一題問題關鍵在「よく何をしていますか」，問的是平常常做什麼事情。

第二段提到小男孩是「３歳ぐらいの男の子で、いつも帽子をかぶっています。よく公園でお母さんと遊んでいます」（是個年約３歳的小男孩，總是戴著帽子。他常常和他媽媽在公園玩耍），「〜ぐらい」（大概…）表示推測。

「かぶっています」可以翻譯成「戴著…」，這裡的「〜ています」表示狀態或習慣，不是現在進行式的「正在戴」，雖然「戴帽子」也是男孩常做的事情，不過沒有這個選項，「遊んでいます」的「〜ています」表示狀態或習慣，不是現在進行式的「正在玩」，從這邊可以得知小男孩最常做的事情就是去公園。因此正確答案是２。

第四段「わたしと年の近い女の子がいると聞きました」
（聽說有個和我年紀差不多的女孩），這裡的「年の近い女
の子」也可以用「年が近い女の子」來代替，「早くいっ
しょに遊びたいです」（希望能快快和她一起玩）的「～
たいです」表示說話者個人的心願、希望。

## ✐ 重要單字

| | |
|---|---|
| □ もう一つ 另外一個 | □ 隣 隔壁 |
| □ 女の子 小女孩 | □ 小さい 小的 |
| □ 小学校 小學 | □ 子ども 小孩 |
| □ 同じ 相同 | □ 〜歳 …歲 |
| □ クラス 班級 | □ 男の子 小男孩 |
| □ 今度 這次 | □ いつも 總是 |
| □ 年の近い 年齡相近 | □ 帽子 帽子 |
| □ 聞く 聽説；問 | □ かぶる 戴〈帽子〉 |
| □ 早く 快一點 | □ よく 常 |
| □ 住む 居住 | □ 公園 公園 |
| □ ビル 大樓 | □ お母さん 媽媽 |
| □ 〜階 …樓 | □ 遊ぶ 遊玩 |

## ✐ 文法と萬用句型

**1** ☐ ＋ています （表習慣性）

**說明** 【動詞て形】＋います。跟表示頻率的「毎日（まいにち）、いつも、
よく、時々（ときどき）」等單詞使用，就有習慣做同一動作的意思。

**例句** 毎朝　いつも　紅茶を　飲んで　います。
每天早上習慣喝紅茶。
[替換單字] 勉強して 念書／歌って 唱歌／風呂に 入って 泡澡

**2**  ⬛ ＋ています　（表結果或狀態的持續）

▸ 說明 【動詞て形】＋います。表示某一動作後的結果或狀態還持續到現在，也就是說話的當時。

▸ 例句 絵が　かかって　います。
掛著畫。

[替換單字] ドアが　閉まって　關著門／帽子を　かぶって　戴著帽子

**3**  ⬛ ＋たい　（…想要…）

▸ 說明 【動詞ます形】＋たい。表示說話人（第一人稱）內心希望某一行為能實現，或是強烈的願望。否定時用「たくない」、「たくありません」。

▸ 例句 食べたいです。
想要吃。

[替換單字] 買い　買／行き　去／飲み　喝

つぎの　ぶんしょうを　読んで、しつもんに　こたえて　ください。こたえは、1・2・3・4から　いちばん　いい　ものを　一つ　えらんで　ください。

　父は　毎日　コーヒーを　飲みます。夏の　暑い　ときには、冷たい　コーヒーを、冬の　寒い　ときには、温かい　コーヒーを　飲みます。わたしも　ときどき　飲みますが、コーヒーは　おいしいと　思いません。

　きょうの　朝は、コーヒーが　ありませんでした。きのう、スーパーへ　行った　とき、売って　いなかったからです。父は　わたしたちと　いっしょに　お茶を　飲みました。きょうの　お茶は、中国の　有名な　お茶でした。寒い　朝に、温かい　お茶を　飲んで、体も　温かく　なって、元気が　出ました。

**30** きょうの 朝、お父さんは どうして コーヒーを 飲み

ませんでしたか。

1 きょうの 朝は 寒かったので

2 うちに コーヒーが なかったので

3 コーヒーは おいしいと 思わないので

4 きょうの 朝は 暑かったので

**31** きょうの 朝は どんな お茶を 飲みましたか。

1 あまり おいしくない お茶

2 有名な お茶

3 冷たい お茶

4 まずい お茶

## ② 翻譯與解題

請先閱讀下面的文章再回答問題。請從選項 1・2・3・4 當中選出一個最適當的答案。

---

**翻 譯** 爸爸每天都會喝咖啡。夏天炎熱的時候喝冰咖啡，冬天寒冷的時候就喝熱咖啡。我有時雖然也會喝，可是我不覺得咖啡很美味。

今天早上咖啡沒有了。這是因為昨天去超市的時候發現它沒有賣。爸爸和我們一起喝了茶。今天的茶是中國很有名的茶葉。在寒冷的早上喝一杯溫熱的茶，身體會暖和起來，精神都來了。

---

**30**

**翻 譯** 30 請問今天早上為什麼爸爸沒有喝咖啡呢？

1 因為今天早上很冷
2 因為家裡沒有咖啡
3 因為不覺得咖啡好喝
4 因為今天早上很熱

答案：2

**解題攻略** 這一題問題關鍵在「どうして」，問的是原因理由。

文章第一段提到「父は毎日コーヒーを飲みます」（爸爸每天都會喝咖啡），不過第二段說明昨天在超市沒買到咖啡，今天早上沒有咖啡可以喝，所以爸爸才和其他人一起喝茶。正確答案是 2。

「夏の暑いときには、冷たいコーヒーを」（夏天炎熱的時候喝冰咖啡）的「を」，下面省略了「飲みます」。像這樣省略「を」後面的他動詞是很常見的表現，作用是調節節奏，或是讓內容看起來簡潔有力，我們只能依照常識去判斷被省略的動詞是什麼，在這邊因為後面有一句「温かいコーヒーを飲みます」，所以可以很明確地知道消失的部分是「飲みます」。

「わたしもときどき飲みますが、コーヒーはおいしいと思いません」（我有時雖然也會喝，可是我不覺得咖啡很美味），「ときどき」是「有時」的意思，表示頻率的常見副詞按照頻率高低排序，依序是「よく（時常）＞ときどき（有時）＞たまに（偶爾）＞あまり（很少）＞ぜんぜん（完全不）」，要注意最後兩個的後面都接否定表現。

「〜と思いません」用來表示說話者的否定想法，「と」的前面放想法、感受，可以翻譯成「我不覺得…」、「我不認為…」。

---

## 31

**翻　譯**　　31 請問今天早上喝的茶是怎樣的茶呢？

**1** 不太好喝的茶
**2** 有名的茶
**3** 冰的茶
**4** 難喝的茶

**答案：2**

**解題攻略**　這一題解題關鍵在「きょうのお茶は、中国の有名なお茶でした」（今天的茶是中國很有名的茶葉），直接點出答案就是「有名なお茶」，正確答案是 2。

「体も温かくなって」（身體也暖和了起來）的「～くなります」前面接形容詞語幹，表示變化。

## 重要單字

□ 父 我的爸爸；家父
□ 毎日 每天
□ コーヒー 咖啡
□ 飲む 喝
□ 夏 夏天
□ 暑い 炎熱的
□ 冷たい 冰涼的
□ 冬 冬天
□ 寒い 寒冷的
□ 温かい 暖和；溫暖

□ 時々 有時候
□ スーパー 超市
□ お茶 茶
□ 中国 中國
□ 有名 有名
□ 朝 早上
□ 体 身體
□ 元気 精神；精力
□ まずい 味道不好的

## 文法と萬用句型

**1**  〔　　〕＋とき （…的時候…）

**說明**【名詞（の）；形容動詞（な）；[ 形容詞・動詞 ] 普通形；動詞過去形；動詞現在形 】＋とき。表示與此同時並行發生其他的事情。

**例句** デパートへ 行った とき、買いました。
去百貨公司的時候買了。
[ 替換單字 ] 新幹線に 乗った 搭乘新幹線／休みの 休假／好きな 喜歡

**2** ☐ ＋から （因為…）

**説明**【[ 形容詞・動詞 ] 普通形 】＋から。表示原因、理由。一般用於説話人出於個人主觀理由，進行請求、命令、希望、主張及推測，是種較強烈的意志性表達。

**例句** 甘いから、食べます。
因為很甜，所以要吃。
[ 替換單字 ] 元気　になる 有精神／好きだ 喜歡／
美味しい　ケーキだ 美味的蛋糕

**3** ☐ ＋なります （變成…）

**説明**【形容詞詞幹】＋なります。形容詞後面接「なります」，要把詞尾的「い」變成「く」。表示事物本身產生的自然變化，這種變化並非人為意圖性的施加作用。即使變化是人為造成的，若重點不在「誰改變的」，也可用此文法。

**例句** 空が　赤く　なりました。
天空變紅了。
[ 替換單字 ] 黒く　黑／青く　藍／白く　白

**4** あまり＋ ☐ ＋ない （不太…）

**説明** あまり＋【[ 形容詞・形容動・動詞 ] 否定形 】＋ない。下接否定的形式，表示程度不特別高，數量不特別多。

**例句** あの　店は　あまり　おいしく　ありません。
那家店不太好吃。
[ 替換單字 ] 行きたく　想去／きれいでは　漂亮

---

### ✔ 小知識大補帖

「ウーロン茶」（烏龍茶）、「紅茶」（紅茶）、「ミルクティー」（奶茶）、「コーヒー」（咖啡）、「オレンジジュース」（柳橙汁）、「レモンティー」（檸檬茶）、「コーラ」（可樂）、「ココア」（可可亞）。將這些飲料的日語記下來，再搭配萬用句「（飲料）＋をください」（請給我〈飲料〉），以後去日本要點飲料時就方便多了！

つぎの　ぶんしょうを　読んで、しつもんに　こたえて　ください。こたえは、1・
2・3・4から　いちばん　いい　ものを　一つ　えらんで　ください。

　　ことしの　夏休みに　したいことを　考えました。

　　7月は　家族で　外国に　旅行に　行きますが、その　あとは
時間が　あるので、いろいろな　ことを　したいです。

　　わたしは　音楽が　好きで、CDも　たくさん　持って　いま
す。うちの　近くに　ピアノを　教えて　いる　先生が　いるの
で、夏休みに　習いに　行きたいです。来週、先生の　教室を
見に　行きます。

　　それから、料理も　したいです。休みの　日には　ときどき
料理を　して　いますが、学校が　ある　日は　忙しいので　で
きません。母は　料理が　じょうずなので、母に　習いたいと
思います。

**30** ことしの 夏休みに 何を したいと 思って いますか。

1 外国に 行って、ピアノを 習いたい

2 ピアノを 教えたい

3 ピアノと 料理を 習いたい

4 CDを たくさん 買いたい

**31** いつも 料理は どのぐらい しますか。

1 休みの 日に ときどき します。

2 しません。

3 毎日 します。

4 学校が ある 日に します。

### ③ 翻譯與解題

請先閱讀下面的文章再回答問題。請從選項1・2・3・4當中選出一個最適當的答案。

---

**翻譯**　我思考了一下今年暑假想做什麼。

7月要和家人去國外旅行，回國後有空出的時間，所以我想做很多事情。

我喜歡音樂，也收藏很多 CD。我家附近有在教鋼琴的老師，所以我暑假想去學。下禮拜要去參觀老師的教室。

接著，我想要下廚。假日我有時候會煮菜，不過要上學的日子很忙，沒辦法下廚。我媽媽燒得一手好菜，所以我想向她討教幾招。

---

**30**

**翻譯**　30 請問今年夏天作者想做什麼呢？

1 想去國外學鋼琴
2 想教授鋼琴
3 想學鋼琴和煮菜
4 想買很多的 CD

答案：3

**解題攻略**　這一題問題問的是作者今年暑假想做什麼，「～と思っていますか」是用來問第三人稱（＝作者）的希望、心願。如果是問「ことしの夏休みに何をしたいと思いますか」，就變成詢問作答的人今年暑假想做什麼了。

解題關鍵在第３段的「家の近くにピアノを教えている先
生がいるので、夏休みに習いに行きたいです」（我家附
近有在教鋼琴的老師，所以我暑假想去學），以及文章第
４段的「それから、料理もしたいです」（接著，我想要
下廚）。「それから」的意思是「還有…」，表示作者除
了學鋼琴還有其他想做的事情，也就是第３段提到的「下
廚」，因此正確答案是３。

「～に行きたいです」的意思是「為了…想去…」。

選項１「外国に行って、ピアノを習いたい」（想去國外
學鋼琴）的「～て」表示行為的先後順序，意思是先去國
外，然後在國外學鋼琴。

---

## 31

**翻　譯**　31 請問作者多久下一次廚？

1 假日有時候會下廚
2 作者不煮菜
3 每天都下廚
4 有上學的日子才煮菜

**答案：1**

**解題攻略**　這一題問題關鍵在「どのぐらい」，可以用來詢問能力的
程度，不過在這邊是詢問行為的頻率。

解題重點在第４段「休みの日にはときどき料理をしてい
ますが、学校がある日は忙しいのでできません」，表示
作者假日有時候會煮菜，不過要上學的日子就沒辦法下
廚，因此正確答案是１。

「ときどき」是「有時」的意思，表示頻率的常見副詞按照頻率高低排序，依序是「よく（時常）＞ときどき（有時）＞たまに（偶爾）＞あまり（很少）＞ぜんぜん（完全不）」，要注意最後兩個的後面都接否定表現。

## ❷ 重要單字

- □ 今年<ruby>今年<rt>ことし</rt></ruby> 今年
- □ <ruby>夏休み<rt>なつやす</rt></ruby> 暑假
- □ <ruby>考える<rt>かんが</rt></ruby> 思考；考慮
- □ <ruby>家族<rt>かぞく</rt></ruby> 家族
- □ <ruby>外国<rt>がいこく</rt></ruby> 外國
- □ <ruby>旅行<rt>りょこう</rt></ruby> 旅行
- □ <ruby>音楽<rt>おんがく</rt></ruby> 音樂
- □ <ruby>好き<rt>す</rt></ruby> 喜歡
- □ <ruby>持っている<rt>も</rt></ruby> 擁有
- □ ピアノ 鋼琴

- □ <ruby>教える<rt>おし</rt></ruby> 教導
- □ <ruby>習う<rt>なら</rt></ruby> 學習
- □ <ruby>教室<rt>きょうしつ</rt></ruby> 教室
- □ <ruby>休み<rt>やす</rt></ruby> 休假
- □ <ruby>料理をする<rt>りょうり</rt></ruby> 煮菜
- □ ときどき 有時候
- □ <ruby>忙しい<rt>いそが</rt></ruby> 忙碌的
- □ できる 會…；辦得到
- □ <ruby>上手<rt>じょうず</rt></ruby> 拿手
- □ <ruby>思う<rt>おも</rt></ruby> 想；覺得

## ❷ 文法と萬用句型

**❶** ☐☐☐☐ ＋は＋ ☐☐☐☐ ＋が （表對象狀態）

**說明** 【名詞】＋は＋【名詞】＋が。「が」前面接名詞，可以表示該名詞是後續謂語所表示的狀態的對象。

**例句** <ruby>父<rt>ちち</rt></ruby>は、<ruby>頭<rt>あたま</rt></ruby>が <ruby>大きい<rt>おお</rt></ruby>です。
爸爸的頭很大。

[替換單字] <ruby>母<rt>はは</rt></ruby> 媽媽・<ruby>顔<rt>かお</rt></ruby> 臉／
<ruby>兄<rt>あに</rt></ruby> 哥哥・<ruby>鼻<rt>はな</rt></ruby> 鼻子／
<ruby>姉<rt>あね</rt></ruby> 姊姊・<ruby>口<rt>くち</rt></ruby> 嘴巴

JLPT N5 日本語能力試験 ④

つぎの ぶんしょうを 読んで、しつもんに こたえて ください。こたえは、1・2・3・4から いちばん いい ものを 一つ えらんで ください。

　同じ　クラスの　田中さんは、毎日、違う　色の　服を　着て　きます。

　きょう、田中さんに「何色の　服が　いちばん　好きですか。」と　聞きました。田中さんは「赤が　いちばん　好きです。赤い　色の　服を　着た　日は、いちばん　うれしいです。」と　言いました。今週、田中さんは　2回　赤い　色の　服を　着て　学校に　来ました。白い　服と　黄色い　服と　緑の　服も　1回ずつ　ありました。

　わたしは、毎朝　学校に　着て　いく　服の　色を、あまり　考えません。黒や　茶色の　服を　よく　着ますが、これからは、もっと　いろいろな　色の　服を　着たいと　思います。

**30** 今週、田中さんが いちばん よく 着た 服の 色は
何色ですか。

1 赤

2 白と 黄色

3 緑

4 黒と 茶色

**31** 「わたし」は、学校に 着て いく 服の 色を、これから
どうしたいと 思って いますか。

1 あまり 考えません。

2 赤い 色の 服を 着たいです。

3 これからも 黒や 茶色の 服を 着たいです。

4 いろいろな 色の 服を 着たいです。

## ④ 翻譯與解題

請先閱讀下面的文章再回答問題。請從選項 1・2・3・4 當中選出一個最適當的答案。

**翻 譯**　　同班的田中同學每天都穿不同顏色的衣服。

今天我問田中同學：「妳最喜歡什麼顏色的衣服」，田中同學說：「我最喜歡紅色。穿紅色衣服的那一天最開心」。這禮拜田中同學穿了兩次紅色衣服來上學。白色衣服、黃色衣服和綠色衣服也各穿了一次。

我每天都沒有多想要穿什麼衣服上學。我常穿黑色或咖啡色的衣服，不過接下來我想多穿其他顏色的衣服。

## 30

**翻 譯**　　30　請問這禮拜田中同學最常穿的衣服顏色是什麼顏色？

**1**　紅色
**2**　白色和黃色
**3**　綠色
**4**　黑色和咖啡色

**答案：1**

**解題攻略**　　這一題問的是「いちばんよく着た」（最常穿的），「いちばん」（最…）表示最高級，表程度或頻率最多、最高的。

解題關鍵在第二段的最後兩句「今週、田中さんは２回赤い色の服を着て学校に来ました」（這禮拜田中同學穿了兩次紅衣服來上學）、「しろい服と黃色い服と緑の服も１回ずつありました」（白色衣服、黃色衣服和綠色衣服也各穿了一次）。

[ 理解內容／中文 ] 137

由此可知田中同學這個禮拜穿了 2 次紅衣服、1 次白衣服、1 次黃衣服、1 次綠衣服，所以紅色是這個禮拜最常穿的顏色。正確答案是 1。

「ずつ」前面接數量、比例，意思是「各…」。

## 31

翻 譯

[31] 請問「我」對於接下來穿去上學的衣服顏色，是怎麼想的呢？

1 沒多加思考
2 想穿紅色的衣服
3 接下來也要穿黑色或咖啡色的衣服
4 想穿各種顏色的衣服

答案：**4**

解題攻略

問題中的「どうしたい」意思是「想怎麼做」，「どう」用來詢問狀態，「～と思っていますか」用於詢問第三人稱的心願、希望。

答案在全文最後一句「黒や茶色の服をよく着ますが、これからは、もっといろいろな色の服を着たいと思います」（我常穿黑色或咖啡色的衣服，不過接下來我想多穿其他顏色的衣服）。「これから」意思是「接下來」，後面加上「は」表示接下來的發展將會和過去不一樣。正確答案是 4。

文章最後一段提到「わたしは…あまり考えません」（我…沒有多想…），句型「あまり～ません」表示程度不怎麼高或數量不怎麼多。請注意「あまり」的後面一定接否定表現，意思是「不怎麼…」。

## ✔ 重要單字

□ 同じ 相同的
□ クラス 班級
□ 違う 不同
□ 着る 穿
□ 何色 什麼顏色
□ 赤い 紅色的
□ 嬉しい 開心的

□ 黄色い 黃色的
□ 緑 綠色
□ 毎朝 每天早上
□ 茶色 茶色
□ よく 經常
□ もっと 更

## ✔ 文法と萬用句型

### 1 ▢ ＋ずつ （每、各）

**說明** 【數量詞】＋ずつ。接在數量詞後面，表示平均分配的數量。

**例句** お菓子は 一人 1個ずつです。
點心一人一個。
[替換單字] 二つ 兩個／少し 一點

### 2 あまり＋ ▢ ＋ない （不太…）

**說明** あまり＋【[形容詞・形容動・動詞]否定形】＋ない。「あまり」下接否定的形式，表示程度不特別高，數量不特別多。

**例句** 小さいころ、あまり 体が 丈夫では ありませんでした。
小時候身體不太好。

## ✔ 小知識大補帖

關於穿著打扮的單字還有「ズボン」（褲子）、「スカート」（裙子）、「コート」（大衣）、「くつ」（鞋子）、「くつした」（襪子）、「帽子」（帽子）、「かばん」（包包）。不妨一起記下來哦！

つぎの　ぶんしょうを　読んで、しつもんに　こたえて　ください。こたえは、1・2・3・4から　いちばん　いい　ものを　一つ　えらんで　ください。

　結婚するまえ、休みの　日は　いつも　おそくまで　寝て　いました。12時ごろ　起きて、ゆっくり　朝ごはんを　食べて　から、部屋の　そうじを　したり、本を　読んだり　しました。

　今は　結婚して、子どもが　いますので、休みの　日も　早く　起きます。子どもと　いっしょに　6時　ごろに　起きて、朝ごはんを　作ります。子どもは　朝ごはんを　食べて、宿題を　してから、友だちの　家に　遊びに　行ったり、公園に　行ったり　します。お昼ごはんの　時間には　帰って　きます。一人の　時間は　あまり　ありませんが、毎日　とても　楽しいです。

30 休みの 日、子どもは どうしますか。

1 部屋の そうじを したり、本を 読んだり します。

2 友だちの 家で お昼ごはんを 食べます。

3 友だちの 家や 公園に 行きます。

4 12時ごろ 起きます。

31 この 人は 今の 生活を どう 思って いますか。

1 一人の 時間が もっと ほしいです。

2 朝 早く 起きたく ありません。

3 お昼ごはんは 家に 帰りたいです。

4 子どもが いる 生活は 楽しいです。

## ⑤ 翻譯與解題

請先閱讀下面的文章再回答問題。請從選項 1・2・3・4當中選出一個最適當的答案。

---

**翻 譯**　結婚前我假日總是睡到很晚。12 點左右起床，慢慢地享用早餐，然後掃掃房間、看看書。

現在結了婚，有了小孩，假日也很早起床。我和小孩一起在早上 6 點起床做早餐。小孩吃過早餐、寫過功課，就去朋友家玩，或是去公園，到了午餐時間就會回家。雖然我沒什麼獨處時間，但我每天都很開心。

---

## 30

**翻 譯**　**30** 請問假日的時候小孩都在做什麼呢？

1　掃掃房間、看看書
2　在朋友家吃中餐
3　去朋友家或公園
4　在 12 點左右起床

答案：**3**

**解題攻略**

題目中「どうしますか」問的是小孩們的情況、都做些什麼事情。

選項 1 是作者婚前的假日生活，所以錯誤。

選項 2 可見文章第二段「子どもは…お昼ごはんの時間には帰ってきます」（小孩到了午餐時間就會回家）。由此可知小孩並沒有在朋友家吃午餐，所以錯誤。

選項 4，文章第二段提到「子どもといっしょに 6 時ごろに起きて」（我和小孩一起在早上 6 點起床）。小孩起床時間是早上 6 點，所以也錯誤。正確答案是 3。

# 31

**翻譯**　**31**　請問這個人覺得現在的生活如何呢？

1　想要有更多一個人的時間
2　不想早起
3　想回家吃中餐
4　和小孩在一起的生活很快樂

**答案：4**

**解題攻略**　題目問的是作者「今の生活」（現在的生活）。

答案在文章最後一句「一人の時間はあまりありませんが、毎日とても楽しいです」（雖然我沒什麼獨處時間，但我每天都很開心），表示作者覺得現在有了小孩的生活很快樂。正確答案是4。

「今は結婚して、子どもがいますので、休みの日も早く起きます」（現在結了婚，有了小孩，假日也很早起床），句中的「も」是並列用法，可以翻譯成「也…」，指平日也和假日一樣要早起。

## 🖊 重要單字

□ 結婚 結婚
□ 起きる 起床
□ ゆっくり 慢慢地；充裕
□ 朝ご飯 早餐
□ 部屋 房間
□ 掃除 打掃

□ 子ども 小孩
□ 休みの日 假日
□ 家 家
□ 遊ぶ 遊玩
□ 公園 公園
□ 行く 去

**1** ⬚ ＋まえ （…前）

> 説明 【動詞辭書形】＋まえ。表示後項發生在前項之前。

> 例句 結婚するまえ　子どもが　生まれました。
> 小孩誕生於結婚前。

**2** ⬚ ＋ごろ （左右）

> 説明 【名詞】＋ごろ。表示大概的時間點，一般只接在年、月、日，和鐘點的詞後面。

> 例句 １１月ごろから　寒く　なります。
> 從十一月左右開始變冷。

**3** ⬚ ＋てから （先做…然後再做…;從…）

> 説明 【動詞て形】＋から。結合兩個句子，表示動作順序，強調先做前項的動作或前項事態成立，再進行後句的動作。或表示某動作、持續狀態的起點。

> 例句 お風呂に　入って　から、晩ご飯を　食べます。
> 洗完澡後吃晚飯。
> [替換單字] 紅茶を　飲んで　喝紅茶／勉強して　念書／
> 宿題を　やって　做作業

**4** ⬚ ＋り＋ ⬚ ＋り＋する （又是…又是…;有時…有時…）

> 説明 【動詞た形】＋り＋【動詞た形】＋り＋する。可表示動作並列，意指從幾個動作之中，例舉出２、３個有代表性的，並暗示還有其他的。

> 例句 休みの　日は、掃除を　したり　洗濯を　したり　します。
> 假日又是打掃、又是洗衣服等等。
> [替換單字] 飲んだ　喝・食べた　吃／
> 歌った　唱歌・踊った　跳舞

# 日本語能力試験 ⑥

つぎの　ぶんしょうを　読んで、しつもんに　こたえて　ください。こたえは　1・2・3・4から　いちばん　いい　ものを　一つ　えらんで　ください。

　きのうは　日曜日でした。朝から　雨が　降って　いましたので、陳さんは、昼まで　家で　テレビを　見たり、本を　読んだり　しました。昼ごはんの　あと、音楽を　聴きながら、部屋の　そうじを　しました。陳さんは　アメリカの　音楽が　大好きです。ゆうがた、友だちの　林さんが　遊びに　来ました。二人は　いっしょに　近くの　スーパーへ　行って、買い物を　しました。それから　陳さんの　家で　晩ごはんを　作って、いっしょに　食べました。自分たちの　国の　料理でした。晩ごはんの　あと　二人で　公園を　散歩しました。

30 きのうの 午前、陳さんは 何を しましたか。

1 音楽を 聴きながら、部屋の そうじを しました。

2 テレビを 見たり、本を 読んだり しました。

3 自分の 国の 料理を つくりました。

4 スーパーへ 買い物に 行きました。


31 スーパーは どこに ありますか。

1 陳さんの 家の 近く

2 アメリカの 近く

3 林さんの 家の 近く

4 林さんの 国の 近く

## ⑥ 翻譯與解題

請先閱讀下面的文章再回答問題。請從選項１・２・３・４當中選出一個最適當的答案。

---

| 翻　譯 | 昨天是星期天。從一大早就在下雨，所以陳同學一直到中午都在家裡看電視和看書。吃過中餐後，他邊聽音樂邊打掃房間。陳同學最愛美國的音樂。到了傍晚，友人林同學來找他玩。兩人一起到附近的超市買東西。接著兩人在陳同學家裡做晚餐並一起享用。他們做的是自己國家的料理。晚餐過後兩人在公園散步。 |
|---|---|

---

**30**

| 翻　譯 | 30 請問昨天上午陳同學做了什麼呢？ |
|---|---|

1　邊聽音樂邊打掃　　　　　2　看電視和看書
3　做家鄉菜　　　　　　　　4　去超市買東西

答案：**2**

**解題攻略**

這一題問的是「きのうの午前」（昨天上午），所以要注意時間點。

解題重點在「陳さんは、昼まで家でテレビを見たり、本を読んだりしました」（陳同學一直到中午都在家裡看電視和看書）。「～まで」意思是「在…之前」，表示時間或距離的範圍。「昼まで」（中午之前）和題目的「午前」（上午）意思相同。由此可知答案是選項２。

從文中「昼ごはんのあと、音楽を聴きながら、部屋のそうじをしました」（吃過中餐後，他邊聽音樂邊打掃房間）可知，選項１的時間是「昼ごはんのあと」（吃過中餐後），推估是中午過後，所以選項１錯誤。

從「それから陳さんの家で晩ごはんを作って、いっしょに食べました」（接著兩人在陳同學家裡做晚餐並一起享用）可知選項 3 的時間是傍晚或晚上，所以也錯誤。

從「ゆうがた、友だちの林さんが遊びに来ました。二人はいっしょに近くのスーパーへ行って、買い物をしました」（到了傍晚，友人林同學來找他玩。兩人一起到附近的超市買東西）可知選項 4 的時間是「ゆうがた」（傍晚），所以錯誤。

正確答案是 2。

---

## 31

**翻　譯** ｜31｜ 請問超市位於哪裡呢？

**1** 陳同學家附近
**2** 美國附近
**3** 林同學家附近
**4** 林同學祖國的附近

答案：**1**

**解題攻略** 這一題問的是「どこ」（哪裡），也就是詢問位置所在。

文章中提到「二人はいっしょに近くのスーパーへ行って、買い物をしました」（兩人一起到附近的超市買東西），「近く」是指哪裡附近呢？答案就藏在上一句「ゆうがた、友だちの林さんが遊びに来ました」（到了傍晚，友人林同學來找他玩）。

解題關鍵在「来ました」，「来る」（來）表示來到某地。文中，林同學從其他地方來到某地。文章從一開始就在敘述「陳さん」（陳同學），而陳同學白天一直都待在家，所以某地指的就是陳同學的家。正確答案是 1。

## ✏ 重要單字

- □ 雨が降る 下雨
- □ 本 書
- □ 読む 看（書）
- □ 部屋 房間
- □ 掃除 打掃
- □ 夕方 傍晚
- □ スーパー 超市

- □ 買い物 購物
- □ それから 之後
- □ 自分 自己
- □ 国 國家；祖國
- □ 公園 公園
- □ 散歩 散步

## ✏ 文法と萬用句型

**1** ▢ ＋ながら （一邊…一邊…）

**說明** 【動詞ます形】＋ながら。表示同一主體同時進行兩個動作，此時後面的動作是主要的動作，前面的動作為伴隨的次要動作，也可使用於長時間狀態下，所同時進行的動作。

**例句** 歌を 歌いながら 歩きました。
一面唱歌一面走路。
［替換單字］音楽を 聞き 聽音樂／携帯で 話し 講電話

## ✏ 小知識大補帖

到日本必逛的就是「スーパー」（超市）了！超市的商品種類繁多，可以以划算的價格買到許多傳統零食和點心，找「お土産」（土產）也很方便哦！如果遇到打折期間，買越多越划算，有時候甚至比便利商店便宜！

つぎの ぶんを 読んで しつもんに こたえて ください。こたえは　1・2・3・4から　いちばん　いい　ものを　一つ　えらんでください。

　きのうの　夜　わたしは　仕事が　おわった　あと、友だちと　ごはんを　食べに　行きました。いろいろな　話を　しながら　おいしい　ものを　たくさん　食べました。とても　楽しかったです。でも、家に　帰って　から、おなかが　痛く　なりました。家に　あった　薬を　飲んで、寝ましたが、きょうの　あさも　まだ　痛かったです。朝は　何も　食べないで　家を　でました。でも　駅で　もっと　痛く　なりましたので、会社へ　電話を　して、「きょうは　会社を休みます。」と　言いました。それから　病院へ　行って、もっと　いい　薬を　もらいました。今は　もう　おなかは　痛く　ありません。

**30** きのうの 夜、「わたし」は 家に 帰って から、何を しましたか。

1 友だちと ごはんを 食べました。

2 友だちと いろいろな 話を しました。

3 おなかの 薬を 飲んで 寝ました。

4 病院へ 行きました。

**31** きょう、「わたし」は どうして 会社を 休みましたか。

1 朝ごはんを 食べませんでしたから。

2 友だちと ごはんを 食べに 行きましたから。

3 駅で おなかが 痛く なりましたから。

4 きょうは 会社が 休みの 日でしたから。

**⑦ 翻譯與解題**

請先閱讀下面的文章再回答問題。請從選項1・2・3・4當中選出一個最適當的答案。

---

**翻　譯**　昨天晚上下班後，我和朋友一起去吃飯。我們一邊聊了很多事情，一邊享用大餐。實在是非常愉快。不過我回到家以後，肚子就痛了起來。雖然吃了家裡的藥就去睡覺，但是今早起來肚子還在痛。我早餐什麼也沒吃就出門。不過等我到了車站，肚子變得更痛了，所以我打了通電話給公司説「今天我要請假」。接著我去了醫院，拿了更好的藥。現在肚子已經不痛了。

---

**30**

**翻　譯**　**30** 請問昨天晚上「我」回到家以後做了什麼事情呢？

1 和朋友一起吃飯
2 和朋友大聊特聊
3 吃了腸胃藥就去睡覺
4 去醫院

**答案：3**

**解題攻略**　這一題問的是「家に帰ってから何をしましたか」（回到家以後做什麼事情）。因此題目的重點是 "回到家以後" 做的事情。

文中提到「家に帰ってから、おなかが痛くなりました。家にあった薬を飲んで、寝ました」（我回到家以後，肚子就痛了起來。吃了家裡的藥就去睡覺），所以正確答案是3。

「～てから」有強調動作先後順序的語意，表示先完成前項動作再做後項動作。

「～くなりました」前面接形容詞語幹，表示起了某種變化，在這裡是說肚子本來好好的，卻痛了起來。另外請注意，「吃藥」的日文是「薬を飲みます」，可不是「薬を食べます」喔！

---

## 31

翻　譯

31 請問今天「我」為什麼沒去上班呢？

1 因為沒吃早餐　　　　　　　2 因為和朋友去吃飯
3 因為在車站肚子變得很痛　　4 因為今天公司放假

答案：3

解題攻略

這一題以「どうして」（為什麼）詢問理由原因。

答案在「でも駅でもっと痛くなりましたので、会社へ電話をして、『きょうは会社を休みます。』といいました」（不過等我到了車站，肚子變得更痛了，所以我打了通電話給公司說「今天我要請假」）。由此可知「わたし」（我）是因為到了車站後肚子更痛了，所以才打電話給公司請假，因此正確答案是3。

「ので」（因為）用來表示比較客觀、委婉的原因。遇到以「どうして」（為什麼）詢問原因的題目，就請留意文中有「ので」（因為）的句子。

「会社へ電話をして」（打電話給公司）也可以說成「会社に電話をして」（打電話給公司），比起表示方向的「へ」，「に」的目標更為明確。

文章最後「今はもうおなかは痛くありません」（現在肚子已經不痛了）的「もう～ません」表示某種狀態結束，可以翻譯成「已經不…」。

## ❶ 重要單字

□ 仕事 工作

□ いろいろ 各式各樣的

□ 話 （説）話

□ おいしい 美味的

□ たくさん 很多

□ とても 非常

□ でも 但是

□ 帰る 回去

□ おなか 肚子

□ 痛い 疼痛

□ 薬を飲む 吃藥

□ 出る 從…出來；離開

□ もっと 更加

□ 会社 公司

□ 電話 電話

□ 休む 休息；請假

□ もらう 要…；拿…

## ❷ 文法と萬用句型

### ❶ まだ＋ [　　　]　（還（沒有）…）

**說明** まだ＋【否定表達方式】。表示預定的事情或狀態，到現在都還沒進行，或沒有完成。

**例句** 宿題が　まだ　終わりません。
功課還沒做完。

### ❷ なにも＋ [　　　]　（什麼也（不）…）

**說明** なにも＋【否定表達方式】。「も」上接「なに」等疑問詞，下接否定語，表示全面的否定。

**例句** 今日は　何も　食べませんでした。
今天什麼也沒吃。

## ❸ 小知識大補帖

如果在日本生病了，該怎麼用日語跟醫生説自己的症狀呢？如果感冒了可以説「風邪を引きました」、「咳が出ます」（會咳嗽）、「気持ちが悪いです」（不舒服），拉肚子是「下痢をしています」，發燒是「熱があります」，如果感覺全身無力就説「だるいです」。出國前先記下這些常見的病症，有備無患！

154

つぎの　ぶんしょうを　読んで　しつもんに　こたえて　ください。こたえは、1・2・3・4から　いちばん　いい　ものを　一つ　えらんで　ください。

　きょうは　いい　天気でしたので、わたしは　友だちと　いっしょに　「海の　公園」へ　行きました。　10時に、友だちと　駅で　あって、電車に　乗りました。3つ　めの　駅で　おりて、また　バスに　乗りました。11時に、「海の　公園」に　着きました。わたしたちは　公園の　いりぐちで　じてんしゃを　借りて、公園の　なかを　30分ぐらい　はしりました。たくさん　はしって　おなかが　すきましたので、お弁当を　食べました。それから、公園の　なかを　散歩しました。わたしが　いえに　帰って　きたとき、もう　ゆうがた　5時すぎでした。とても　疲れましたが、おもしろかったです。また　行きたいです。

30 「海の　公園」まで　どう　やって　行きましたか。

1 電車に　乗って、自転車に　乗って、それから　バス
で　行きました。

2 電車に　乗って、それから　バスに　乗って　行きま
した。

3 電車に　乗って、自転車に　乗って、それから　歩き
ました。

4 電車に　乗って、バスに　乗って、それから　自転車で
行きました。


31 何時　ごろ　昼ごはんを　食べましたか。

1 10時半　ごろ

2 11時　ごろ

3 11時半　ごろ

4 12時半　ごろ

## ⑧ 翻譯與解題

請先閱讀下面的文章再回答問題。請從選項1・2・3・4當中選出一個最適當
的答案。

翻　譯　　今天天氣很好，所以我和朋友一起去了「海濱公園」。我和
朋友10點在車站碰面，然後搭電車。我們在第3站下車，
轉搭公車。在11點的時候抵達「海濱公園」。我們在公園
入口租借腳踏車，並在公園裡面差不多騎了30分鐘。騎了
很久，肚子很餓，所以吃了便當。接著我們在公園散步。我
回到家的時候已經是傍晚5點過後。雖然精疲力盡，不過玩
得很開心。下次我還想再去。

## 30

翻　譯　　30 請問他們是怎麼去「海濱公園」的呢？

1 先搭電車，接著騎腳踏車，再搭公車前往
2 先搭電車，接著轉搭公車前往
3 先搭電車，接著騎腳踏車，然後用走的前往
4 先搭電車，接著轉搭公車，然後騎腳踏車前往

**答案：2**

解題攻略　　這一題問的是去海濱公園的方式。

文中第二句提到「電車に乗りました…またバスに乗りま
した…」（搭電車…轉搭公車…），由此可知交通方式是
「電車→バス」（電車→公車）。因此正確答案是2。

「また」是「又…」的意思。

# 31

31 請問他們大約幾點吃中餐呢？

1  10 點半左右
2  11 點左右
3  11 點半左右
4  12 點半左右

答案：3

解題攻略

題目中的「何時ごろ」問的是大概的時間，所以要特別留意時間點。

解題關鍵在「11時に…公園のなかを30分ぐらいはしりました…お弁当を食べました」（在11點的時候…並在公園裡面差不多騎了30分鐘…吃了便當），由此可知吃便當的時間是11點半左右，由此可知正確答案是3。

「ぐらい」表示大概的數量、時間。

「それから」（接著…）用於「前面一個動作結束後接著做下一個動作」是表示事情先後順序的接續助詞。

若要表達「在某個地方散步」，會用「～を散步します」而不是「～で散步します」。因為「を」有在某一個範圍內移動的語感，「で」則是在某個定點做某件事。

## 🕐 重要單字

□ いい 好的
□ 天気 天氣
□ 海 海
□ 会う 碰面
□ 電車 電車

□ 乗る 乘坐
□ ～目 第…個
□ 降りる 下（車）
□ また 又
□ 着く 到達

□ 入り口 入口
□ 自転車 腳踏車
□ 借りる 借（入）
□ ぐらい 大約

□ 走る 跑；行駛
□ おなかがすく 肚子餓
□ お弁当 便當

### ❷ 文法と萬用句型

**1** [_____] ＋に （在…）

**說明** 【時間詞】＋に。寒暑假、幾點、星期幾、幾月幾號做什麼事等。表示動作、作用的時間就用「に」。

**例句** 金曜日に　友達と　会います。
將於星期五和朋友見面。

**2** [_____] ＋に （到…、在…）

**說明** 【名詞】＋に。表示動作移動的到達點。

**例句** ここで　タクシーに　乗ります。
在這裡搭計程車。

**3** [_____] ＋すぎ （過…）

**說明** 【時間名詞】＋すぎ。接尾詞「すぎ」，接在表示時間名詞後面，表示比那時間稍後。

**例句** 10時　過ぎに　バスが　来ました。
過了十點後，公車來了。（十點多時公車來了）
[替換單字] 8時 八點／３０分 三十分／午後 下午

つぎの　ぶんしょうを　読んで、しつもんに　こたえて　ください。こたえは、1・
2・3・4から　いちばん　いい　ものを　一つ　えらんで　ください。

　わたしは　けさ　6時に　起きました。ゆうべ　おそくまで
仕事を　したので、起きた　とき　まだ　とても　眠かったで
す。ですから、朝ごはんを　食べる　まえに　シャワーを　あび
ました。つめたい　シャワーを　あびて、すこし　元気に　なり
ました。シャワーを　あびた　あと、新聞を　読みながら、朝ご
はんを　食べました。それから　ラジオの　ニュースを　聞きな
がら、出かける　準備を　しました。7時半に　家を　出ました。
いつもは　自転車で　駅に　行きますが、きょうは　雨が　降って
いましたので、歩いて　行きました。駅には　いつもより　人が
おおぜい　いました。電車にも　人が　たくさん　乗って　いまし
た。とても　大変でした。

**30** 「わたし」は　きょう、朝<sub>あさ</sub>ごはんを　食<sub>た</sub>べながら、何<sub>なに</sub>を　し
　　ましたか。
　　1　シャワーを　あびました。
　　2　テレビを　見<sub>み</sub>ました。
　　3　新聞<sub>しんぶん</sub>を　読<sub>よ</sub>みました。
　　4　ラジオを　聞<sub>き</sub>きました。

**31** 「わたし」は　きょう、何<sub>なに</sub>で　駅<sub>えき</sub>へ　行<sub>い</sub>きましたか。
　　1　電車<sub>でんしゃ</sub>で　行<sub>い</sub>きました。
　　2　自転車<sub>じてんしゃ</sub>で　行<sub>い</sub>きました。
　　3　車<sub>くるま</sub>で　行<sub>い</sub>きました。
　　4　歩<sub>ある</sub>いて　行<sub>い</sub>きました。

**⑨ 翻譯與解題**

請先閱讀下面的文章再回答問題。請從選項 1・2・3・4 當中選出一個最適當的答案。

---

**翻 譯**　我今天早上 6 點起床。昨天工作到很晚，所以起床的時候還很睏，於是我在吃早餐前先去沖個澡。洗冷水澡讓我稍微有點精神。沖過澡後我邊看報紙邊吃早餐。接著我邊聽收音機播報的新聞邊準備出門。我在 7 點半的時候出門。平常都是騎腳踏車去車站，不過今天下雨，所以我用走的去。車站的人比平常還要多。電車上也是人擠人，真是累死我了。

---

**30**

**翻 譯**　30 請問「我」今天邊吃早餐邊做什麼呢？

　　**1** 沖澡　　　　　　**2** 看電視
　　**3** 看報紙　　　　　**4** 聽收音機

答案：**3**

**解題攻略**

這一題問的是「朝ごはんを食べながら、何をしましたか」（邊吃早餐邊做什麼）。

答案在「新聞を読みながら、朝ごはんを食べました」（邊看報紙邊吃早餐），正確答案是 3。

---

**31**

**翻 譯**　31 請問「我」今天是怎麼去車站的呢？

　　**1** 搭電車去　　　　**2** 騎腳踏車去
　　**3** 開車去　　　　　**4** 走路過去

**解題攻略**

這一題問題關鍵在「何（なに）で」，這個「で」表示手段方法，意思是說用什麼方式前往車站，問的是交通工具。如果是「何（なん）で」則表示詢問原因。

解題重點在「いつもは自転車で駅に行きますが、きょうは雨が降っていましたので、歩いて行きました」（平常都是騎腳踏車去車站，不過今天下雨，所以我用走的去），由此可知今天「わたし」（我）去車站的方式是徒步，所以正確答案是4。

句型「Aは〜が、Bは〜」（A是…，而B卻是…）用於呈現A和B對比。「駅へ行きます」和「駅に行きます」意思相近，都翻譯成「去車站」，只是「へ」強調往車站的方向前進，「に」則是明確地指出去車站這個地方。

「駅にはいつもより人がおおぜいいました」（車站的人比平常還要多）的「より」用來表示比較的基準。

「乗っていました」是用「〜ていました」來描述作者所看到的景象。

---

### 重要單字

□ 今朝 今天早上
□ 起きる 起床
□ 昨夜 昨晚
□ 眠い 想睡覺；睏的
□ シャワーを浴びる 淋浴；洗澡

□ 準備 準備
□ 歩く 走路
□ いつも 平時
□ 大勢 大批（人群）

**1** ☐ ＋に＋なります （變成…）

說明 【形容動詞詞幹】＋に＋なります。表示事物的變化。「なります」的變化不是人為有意圖性的，是在無意識中物體本身產生的自然變化。而即使變化是人為造成的，如果重點不在「誰改變的」，也可用此文法。形容動詞後面接「なります」，要把語尾的「だ」變成「に」。

例句 彼女は 最近 きれいに なりました。
她最近變漂亮了。
[替換單字] 元気 精神／立派 出色／有名 出名／上手 高明

**2** ☐ ＋ながら （一邊…一邊…）

說明 【動詞ます形】＋ながら。表示同一主體同時進行兩個動作，此時後面的動作是主要的動作，前面的動作為伴隨的次要動作，也可使用於長時間狀態下，所同時進行的動作。

例句 音楽を 聞きながら ご飯を 作りました。
一面聽音樂一面做飯。

**3** ☐ ＋まえに （…之前，先…）

說明 【動詞辭書形】＋まえに。表示動作的順序，也就是做前項動作之前，先做後項的動作。

例句 私は いつも、働く まえに 水を 飲む。
我都是工作前喝水。
[替換單字] 寝る 睡覺／勉強する 念書／出かける 出門／
学校へ 行く 去學校

● 小知識大補帖

請注意「シャワーを浴びる」指的是淋浴，和「お風呂に入る」（泡澡）可是不同的哦！另外，泡溫泉因為和泡澡一樣有"進入"浴池的動作，所以是「温泉に入る」。

# 日本語能力試験 ⑩

つぎの ぶんしょうを 読んで、しつもんに こたえて ください。こたえは、1・2・3・4から いちばん いい ものを 一つ えらんで ください。

　きょうの 朝 起きた とき、頭が 痛かったので、病院に 行きました。

　医者は 「熱が ありますね。かぜですね。薬を あげますから、きょうから 3日間 飲んで ください。」と 言いました。

　わたしは 「一日に 何回 飲みますか」と 聞きました。医者は 「朝ごはんと 晩ごはんの あとに 赤い 薬と 青い 薬を 一つずつ 飲んで ください。昼ごはんのあとは 赤い 薬 一つだけです。青い 薬は 飲まないで ください。それから、寝る まえにも 赤い 薬を 一つ 飲んで ください。」と 言いました。

　わたしは 「わかりました。ありがとうございます。」と 言って、薬を もらって 家に 帰りました。

**30** 一日に　何回　薬を　飲みますか。

1　1回

2　2回

3　3回

4　4回


**31** 昼ごはんの　あとは、どの　薬を　飲みますか。

1　赤い　薬を　一つ

2　赤い　薬と　青い　薬を　一つずつ

3　青い　薬を　一つ

4　飲みません

## JLPT N5 ⑩ 翻譯與解題

請先閱讀下面的文章再回答問題。請從選項 1・2・3・4 當中選出一個最適當的答案。

---

**翻譯** 今天早上起床的時候頭很痛，所以我去了醫院。

醫生説：「你發燒了，是感冒吧。我開藥給你，請從今天開始連續服用 3 天。」

我問醫生：「一天要吃幾次藥呢？」

醫生表示：「早餐和晚餐過後請吃紅色和藍色的藥各一顆。吃過中餐吃一顆紅色的藥就好，請不要吃藍色的藥。還有，睡前也請吃一顆紅色的藥。」

我回答：「我知道了，謝謝」，便領藥回家。

---

**30**

**翻譯** 30 請問一天要吃幾次藥呢？

**1** 1 次
**2** 2 次
**3** 3 次
**4** 4 次

**答案：4**

**解題攻略** 這一題問題關鍵在「一日に何回」（一天幾次），「時間表現＋に＋次數」表示頻率。

解題重點在醫生的回答，請留意醫生用句型「～てください」對病患下指示的部分。

文中醫生說「朝ごはんと晩ごはんのあとに赤い薬と青い薬を一つずつ飲んでください」（早餐和晚餐過後請吃紅色和藍色的藥各一顆）、「昼ごはんのあとは赤い薬一つだけです。青い薬は飲まないでください」（吃過中餐吃一顆紅色的藥就好。請不要吃藍色的藥）、「寝るまえにも赤い薬を一つ飲んでください」（睡前也請吃一顆紅色的藥），從這些指示知道吃藥的時間點分別是「朝ごはんと晩ごはんのあと」（早餐和晚餐過後）、「昼ごはんのあと」（中餐過後）、「寝るまえに」（睡前），所以一天共要吃４次藥。

正確答案是４。

## 31

翻　譯 **31** 請問中餐過後要吃什麼藥呢？

**1** 一顆紅色的藥
**2** 紅色和藍色的藥各一顆
**3** 一顆藍色的藥
**4** 不用吃

答案：**1**

**解題攻略** 本題同樣要從醫生的指示裡面找出答案。

題目問「昼ごはんのあと」（吃過中餐後），文章裡面提到這個時間點的地方在「昼ごはんのあとは赤い薬一つだけです。青い薬は飲まないでください」（吃過中餐吃一顆紅色的藥就好。請不要吃藍色的藥）。所以正確答案是１。

「～だけ」（只…）表示範圍的限定，也就是說中餐過後只要吃一顆紅色的藥就好。

句型「～ないでください」要求對方不要做某件事情。

「薬をもらって家に帰りました」（領藥回家）的「もらう」（拿…）呼應醫生說的「薬をあげますから」（我開藥給你）的「あげる」（給…）。「もらう」有「向某人要某個東西」的語感。

### ❷ 重要單字

□ **何回**（なんかい） 幾次

□ **青い**（あお） 藍色的

□ **病院**（びょういん） 醫院

□ **医者**（いしゃ） 醫生

□ **熱がある**（ねつ） 發燒

□ **風邪**（かぜ） 感冒

□ **薬**（くすり） 藥

□ **３日間**（みっかかん） 三天期間

### ❷ 文法と萬用句型

**1** ＿＿＿＿＿＋とき （…的時候…）

**説明** 【名詞（の）；形容動詞（な）；［形容詞・動詞］普通形；動詞過去形；動詞現在形】＋とき。表示與此同時並行發生其他的事情。

**例句** 暇（ひま）なとき、公園（こうえん）へ　散歩（さんぽ）に　行きます。
有空時會去公園散步。

### ❷ 小知識大補帖

日本人生病時，如果病情較輕，會到藥局或藥妝店買藥吃。感冒等小病一般都到附近不需要預約的小診所。如果病情嚴重，小診所的醫生會介紹患者到醫療條件和設備較好的大醫院就診。大醫院幾乎都需要介紹和預約，等待時間也較長。

つぎの ぶんしょうを 読んで、しつもんに こたえて ください。こたえは、1・2・3・4から いちばん いい ものを 一つ えらんで ください。

---

田中さん

　お元気ですか。東京は 寒いですか。今年の 台北は いつもの 年より 寒いです。朝と 夜は とくに 寒いので、コートが いります。

　来月 日本語の テストが ありますから、毎日 日本語の CDを 聴いて、勉強して います。難しいですが、日本語が 好きなので、楽しいです。

　でも、あした 学校で 英語の テストが ありますから、きょうは テストの 準備だけ しました。

　もう すぐ クリスマスですね。日本の 人は クリスマスに 何を しますか。台湾では、高くて おいしい レストランに 食事に 行く 人も いますが、わたしは どこへも 行きません。

　田中さんは いそがしいですか。時間が ある とき、メールを くださいね。

陳

---

**30** 陳さんは　いつ　この　メールを　書きましたか。

1　なつ

2　ふゆ

3　はる

4　あき

**31** 陳さんは　きょう　何を　しましたか。

1　レストランに　食事に　行きました。

2　日本語の　勉強を　しました。

3　英語の　勉強を　しました。

4　何も　しませんでした。

⑪ 翻譯與解題

請先閱讀下面的文章再回答問題。請從選項 1・2・3・4 當中選出一個最適當的答案。

---

翻 譯

田中同學

　近來可好？東京現在很冷嗎？今年台北比以往都還要冷。特別是早上和晚上很冷，大衣都派上用場了。

　下個月我有日語考試，所以我每天都聽日語 CD 來學習。雖然很難，但是我很喜歡日語，所以很樂在其中。

　不過明天學校要考英文，所以我今天都在準備這個考試。

　聖誕節馬上就要到了呢，日本人都在聖誕節做些什麼呢？在台灣，有人會去高價位的美味餐廳吃飯，不過我倒是哪裡也不去。

　田中同學你忙嗎？有空的話請寫封信給我喔！

陳

---

## 30

翻 譯　　**30** 請問陳同學是在什麼時候寫這封電子郵件的呢？

**1** 夏天
**2** 冬天
**3** 春天
**4** 秋天

**解題攻略**

這一題問題重點在「いつ」（什麼時候），從選項可以發現問的是季節。

解題關鍵在「もうすぐクリスマスですね」（聖誕節馬上就要到了呢）。「もうすぐ」是「不久…」的意思，聖誕節在12月25日，可以推斷陳同學寫這封信是在12月，也就是冬天，正確答案是2。

「台湾では、高くておいしいレストランに食事に行く人もいますが、わたしはどこへも行きません」（在台灣，有人會去高價位的美味餐廳吃飯，不過我倒是哪裡也不去），這句話用了對比句型「Aは～が、Bは～」，表示陳同學不像某些台灣人一樣，聖誕節會去餐廳吃飯，他哪裡也不去。「どこへも」（哪裡也…）是表示場所的「どこへ」＋「も」的用法，後面一定要接否定句，表示全面否定。

「時間があるとき、メールをくださいね」（有空的話請寫封信給我喔），「～をください」用於向對方提出要求，後面加上「ね」可以緩和語氣。

## 31

**翻譯**　**31** 請問陳同學今天做了什麼事情呢？

1　去餐廳吃飯
2　唸日語
3　唸英文
4　什麼也沒做

**解題攻略**

這一題問的是「きょう」（今天），要注意行為發生的時間點。

陷阱在「毎日日本語のCDを聴いて、勉強しています」（所以我每天都聽日語CD來學習），但請注意下一段開頭表示逆接的「でも」（不過）。

下一段開頭提到「でも、あした学校で英語のテストがありますから、きょうはテストの準備だけしました」（不過明天學校要考英文，所以我今天都在準備這個考試）。雖然沒有明確地指出是哪場考試，不過前一句用到表示因果關係的「〜から」（因為…），所以判斷這一句和前面提到的英文考試有關，由此可知「テストの準備」是指「英語のテストの準備」。所以正確答案是3。

「〜ています」表示習慣、常態性的動作。

「だけ」（只…）表示限定。

## ❷ 重要單字

□ もうすぐ 快要…

□ クリスマス 聖誕節

□ 高（たか）い 價位高的

□ 食事（しょくじ） 用餐

□ 忙（いそが）しい 忙碌的

□ お元気（げんき）ですか 你好嗎

□ 特（とく）に 特別地

□ コート 大衣

□ 来月（らいげつ） 下個月

□ 日本語（にほんご） 日語

□ 聴（き）く 聽（CD）

□ 英語（えいご） 英文

□ 難（むずか）しい 困難的

□ 好（す）き 喜歡

□ 準備（じゅんび） 準備

**❷ 文法と萬用句型**

**1** ▢ **＋が** （表對象；表主語）

〔**說明**〕【名詞】＋が。「が」前接對象，表示好惡、需要及想要得到的對象，還有能夠做的事情、明白瞭解的事物，以及擁有的物品。

〔**例句**〕私は　あなたが　好きです。

我喜歡你。

**2** ▢ **＋だけ** （只、僅僅）

〔**說明**〕【名詞；形容動詞詞幹な；［形容詞・動詞］普通形】＋だけ。表示只限於某範圍，除此以外沒有別的了。

〔**例句**〕お金は　ちょっとだけ　貸します。

只借一點錢。

［**替換單字**］ある　有的／できる　可以的（能力範圍內）／あなた　你

▸ **就診**

医者に　行きたいです。
想去看醫生。

病院は　どこですか。
醫院在哪裡？

医者を　呼んで　ください。
請叫醫生來。

どうしましたか。
怎麼了？

口を　あけて　ください。
請張開嘴巴。

風邪を　ひきました。
我感冒了。

熱が　あります。
我發燒了。

薬を　三日分　出します。
我開三天份的藥。

薬は　一日　3回　飲んで　ください。
一天請服三次藥。

お薬は　食後に　飲んで　ください
請在飯後服藥。

熱が　出ったら　飲んで　ください。
發燒時吃這包藥。

朝、昼、晩に　飲んで　ください。
早中晚都要吃藥

こちらの　薬は　朝と　夜の　一日　2回、こちらは　朝、昼、晩
一日　3回です。

這種藥請在早晚服用，一天兩次；這種藥則是早中晚服用，一天三次。

お大事に。

請多保重

体を　大事で　ください。

請您保重身體。

ゆっくり　休んで　ください。

請您好好休養。

もう　大丈夫です。

我已經沒事了。

▶ **搭車**

電話で　タクシー　呼びましょう。

我們打電話叫計程車吧。

タクシーは　高いから　地下鉄で　行かない。

搭計程車太貴了，要不要搭地下鐵去呢？

ええ、そうしましょう。

好啊，就這麼辦。

バスより　電車で　行った　ほうが　早く　つきます。

電車比巴士更快到目的地。

うちから　駅まで　歩いて　15分　かかる。

從我家走到車站要花 15 分鐘。

学校へ　何で　行って　いますか。

請問您都怎麼去學校的？

バスで　行って　います。

是搭巴士去的。

# MEMO

測驗是否能夠從介紹或通知等，約 250 字左右的
撰寫資訊題材中，找出所需的訊息。

# 釐清資訊

## 考前要注意的事

### ● 作答流程 & 答題技巧

| 閱讀說明 | 先仔細閱讀考題説明 |

**閱讀 問題與內容**

預估有 1 題

1 考試時建議先看提問及選項，再看文章。

2 閱讀經過改寫後約 250 字的簡介、通知、傳單等資料
中，測驗能否從中找出需要的訊息。

3 表格等文章乍看很難，但只要掌握原則就容易了。首
先看清提問的條件，接下來快速找出符合該條件的內
容。最後，注意有無提示「例外」的地方。不需要每
個細項都閱讀。

4 平常可以多看日本報章雜誌上的廣告、傳單及手冊，
進行模擬練習。

| 答題 | 選出正確答案 |

# 日本語能力試験 ①

右の ページを 見て、下の しつもんに こたえて ください。こたえは、1・2・3・4から いちばん いい ものを 一つ えらんで ください。

　来週、友だちと いっしょに おいしい ものを 食べに 行きます。友だちは 日本料理が 食べたいと 言って います。たくさん 話したいので、金曜日か 土曜日の 夜に 会いたいです。

**32** 何曜日に、どの 店へ 行きますか。

1　月曜日に、山田亭

2　土曜日か 日曜日に、ハナか フラワーガーデン

3　土曜日に、山田亭

4　日曜日に、おしょくじ 本木屋

## 23階　レストランの　案内

| おしょくじ　本木屋<br><ruby>本木屋<rt>もときや</rt></ruby> | 日本料理<br><ruby>に ほんりょう り</ruby> | 【月〜日】<br>11：00〜15：00 |
|---|---|---|
| ハナ | 喫茶店<br><ruby>きっ さ てん</ruby> | 【月〜金】<br>06：30〜15：30<br>【土、日】<br>07：00〜17：30 |
| フラワーガーデン | イタリア料理<br><ruby>りょう り</ruby> | 【月〜金】<br>17：30〜22：00<br>【土、日】<br>17：30〜23：00 |
| パーティールーム | フランス料理<br><ruby>りょう り</ruby> | 【月〜日】<br>17：30〜23：00 |
| 山田亭<br><ruby>やま だ てい</ruby> | 日本料理<br><ruby>に ほんりょう り</ruby> | 【月〜金】<br>11：30〜14：00<br>【土、日】<br>11：30〜23：00 |

## ① 翻譯與解題

請參照右頁並回答以下問題。請從選項1・2・3・4當中選出一個最適當的答案。

---

**32**

翻譯 下週我要和朋友一起去享用美食。朋友説他想吃日本料理。我想要和他好好地聊個天，所以想在星期五或星期六的晚上見面。

32 請問要在星期幾、去哪間餐廳？

1 星期一，山田亭
2 星期六或星期天，花或 Flower Garden
3 星期六，山田亭
4 星期日，御食事本木屋

| 23 樓　餐廳介紹 | | |
|---|---|---|
| 御食事　本木屋 | 日本料理 | 【一〜日】<br>11：00〜15：00 |
| 花 | 咖啡廳 | 【一〜五】<br>06：30〜15：30<br>【六、日】<br>07：00〜17：30 |
| Flower Garden | 義式料理 | 【一〜五】<br>17：30〜22：00<br>【六、日】<br>17：30〜23：00 |
| Party Room | 法式料理 | 【一〜日】<br>17：30〜23：00 |
| 山田亭 | 日本料理 | 【一〜五】<br>11：30〜14：00<br>【六、日】<br>11：30〜23：00 |

**解題攻略**

這一題要問的是日期和地點，關於地點的解題關鍵在「友だちは日本料理が食べたいと言っています」（朋友說他想吃日本料理）這一句，可見餐廳應該要選日本料理（＝おしょくじ本木屋或是山田亭）。

至於見面時間就要看「たくさん話したいので、金曜日か土曜日の夜に会いたいです」（我想要和他好好地聊個天，所以想在星期五或星期六的晚上見面）這一句，可見應該要選在星期五或星期六，所以選項1、2、4都是錯的，正確答案是3。

「～たい」表示說話者個人的心願、希望。

### ✐ 重要單字

□ おいしい 美味的
□ 日本料理（に ほんりょうり）日本料理
□ 言う（い）說；講
□ たくさん 很多
□ 話す（はな）說話

□ 土曜日（どようび）星期六
□ 喫茶店（きっさてん）咖啡廳
□ イタリア料理（りょうり）義式料理
□ フランス料理（りょうり）法式料理

### ✐ 文法と萬用句型

**1**  ☐ ＋と （說…、寫著…）

**說明** 【引用句子】＋と。「と」接在某人說的話，或寫的事物後面，表示說了什麼、寫了什麼。

**例句** 子供（こども）が 「遊（あそ）びたい」 と言（い）って います。
小孩子說：「想出去玩」。

[替換單字] もう 帰（かえ）ろう 回去吧／行（い）かない 不去／
一緒（いっしょ）に ゲームしよう 一起玩遊戲嘛

**2** ☐ ＋か＋ ☐ ＋か （…或是…）

**說明**【名詞；形容詞普通形；形容動詞詞幹；動詞普通形】＋か＋【名詞；形容詞普通形；形容動詞詞幹；動詞普通形】＋か。「か」也可以接在最後的選擇項目的後面。跟「～か～」一樣，表示在幾個當中，任選其中一個。

**例句** 暑いか　寒いか　分かりません。

不知道是熱還是冷。

[替換單字] 好き　喜歡・嫌い　討厭／

子ども　小孩・大人　成人／

強い　強・弱い　弱

---

❼ **小知識大補帖**

在日本，當然要體驗一下日美食文化了。特別是百貨地下街，各式便當、各類熟食、日本壽司及中華料理等各種餐點一應俱全，而且價格便宜！

# 日本語能力試験 ②

右の ページを 見て、下の しつもんに こたえて ください。こたえは 1・2・3・4から いちばん いい ものを 一つ えらんで ください。

　うちの　近くに　スーパーが　二つ　あります。いちばん　安い　肉と　卵を　買いたいです。

32　どちらで　何を　買いますか。

1　Aスーパーの　牛肉と　卵

2　Aスーパーの　とり肉と　Bスーパーの　卵

3　Bスーパーの　とり肉と　卵

4　Bスーパーの　ぶた肉と　Aスーパーの　卵

## Aスーパーの　広告

大特売！

牛肉
350円
／100グラム

お買得！

卵
198円
／12個

とり肉
80円
／100グラム

ぶた肉
198円
／100グラム

## Bスーパーの　広告

特売！

お買得！

とり肉
90円
／100グラム

ぶた肉
130円
／100グラム

卵
188円
／12個

牛肉
330円
／100グラム

② 翻譯與解題

請參照右頁並回答以下問題。請從選項1・2・3・4當中選出一個最適當的答案。

**32**

翻　譯　　我家附近有兩間超市。我想要買最便宜的肉類和雞蛋。

　　32　應該要在哪一間買什麼呢？

**1**　Ａ超市的牛肉和雞蛋
**2**　Ａ超市的雞肉和Ｂ超市的雞蛋
**3**　Ｂ超市的雞肉和雞蛋
**4**　Ｂ超市的豬肉和Ａ超市的雞蛋

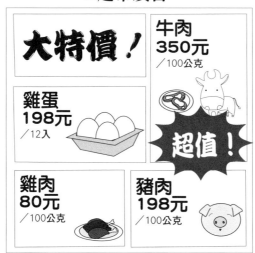

# B超市廣告

答案：**2**

解題攻略

這一題問題關鍵在「いちばん安い肉と卵を買いたいです」，表示作者想買最便宜的肉類和雞蛋，所以要利用A、B兩間超市的資料進行比價，「いちばん」表示比哪個都強，可以翻譯成「最…」。

從資料中可以看出A超市的雞肉每100公克只要80圓，是所有肉類中最便宜的，所以選項1、4都是錯的。

至於雞蛋，同樣都是12入，B超市賣得比A超市便宜，所以選項3是錯的，作者應該要在A超市買雞肉，然後在B超市買雞蛋。正確答案是2。

## ✐ 重要單字

□ 一番 最…；第一
□ 安い 便宜的
□ 肉 肉
□ 卵 蛋
□ 広告 廣告

□ とり肉 雞肉
□ 円 日圓
□ グラム 公克
□ 牛肉 牛肉
□ ぶた肉 豬肉

## ✐ 文法と萬用句型

**1** □□□□ ＋たい　（…想要…）

**說明**　【動詞ます形】＋たい。表示説話人（第一人稱）內心希望某一行為能
實現，或是強烈的願望。否定時用「たくない」、「たくありません」。

**例句**　果物が　食べたいです。
我想要吃水果。
[替換單字] お酒が　飲み　喝酒／会い　見面／結婚し　結婚

右の ページを 見て、下の しつもんに こたえて ください。こたえは、1・2・3・4から いちばん いい ものを 一つ えらんで ください。

　　月曜日の 朝、うちの 近くの お店に 新聞を 買いに 行きます。いろいろな ニュースを 読みたいので、安くて ページが 多い 新聞を 買いたいです。

**32** どの 新聞を 買いますか。

1　さくら新聞

2　新聞スピード

3　大空新聞

4　もも新聞

## 新聞の案内

| 新聞の名前 | ページ | お金 | 売っている日 |
|---|---|---|---|
| さくら新聞 | 30ページ | 150円 | 毎日 |
| 新聞スピード | 40ページ | 150円 | 毎日 |
| 大空新聞 | 40ページ | 120円 | 週末 |
| もも新聞 | 28ページ | 180円 | 毎日 |

## ③ 翻譯與解題

請參照右頁並回答以下問題。請從選項１・２・３・４當中選出一個最適當的答案。

**32**

| 翻 譯 | 星期一早上，我要去家裡附近的商店買報紙。我想閱讀各式各樣的新聞，所以想買既便宜頁數又多的報紙。 |
| --- | --- |

32 請問要買哪份報紙呢？

1 櫻花報　　　　　2 速度報
3 大空報　　　　　4 桃子報

### 報紙介紹

| 報紙名稱 | 頁數 | 價格 | 出刊日 |
| --- | --- | --- | --- |
| 櫻花報 | 30頁 | 150圓 | 每天 |
| 速度報 | 40頁 | 150圓 | 每天 |
| 大空報 | 40頁 | 120圓 | 週末 |
| 桃子報 | 28頁 | 180圓 | 每天 |

**答案：2**

| 解題攻略 | 題目的「どの」（哪一個）用來在眾多選擇當中挑出其中一樣。 |
| --- | --- |

從「月曜日の朝、うちの近くのお店に新聞を買いに行きます」這句話可以得知作者要在星期一早上去買報紙，所以只在週末販賣的「大空新聞」，也就是選項3是不適當的。

接著作者表示自己的購買訴求是「安くてページが多い新聞を買いたいです」，所以要從剩下的３個選項挑出一個既便宜頁數又多的報紙，比較選項１、２、４可以發現選項２「しんぶんスピード」的頁數最多，售價也最低，因此正確答案是２。

## ❷ 重要單字

□ 新聞 報紙
□ いろいろ 各式各樣的
□ ニュース 新聞
□ 読む 閱讀

□ ので 因為…
□ 案内 介紹；説明
□ 週末 週末

## ❷ 文法と萬用句型

**1** ⬚⬚⬚⬚＋に （去…、到…）

**說明** 【動詞ます形；する動詞詞幹】＋に。表示動作、作用的目的、目標。

**例句** デパートへ 買い物に 行きます。
到百貨公司去買東西。
[替換單字] 食事 吃飯／映画を 見 看電影

**2** ⬚⬚⬚⬚＋たい （…想要…）

**說明** 【動詞ます形】＋たい。表示説話人（第一人稱）內心希望某一行為能實現，或是強烈的願望。否定時用「たくない」、「たくありません」。

**例句** 私は 医者に なりたいです。
我想當醫生。

**3** ⬚⬚⬚⬚＋ています （表結果或狀態的持續）

**說明** 【動詞て形】＋います。表示某一動作後的結果或狀態還持續到現在，也就是説話的當時。

**例句** 机の 下に 財布が 落ちて います。
錢包掉在桌子下面。

## JLPT N5 日本語能力試験 ④

下の ページを 見て、つぎの しつもんに こたえて ください。こたえは、1・2・3・4から いちばん いい ものを 一つ えらんで ください。

　郵便局で、アメリカと イギリスに 荷物を 送ります。アメリカへ 送る 荷物は 急がないので、安い ほうが いいです。イギリスへ 送る 荷物は 急ぐので、速い ほうが いいです。荷物は どちらも ３キロぐらいです。

**32** 全部で いくら 払いますか。

1　7,500円

2　4,500円

3　10,000円

4　15,000円

| 外国への 荷物（アメリカと ヨーロッパ） | | | |
|---|---|---|---|
| | ～２キロ | ２キロ～５キロ | ５キロ～10キロ |
| 飛行機<br>（１週間ぐらい） | 3,000円 | 5,000円 | 10,000円 |
| 船<br>（2ヶ月ぐらい） | 1,500円 | 2,500円 | 5,000円 |

## ④ 翻譯與解題

請參照下頁並回答以下問題。請從選項1‧2‧3‧4當中選出一個最適當的答案。

**32**

**翻 譯** 我要在郵局寄送包裹到美國和英國。寄到美國的包裹不趕時間，所以用便宜的寄送方式就行了。因為寄到英國的包裹是急件，所以想用比較快的寄送方式。兩個包裹重量都是 3 公斤左右。

**32** 請問總共要付多少郵資呢？

**1** 7,500 圓
**2** 4,500 圓
**3** 10,000 圓
**4** 15,000 圓

### 國外包裹（美洲及歐洲）

| | ～2公斤 | 2公斤～5公斤 | 5公斤～10公斤 |
|---|---|---|---|
| 空運<br>（大約一週） | 3,000圓 | 5,000圓 | 10,000圓 |
| 船運<br>（大約兩個月） | 1,500圓 | 2,500圓 | 5,000,圓 |

**答案：1**

**解題攻略** 題目中「全部で」的「で」表示數量的總計，「いくら」用於詢問價格。本題關鍵在找出包裹的寄送條件，算出郵資的總和。

文章第二句「アメリカへ送る荷物は急がないので、安いほうがいいです」（寄到美國的包裹不趕時間，所以用便宜的寄送方式就行了）。因此可知寄到美國的要用便宜的船運。

第三句「イギリスへ送る荷物は急ぐので、速いほうがいいです」（因為寄到英國的包裹是急件，所以想用比較快的寄送方式）。由此得知寄到英國的要用快速的空運。

文章最後提到「荷物はどちらも３キロぐらいです」（兩個包裹重量都是3公斤左右）。由此可知兩個包裹重量都是３公斤左右。

根據表格，船運３公斤的物品要2500圓，空運３公斤的物品要5000圓，「2500＋5000＝7500」，所以總共是7500圓。正確答案是１。

「～ほうがいいです」表示說話者經過比較後做出的選擇，翻譯成「…比較好」或是「我想要…」。

雖然「～に送ります」和「～へ送ります」都表示把東西送到某個地方，不過語感有稍有不同，「に」的寄送地點很明確，翻譯成「送到…」，「へ」則表示動作的方向，翻譯成「送往…」。

「どちらも」的意思是「兩者都…」。「ぐらい」表示大約的數量、範圍。

## 🕐 重要單字

- □ 郵便局（ゆうびんきょく）郵局
- □ アメリカ 美國
- □ イギリス 英國
- □ 荷物（にもつ）貨物；行李
- □ 送る（おくる）寄；送
- □ 急ぐ（いそぐ）急於…；急忙
- □ キロ 公斤
- □ 飛行機（ひこうき）飛機
- □ 船（ふね）船

**1** ⬜⬜⬜ ＋へ （往…、去…）

**說明** 【名詞】＋へ。前接跟地方有關的名詞，表示動作、行為的方向，也指行為的目的地。

**例句** 電車<sup>でんしゃ</sup>で　学校<sup>がっこう</sup>へ　来<sup>き</sup>ました。
搭電車來學校。

[替換單字] レストラン　餐廳／喫茶店<sup>きっさてん</sup>　咖啡廳／
八百屋<sup>やおや</sup>　蔬果店／公園<sup>こうえん</sup>　公園

**2** ⬜⬜⬜ ＋ほうがいい （最好…、還是…為好）

**說明** 【名詞の；形容詞辭書形；形容動詞詞幹な；動詞た形】＋ほうがいい。用在向對方提出建議、忠告。有時候前接的動詞雖然是「た形」，但指的卻是以後要做的事。也用在陳述自己的意見、喜好的時候。否定形為「～ないほうがいい」。

**例句** 柔<sup>やわ</sup>らかい　布団<sup>ふとん</sup>の　ほうが　いい。
柔軟的棉被比較好。

[替換單字] 駅<sup>えき</sup>に　近<sup>ちか</sup>い　離車站近／砂糖<sup>さとう</sup>を　入<sup>い</sup>れない　不要加糖

# JLPT N5 日本語能力試験 ⑤

右の　ページを　見て、下の　しつもんに　こたえて　ください。こたえは、1・2・3・4から　いちばん　いい　ものを　一つ　えらんで　ください。

今日の　夕方、映画を　見に　行きます。映画の　あとで、晩ごはんを　食べたいので、6時　ごろに　終わるのが　いいです。外国の　ではなく、日本の　映画が　見たいです。

[32] どの　映画を　見ますか。

1 猫

2 父の　自転車

3 とべない　飛行機

4 小さな　恋

## 【日本の映画】
にほん えいが

11：00〜13：30 ローラ
14：00〜15：30 夏のおもいで
16：00〜18：00 猫
18：30〜21：00 父の自転車

## 【外国の映画】
がいこく えいが

11：30〜13：00
デパートでだいぼうけん

13：30〜15：00
とべない飛行機

15：30〜18：00 地下鉄
18：30〜21：00 小さな恋

# 映画の案内
えいが あんない

猫

## ⑤ 翻譯與解題

請參照右頁並回答以下問題。請從選項 1・2・3・4 當中選出一個最適當的答案。

**32**

翻 譯　今天傍晚我要去看電影。不過看完電影我想吃個晚餐，所以大約在 6 點結束的電影比較好。我想看日本的電影而不是國外的電影。

32　請問要看哪場電影呢？

**1** 貓　　　　　　　　　**2** 父親的腳踏車
**3** 無法飛行的飛機　　　**4** 小小的戀愛

【日本電影】

11：00～13：30 蘿拉
14：00～15：30 夏日回憶
16：00～18：00 貓
18：30～21：00 父親的腳踏車

【外國電影】

11：30～13：00
百貨公司大冒險

13：30～15：00
無法飛行的飛機

15：30～18：00 地下鐵
18：30～21：00 小小的戀愛

電影介紹

貓

**解題攻略** 本題必須掌握電影的種類及結束的時間。

文章第一句提到「映画を見に行きます」（我要去看電影），「～に行く」表示為了某個目的前往。

解題關鍵在「6時ごろに終わるのがいいです」（6點結束的電影比較好）、「外国のではなく、日本の映画が見たいです」（我想看日本的電影而不是國外的電影）兩句。

由此可知作者想看約在6點結束的日本電影，符合這兩項條件的是選項1「猫」（貓）。正確答案是1。

「～ごろ」前面接表示時間的語詞，表示大概的時間。「～がいいです」表示經過比較後做出的選擇，可以翻譯為「比較好」或「我想要」。

「外国のではなく」（而不是國外的電影），句中「外国の」的「の」沒有實質意義，只是用來取代「映画」。

句型「Aではなく、Bです」的重點在B，意思是「不是A，而是B」。

---

**❷ 重要單字**

□ 夕方（ゆうがた） 傍晚 　　　　□ 晩ご飯（ばんごはん） 晚餐

□ 映画（えいが） 電影 　　　　　□ 終わる（おわる） 結束

□ ～に行く（いく） 去…（做某事）

## ✐ 文法と萬用句型

**1** ☐＋の＋あとで （…後）

> **説明** 【名詞】＋の＋あとで。表示完成前項事情之後，進行後項行為。

> **例句** トイレの　あとで　おふろに　入<sub>はい</sub>ります。
> 上廁所後洗澡。
> ［替換單字<sub>しゅくだい</sub>］宿題　作業／テレビ　電視／晩<sub>ばん</sub>ご飯<sub>はん</sub>　晩餐／仕事<sub>しごと</sub>　工作

## ✐ 小知識大補帖

「映画<sub>えいが</sub>を見<sub>み</sub>る」（看電影）除了上「映画館<sub>えいがかん</sub>」（電影院）之外，也可以選擇較經濟的「セカンド ラン」（二輪電影）或是「レンタル DVD」（出租 DVD）哦！

右の ページを 見て、下の、しつもんに こたえて ください。こたえは 1・2・3・4から いちばん いいものを 一つ えらんで ください。

　オレンジ病院へ 行きます。11時前に 着きたいです。山田駅の前で バスに 乗ります。バスは、りんご公園で 一度 とまってから、オレンジ病院へ 行きます。

**32** 何番の バスに 乗りますか。
1　1番バス
2　2番バス
3　3番バス
4　4番バス

| 1番バス | 山田駅 | りんご公園 | グレープ病院 |
|---|---|---|---|
| | 9：15 | 9：25 | 9：35 |
| 2番バス | 山田駅 | りんご公園 | オレンジ病院 |
| | 10：00 | 10：20 | 10：50 |
| 3番バス | 山田駅 | りんご公園 | オレンジ病院 |
| | 10：30 | 10：50 | 11：20 |
| 4番バス | 山田駅 | りんご公園 | ひまわり病院 |
| | 10：00 | 10：20 | 10：50 |

## ⑥ 翻譯與解題

請參照右頁並回答以下問題。請從選項 1・2・3・4 當中選出一個最適當的答案。

**32**

翻　譯　我要去橘子醫院。想在 11 點以前抵達。我要在山田車站前面搭乘公車。公車會先在蘋果公園停靠,再往橘子醫院開去。

**32** 請問要搭乘幾號公車呢?

**1**　1 號公車
**2**　2 號公車
**3**　3 號公車
**4**　4 號公車

| 1 號公車 | 山田車站 | 蘋果公園 | 葡萄柚醫院 |
| --- | --- | --- | --- |
| | 09:15 | 09:25 | 09:35 |
| 2 號公車 | 山田車站 | 蘋果公園 | 橘子醫院 |
| | 10:00 | 10:20 | 10:50 |
| 3 號公車 | 山田車站 | 蘋果公園 | 橘子醫院 |
| | 10:30 | 10:50 | 11:20 |
| 4 號公車 | 山田車站 | 蘋果公園 | 向日葵醫院 |
| | 10:00 | 10:20 | 10:50 |

答案:**2**

解題攻略　這一題的解題關鍵在抓出路線順序和抵達時間。

從文中可以得知,作者從「山田駅」(山田車站)出發,途中會經過「りんご公園」(蘋果公園),目的地是「オレンジ病院」(橘子醫院),所以路線順序是「山田駅→りんご公園→オレンジ病院」,因此選項 1、4 都錯誤。

文章第二句提到「11時前に着きたいです」（想在11點以前抵達），由於選項 3 的抵達時間是11：20，所以錯誤。選項 2 的抵達時間是10：50，正確答案是 2。

文章最後一句「バスは、りんご公園で一度…」（公車會先在蘋果公園…），「一度」意思是「一次」，表示公車會在蘋果公園停一次車。

**❷ 重要單字**

□ 病院 醫院
□ 行く 去
□ 駅 車站
□ 乗る 搭乘

□ バス 公車
□ 一度 一回；一次
□ 止まる 停止

**❷ 文法と萬用句型**

**1** ＿＿＿＿＿＋へ （往…、去…）

**説明** 【名詞】＋へ。前接跟地方有關的名詞，表示動作、行為的方向，也指行為的目的地。

**例句** 電車で 学校へ 来ました。
搭電車來學校。

**2** ＿＿＿＿＿＋まえ （…前）

**説明** 【時間名詞】＋まえ。接尾詞「まえ」，接在表示時間名詞後面，表示那段時間之前。

**例句** まだ 20歳前ですから、お酒は 飲みません。
還沒滿二十歲，所以不能喝酒。

**3** ⬚ ＋てから （先做…，然後再做…；從…）

**說明**【動詞て形】＋から。結合兩個句子，表示動作順序，強調先做前項的動作或前項事態成立，再進行後句的動作。或表示某動作、持續狀態的起點。

**例句** 夜、歯を　磨いて　から　寝ます。
晚上刷完牙以後才睡覺。

右の ページを 見て、しつもんに こたえて ください。こたえは 1・2・3・4から いちばん いいものを 一つ えらんで ください。

**32** つぎの なかで ただしい ものは どれですか。

1 まつりは 朝から 夜まで あります。

2 まつりには 食べ物の 店は あまり ありません。

3 まつりは とても 静かです。

4 雨の 日に まつりは ありません。

## 夏まつりに　来ませんか。

　ひまわり駅前で　夏まつりが　あります。まつりは　とても　にぎやかです。食べ物の　店も　たくさん　あります。皆さん　ぜひ　来てください。

時間　：　8月7日（土曜日）、8日（日曜日）
　　　　　午後　5時から　午後　10時まで
ばしょ：　ひまわり駅前

※　雨の　日は　ありません。

⑦ 翻譯與解題

請參照右頁並回答以下問題。請從選項１・２・３・４當中選出一個最適當的答案。

**32**

翻 譯　　32 請問下列敘述正確的選項為何？

1 祭典從早到晚都有
2 祭典當中沒什麼販賣食物的攤位
3 祭典十分安靜
4 如果下雨就沒有祭典

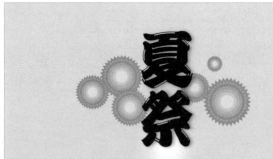

要不要來夏日祭典啊？

在向日葵車站前面有舉行夏日祭典。祭典非常熱鬧。有很多販賣食物的攤位。請大家一定要來參加。

時間：８月７日（星期六），８日（星期天）
　　　下午５點至晚上10點
地點：向日葵車站前

※雨天活動停辦。

**解題攻略**

遇到「つぎのなかでただしいものはどれですか」（請問下列敘述正確的選項為何）、「つぎのなかでただしくないものはどれですか」（請問下列敘述不正確的選項為何）這類題型，建議以消去法作答。

選項1「まつりは朝から夜まであります」（祭典從早到晚都有）是錯誤的，因為傳單上寫祭典的時間是「午後5時から午後10時まで」（下午5點至晚上10點），所以可知早上沒有。

選項2「まつりには食べ物の店はあまりありません」（祭典當中沒什麼販賣食物的攤位）也錯誤。因為傳單上寫道「食べ物の店もたくさんあります」（有很多販賣食物的攤位）。

選項3「まつりはとても静かです」（祭典非常安靜）和傳單上面的「まつりはとてもにぎやかです」（祭典非常熱鬧）意思相反，所以也不正確。

選項4「雨の日にまつりはありません」（如果下雨就沒有祭典）對應傳單上最後一句「雨の日はありません」（雨天活動停辦）。雖然沒有明確指出停辦什麼，不過根據傳單整體內容來看，可以知道停辦的是「まつり」（祭典）。正確答案是4。

「あまり〜ません」意思是「不…怎麼…」，表示數量或程度不多、不高。

❷ **重要單字**

□ 夏祭り（なつまつり）夏天的祭典
□ ひまわり 向日葵
□ 駅前（えきまえ）車站前面
□ にぎやか 熱鬧
□ 食べ物（たべもの）食物
□ 店（みせ）店家；攤位

□ 皆<sup>みな</sup>さん 各位；大家　　　　□ 午後<sup>ご ご</sup> 下午

□ ぜひ 一定；務必　　　　　　□ 場所<sup>ば しょ</sup> 場所；地點

□ 時間<sup>じ かん</sup> 時間　　　　　　　　□ 雨の日<sup>あめ ひ</sup> 雨天

□ 日曜日<sup>にちよう び</sup> 星期日

---

**⚡ 小知識大補帖**

「お盆<sup>ぼん</sup>」（盂蘭盆節）是日本的傳統節日，原本是追祭祖先、祈禱冥福的日子，現在已經是家庭團圓、合村歡樂的節日了。每年七八月各地都有「お盆<sup>ぼん</sup>」（盂蘭盆節）祭典，甚至在住宅區的小公園裡，一群鄰居就跳起「盆踊り<sup>ぼんおど</sup>」（盆舞）了！

右の　ページを　見て、下の　みて　しつもんに　こたえて　ください。こたえは、
1・2・3・4から　いちばん　いい　ものを　一つ　えらんで　ください。

　さくら　デパートへ　買い物に　行きます。あたらしい　スカート
と　こんげつの　ざっしを　買いたいです。それから　さとう
と　しょうゆも　買いたいです。

32 何階で　買い物を　しますか。
1　1階、2階、地下1階
2　2階、4階、5階
3　1階、4階、地下1階
4　2階、3階、地下1階

# さくらデパートの　ご案内図

5階<sup></sup>　レストラン

4階　本・DVD

3階　電気製品

2階　男の 人の 服
　　　男の 人の 靴

1階　女の 人の 服
　　　女の 人の 靴

地下1階　食べ物

地下2階　駐車場

# ⑧ 翻譯與解題

請參照右頁並回答以下問題。請從選項 1・2・3・4 當中選出一個最適當的答案。

**32**

**翻譯**
我要去櫻花百貨買東西。我想買新的裙子和這個月出刊的雜誌，接著還要買砂糖和醬油。

**32** 請問要在哪幾層樓買東西呢？

**1** 1樓、2樓、地下1樓
**2** 2樓、4樓、5樓
**3** 1樓、4樓、地下1樓
**4** 2樓、3樓、地下1樓

櫻花百貨樓層介紹

5 階　餐廳
4 階　書籍、DVD
3 階　電器
2 階　男裝、男鞋
1 階　女裝、女鞋
地下1 階　食品
地下2 階　停車場

解題攻略 本題解題關鍵在把文章中提到的物品和賣場對應。

作者提到自己想買「スカート」（裙子）、「ざっし」（雜誌）、「さとうとしょうゆ」（砂糖和醬油）。這4樣東西分別在「女の人の服」（女裝）、「本」（書籍）、「食べ物」（食品）這3個賣場販售，所以作者必須去1樓、4樓、地下1樓。正確答案是3。

句型「動詞ます形＋に行きます」表示為了某種目而前往。「買いたいです」（想買）的「～たいです」表示說話者個人的心願、希望。

### 重要單字

- □ デパート 百貨公司
- □ 新しい 新的
- □ スカート 裙子
- □ 今月 這個月
- □ 雑誌 雜誌
- □ 砂糖 砂糖
- □ 醤油 醬油
- □ 電気製品 電器用品
- □ 駐車場 停車場

### 小知識大補帖

季節交替的一月和七月是日本服裝大拍賣的時期。一月正值新年，以福袋和冬季減價為號召的拍賣為最大規模，七月的換季拍賣則是多采多姿的夏裝清倉大拍賣，看準這個時期去血拼，可以買到不少好東西喲！

# 日本語能力試験 ⑨

右の　ページを　見て、下の　しつもんに　こたえて　ください。こたえは、1・2・3・4から　いちばん　いい　ものを　一つ　えらんで　ください。

32　あさ、雨が　つよく　ふって　います。どうしますか。

1　9時に　駅へ　行きます。

2　8時過ぎに　高橋さんに　電話します。

3　8時に　駅へ　行きます。

4　9時まで　家で　待ちます。

# 山へ　行きましょう

　　秋に　なりました。緑色の　山が、赤や　黄色に　なって
きれいです。いっしょに　見に　行きませんか。

行く　ところ：　ぼうし山
行く　日：　10月8日（土）
あつまる　時間：　あさ　9時
あつまる　ところ：　駅
持って　くる　もの：　お弁当、飲み物


　　行く　日の　あさ、雨が　つよく　降って　いる　とき：
8時まで　家で　待って　から、わたしに　電話を　して
ください。
　　8時の　天気を　見て、行くか　行かないか　きめます。
8日に　行かない　ときには、9日（日）に　行きます。


　　　　　　　　　　　　　　　　　　　　　　　　　高橋花子

## ⑨ 翻譯與解題

請參照右頁並回答以下問題。請從選項 1・2・3・4 當中選出一個最適當的答案。

**32**

**翻譯** 　**32** 早上雨勢很大，請問該怎麼辦呢？

1 9 點去車站
2 8 點過後打電話給高橋小姐
3 8 點去車站
4 在家裡待到 9 點

---

### 一起去登山吧

秋天來臨了。充滿綠意的山頭也染成一片紅黃，十分美麗。要不要一起前往欣賞呢？

前往景點：帽子山
前往日期：10月8日（六）
集合時間：早上9點
集合地點：車站
攜帶物品：便當、飲料

如果當天早上下大雨：在家裡等到8點，然後打電話給我。看8點的天氣如何，再決定要不要去。如果8日取消，改成9日（日）再去。

高橋花子

**解題攻略**

這一題以「どうしますか」問該採取什麼行動。可以從文中表示要求、命令的「～てください」裡面找到答案。

解題重點在「行く日のあさ、雨がつよく降っているとき：8時までいえで待ってから、わたしに電話をしてください」（如果當天早上下大雨：在家裡等到8點，然後打電話給我）。這張公告的負責人最後署名「高橋花子」，所以可知若下大雨，則要在8點多的時候打電話給高橋小姐，所以正確答案是2。

「まで」表示時間的範圍，可以翻譯成「到…」。「～てから」強調動做的先後順序，表示先做前項動作再做後項動作。

---

**⚫ 重要單字**

□ **大変**（たいへん） 辛苦；嚴重
□ **秋**（あき） 秋天
□ **緑色**（みどりいろ） 綠色
□ **赤**（あか） 紅色
□ **黄色**（きいろ） 黃色

□ **一緒に**（いっしょに） 一起
□ **集まる**（あつまる） 集合
□ **飲み物**（のみもの） 飲料
□ **強く**（つよく） 強烈地

---

**⚫ 文法と萬用句型**

**1** ＿＿＿＿＿＿＋ましょう （做…吧）

**說明** 【動詞ます形】＋ましょう。表示勸誘對方跟自己一起做某事。一般用在做那一行為、動作，事先已經規定好，或已經成為習慣的情況。

**例句** ちょっと　休（やす）みましょう。
休息一下吧！

［替換單字］ 会（あ）い 見面／飲（の）み 喝／手伝（てつだ）い 幫忙

**小知識大補帖**

「同音異字」：讀音相同但寫法不同的字，字義有可能也不同，像是「あつい」，寫成漢字後變成「熱い」（熱的、燙的）、「暑い」（天氣炎熱的）、「厚い」（厚的），意思就完全不同了！

右の ページを 見て、下の しつもんに こたえて ください。こたえは、1・
2・3・4から いちばん いい ものを 一つ えらんで ください。

32 マンションの 人は、来週の 水曜日と 木曜日には、そ
とに 出るとき、どうしますか。

1 来週の 水曜日の 午前 10時には、階段を つかい
ます。

2 来週の 水曜日の 午後 3時には、エレベーターを
つかいます。

3 来週の 木曜日の 午前 11時には、エレベーターを
つかいます。

4 来週の 木曜日の 午後 3時には、階段を つかい
ません。

# アパートの　皆<ruby>皆<rt>みな</rt></ruby>さんへ

<ruby>8<rt></rt></ruby>月23日<ruby><rt>がつ　にち</rt></ruby>

エレベーターを　調べます<ruby><rt>しら</rt></ruby>

　エレベーターの　悪い<ruby><rt>わる</rt></ruby>　ところを　調べます<ruby><rt>しら</rt></ruby>。次の<ruby><rt>つぎ</rt></ruby>　時間は<ruby><rt>じ　かん</rt></ruby>エレベーターを　使わないで<ruby><rt>つか</rt></ruby>　ください。すみませんが、階段を<ruby><rt>かいだん</rt></ruby>使って<ruby><rt>つか</rt></ruby>　ください。調べる<ruby><rt>しら</rt></ruby>　会社の<ruby><rt>かいしゃ</rt></ruby>　人は<ruby><rt>ひと</rt></ruby>、会社と<ruby><rt>かいしゃ</rt></ruby>　自分の<ruby><rt>じ　ぶん</rt></ruby>名前を<ruby><rt>な まえ</rt></ruby>　体の<ruby><rt>からだ</rt></ruby>　前に<ruby><rt>まえ</rt></ruby>　つけて　います。

調べる<ruby><rt>しら</rt></ruby>　日<ruby><rt>ひ</rt></ruby>：来週の<ruby><rt>らいしゅう</rt></ruby>　水曜日と<ruby><rt>すいようび</rt></ruby>　木曜日<ruby><rt>もくようび</rt></ruby>
時間<ruby><rt>じ かん</rt></ruby>：午前<ruby><rt>ご ぜん</rt></ruby>　9時から<ruby><rt>じ</rt></ruby>　午後<ruby><rt>ご ご</rt></ruby>　5時まで<ruby><rt>じ</rt></ruby>
調べる<ruby><rt>しら</rt></ruby>　会社<ruby><rt>かいしゃ</rt></ruby>：ささきエレベーター

　この　時間<ruby><rt>じ かん</rt></ruby>、エレベーターを　乗る<ruby><rt>の</rt></ruby>　ことは　できません。

おおた不動産<ruby><rt>ふ どうさん</rt></ruby>
電話<ruby><rt>でん わ</rt></ruby>　××-××××-××××

請參照右頁並回答以下問題。請從選項 1 · 2 · 3 · 4 當中選出一個最適當的答案。

**32**

翻 譯　|32| 請問大樓住戶如果要在下週三、下週四出門，應該怎麼辦呢？

1 下週三的上午 10 點，爬樓梯
2 下週三的下午 3 點，搭乘電梯
3 下週四的上午 11 點，搭乘電梯
4 下週四的下午 3 點，不能爬樓梯

---

## 給各位大樓住戶

8月23日

### 電 梯 維 檢

　近日要檢查電梯故障問題。以下時段勞煩各位利用樓梯上下樓，請勿搭乘電梯。維修公司人員將會在胸前配戴公司名稱及姓名。

維檢日：下週星期三及星期四
時間：上午9點至下午5點
維修公司：佐佐木電梯

　以上時段將無法搭乘電梯。

太田不動產
電話　××-××××-××××

**解題攻略**

這一題必須用刪去法作答，要注意公告裡面提到的限制條件。

解題重點在「次の時間はエレベーターを使わないでください。すみませんが、階段を使ってください」（以下時段勞煩各位利用樓梯上下樓）。句中的「すみませんが」是前置詞，經常用在拜託別人的時候。「次の時間」指的是下面的「調べる日」（維檢日）和「時間」，也就是下週三、四的上午9點到下午5點，這段時間不能使用電梯，只能爬樓梯。符合這個條件的只有選項1，正確答案是1。

「～ことができません」表示不允許去做某件事情，公告最後一句用「は」來取代「が」寫成「～ことはできません」表示對比關係，暗示雖然沒辦法搭電梯，但可以利用其他方式上下樓（爬樓梯）。

題目中的「そとに出るとき」（外出）的「～に出る」，表示離開某個地方、出去到另一個地方。如果改成「～を出る」，僅單純表示離開某個地方。

### ⨂ 重要單字

□ マンション　公寓大樓；高級公寓
□ エレベーター　電梯
□ 調べる　檢查
□ 階段　樓梯

□ つける　附在…；掛在…
□ 来週　下週
□ 水曜日　星期三
□ 木曜日　星期四

### ⨂ 文法と萬用句型

**1** ⬚⬚⬚＋ないでください　（請不要…）

**説明**　【動詞否定形】＋ないでください。表示否定的請求命令，請求對方不要做某事。

**例句**　授業中は　しゃべらないで　ください。
上課時請不要講話。

右の ページを 見て、下の しつもんに こたえて ください。こたえは、1・
2・3・4から いちばん いい ものを 一つ えらんで ください。

**32** ただしい ものは どれですか。

1 2月3日に 図書館に 来る 人は、東駅で おりて
  バスに 乗って ください。

2 2月3日に 図書館に 来る 人は、車を 使って
  ください。

3 2月3日は、電車や 地下鉄で 図書館に 来る こと
  が できません。

4 2月3日は、車や バスで 図書館に 来る ことが
  できません。

# 図書館に　来る　人へ

11月20日

## 道を　修理します

　2月3日（火）に、図書館の　前の　道を　修理します。この　日は、修理に　使う　大きい　車が　出たり、入ったりしますので、その　ほかの　車は　図書館の　前の　道に　入る　ことが　できません。この　日は　バスも　走りません。図書館には　電車か　地下鉄で　来て　ください。東駅で　おりて、歩いて　5分ぐらいです。


修理の　日：2月3日（火）
時間：午前　10時から　午後　5時まで
ところ：図書館の　前の　道


車と　バスは　入る　ことは　できません。
電車か　地下鉄の　東駅から、歩いて　来てください。


東図書館

① 翻譯與解題

請參照右頁並回答以下問題。請從選項１・２・３・４當中選出一個最適當的答案。

**32**

翻　譯　　32 請問下列敘述何者正確？

**1** ２月３日來圖書館的人，請在東站下車轉搭公車
**2** ２月３日來圖書館的人請開車
**3** ２月３日無法搭乘電車或地下鐵來圖書館
**4** ２月３日無法開車或搭乘公車來圖書館

---

### 致各位圖書館使用者

11月20日

#### 道路施工

２月３日（二），圖書館前的道路將進行施工。到時將有大型工程車進出，所以其餘車輛無法進入圖書館前的道路。當天公車也會停駛。請搭乘電車或是地下鐵前來圖書館，在東站下車，徒步大約5分鐘。

施工日：２月３日（二）
時間：上午10點至下午５時
地點：圖書館前的道路

汽車和公車無法通行。
請從電車或地下鐵的東站走路過來。

東圖書館

---

**解題攻略**

遇到「ただしいものはどれですか」（請問正確的選項為何）、「ただしくないものはどれですか」（請問不正確的選項為何）這類題型，建議用消去法來作答。

公告第一句提到「この日は、修理に使う大きい車が出たり、入ったりしますので、そのほかの車は図書館の前の道に入ることができません。この日はバスも走りません」（到時候將有大型工程車進出，所以其餘車輛無法進入圖書館前的道路。當天公車也會停駛）。「そのほかの車」指的是除了工程車以外的車輛，從公告最下面「車とバスは入ることはできません」（汽車和公車無法通行）可以知道是指汽車和公車。

公告最後提到 2 月 3 日去圖書館的方式是「図書館には電車か地下鉄で来てください」（請搭乘電車或是地下鐵前來圖書館）。

「～ことができません」表示不允許去做某件事情。

「電車か地下鉄で」的「か」意思是「或」，表示在幾個當中選出一個。「で」表示工具、方法、手段，可以翻譯成「靠…」或「用…」。

選項 1、2 都錯誤，因為公告有說汽車和公車不能開到圖書館。

選項 3 也錯誤，因為公告有請大家當天利用電車或地下鐵前往圖書館。

選項 4「車やバス」（汽車或公車）的「や」用於在一群事物中舉出幾個例子。正確答案是 4。

## 重要單字

□ 図書館 圖書館
□ 道 道路
□ 修理 整修
□ バスが走る 公車行駛

□ 電車 電車
□ 降りる 下（車）
□ 正しい 正確的

## 小知識大補帖

近幾年來，日本具特色、質感的圖書館已經成為旅客必訪的景點之一，例如「東京北區中央圖書館」以紅磚打造外牆，古色古香、「秋田國際大學圖書館」木製的半圓環設計溫暖又壯觀、「石川金澤海洋未來圖書館」搶眼的純白色設計，頗具前衛的時尚感。

▶ **購物**

かばんを　探<ruby>さが</ruby>して　います。
我在找包包。

こちらの　白<ruby>しろ</ruby>は　ありますか。
請問這個還有白色的嗎？

こちらの　小<ruby>ちい</ruby>さい　サイズは　ありますか。
請問有這個的小尺碼嗎？

これを　見<ruby>み</ruby>せて　ください。
請讓我看一看這個。

これを　ください。
請給我這個。

赤<ruby>あか</ruby>い　ほうを　ください。
請給我紅色的。

もっと　明<ruby>あか</ruby>るい　色<ruby>いろ</ruby>が　ほしいです。
我想要更明亮的顏色。

すみません。出<ruby>で</ruby>て　いる　だけです。
不好意思，只有現場陳列的這些而已。

これは　おいくらですか。
請問這個多少錢？

私<ruby>わたし</ruby>には　ちょっと　高<ruby>たか</ruby>いです。
對我來說有點貴。

これに　します。
我要這個。

## ▶ 用餐

朝は　パンと　果物です。
我早餐都吃麵包和水果。

夕飯は　家族　みんなで　食堂で　食べます。
全家人一起去大眾食堂吃晚餐。

父の　誕生日　なので、お寿司を　とりました。
由於是父親的生日，訂了外送壽司。

お飲み物は　何に　いたしましょうか。
請問您想喝點什麼飲料呢？

そうですね。コーヒーを　ください。
讓我想一想，請給我咖啡。

母の　料理は　みんな　おいしいです。
媽媽煮的菜每一道都好好吃。

肉だけじゃなく、野菜も　食べなさい。
不要只吃肉，也要吃青菜。

## ▶ 圖書館

図書館は　朝　9時から　夜　8時まで　あいて　います。
圖書館從早上九點開到晚上八點。

木曜日は　図書館は　休みです。
星期四是圖書館的休館日。

私の　町の　図書館では　1回に　5冊まで　貸して　くれる。
我們社區的圖書館，每次最多可以借五本書。

2月20日までに　ご返却　ください。
請在二月二十號前歸還。

図書館で　勉強しない？
要不要一起去圖書館讀書？

図書館は　静かで　いいですね。
圖書館裡非常安靜，挺適合讀書哦。

# MEMO

精修版

# 新制對應 絕對合格！
## 日檢必背閱讀 [25K]

【日檢智庫16】

■ 發行人／**林德勝**

■ 著者／**吉松由美・西村惠子**

■ 設計主編／**吳欣樺**

■ 出版發行／**山田社文化事業有限公司**
　地址　臺北市大安區安和路一段112巷17號7樓
　電話　02-2755-7622　02-2755-7628
　傳真　02-2700-1887

■ 郵政劃撥／**19867160號　大原文化事業有限公司**

■ 總經銷／**聯合發行股份有限公司**
　地址　新北市新店區寶橋路235巷6弄6號2樓
　電話　02-2917-8022
　傳真　02-2915-6275

■ 印刷／**上鎰數位科技印刷有限公司**

■ 法律顧問／**林長振法律事務所　林長振律師**

■ 書／**定價　新台幣320元**

■ 初版／**2017年8月**

© ISBN : 978-986-246-475-5
2017, Shan Tian She Culture Co. , Ltd.

考試分數大躍進
累積實力
百萬考生見證
應考秘訣

**4**

根據日本國際交流基金考試相關概要

精修 **重音版**

# 絕對合格
# 日檢必背單字

**N4**

**新制對應！**

吉松由美 ◎著

U0079902

山田社

# 前言
## preface

**N4** 所有 820 單字 × **N4** 所有 197 文法 × 實戰光碟

## 全新三合一學習法，霸氣登場！

單字背起來就是鑽石，與文法珍珠相串成鍊，再用聽力鑲金加倍，
史上最貪婪的學習法！讓你快速取證、搶百萬年薪！

---

《精修版 新制對應 絕對合格！日檢必背單字 N4》再進化出重音版了，精修內容
有：

1. 精心將單字分成：主題圖像場景分類和五十音順。讓圖像在記憶中生根，再
   加上圖像式重音標記，記憶快速又持久。
2. 例句加入 N4 所有文法 197 項，單字 • 文法交叉訓練，得到黃金的相乘學
   習效果。
3. 例句主要單字上色，單字活用變化，一看就記住！
4. 主題分類的可愛插畫、單字大比拼等，讓記憶力道加倍！
5. 分析舊新制考古題，補充類義詞、對義詞學習，單字全面攻破，內容最紮實！

　　單字不再會是您的死穴，而是您得高分的最佳利器！史上最強的新日檢 N4 單字
集《精修重音版 新制對應 絕對合格！日檢必背單字 N4》，是根據日本國際交流
基金（JAPAN FOUNDATION）舊制考試基準及新發表的「新日本語能力試驗相關
概要」，加以編寫彙整而成的。除此之外，本書精心分析從 2010 年開始的新日檢
考試內容，增加了過去未收錄的 N4 程度常用單字，加以調整了單字的程度，可說
是內容最紮實的 N4 單字書。無論是累積應考實力，或是考前迅速總複習，都能讓
您考場上如虎添翼，金腦發威。

　　「背單字總是背了後面忘了前面！」「背得好好的單字，一上考場大腦就當機！」「背了單字，但一碰到日本人腦筋只剩一片空白鬧詞窮。」「單字只能硬背好無聊，每次一開始衝勁十足，後面卻完全無力。」「我很貪心，我想要有主題分類，又有五十音順好查的單字書。」這些都是讀者的真實心聲！您的心聲我們聽到了。本書的單字不僅有主題分類，還有五十音順，再加上插圖、單字豆知識及重音標記，相信能讓您甩開對單字的陰霾，輕鬆啟動記憶單字的按鈕，提升學習興趣及成效！

## 內容包括：

### 一、主題單字

1. **分類姬**──以主題把單字分類成：顏色、家族、衣物…等，不僅能一次把相關單字背起來，還方便運用在日常生活中。不管是主題分類增加印象，或五十音順全效學習，還是分類與順序交叉學習，本書一應俱全。請您依照自己喜歡的學習方式自由調整。

各種主題

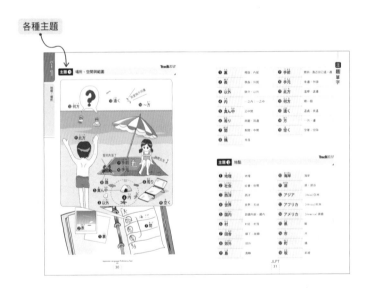

2. **插畫姬**──主題單字區有著可愛的插畫，建議可以將單字與插畫相互搭配進行背誦。插畫不僅可以幫助您聯想、加深印象，還能連結運用在生活上，有效提升記憶強度與學習的趣味度喔！

插畫幫您聯想
提升記憶強度

3. **藏寶姬**──您有發現內頁的「單字大比拼」小單元嗎？這些都是配合 N4 單字所精挑細選的類義單字藏寶箱，在這個單元，每組類義的單字都會進行解說，並加入小短句，讓您可以快速了解類義單字的用途差異，這樣您在考場中就不再「左右為難」，並一舉拿下高分。

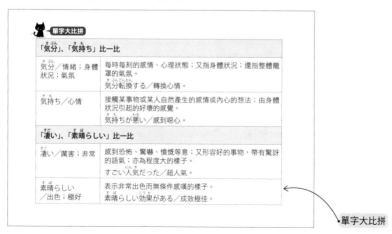

單字大比拼

## 二、單字五十音順

1. **單字王**──高出題率單字全面強化記憶：根據新制規格，由日籍金牌教師群所精選高出題率單字。每個單字所包含的詞性、意義、解釋、類‧對義詞、中譯、用法、語源等等，讓您精確瞭解單字各層面的字義，活用的領域更加廣泛，還加上重音標記，幫您全面強化視、聽覺記憶，學習更上一層樓。

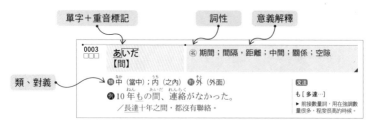

2. **文法王**──單字‧文法交叉相乘黃金雙效學習：書中單字所帶出的例句，還搭配日籍金牌教師群精選 N4 所有文法，並補充近似文法，幫助您單字‧文法交叉訓練，得到黃金的相乘學習效果！建議搭配《精修版 新制對應 絕對合格！日檢必背文法 N4》，以達到最完整的學習！

3. **得分王**—貼近新制考試題型學習最完整：新制單字考題中的「替換類義詞」題型，是測驗考生在發現自己「詞不達意」時，是否具備「換句話說」的能力，以及對字義的瞭解度。此題型除了須明白考的字義外，更需要知道其他替換的語彙及說法。為此，書中精闢點出該單字的類、對義詞，對應新制內容最紮實。

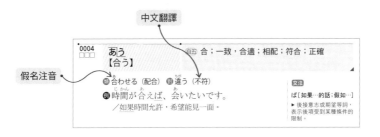

4. **例句王**—活用單字的勝者學習法：活用單字才是勝者的學習法，怎麼活用呢？書中每個單字下面帶出一個例句，例句精選該單字常接續的詞彙、常使用的場合、常見的表現、配合 N4 所有文法，還有時事、職場、生活等內容貼近 N4 所需程度等等。**從例句來記單字，加深了對單字的理解，對根據上下文選擇適切語彙的題型，更是大有幫助，同時也紮實了文法及聽說讀寫的超強實力。**

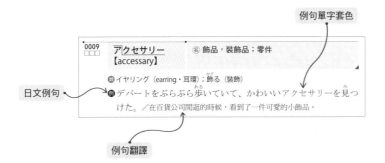

5. **測驗王**—全真新制模試密集訓練：本書最後附三回模擬考題（文字、語彙部份），將按照不同的題型，告訴您不同的解題訣竅，讓您在演練之後，不僅能立即得知學習效果，並充份掌握考試方向，以提升考試臨場反應。就像上過合格保證班一樣，成為新制日檢測驗王！如果對於綜合模擬試題躍躍欲試，推薦完全遵照日檢規格的《合格全攻略！新日檢 6 回全真模擬試題 N4 》進行練習喔！

問題說明
應試訣竅 →

← 考題

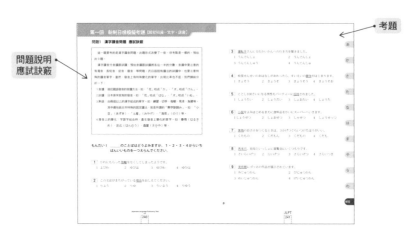

6. **聽力王**—合格最短距離：新制日檢考試，把聽力的分數提高了，合格最短距離就是加強聽力學習。為此，書中還附贈光碟，幫助您熟悉日籍教師的標準發音及語調，讓您累積聽力實力。為打下堅實的基礎，建議您搭配《精修版 新制對應 絕對合格！日檢必背聽力 N4》來進一步加強練習。

軌數 →

7. **計畫王**—讓進度、進步完全看得到：每個單字旁都標示有編號及小方格，可以讓您立即了解自己的學習量。每個對頁並精心設計讀書計畫小方格，您可以配合自己的學習進度填上日期，建立自己專屬讀書計畫表！

《精修重音版 新制對應 絕對合格！日檢必背單字 N4》本著利用「喝咖啡時間」，也能「倍增單字量」「通過新日檢」的意旨，搭配文法與例句快速理解、學習，附贈日語朗讀光碟，還能讓您隨時隨地聽 MP3，無時無刻增進日語單字能力，走到哪，學到哪！怎麼考，怎麼過！

# 目錄
contents

| 詞性 | 定義 | 例（日文／中譯） |
|---|---|---|
| 名詞 | 表示人事物、地點等名稱的詞。有活用。 | 門<sup>もん</sup>／大門 |
| 形容詞 | 詞尾是い。説明客觀事物的性質、狀態或主觀感情、感覺的詞。有活用。 | 細<sup>ほそ</sup>い／細小的 |
| 形容動詞 | 詞尾是だ。具有形容詞和動詞的雙重性質。有活用。 | 静<sup>しず</sup>かだ／安静的 |
| 動詞 | 表示人或事物的存在、動作、行為和作用的詞。 | 言<sup>い</sup>う／說 |
| 自動詞 | 表示的動作不直接涉及其他事物。只説明主語本身的動作、作用或狀態。 | 花<sup>はな</sup>が咲<sup>さ</sup>く／花開。 |
| 他動詞 | 表示的動作直接涉及其他事物。從動作的主體出發。 | 母<sup>はは</sup>が窓<sup>まど</sup>を開<sup>あ</sup>ける／母親打開窗戶。 |
| 五段活用 | 詞尾在ウ段或詞尾由「ア段＋る」組成的動詞。活用詞尾在「ア、イ、ウ、エ、オ」這五段上變化。 | 持<sup>も</sup>つ／拿 |
| 上一段活用 | 「イ段＋る」或詞尾由「イ段＋る」組成的動詞。活用詞尾在イ段上變化。 | 見<sup>み</sup>る／看<br>起<sup>お</sup>きる／起床 |
| 下一段活用 | 「エ段＋る」或詞尾由「エ段＋る」組成的動詞。活用詞尾在エ段上變化。 | 寝<sup>ね</sup>る／睡覺<br>見<sup>み</sup>せる／讓…看 |
| 變格活用 | 動詞的不規則變化。一般指カ行「来る」、サ行「する」兩種。 | 来<sup>く</sup>る／到來<br>する／做 |
| カ行變格活用 | 只有「来る」。活用時只在カ行上變化。 | 来<sup>く</sup>る／到來 |
| サ行變格活用 | 只有「する」。活用時只在サ行上變化。 | する／做 |
| 連體詞 | 限定或修飾體言的詞。沒活用，無法當主詞。 | どの／哪個 |
| 副詞 | 修飾用言的狀態和程度的詞。沒活用，無法當主詞。 | 余<sup>あま</sup>り／不太… |

| | | |
|---|---|---|
| 副助詞 | 接在體言或部分副詞、用言等之後，增添各種意義的助詞。 | 〜も ／也… |
| 終助詞 | 接在句尾，表示説話者的感嘆、疑問、希望、主張等語氣。 | か ／嗎 |
| 接續助詞 | 連接兩項陳述內容，表示前後兩項存在某種句法關係的詞。 | ながら ／邊…邊… |
| 接續詞 | 在段落、句子或詞彙之間，起承先啟後的作用。沒活用，無法當主詞。 | しかし ／然而 |
| 接頭詞 | 詞的構成要素，不能單獨使用，只能接在其他詞的前面。 | 御<sup>お</sup>〜 ／貴（表尊敬及美化） |
| 接尾詞 | 詞的構成要素，不能單獨使用，只能接在其他詞的後面。 | 〜枚<sup>まい</sup> ／…張（平面物品數量） |
| 造語成份（新創詞語） | 構成復合詞的詞彙。 | 一昨年<sup>いっさくねん</sup> ／前年 |
| 漢語造語成份（和製漢語） | 日本自創的詞彙，或跟中文意義有別的漢語詞彙。 | 風呂<sup>ふろ</sup> ／澡盆 |
| 連語 | 由兩個以上的詞彙連在一起所構成，意思可以直接從字面上看出來。 | 赤<sup>あか</sup>い傘<sup>かさ</sup> ／紅色雨傘<br>足<sup>あし</sup>を洗<sup>あら</sup>う ／洗腳 |
| 慣用語 | 由兩個以上的詞彙因習慣用法而構成，意思無法直接從字面上看出來。常用來比喻。 | 足<sup>あし</sup>を洗<sup>あら</sup>う ／脫離黑社會 |
| 感嘆詞 | 用於表達各種感情的詞。沒活用，無法當主詞。 | ああ ／啊（表驚訝等） |
| 寒暄語 | 一般生活上常用的應對短句、問候語。 | お願<sup>ねが</sup>いします ／麻煩… |

**其他略語**

| 呈現 | 詞性 | 呈現 | 詞性 |
|---|---|---|---|
| 對 | 對義詞 | 近 | 文法部分的相近文法補充 |
| 類 | 類義詞 | 補 | 補充説明 |

| 詞性 | 活用變化舉例 | | | |
|---|---|---|---|---|
| | 語幹 | 語尾 | | 變化 |
| 形容詞 | やさし（容易） | い | 現在肯定 | やさし ＋ い<br>語幹　　形容詞詞尾 |
| | | です | | やさしい ＋ です<br>基本形　　敬體 |
| | | く | 現在否定 | やさし く －＋ない（です）<br>　　（い→く）　否定　敬體 |
| | | ありません | | －＋ありません<br>　　　否定 |
| | | かっ | 過去肯定 | やさし かっ ＋た（です）<br>　　（い→かっ）過去　敬體 |
| | | く | 過去否定 | やさし くありません＋でした<br>　　　否定　　　　過去 |
| | | た（です） | | |
| | | ありませんでした | | |
| 形容動詞 | きれい（美麗） | だ | 現在肯定 | きれい ＋ だ<br>語幹　　形容動詞詞尾 |
| | | で | | きれい ＋ です<br>基本形　「だ」的敬體 |
| | | で | 現在否定 | きれいで＋は＋ありません<br>　（だ→で）　　否定 |
| | | で | 過去肯定 | きれい でし た<br>　　（だ→でし）過去 |
| | | で | 過去否定 | きれい ではありません＋でした<br>　　　否定　　　　過去 |
| | | す | | |
| | | はありません | | |
| | | した | | |
| | | はありませんでした | | |
| 動詞 | か（書寫） | く | 基本形 | か ＋ く<br>語幹 |
| | | き | 現在肯定 | か き ＋ます<br>（く→き） |
| | | き | 現在否定 | か き ＋ません<br>（く→き）　否定 |
| | | き | 過去肯定 | か き ＋ました<br>（く→き）　過去 |
| | | き | 過去否定 | かきません＋でした<br>　否定　　　過去 |
| | | ます | | |
| | | ません | | |
| | | ました | | |
| | | ませんでした | | |

## 動詞基本形

相對於「動詞ます形」，動詞基本形説法比較隨便，一般用在關係跟自己比較親近的人之間。因為辭典上的單字用的都是基本形，所以又叫辭書形。
基本形怎麼來的呢？請看下面的表格。

| | | |
|---|---|---|
| 五段動詞 | 拿掉動詞「ます形」的「ます」之後，最後將「イ段」音節轉為「ウ段」音節。 | かきます→かき→かく<br>ka-ki-ma-su → ka-ki → ka-ku |
| 一段動詞 | 拿掉動詞「ます形」的「ます」之後，直接加上「る」。 | たべます→たべ→たべる<br>ta-be-ma-su → ta-be → ta-be-ru |
| 不規則動詞 | | します→する<br>shi-ma-su → su-ru<br>きます→くる<br>ki-ma-su → ku-ru |

## 自動詞與他動詞比較與舉例

| | | |
|---|---|---|
| 自動詞 | 動詞沒有目的語<br>形式：「…が…ます」<br>沒有人為的意圖而發生的動作 | 火　が　消えました。（火熄了）<br>主語　助詞　沒有人為意圖的動作<br>↑<br>由於「熄了」，不是人為的，是風吹的自然因素，所以用自動詞「消えました」（熄了）。<br> |
| 他動詞 | 有動作的涉及對象<br>形式：「…を…ます」<br>抱著某個目的有意圖地作某一動作 | 私は　火　を　消しました。（我把火弄熄了）<br>主語　目的語　有意圖地做某動作<br>↑<br>火是因為人為的動作而被熄了，所以用他動詞「消しました」（弄熄了）。<br> |

# 日檢單字 N4 新制對應！

## 一、什麼是新日本語能力試驗呢

1. 新制「日語能力測驗」

2. 認證基準

3. 測驗科目

4. 測驗成績

## 二、新日本語能力試驗的考試內容

N4 題型分析

＊以上內容摘譯自「國際交流基金日本國際教育支援協會」的「新しい『日本語能力試驗』ガイドブック」。

# 一、什麼是新日本語能力試驗呢

## 1. 新制「日語能力測驗」

從2010年起實施的新制「日語能力測驗」（以下簡稱為新制測驗）。

1－1　實施對象與目的

　　新制測驗與舊制測驗相同，原則上，實施對象為非以日語作為母語者。其目的在於，為廣泛階層的學習與使用日語者舉行測驗，以及認證其日語能力。

1－2　改制的重點

改制的重點有以下四項：

1　測驗解決各種問題所需的語言溝通能力

　　新制測驗重視的是結合日語的相關知識，以及實際活用的日語能力。因此，擬針對以下兩項舉行測驗：一是文字、語彙、文法這三項語言知識；二是活用這些語言知識解決各種溝通問題的能力。

2　由四個級數增為五個級數

　　新制測驗由舊制測驗的四個級數（1級、2級、3級、4級），增加為五個級數（N1、N2、N3、N4、N5）。新制測驗與舊制測驗的級數對照，如下所示。最大的不同是在舊制測驗的2級與3級之間，新增了N3級數。

| N1 | 難易度比舊制測驗的1級稍難。合格基準與舊制測驗幾乎相同。 |
| N2 | 難易度與舊制測驗的2級幾乎相同。 |
| N3 | 難易度介於舊制測驗的2級與3級之間。（新增） |
| N4 | 難易度與舊制測驗的3級幾乎相同。 |
| N5 | 難易度與舊制測驗的4級幾乎相同。 |

＊「N」代表「Nihongo（日語）」以及「New（新的）」。

3 施行「得分等化」

由於在不同時期實施的測驗，其試題均不相同，無論如何慎重出題，每次測驗的難易度總會有或多或少的差異。因此在新制測驗中，導入「等化」的計分方式後，便能將不同時期的測驗分數，於共同量尺上相互比較。因此，無論是在什麼時候接受測驗，只要是相同級數的測驗，其得分均可予以比較。目前全球幾種主要的語言測驗，均廣泛採用這種「得分等化」的計分方式。

4 提供「日本語能力試驗Can-do 自我評量表」（簡稱JLPT Can-do）

為了瞭解通過各級數測驗者的實際日語能力，新制測驗經過調查後，提供「日本語能力試驗Can-do 自我評量表」。該表列載通過測驗認證者的實際日語能力範例。希望通過測驗認證者本人以及其他人，皆可藉由該表格，更加具體明瞭測驗成績代表的意義。

1−3 所謂「解決各種問題所需的語言溝通能力」

我們在生活中會面對各式各樣的「問題」。例如，「看著地圖前往目的地」或是「讀著說明書使用電器用品」等等。種種問題有時需要語言的協助，有時候不需要。

為了順利完成需要語言協助的問題，我們必須具備「語言知識」，例如文字、發音、語彙的相關知識、組合語詞成為文章段落的文法知識、判斷串連文句的順序以便清楚說明的知識等等。此外，亦必須能配合當前的問題，擁有實際運用自己所具備的語言知識的能力。

舉個例子，我們來想一想關於「聽了氣象預報以後，得知東京明天的天氣」這個課題。想要「知道東京明天的天氣」，必須具備以下的知識：「晴れ（晴天）、くもり（陰天）、雨（雨天）」等代表天氣的語彙；「東京は明日は晴れでしょう（東京明日應是晴天）」的文句結構；還有，也要知道氣象預報的播報順序等。除此以外，尚須能從播報的各地氣象中，分辨出哪一則是東京的天氣。

如上所述的「運用包含文字、語彙、文法的語言知識做語言溝通，進而具備解決各種問題所需的語言溝通能力」，在新制測驗中稱為「解決各種問題所需的語言溝通能力」。

新制測驗將「解決各種問題所需的語言溝通能力」分成以下「語言知識」、「讀解」、「聽解」等三個項目做測驗。

| 語言知識 | 各種問題所需之日語的文字、語彙、文法的相關知識。 |
| --- | --- |
| 讀　解 | 運用語言知識以理解文字內容，具備解決各種問題所需的能力。 |
| 聽　解 | 運用語言知識以理解口語內容，具備解決各種問題所需的能力。 |

作答方式與舊制測驗相同，將多重選項的答案劃記於答案卡上。此外，並沒有直接測驗口語或書寫能力的科目。

## 2. 認證基準

新制測驗共分為N1、N2、N3、N4、N5五個級數。最容易的級數為N5，最困難的級數為N1。

與舊制測驗最大的不同，在於由四個級數增加為五個級數。以往有許多通過3級認證者常抱怨「遲遲無法取得2級認證」。為因應這種情況，於舊制測驗的2級與3級之間，新增了N3級數。

新制測驗級數的認證基準，如表1的「讀」與「聽」的語言動作所示。該表雖未明載，但應試者也必須具備為表現各語言動作所需的語言知識。

N4與N5主要是測驗應試者在教室習得的基礎日語的理解程度；N1與N2是測驗應試者於現實生活的廣泛情境下，對日語理解程度；至於新增的N3，則是介於N1與N2，以及N4與N5之間的「過渡」級數。關於各級數的「讀」與「聽」的具體題材（內容），請參照表1。

## ■ 表1 新「日語能力測驗」認證基準

| 級數 | | 認證基準 |
|---|---|---|
| | | 各級數的認證基準，如以下【讀】與【聽】的語言動作所示。各級數亦必須具備為表現各語言動作所需的語言知識。 |
| 困難 \* | N1 | 能理解在廣泛情境下所使用的日語<br>【讀】・可閱讀話題廣泛的報紙社論與評論等論述性較複雜及較抽象的文章，且能理解其文章結構與內容。<br>・可閱讀各種話題內容較具深度的讀物，且能理解其脈絡及詳細的表達意涵。<br>【聽】・在廣泛情境下，可聽懂常速且連貫的對話、新聞報導及講課，且能充分理解話題走向、內容、人物關係、以及說話內容的論述結構等，並確實掌握其大意。 |
| | N2 | 除日常生活所使用的日語之外，也能大致理解較廣泛情境下的日語<br>【讀】・可看懂報紙與雜誌所刊載的各類報導、解說、簡易評論等主旨明確的文章。<br>・可閱讀一般話題的讀物，並能理解其脈絡及表達意涵。<br>【聽】・除日常生活情境外，在大部分的情境下，可聽懂接近常速且連貫的對話與新聞報導，亦能理解其話題走向、內容、以及人物關係，並可掌握其大意。 |
| | N3 | 能大致理解日常生活所使用的日語<br>【讀】・可看懂與日常生活相關的具體內容的文章。<br>・可由報紙標題等，掌握概要的資訊。<br>・於日常生活情境下接觸難度稍高的文章，經換個方式敘述，即可理解其大意。<br>【聽】・在日常生活情境下，面對稍微接近常速且連貫的對話，經彙整談話的具體內容與人物關係等資訊後，即可大致理解。 |
| \* 容易 | N4 | 能理解基礎日語<br>【讀】・可看懂以基本語彙及漢字描述的貼近日常生活相關話題的文章。<br>【聽】・可大致聽懂速度較慢的日常會話。 |
| | N5 | 能大致理解基礎日語<br>【讀】・可看懂以平假名、片假名或一般日常生活使用的基本漢字所書寫的固定詞句、短文、以及文章。<br>【聽】・在課堂上或周遭等日常生活中常接觸的情境下，如為速度較慢的簡短對話，可從中聽取必要資訊。 |

\*N1最難，N5最簡單。

# 3. 測驗科目

新制測驗的測驗科目與測驗時間如表2所示。

■ 表2 測驗科目與測驗時間＊①

| 級數 | 測驗科目<br>（測驗時間） | | | |
|---|---|---|---|---|
| N1 | 語言知識（文字、語彙、文法）、讀解<br>（110分） | | 聽解<br>（60分） | → | 測驗科目為「語言知識（文字、語彙、文法）、讀解」；以及「聽解」共2科目。 |
| N2 | 語言知識（文字、語彙、文法）、讀解<br>（105分） | | 聽解<br>（50分） | → | |
| N3 | 語言知識（文字、語彙）<br>（30分） | 語言知識（文法）、讀解<br>（70分） | 聽解<br>（40分） | → | |
| N4 | 語言知識（文字、語彙）<br>（30分） | 語言知識（文法）、讀解<br>（60分） | 聽解<br>（35分） | → | 測驗科目為「語言知識（文字、語彙）」；「語言知識（文法）、讀解」；以及「聽解」共3科目。 |
| N5 | 語言知識（文字、語彙）<br>（25分） | 語言知識（文法）、讀解<br>（50分） | 聽解<br>（30分） | → | |

N1與N2的測驗科目為「語言知識（文字、語彙、文法）、讀解」以及「聽解」共2科目；N3、N4、N5的測驗科目為「語言知識（文字、語彙）」、「語言知識（文法）、讀解」、「聽解」共3科目。

由於N3、N4、N5的試題中，包含較少的漢字、語彙、以及文法項目，因此當與N1、N2測驗相同的「語言知識（文字、語彙、文法）、讀解」科目時，有時會使某幾道試題成為其他題目的提示。為避免這個情況，因此將「語言知識（文字、語彙、文法）、讀解」，分成「語言知識（文字、語彙）」和「語言知識（文法）、讀解」施測。

＊①：聽解因測驗試題的錄音長度不同，致使測驗時間會有些許差異。

# 4. 測驗成績

## 4－1 量尺得分

舊制測驗的得分，答對的題數以「原始得分」呈現；相對的，新制測驗的得分以「量尺得分」呈現。

「量尺得分」是經過「等化」轉換後所得的分數。以下，本手冊將新制測驗的「量尺得分」，簡稱為「得分」。

## 4－2 測驗成績的呈現

新制測驗的測驗成績，如表3的計分科目所示。N1、N2、N3的計分科目分為「語言知識（文字、語彙、文法）」、「讀解」、以及「聽解」3項；N4、N5的計分科目分為「語言知識（文字、語彙、文法）、讀解」以及「聽解」2項。

會將N4、N5的「語言知識（文字、語彙、文法）」和「讀解」合併成一項，是因為在學習日語的基礎階段，「語言知識」與「讀解」方面的重疊性高，所以將「語言知識」與「讀解」合併計分，比較符合學習者於該階段的日語能力特徵。

■ 表3　各級數的計分科目及得分範圍

| 級數 | 計分科目 | | 得分範圍 |
|---|---|---|---|
| N1 | 語言知識（文字、語彙、文法） | | 0～60 |
| | 讀解 | | 0～60 |
| | 聽解 | | 0～60 |
| | | 總分 | 0～180 |
| N2 | 語言知識（文字、語彙、文法） | | 0～60 |
| | 讀解 | | 0～60 |
| | 聽解 | | 0～60 |
| | | 總分 | 0～180 |
| N3 | 語言知識（文字、語彙、文法） | | 0～60 |
| | 讀解 | | 0～60 |
| | 聽解 | | 0～60 |
| | | 總分 | 0～180 |

| | | |
|---|---|---|
| N4 | 語言知識（文字、語彙、文法）、讀解 | 0～120 |
| | 聽解 | 0～60 |
| | 總分 | 0～180 |
| N5 | 語言知識（文字、語彙、文法）、讀解 | 0～120 |
| | 聽解 | 0～60 |
| | 總分 | 0～180 |

各級數的得分範圍，如表3所示。N1、N2、N3的「語言知識（文字、語彙、文法）」、「讀解」、「聽解」的得分範圍各為0～60分，三項合計的總分範圍是0～180分。「語言知識（文字、語彙、文法）」、「讀解」、「聽解」各占總分的比例是1：1：1。

N4、N5的「語言知識（文字、語彙、文法）、讀解」的得分範圍為0～120分，「聽解」的得分範圍為0～60分，二項合計的總分範圍是0～180分。「語言知識（文字、語彙、文法）、讀解」與「聽解」各占總分的比例是2：1。還有，「語言知識（文字、語彙、文法）、讀解」的得分，不能拆解成「語言知識（文字、語彙、文法）」與「讀解」二項。

除此之外，在所有的級數中，「聽解」均占總分的三分之一，較舊制測驗的四分之一為高。

## 4－3 合格基準

舊制測驗是以總分作為合格基準；相對的，新制測驗是以總分與分項成績的門檻二者作為合格基準。所謂的門檻，是指各分項成績至少必須高於該分數。假如有一科分項成績未達門檻，無論總分有多高，都不合格。

新制測驗設定各分項成績門檻的目的，在於綜合評定學習者的日語能力，須符合以下二項條件才能判定為合格：①總分達合格分數（＝通過標準）以上；②各分項成績達各分項合格分數（＝通過門檻）以上。如有一科分項成績未達門檻，無論總分多高，也會判定為不合格。

　　N1~N3及N4、N5之分項成績有所不同，各級總分通過標準及各分項成績通過門檻如下所示：

| 級數 | 總分 | | 分項成績 | | | | | |
|---|---|---|---|---|---|---|---|---|
| | | | 言語知識（文字・語彙・文法） | | 讀解 | | 聽解 | |
| | 得分範圍 | 通過標準 | 得分範圍 | 通過門檻 | 得分範圍 | 通過門檻 | 得分範圍 | 通過門檻 |
| N1 | 0～180分 | 100分 | 0～60分 | 19分 | 0～60分 | 19分 | 0～60分 | 19分 |
| N2 | 0～180分 | 90分 | 0～60分 | 19分 | 0～60分 | 19分 | 0～60分 | 19分 |
| N3 | 0～180分 | 95分 | 0～60分 | 19分 | 0～60分 | 19分 | 0～60分 | 19分 |

| 級數 | 總分 | | 分項成績 | | | | | |
|---|---|---|---|---|---|---|---|---|
| | | | 言語知識（文字・語彙・文法） | | 讀解 | | 聽解 | |
| | 得分範圍 | 通過標準 | 得分範圍 | 通過門檻 | 得分範圍 | 通過門檻 | 得分範圍 | 通過門檻 |
| N4 | 0～180分 | 90分 | 0～120分 | 38分 | 0～60分 | 19分 | 0～60分 | 19分 |
| N5 | 0～180分 | 80分 | 0～120分 | 38分 | 0～60分 | 19分 | 0～60分 | 19分 |

※上列通過標準自2010年第1回(7月)【N4、N5為2010年第2回(12月)】起適用。

　　缺考其中任一測驗科目者，即判定為不合格。寄發「合否結果通知書」時，含已應考之測驗科目在內，成績均不計分亦不告知。

## 4-4 測驗結果通知

　　依級數判定是否合格後，寄發「合否結果通知書」予應試者；合格者同時寄發「日本語能力認定書」。

■ N1, N2, N3

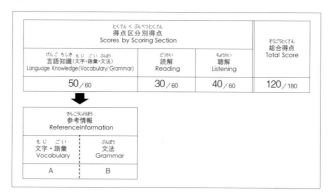

■ N4, N5

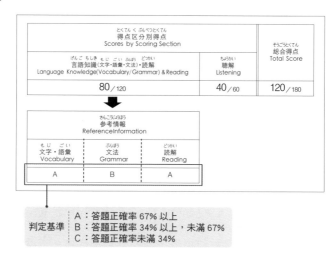

|  | 判定基準 | A：答題正確率 67% 以上 |
| --- | --- | --- |
|  |  | B：答題正確率 34% 以上，未滿 67% |
|  |  | C：答題正確率未滿 34% |

※各節測驗如有一節缺考就不予計分，即判定為不合格。雖會寄發「合否結果通知書」但所有分項成績，含已出席科目在內，均不予計分。各欄成績以「＊」表示，如「＊＊/60」。
※所有科目皆缺席者，不寄發「合否結果通知書」。

# 二、新日本語能力試驗的考試內容

## N4 題型分析

| 測驗科目<br>(測驗時間) | | | 試題內容 | | |
|---|---|---|---|---|---|
| | | | 題型 | 小題<br>題數<br>* | 分析 |
| 語言知識<br>(30分) | 文字、語彙 | 1 | 漢字讀音 | ◇ 9 | 測驗漢字語彙的讀音。 |
| | | 2 | 假名漢字寫法 | ◇ 6 | 測驗平假名語彙的漢字寫法。 |
| | | 3 | 選擇文脈語彙 | ○ 10 | 測驗根據文脈選擇適切語彙。 |
| | | 4 | 替換類義詞 | ○ 5 | 測驗根據試題的語彙或說法，選擇類義詞或類義說法。 |
| | | 5 | 語彙用法 | ○ 5 | 測驗試題的語彙在文句裡的用法。 |
| 語言知識、讀解<br>(60分) | 文法 | 1 | 文句的文法1<br>（文法形式判斷） | ○ 15 | 測驗辨別哪種文法形式符合文句內容。 |
| | | 2 | 文句的文法2<br>（文句組構） | ◆ 5 | 測驗是否能夠組織文法正確且文義通順的句子。 |
| | | 3 | 文章段落的文法 | ◆ 5 | 測驗辨別該文句有無符合文脈。 |
| | 讀解* | 4 | 理解內容<br>（短文） | ○ 4 | 於讀完包含學習、生活、工作相關話題或情境等，約100~200字左右的撰寫平易的文章段落之後，測驗是否能夠理解其內容。 |
| | | 5 | 理解內容<br>（中文） | ○ 4 | 於讀完包含以日常話題或情境為題材等，約450字左右的簡易撰寫文章段落之後，測驗是否能夠理解其內容。 |
| | | 6 | 釐整資訊 | ◆ 2 | 測驗是否能夠從介紹或通知等，約400字左右的撰寫資訊題材中，找出所需的訊息。 |

| 聽解<br>(35分) | 1 | 理解問題 | ◇ | 8 | 於聽取完整的會話段落之後，測驗是否能夠理解其內容（於聽完解決問題所需的具體訊息之後，測驗是否能夠理解應當採取的下一個適切步驟）。 |
| --- | --- | --- | --- | --- | --- |
| | 2 | 理解重點 | ◇ | 7 | 於聽取完整的會話段落之後，測驗是否能夠理解其內容（依據剛才已聽過的提示，測驗是否能夠抓住應當聽取的重點）。 |
| | 3 | 適切話語 | ◆ | 5 | 於一面看圖示，一面聽取情境說明時，測驗是否能夠選擇適切的話語。 |
| | 4 | 即時應答 | ◆ | 8 | 於聽完簡短的詢問之後，測驗是否能夠選擇適切的應答。 |

＊「小題題數」為每次測驗的約略題數，與實際測驗時的題數可能未盡相同。此外，亦有可能會變更小題題數。

＊有時在「讀解」科目中，同一段文章可能會有數道小題。

資料來源：《日本語能力試驗JLPT官方網站：分項成績‧合格判定‧合否結果通知》。
2016年1月11日，取自：http://www.jlpt.jp/tw/guideline/results.html

# N4
vocabulary

# JLPT

## N4主題單字

活用主題單字
單字大比拼

**主題 1** 場所、空間與範圍

| | | | | | |
|---|---|---|---|---|---|
| ❶ 裏（うら） | 裡面；內部 | | ❾ 手前（てまえ） | 眼前；靠近自己這一邊 | |
| ❷ 表（おもて） | 表面；外面 | | ❿ 手元（てもと） | 身邊，手頭 | |
| ❸ 以外（いがい） | 除外，以外 | | ⓫ 此方（こっち） | 這裡，這邊 | |
| ❹ 内（うち） | …之內；…之中 | | ⓬ 何方（どっち） | 哪一個 | |
| ❺ 真ん中（まなか） | 正中間 | | ⓭ 遠く（とおく） | 遠處；很遠 | |
| ❻ 周り（まわり） | 周圍，周邊 | | ⓮ 方（ほう） | …方，邊 | |
| ❼ 間（あいだ） | 期間；中間 | | ⓯ 空く（あく） | 空著；空隙 | |
| ❽ 隅（すみ） | 角落 | | | | |

**主題❷ 地點**　　Track 1-02

| | | | | | |
|---|---|---|---|---|---|
| ❶ 地理（ちり） | 地理 | | ❿ 海岸（かいがん） | 海岸 | |
| ❷ 社会（しゃかい） | 社會，世間 | | ⓫ 湖（みずうみ） | 湖，湖泊 | |
| ❸ 西洋（せいよう） | 西洋 | | ⓬ アジア | [Asia] 亞洲 | |
| ❹ 世界（せかい） | 世界；天地 | | ⓭ アフリカ | [Africa] 非洲 | |
| ❺ 国内（こくない） | 該國內部，國內 | | ⓮ アメリカ | [America] 美國 | |
| ❻ 村（むら） | 村莊，村落 | | ⓯ 県（けん） | 縣 | |
| ❼ 田舎（いなか） | 鄉下；故鄉 | | ⓰ 市（し） | 市 | |
| ❽ 郊外（こうがい） | 郊外 | | ⓱ 町（ちょう） | 鎮 | |
| ❾ 島（しま） | 島嶼 | | ⓲ 坂（さか） | 斜坡 | |

## 主題 ❶ 過去、現在、未來

| | | | | | |
|---|---|---|---|---|---|
| ❶ さっき | 剛剛，剛才 | | ❽ 唯今・只今 | 現在；馬上；我回來了 |
| ❷ 夕べ | 昨晩 | | ❾ 今夜 | 今晩 |
| ❸ この間 | 最近；前幾天 | | ❿ 明日 | 明天 |
| ❹ 最近 | 最近 | | ⓫ 今度 | 這次；下次 |
| ❺ 最後 | 最後 | | ⓬ 再来週 | 下下星期 |
| ❻ 最初 | 最初，首先 | | ⓭ 再来月 | 下下個月 |
| ❼ 昔 | 以前 | | ⓮ 将来 | 將來 |

## 主題 ❷ 時間、時刻、時段

| | | | | | |
|---|---|---|---|---|---|
| ❶ 時 | …時，時候 | | ❽ 間に合う | 來得及；夠用 |
| ❷ 日 | 天，日子 | | ❾ 朝寝坊 | 賴床；愛賴床的人 |
| ❸ 年 | 年齡；年 | | ❿ 起こす | 叫醒；發生 |
| ❹ 始める | 開始；開創 | | ⓫ 昼間 | 白天 |
| ❺ 終わり | 結束，最後 | | ⓬ 暮れる | 天黑；到了尾聲 |
| ❻ 急ぐ | 快，急忙 | | ⓭ 此の頃 | 最近 |
| ❼ 直ぐに | 馬上 | | ⓮ 時代 | 時代；潮流 |

## 「時」、「時代」比一比

| | |
|---|---|
| 時／時候 | 接在別的詞後面，表示某種「場合」的意思。<br>本を読むとき／讀書的時候 |
| 時代／時代；潮流；歷史 | 時間進程中作為整體看待的一段時間；或為與時間同步前進的社會；亦指以往的社會。<br>時代が違う／時代不同。 |

## 「この間」、「最近」、「さっき」、「この頃」、「もう直ぐ」比一比

| | |
|---|---|
| この間／前幾天 | 在現在之前，不久的某個時候。<br>この間の夜／幾天前的晚上。 |
| 最近／最近 | 比現在稍前。也指從稍前到現在的期間。可以指幾天、幾個月，甚至幾年。<br>彼は最近結婚した／他最近結婚了。 |
| さっき／剛剛 | 表示極近的過去。也就是剛才的意思。多用於日常會話中。<br>さっきから待っている／已經等你一會兒了。 |
| この頃／近來 | 籠統地指不久前直到現在。<br>この頃の若者／時下的年輕人 |
| もう直ぐ／不久 | 表示非常接近目標。<br>もうすぐ春が来る／春天馬上就要到來。 |

## 「最初」、「始める」比一比

| | |
|---|---|
| 最初／首先 | 事物的開端。一連串的事情的開頭。<br>最初に出会った人／首次遇見的人 |
| 始める／開始 | 開始行動，開始做某事的意思。<br>仕事を始める／開始工作。 |

## 「最後」、「終わり」比一比

| | |
|---|---|
| 最後／最後 | 持續的事物，到了那裡之後就沒有了。也指那一部分。<br>最後まで戦う／戰到最後。 |
| 終わり／結束 | 持續的事物，到了那裡之後就沒有了。<br>一日が終わる／一天結束了。 |

主題 ❶ 寒暄用語

❸ お帰りなさい

❷ いってらっしゃい

❶ 行って参ります

❼ お大事に

⑪ それはいけませんね

⑩ お目出度うございます

⑫ ようこそ

❹ よくいらっしゃいました

❾ お待たせしました

❽ 畏まりました

❺ お陰

❻ お蔭様で

| | | | | | |
|---|---|---|---|---|---|
| ❶ 行って参ります | 我走了 | | ❼ お大事に | 珍重,請多保重 |
| ❷ いってらっしゃい | 路上小心,慢走 | | ❽ 畏まりました | 知道,了解 |
| ❸ お帰りなさい | 你回來了 | | ❾ お待たせしました | 讓您久等了 |
| ❹ よくいらっしゃいました | 歡迎光臨 | | ❿ お目出度うございます | 恭喜 |
| ❺ お陰 | 託福;承蒙關照 | | ⓫ それはいけませんね | 那可不行 |
| ❻ お蔭様で | 託福,多虧 | | ⓬ ようこそ | 歡迎 |

## 主題 ❷ 各種人物

| | | | | | |
|---|---|---|---|---|---|
| ❶ お子さん | 您孩子 | | ❾ 店員 | 店員 |
| ❷ 息子さん | 令郎 | | ❿ 社長 | 社長 |
| ❸ 娘さん | 令嬡 | | ⓫ お金持ち | 有錢人 |
| ❹ お嬢さん | 令嬡;小姐 | | ⓬ 市民 | 市民,公民 |
| ❺ 高校生 | 高中生 | | ⓭ 君 | 你 |
| ❻ 大学生 | 大學生 | | ⓮ 員 | 人員;…員 |
| ❼ 先輩 | 學長姐;老前輩 | | ⓯ 方 | 人 |
| ❽ 客 | 客人;顧客 | | | |

## 主題 ❸ 男女

| | | | | | |
|---|---|---|---|---|---|
| ❶ | だんせい<br>**男性** | 男性 | ❼ | じんこう<br>**人口** | 人口 |
| ❷ | じょせい<br>**女性** | 女性 | ❽ | みな<br>**皆** | 大家；所有的 |
| ❸ | かのじょ<br>**彼女** | 她；女朋友 | ❾ | あつ<br>**集まる** | 聚集，集合 |
| ❹ | かれ<br>**彼** | 他；男朋友 | ❿ | あつ<br>**集める** | 集合；收集 |
| ❺ | かれし<br>**彼氏** | 男朋友；他 | ⓫ | つ<br>**連れる** | 帶領，帶著 |
| ❻ | かれら<br>**彼等** | 他們 | ⓬ | か<br>**欠ける** | 缺損；缺少 |

## 主題 ❹ 老幼與家人

| | | | | | |
|---|---|---|---|---|---|
| ❶ | そふ<br>**祖父** | 祖父，外祖父 | ❽ | こ<br>**子** | 孩子 |
| ❷ | そぼ<br>**祖母** | 祖母，外祖母 | ❾ | あか<br>**赤ちゃん** | 嬰兒 |
| ❸ | おや<br>**親** | 父母；祖先 | ❿ | あかぼう<br>**赤ん坊** | 嬰兒；不暗世故的人 |
| ❹ | おっと<br>**夫** | 丈夫 | ⓫ | そだ<br>**育てる** | 撫育；培養 |
| ❺ | しゅじん<br>**主人** | 老公；主人 | ⓬ | こそだ<br>**子育て** | 養育小孩，育兒 |
| ❻ | つま<br>**妻** | 妻子，太太 | ⓭ | に<br>**似る** | 相像，類似 |
| ❼ | かない<br>**家内** | 妻子 | ⓮ | ぼく<br>**僕** | 我 |

## 「男」、「男の子」、「男性」比一比

| | |
|---|---|
| 男/男人；男性 | 人類的性別；又指發育成長為成年人的男子。<br>男の友達/男性朋友 |
| 男の子/男孩 | 指男性的小孩。從出生、幼兒期、兒童期，直到青年期。<br>男の子が生まれた/生了男孩。 |
| 男性/男性 | 在人的性別中，不能生孩子的一方。通常指達到成年的人。<br>男性ホルモン/男性荷爾蒙 |

## 「女」、「女の子」、「女性」比一比

| | |
|---|---|
| 女/女人；女性 | 人類的性別；又指發育成長為成年人的女子。<br>女は強い/女人很堅強 |
| 女の子/女孩 | 指女性的小孩。從出生、幼兒期、兒童期，直到青年期。<br>女の子がほしい/想生女孩子。 |
| 女性/女性 | 比「おんな」文雅的詞，一般指年輕的女人。而年齡較高者，用「婦人」。<br>女性的な男/女性化的男子 |

## 「お祖父さん」、「祖父」比一比

| | |
|---|---|
| お祖父さん<br>/祖父；老爺爺 | 對祖父或外祖父的親切稱呼；或對一般老年男子的稱呼。<br>お祖父さんから聞く/從祖父那裡聽來的。 |
| 祖父/祖父 | 父親的父親，或者是母親的父親。<br>祖父に会う/和祖父見面。 |

## 「お祖母さん」、「祖母」比一比

| | |
|---|---|
| お祖母さん<br>/祖母；老奶奶 | 對祖母或外祖母的親切稱呼；或對一般老年婦女的稱呼。<br>お祖母さんは元気だ/祖母身體很好。 |
| 祖母/祖母 | 父親的母親，或者是母親的母親。<br>祖母が亡くなる/祖母過世。 |

⑩ 騒(さわ)ぐ

❶ 親切(しんせつ)

❺ 一生懸命(いっしょうけんめい)

❽ 可笑(おか)しい

❼ 適当(てきとう)

❻ 優(やさ)しい

❾ 細(こま)かい

❸ 熱心(ねっしん)

❷ 丁寧(ていねい)

❹ 真面目(まじめ)

❶❶ 酷(ひど)い

| ❶ 親切<br><small>しんせつ</small> | 親切，客氣 | ❼ 適当<br><small>てきとう</small> | 適度；隨便 |
|---|---|---|---|
| ❷ 丁寧<br><small>ていねい</small> | 客氣；仔細 | ❽ 可笑しい<br><small>お か</small> | 奇怪的；不正常的 |
| ❸ 熱心<br><small>ねっしん</small> | 專注；熱心 | ❾ 細かい<br><small>こま</small> | 細小；仔細 |
| ❹ 真面目<br><small>ま じ め</small> | 認真；誠實 | ❿ 騒ぐ<br><small>さわ</small> | 吵鬧；慌張 |
| ❺ 一生懸命<br><small>いっしょうけんめい</small> | 拼命地；一心 | ⓫ 酷い<br><small>ひど</small> | 殘酷；過分 |
| ❻ 優しい<br><small>やさ</small> | 溫柔的；親切的 | | |

## 主題❻　人際關係

| ❶ 関係<br><small>かんけい</small> | 關係；影響 | ❼ 遠慮<br><small>えんりょ</small> | 客氣；謝絕 |
|---|---|---|---|
| ❷ 紹介<br><small>しょうかい</small> | 介紹 | ❽ 失礼<br><small>しつれい</small> | 失禮；失陪 |
| ❸ 世話<br><small>せ わ</small> | 幫忙；照顧 | ❾ 褒める<br><small>ほ</small> | 誇獎 |
| ❹ 別れる<br><small>わか</small> | 分別，分開 | ❿ 役に立つ<br><small>やく に た</small> | 有幫助，有用 |
| ❺ 挨拶<br><small>あいさつ</small> | 寒暄，打招呼 | ⓫ 自由<br><small>じ ゆう</small> | 自由，隨便 |
| ❻ 喧嘩<br><small>けん か</small> | 吵架 | ⓬ 習慣<br><small>しゅうかん</small> | 習慣 |

主題 ❶ 人體

❸ け
毛

❶ かっこう かっこう
格好・恰好

❾ ゆび
指

⓫ ち
血

❷ かみ
髪

❽ うで
腕

❻ のど
喉

⓾ つめ
爪

❼ せ なか
背中

❺ くび
首

❹ ひげ

⓬ おなら

| ❶ 格好・恰好 | 外表，裝扮 | ❼ 背中 | 背部 |
|---|---|---|---|
| ❷ 髪 | 頭髮 | ❽ 腕 | 胳臂；本領 |
| ❸ 毛 | 頭髮；汗毛 | ❾ 指 | 手指 |
| ❹ ひげ | 鬍鬚 | ❿ 爪 | 指甲 |
| ❺ 首 | 頸部，脖子 | ⓫ 血 | 血；血緣 |
| ❻ 喉 | 喉嚨 | ⓬ おなら | 屁 |

**Track 1-12**

**主題 ❷** 生死與體質

| ❶ 生きる | 活著；生活 | ❼ 乾く | 乾；口渴 |
|---|---|---|---|
| ❷ 亡くなる | 去世，死亡 | ❽ 太る | 肥胖；增加 |
| ❸ 動く | 移動；行動 | ❾ 痩せる | 瘦；貧瘠 |
| ❹ 触る | 碰觸；接觸 | ❿ ダイエット | [diet] 規定飲食；減重 |
| ❺ 眠い | 睏 | ⓫ 弱い | 虛弱；不擅長 |
| ❻ 眠る | 睡覺 | ⓬ 折る | 摺疊；折斷 |

## 主題 ❸ 疾病與治療

| | | | | | |
|---|---|---|---|---|---|
| ❶ 熱（ねつ） | 高溫；發燒 | | ❾ お見舞い（みまい） | 探望 |
| ❷ インフルエンザ | [influenza] 流行性感冒 | | ❿ 具合（ぐあい） | 狀況；方便 |
| ❸ 怪我（けが） | 受傷；損失 | | ⓫ 治る（なおる） | 治癒，痊愈 |
| ❹ 花粉症（かふんしょう） | 花粉症 | | ⓬ 退院（たいいん） | 出院 |
| ❺ 倒れる（たおれる） | 倒下；垮台；死亡 | | ⓭ ヘルパー | [helper] 幫傭；看護 |
| ❻ 入院（にゅういん） | 住院 | | ⓮ お医者さん（いしゃ） | 醫生 |
| ❼ 注射（ちゅうしゃ） | 打針 | | ⓯ …てしまう | 強調某一狀態或動作；懊悔 |
| ❽ 塗る（ぬる） | 塗抹，塗上 | | | |

## 主題 ❹ 體育與競賽

| | | | | | |
|---|---|---|---|---|---|
| ❶ 運動（うんどう） | 運動；活動 | | ❾ 滑る（すべる） | 滑倒；滑動 |
| ❷ テニス | [tennis] 網球 | | ❿ 投げる（なげる） | 丟；摔；放棄 |
| ❸ テニスコート | [tennis court] 網球場 | | ⓫ 試合（しあい） | 比賽 |
| ❹ 力（ちから） | 力氣；能力 | | ⓬ 競争（きょうそう） | 競爭，競賽 |
| ❺ 柔道（じゅうどう） | 柔道 | | ⓭ 勝つ（かつ） | 勝利；克服 |
| ❻ 水泳（すいえい） | 游泳 | | ⓮ 失敗（しっぱい） | 失敗 |
| ❼ 駆ける・駈ける（かける） | 奔跑，快跑 | | ⓯ 負ける（まける） | 輸；屈服 |
| ❽ 打つ（うつ） | 打擊；標記 | | | |

## 「お見舞い」、「訪ねる」比一比

| | |
|---|---|
| お見舞い／探望 | 指到醫院探望因生病、受傷等住院的人，並給予安慰和鼓勵。又指為了慰問而寄的信和物品。<br>お見舞いに行く／去探望。 |
| 訪ねる／拜訪 | 抱著一定目的，特意到某地或某人家去。<br>旧友を訪ねる／拜訪故友。 |

## 「治る」、「直る」比一比

| | |
|---|---|
| 治る／變好；改正；治好 | 指治好病或傷口恢復健康。<br>傷が治る／治好傷口。 |
| 直る／修好；改正；治好 | 把壞了的東西，變成理想的東西；又指改掉壞毛病和習慣。<br>悪癖が直る／改掉壞習慣。 |

## 「倒れる」、「亡くなる」比一比

| | |
|---|---|
| 倒れる／倒下；垮台；死亡 | 立著的東西倒下；又指站不起來，完全垮了；另指死亡。<br>家が倒れる／房屋倒塌。 |
| 亡くなる／去世 | 去世的婉轉的說法。是一種避免露骨說「死ぬ」的鄭重的說法。<br>先生が亡くなる／老師過世。 |

## 「競争」、「試合」比一比

| | |
|---|---|
| 競争／競爭 | 指向同一目的或終點互不服輸地競爭。<br>競争に負ける／競爭失敗。 |
| 試合／比賽 | 在競技或武術中，比較對方的能力或技術以爭勝負。也指其勝負。<br>試合が終わる／比賽結束。 |

## 「失敗」、「負ける」比一比

| | |
|---|---|
| 失敗／失敗 | 指心中有一個目的想去達到，結果卻未能如願。<br>失敗を許す／原諒失敗。 |
| 負ける／輸；屈服 | 與對手交鋒而戰敗；又指抵不住而屈服。<br>戦争に負ける／戰敗。 |

**主題 ①** 自然與氣象

⑫ 季節（きせつ）

③ 葉（は）

① 枝（えだ）

⑭ やむ 雨停了

② 草（くさ）

⑤ 植える（う）

⑪ 台風（たいふう）

⑥ 折れる（お）

⑧ 月（つき）

⑨ 星（ほし）

⑩ 地震（じしん） 是地牛在

⑦ 雲（くも）

④ 開く（ひら）

⑬ 冷える（ひ）

| | | | | | |
|---|---|---|---|---|---|
| ❶ 枝 えだ | 樹枝；分枝 | | ⓬ 季節 きせつ | 季節 | |
| ❷ 草 くさ | 草 | | ⓭ 冷える ひ | 變冷；變冷淡 | |
| ❸ 葉 は | 葉子，樹葉 | | ⓮ やむ | 停止 | |
| ❹ 開く ひら | 綻放；打開 | | ⓯ 下がる さ | 下降；降低（溫度） | |
| ❺ 植える う | 種植；培養 | | ⓰ 林 はやし | 樹林；林立 | |
| ❻ 折れる お | 折彎；折斷 | | ⓱ 森 もり | 樹林 | |
| ❼ 雲 くも | 雲 | | ⓲ 光 ひかり | 光亮；光明 | |
| ❽ 月 つき | 月亮 | | ⓳ 光る ひか | 發光；出眾 | |
| ❾ 星 ほし | 星星 | | ⓴ 映る うつ | 映照；相襯 | |
| ❿ 地震 じしん | 地震 | | ㉑ どんどん | 連續不斷；咚咚聲 | |
| ⓫ 台風 たいふう | 颱風 | | | | |

**Track 1-16**

**主題 ❷** 各種物質

| | | | | | |
|---|---|---|---|---|---|
| ❶ 空気 くうき | 空氣；氣氛 | | ❼ 絹 きぬ | 絲 | |
| ❷ 火 ひ | 火 | | ❽ ナイロン | [nylon] 尼龍 | |
| ❸ 石 いし | 石頭，岩石 | | ❾ 木綿 もめん | 棉 | |
| ❹ 砂 すな | 沙 | | ❿ ごみ | 垃圾 | |
| ❺ ガソリン | [gasoline] 汽油 | | ⓫ 捨てる す | 丟掉；放棄 | |
| ❻ ガラス | [glas] 玻璃 | | ⓬ 固い・硬い・堅い かた | 堅硬；結實 | |

❹焼ける

❶漬ける

❽味見

❿苦い

⑫大匙

❻沸く

❺沸かす

⑬小匙

❷包む

❸焼く

❾匂い

⑭コーヒーカップ

⑮ラップ

❼味

⑪柔らかい

| ❶ 漬ける | 浸泡；醃 |
| ❷ 包む | 包起來；隱藏 |
| ❸ 焼く | 焚燒；烤 |
| ❹ 焼ける | 烤熟；曬黑 |
| ❺ 沸かす | 煮沸；使沸騰 |
| ❻ 沸く | 煮沸；興奮 |
| ❼ 味 | 味道；滋味 |
| ❽ 味見 | 試吃，嚐味道 |

| ❾ 匂い | 味道；風貌 |
| ❿ 苦い | 苦；痛苦 |
| ⓫ 柔らかい | 柔軟的 |
| ⓬ 大匙 | 大匙，湯匙 |
| ⓭ 小匙 | 小匙，茶匙 |
| ⓮ コーヒーカップ | [coffee cup] 咖啡杯 |
| ⓯ ラップ | [wrap] 保鮮膜；包裹 |

**Track 1-18**

**主題 ❷** 用餐與食物

| ❶ 夕飯 | 晚飯 |
| ❷ 空く | 飢餓；數量減少 |
| ❸ 支度 | 準備；打扮 |
| ❹ 準備 | 準備 |
| ❺ 用意 | 準備；注意 |
| ❻ 食事 | 用餐；餐點 |
| ❼ 噛む | 咬 |

| ❽ 残る | 剩餘；遺留 |
| ❾ 食料品 | 食品 |
| ❿ 米 | 米 |
| ⓫ 味噌 | 味噌 |
| ⓬ ジャム | [jam] 果醬 |
| ⓭ 湯 | 熱開水；洗澡水 |
| ⓮ 葡萄 | 葡萄 |

## 主題❸ 餐廳用餐

| | | | | |
|---|---|---|---|---|
| ❶ 外食（がいしょく） | 外食，在外用餐 | | ⑪ おつまみ | 下酒菜，小菜 |
| ❷ 御馳走（ごちそう） | 請客；豐盛佳餚 | | ⑫ サンドイッチ | [sandwich] 三明治 |
| ❸ 喫煙席（きつえんせき） | 吸煙席，吸煙區 | | ⑬ ケーキ | [cake] 蛋糕 |
| ❹ 禁煙席（きんえんせき） | 禁煙席，禁煙區 | | ⑭ サラダ | [salad] 沙拉 |
| ❺ 宴会（えんかい） | 宴會，酒宴 | | ⑮ ステーキ | [steak] 牛排 |
| ❻ 合コン（ごう） | 聯誼 | | ⑯ 天ぷら（てん） | 天婦羅 |
| ❼ 歓迎会（かんげいかい） | 歡迎會，迎新會 | | ⑰ 大嫌い（だいきら） | 極不喜歡，最討厭 |
| ❽ 送別会（そうべつかい） | 送別會 | | ⑱ 代わりに（か） | 代替；交換 |
| ❾ 食べ放題（たほうだい） | 吃到飽，盡量吃 | | ⑲ レジ | [register 之略] 收銀台 |
| ❿ 飲み放題（のほうだい） | 喝到飽，無限暢飲 | | | |

### 🐱 單字大比拼

## 「食事（しょくじ）」、「ご飯（はん）」比一比

| 食事（しょくじ）／用餐 | 指為了生存攝取必要的食物。也專就人類而言，包括每日的早、午、晚三餐。<br>食事（しょくじ）が終（お）わる／吃完飯。 |
|---|---|
| ご飯（はん）／餐 | 「めし」的鄭重説法。「めし」是用大米、麥子等燒的飯。<br>「食事（しょくじ）」則是指每日的早、午、晚三餐。<br>ご飯（はん）を食（た）べる／吃飯。 |

## 主題 ❶ 服裝、配件與素材

❷ 下着（したぎ）
❿ 指輪（ゆびわ）
❶ 着物（きもの）
❺ 財布（さいふ）
⓬ 毛（け）
⓫ 糸（いと）
❸ 手袋（てぶくろ）
❽ サンダル
❹ イヤリング
⓭ 線（せん）
❾ 履く（は）
❻ 濡れる（ぬ）
❼ 汚れる（よご）

| | | | | |
|---|---|---|---|---|
| ❶ 着物（きもの） | 衣服；和服 | | ⓫ 糸（いと） | 線；弦 |
| ❷ 下着（したぎ） | 內衣，貼身衣物 | | ⓬ 毛（け） | 毛線，毛織物 |
| ❸ 手袋（てぶくろ） | 手套 | | ⓭ 線（せん） | 線；線路 |
| ❹ イヤリング | [earring] 耳環 | | ⓮ アクセサリー | [accessary] 飾品；零件 |
| ❺ 財布（さいふ） | 錢包 | | ⓯ スーツ | [suit] 套裝 |
| ❻ 濡れる（ぬ） | 淋濕 | | ⓰ ソフト | [soft] 柔軟；溫柔；軟體 |
| ❼ 汚れる（よご） | 髒污；齷齪 | | ⓱ ハンドバッグ | [handbag] 手提包 |
| ❽ サンダル | [sandal] 涼鞋 | | ⓲ 付ける（つ） | 裝上；塗上 |
| ❾ 履く（は） | 穿（鞋、襪） | | ⓳ 玩具（おもちゃ） | 玩具 |
| ❿ 指輪（ゆびわ） | 戒指 | | | |

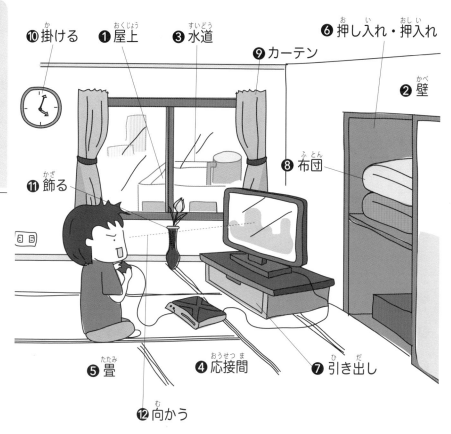

❿ <ruby>掛<rt>か</rt></ruby>ける　❶ <ruby>屋上<rt>おくじょう</rt></ruby>　❸ <ruby>水道<rt>すいどう</rt></ruby>

❾ カーテン

❻ <ruby>押<rt>お</rt></ruby>し<ruby>入<rt>い</rt></ruby>れ・<ruby>押入<rt>おしい</rt></ruby>れ

❷ <ruby>壁<rt>かべ</rt></ruby>

❽ <ruby>布団<rt>ふとん</rt></ruby>

⓫ <ruby>飾<rt>かざ</rt></ruby>る

❺ <ruby>畳<rt>たたみ</rt></ruby>

❹ <ruby>応接間<rt>おうせつま</rt></ruby>

❼ <ruby>引<rt>ひ</rt></ruby>き<ruby>出<rt>だ</rt></ruby>し

⓬ <ruby>向<rt>む</rt></ruby>かう

| | | |
|---|---|---|
| ❶ 屋上（おくじょう） | 屋頂（上） |
| ❷ 壁（かべ） | 牆壁；障礙 |
| ❸ 水道（すいどう） | 自來水管 |
| ❹ 応接間（おうせつま） | 客廳；會客室 |
| ❺ 畳（たたみ） | 榻榻米 |
| ❻ 押し入れ・押入れ（おしいれ・おしいれ） | （日式的）壁櫥 |

| | | |
|---|---|---|
| ❼ 引き出し（ひきだし） | 抽屜 |
| ❽ 布団（ふとん） | 棉被 |
| ❾ カーテン | [curtain]窗簾；布幕 |
| ❿ 掛ける（かける） | 懸掛；坐 |
| ⓫ 飾る（かざる） | 擺飾；粉飾 |
| ⓬ 向かう（むかう） | 面向 |

Track 1-22

## 主題 ❷ 居住

| | | |
|---|---|---|
| ❶ 建てる（たてる） | 建造 |
| ❷ ビル | [building之略]高樓，大廈 |
| ❸ エスカレーター | [escalator]自動手扶梯 |
| ❹ お宅（たく） | 您府上，貴府 |
| ❺ 住所（じゅうしょ） | 地址 |
| ❻ 近所（きんじょ） | 附近；鄰居 |
| ❼ 留守（るす） | 不在家；看家 |
| ❽ 移る（うつる） | 移動；傳染 |

| | | |
|---|---|---|
| ❾ 引っ越す（ひっこす） | 搬家 |
| ❿ 下宿（げしゅく） | 寄宿，住宿 |
| ⓫ 生活（せいかつ） | 生活 |
| ⓬ 生ごみ（なま） | 廚餘，有機垃圾 |
| ⓭ 燃えるごみ（も） | 可燃垃圾 |
| ⓮ 不便（ふべん） | 不方便 |
| ⓯ 二階建て（にかいだて） | 二層建築 |

## 主題 ❸ 家具、電器與道具 `Track 1-23`

| | | | | |
|---|---|---|---|---|
| ❶ 鏡 (かがみ) | 鏡子 | ❾ コインランドリー | [coin-operated laundry] 自助洗衣店 |
| ❷ 棚 (たな) | 架子，棚架 | ❿ ステレオ | [stereo] 音響 |
| ❸ スーツケース | [suitcase] 手提旅行箱 | ⓫ 携帯電話 (けいたいでんわ) | 手機，行動電話 |
| ❹ 冷房 (れいぼう) | 冷氣 | ⓬ ベル | [bell] 鈴聲 |
| ❺ 暖房 (だんぼう) | 暖氣 | ⓭ 鳴る (なる) | 響，叫 |
| ❻ 電灯 (でんとう) | 電燈 | ⓮ 道具 (どうぐ) | 工具；手段 |
| ❼ ガスコンロ | [gas—] 瓦斯爐，煤氣爐 | ⓯ 機械 (きかい) | 機械 |
| ❽ 乾燥機 (かんそうき) | 乾燥機，烘乾機 | ⓰ タイプ | [type] 款式；類型；打字 |

## 主題 ❹ 使用道具 `Track 1-24`

| | | | | |
|---|---|---|---|---|
| ❶ 点ける (つける) | 打開（家電類）；點燃 | ❼ 壊れる (こわれる) | 壞掉；故障 |
| ❷ 点く (つく) | 點上，（火）點著 | ❽ 割れる (われる) | 破掉；分裂 |
| ❸ 回る (まわる) | 轉動；旋轉 | ❾ 無くなる (なくなる) | 不見；用光了 |
| ❹ 運ぶ (はこぶ) | 運送，搬運 | ❿ 取り替える (とりかえる) | 交換；更換 |
| ❺ 止める (とめる) | 關掉；停止；戒掉 | ⓫ 直す (なおす) | 修理；改正 |
| ❻ 故障 (こしょう) | 故障 | ⓬ 直る (なおる) | 修理；回復 |

## 「止む」、「止める」比一比

| 止む／停止 | 繼續至今的事物結束了。<br>風が止む／風停了。 |
|---|---|
| 止める／停止；<br>止住 | 使活動的東西不動了；也指使繼續的東西停止了。<br>車を止める／把車停下。 |

## 「運ぶ」、「届ける」比一比

| 運ぶ／運送；<br>搬；進行 | 用車運送等方式移到別的地方；又指按計畫把事物推進到下一個階段。<br>乗客を運ぶ／載客人。 |
|---|---|
| 届ける／送達；<br>報告；送交 | 把東西拿到對方那裡；或向機關、公司或學校申報。<br>書類を届ける／把文件送到。 |

## 「ベル」、「声」比一比

| ベル／鈴聲 | 用來預告或警告的電鈴。<br>ベルを押す／按鈴。 |
|---|---|
| 声／聲音 | 由人或動物口中發出的聲音。<br>やさしい声で／用溫柔的聲音 |

## 「点ける」、「点く」比一比

| 点ける／打開 | 把火點燃；又指把家電的電源打開，使家電運轉。<br>クーラーをつける／開冷氣。 |
|---|---|
| 点く／點上；<br>點著 | 指打開電器的開關；又指火開始燃燒。<br>電灯が点いた／電燈亮了。 |

## 「壊れる」、「故障」比一比

| 壊れる／毀壞；<br>故障 | 東西損壞或弄碎，變得不能使用；又指東西變舊或因錯誤的用法，變得沒有用了。<br>電話が壊れている／電話壞了。 |
|---|---|
| 故障／故障 | 指機器或身體的一部分，發生不正常情況，不能正常地活動。<br>機械が故障した／機器故障。 |

## 主題 ❶ 各種機關與設施

❶ 床屋（とこや）

❷ 講堂（こうどう）

❸ 会場（かいじょう）

❹ 事務所（じむしょ）

❺ 教会（きょうかい）

❻ 神社（じんじゃ）

❼ 寺（てら）

❽ 動物園（どうぶつえん）

❾ 美術館（びじゅつかん）

❿ 駐車場（ちゅうしゃじょう）

⓫ 空港（くうこう）

⓬ 飛行場（ひこうじょう）

⓭ 港（みなと）

⓮ 工場（こうじょう）

⓯ スーパー

MAP

| | | | | |
|---|---|---|---|---|
| ❶ 床屋 とこや | 理髮店；理髮室 | | ❾ 美術館 びじゅつかん | 美術館 |
| ❷ 講堂 こうどう | 禮堂 | | ❿ 駐車場 ちゅうしゃじょう | 停車場 |
| ❸ 会場 かいじょう | 會場 | | ⓫ 空港 くうこう | 機場 |
| ❹ 事務所 じむしょ | 辦公室 | | ⓬ 飛行場 ひこうじょう | 機場 |
| ❺ 教会 きょうかい | 教會 | | ⓭ 港 みなと | 港口，碼頭 |
| ❻ 神社 じんじゃ | 神社 | | ⓮ 工場 こうじょう | 工廠 |
| ❼ 寺 てら | 寺廟 | | ⓯ スーパー | [supermarket 之略]<br>超級市場 |
| ❽ 動物園 どうぶつえん | 動物園 | | | |

**主題❷ 交通工具與交通**

| | | | | |
|---|---|---|---|---|
| ❶ 乗り物 のりもの | 交通工具 | | ❾ 交通 こうつう | 交通 |
| ❷ オートバイ | [auto bicycle] 摩托車 | | ❿ 通り とおり | 道路，街道 |
| ❸ 汽車 きしゃ | 火車 | | ⓫ 事故 じこ | 意外，事故 |
| ❹ 普通 ふつう | 普通；普通車 | | ⓬ 工事中 こうじちゅう | 施工中；（網頁）建製中 |
| ❺ 急行 きゅうこう | 急行；快車 | | ⓭ 忘れ物 わすれもの | 遺忘物品，遺失物 |
| ❻ 特急 とっきゅう | 特急列車；火速 | | ⓮ 帰り かえり | 回來；回家途中 |
| ❼ 船・舟 ふね・ふね | 船；小型船 | | ⓯ 番線 ばんせん | 軌道線編號，月台編號 |
| ❽ ガソリンスタンド | [gasoline+stand] 加油站 | | | |

Track 1-27

## 主題❸ 交通相關

| | | | | | |
|---|---|---|---|---|---|
| ❶ 一方通行<br>いっぽうつうこう | 單行道；單向傳達 | | ❽ 指定席<br>していせき | 劃位座，對號入座 | |
| ❷ 内側<br>うちがわ | 内部，裡面 | | ❾ 自由席<br>じゆうせき | 自由座 | |
| ❸ 外側<br>そとがわ | 外部，外面 | | ❿ 通行止め<br>つうこうど | 禁止通行，無路可走 | |
| ❹ 近道<br>ちかみち | 捷徑，近路 | | ⓫ 急ブレーキ<br>きゅう | [—brake] 緊急剎車 | |
| ❺ 横断歩道<br>おうだんほどう | 斑馬線 | | ⓬ 終電<br>しゅうでん | 末班車 | |
| ❻ 席<br>せき | 座位；職位 | | ⓭ 信号無視<br>しんごうむし | 違反交通號誌 | |
| ❼ 運転席<br>うんてんせき | 駕駛座 | | ⓮ 駐車違反<br>ちゅうしゃいはん | 違規停車 | |

Track 1-28

## 主題❹ 使用交通工具

| | | | | | |
|---|---|---|---|---|---|
| ❶ 運転<br>うんてん | 駕駛；運轉 | | ❽ 下りる・降りる<br>お・お | 下來；下車 | |
| ❷ 通る<br>とお | 經過；通過 | | ❾ 注意<br>ちゅうい | 注意，小心 | |
| ❸ 乗り換える<br>の・か | 轉乘，換車 | | ❿ 通う<br>かよ | 來往；通連 | |
| ❹ 車内アナウンス<br>しゃない | [—announce]<br>車廂內廣播 | | ⓫ 戻る<br>もど | 回到；折回 | |
| ❺ 踏む<br>ふ | 踩住；踏上 | | ⓬ 寄る<br>よ | 順道去…；接近 | |
| ❻ 止まる<br>と | 停止；止住 | | ⓭ 揺れる<br>ゆ | 搖動；動搖 | |
| ❼ 拾う<br>ひろ | 撿拾；挑出；叫車 | | | | |

## 「內」、「內側」比一比

| | |
|---|---|
| うち<br>内／內部 | 指空間或物體的內部；又指時間或數量在一定的範圍以內。<br>うち<br>内からかぎをかける／從裡面上鎖。 |
| うちがわ<br>内側／內側 | 指空間或物體的內部、內側、裡面。<br>うちがわ　ひら<br>内側へ開く／往裡開。 |

## 「外」、「外側」比一比

| | |
|---|---|
| そと<br>外／外面 | 沒被包住的部分，寬廣的地方；走出建築物或車外的地方。<br>そと　　あそ<br>外で遊ぶ／在外面玩。 |
| そとがわ<br>外側／外側 | 指空間或物體的外部、外面、外側。<br>へい　そとがわ　　ある<br>塀の外側を歩く／沿著牆外走。 |

## 「運転」、「走る」比一比

| | |
|---|---|
| うんてん<br>運転／運轉；<br>駕駛；周轉 | 指用動力操縱機器、交通工具等；又指善於周轉資金，加以活用。<br>うんてん　　なら<br>運転を習う／學開車。 |
| はし<br>走る／跑；行駛 | 人或動物以比步行快的速度移動腳步前進；還有人和動物以外的物體以高速移動之意。<br>いっしょうけんめい　　はし<br>一生懸命に走る／拼命地跑。 |

## 「通る」、「過ぎる」比一比

| | |
|---|---|
| とお<br>通る／經過；<br>穿過；合格 | 表示通過、經過；又指從某物中穿過，從另一側出來；還指經過考試和審查，被認為合格。<br>てっきょう　　とお<br>鉄橋を通る／通過鐵橋。 |
| す<br>過ぎる／超過；<br>過於 | 表示數量超過了某個界線；又指程度超過一般水平；還指時間經過。<br>じょうだん　　す<br>冗談が過ぎる／玩笑開得過火。 |

## 「揺れる」、「動く」比一比

| | |
|---|---|
| ゆ<br>揺れる／搖動；<br>躊躇 | 指搖搖晃晃地動搖；又指心情不穩定。<br>くるま　　ゆ<br>車が揺れる／車子晃動。 |
| うご<br>動く／移動；<br>搖動；運動 | 移動到與以前不同的地方；又指搖動或運動；還指機器或組織等發揮作用。<br>て　　いた　　　　うご<br>手が痛くて動かない／手痛得不能動。 |

主題 ❶ 休閒、旅遊

⓭ 泊まる

⑩ 景色

⑫ 旅館

❸ 珍しい

❹ 釣る

⓮ お土産

❷ 小鳥

⑪ 見える

❼ 案内

❽ 見物

❶ 遊び

❺ 予約

❻ 出発

❾ 楽しむ

| ❶ 遊び<br>あそ | 遊玩；不做事 | ❽ 見物<br>けんぶつ | 觀光，參觀 |
|---|---|---|---|
| ❷ 小鳥<br>ことり | 小鳥 | ❾ 楽しむ<br>たの | 享受；期待 |
| ❸ 珍しい<br>めずら | 少見，稀奇 | ❿ 景色<br>けしき | 景色，風景 |
| ❹ 釣る<br>つ | 釣魚；引誘 | ⓫ 見える<br>み | 看見；看得見 |
| ❺ 予約<br>よやく | 預約 | ⓬ 旅館<br>りょかん | 旅館 |
| ❻ 出発<br>しゅっぱつ | 出發；開始 | ⓭ 泊まる<br>と | 住宿；停泊 |
| ❼ 案内<br>あんない | 引導；陪同遊覽 | ⓮ お土産<br>みやげ | 當地名產；禮物 |

Track 1-30

## 主題❷ 藝文活動

| ❶ 趣味<br>しゅみ | 嗜好；趣味 | ❾ ラップ | [rap] 饒舌樂，饒舌歌 |
|---|---|---|---|
| ❷ 興味<br>きょうみ | 興趣 | ❿ 音<br>おと | 聲音；音訊 |
| ❸ 番組<br>ばんぐみ | 節目 | ⓫ 聞こえる<br>き | 聽得見；聽起來像… |
| ❹ 展覧会<br>てんらんかい | 展覽會 | ⓬ 写す<br>うつ | 抄；照相 |
| ❺ 花見<br>はなみ | 賞花 | ⓭ 踊り<br>おど | 舞蹈 |
| ❻ 人形<br>にんぎょう | 洋娃娃，人偶 | ⓮ 踊る<br>おど | 跳舞；不平穩 |
| ❼ ピアノ | [piano] 鋼琴 | ⓯ うまい | 拿手；好吃 |
| ❽ コンサート | [concert] 音樂會 | | |

## 主題 ❸ 節日

| | | | |
|---|---|---|---|
| ❶ 正月（しょうがつ） | 正月，新年 | ❼ 贈り物（おくりもの） | 贈品，禮物 |
| ❷ お祭り（まつり） | 慶典，祭典 | ❽ 美しい（うつくしい） | 美好的；美麗的 |
| ❸ 行う・行なう（おこなう） | 舉行，舉辦 | ❾ 上げる（あげる） | 給；送 |
| ❹ お祝い（いわい） | 慶祝；祝賀禮品 | ❿ 招待（しょうたい） | 邀請 |
| ❺ 祈る（いのる） | 祈禱；祝福 | ⓫ お礼（れい） | 謝辭，謝禮 |
| ❻ プレゼント | [present] 禮物 | | |

### 🐱 單字大比拼

#### 「お祝い（いわ）」、「祈る（いの）」比一比

| お祝い（いわ）／祝賀 | 有喜慶的事時，把歡樂心情用語言和行動表達出來。<br>お祝い（いわ）を述べる／致賀詞，道喜。 |
|---|---|
| 祈る（いの）／祈禱；祝福 | 指求助神佛的力量，祈求好事降臨；又指衷心希望對方好事來臨。<br>成功（せいこう）を祈る（いの）／祈求成功。 |

#### 「招待（しょうたい）」、「ご馳走（ちそう）」比一比

| 招待（しょうたい）／邀請 | 指主人宴請客人來作客。用在鄭重的場合。<br>招待（しょうたい）を受ける（う）／接受邀請。 |
|---|---|
| ご馳走（ちそう）／款待；請客 | 指拿出各種好吃的東西，招待客人；又指比平時費錢、費時做的豐盛飯菜。<br>ご馳走（ちそう）になる／被請吃飯。 |

#### 「プレゼント」、「贈り物（おくりもの）」比一比

| プレゼント／禮物；禮品 | 指贈送禮品。也指禮品。<br>プレゼントをもらう／收到禮物。 |
|---|---|
| 贈り物（おくりもの）／贈品；禮品 | 贈送給別人的物品。<br>贈り物（おくりもの）をする／送禮。 |

**主題 ❶** 學校與科目

| | | | |
|---|---|---|---|
| ❶ きょういく 教育 | 教育 | ❽ けいざいがく 経済学 | 經濟學 |
| ❷ しょうがっこう 小学校 | 小學 | ❾ いがく 医学 | 醫學 |
| ❸ ちゅうがっこう 中学校 | 中學 | ❿ けんきゅうしつ 研究室 | 研究室 |
| ❹ こうこう こうとうがっこう 高校・高等学校 | 高中 | ⓫ かがく 科学 | 科學 |
| ❺ がくぶ 学部 | …科系；…院系 | ⓬ すうがく 数学 | 數學 |
| ❻ せんもん 専門 | 攻讀科系 | ⓭ れきし 歴史 | 歷史 |
| ❼ げんごがく 言語学 | 語言學 | ⓮ けんきゅう 研究 | 研究 |

**主題 ❷** 學生生活（一）

| | | | |
|---|---|---|---|
| ❶ にゅうがく 入学 | 入學 | ❼ しけん 試験 | 試驗；考試 |
| ❷ よしゅう 予習 | 預習 | ❽ レポート | [report] 報告 |
| ❸ け 消しゴム | [—gom] 橡皮擦 | ❾ ぜんき 前期 | 前期，上半期 |
| ❹ こうぎ 講義 | 講義，上課 | ❿ こうき 後期 | 後期，下半期 |
| ❺ じてん 辞典 | 字典 | ⓫ そつぎょう 卒業 | 畢業 |
| ❻ ひるやすみ 昼休み | 午休 | ⓬ そつぎょうしき 卒業式 | 畢業典禮 |

**主題 ❸** 學生生活（二）

| | | | | |
|---|---|---|---|---|
| ❶ 英会話<br>えいかいわ | 英語會話 | | ❼ 点<br>てん | （得）分；方面 |
| ❷ 初心者<br>しょしんしゃ | 初學者 | | ❽ 落ちる<br>お | 掉落；降低 |
| ❸ 入門講座<br>にゅうもんこうざ | 入門課程，初級課程 | | ❾ 復習<br>ふくしゅう | 複習 |
| ❹ 簡単<br>かんたん | 簡單；輕易 | | ❿ 利用<br>りよう | 利用 |
| ❺ 答え<br>こた | 答覆；答案 | | ⓫ 苛める<br>いじ | 欺負；捉弄 |
| ❻ 間違える<br>まちが | 錯；弄錯 | | ⓬ 眠たい<br>ねむ | 昏昏欲睡，睏倦 |

🐱 單字大比拼

### 「簡単」、「易しい」比一比

| | |
|---|---|
| 簡単／簡單<br>かんたん | 事物不複雜，容易處理。<br>簡単に述べる／簡單陳述。<br>かんたん の |
| 易しい／容易<br>やさ | 表示做事時，不需要花費太多時間、勞力和能力的樣子。<br>やさしい本／簡單易懂的書<br>ほん |

### 「答え」、「返事」比一比

| | |
|---|---|
| 答え／答覆；<br>こた<br>答案 | 對來自對方的提問，用語言或姿勢來回答；又指分析問題得到的結果。<br>答えが合う／答案正確。<br>こた あ |
| 返事／回答<br>へんじ | 指回答別人的招呼、詢問等。也指其回答的話。<br>返事をしなさい／回答我啊。<br>へんじ |

### 「落ちる」、「下りる」比一比

| | |
|---|---|
| 落ちる／掉落；<br>お<br>降低 | 指從高處以自己身體的重量向下降落；又指程度、質量或力量等下降。<br>二階から落ちる／從二樓摔下來。<br>にかい お |
| 下りる／下來；<br>お<br>下車；退位 | 從高處向低處移動；又指從交通工具上下來；還指辭去職位。<br>山を下りる／下山。<br>やま お |

| | |
|---|---|
| 学校（がっこう）／學校 | 把人們集中在一起，進行教育的地方。有小學、中學、高中、大學、職業學校等。<br>学校（がっこう）に行（い）く／去學校。 |
| 小学校（しょうがっこう）／小學 | 義務教育中，對兒童、少年實施最初六年教育的學校。<br>小学校（しょうがっこう）に上（あ）がる／上小學。 |
| 中学校（ちゅうがっこう）／中學 | 小學畢業後進入的，接受三年中等普通教育的義務制學校。<br>中学校（ちゅうがっこう）に入（はい）る／上中學。 |
| 高校（こうこう）・高等学校（こうとうがっこう）／高中 | 為使初中畢業生，繼續接受高等普通教育，或專科教育而設立的三年制學校。<br>高校一年生（こうこういちねんせい）／高中一年級生 |
| 大学（だいがく）／大學 | 在高中之上，學習專門之事的學校。日本有只念兩年的大學叫「短大（たんだい）」。<br>大学（だいがく）に入（はい）る／進大學。 |
| 学部（がくぶ）／科系 | 「学部（がくぶ）」是指大學裡，根據學術領域而大體劃分的單位。院系。<br>理学部（りがくぶ）／理學院 |
| 先生（せんせい）／老師 | 在學校等居於教育，指導別人的人；又指對高職位者的敬稱如：醫生、政治家等。<br>先生（せんせい）になる／當老師。 |
| 生徒（せいと）／學生（小學～高中） | 在學校學習的人，特別是指在小學、中學、高中學習的人。<br>生徒（せいと）が増（ふ）える／學生增加。 |
| 学生（がくせい）／學生（大專院校） | 上學校受教育的人。在日本嚴格説來，是指大學生或短大的學生。<br>学生（がくせい）を教（おし）える／教學生。 |
| 入学（にゅうがく）／入學 | 指小學生、中學生、大學生為了接受教育而進入學校。<br>大学（だいがく）に入学（にゅうがく）する／上大學。 |
| 卒業（そつぎょう）／畢業 | 指學完必修的全部課程，離開學校；又指充分地做過該事，已經沒有心思和必要再做。<br>大学（だいがく）を卒業（そつぎょう）する／大學畢業。 |

**主題 ❶** 職業、事業

❺ けいさつ 警察
❻ こうちょう 校長
❼ こうむいん 公務員
❿ しんぶんしゃ 新聞社
⓫ こうぎょう 工業
❶ うけつけ 受付
❽ はいしゃ 歯医者
歯科
❸ かんごし 看護師
⓬ じきゅう 時給
800円/hr
⓭ みつける 見付ける
❷ うんてんしゅ 運転手
❾ アルバイト
❹ けいかん 警官
⓮ さがす・さがす 探す・捜す

| | | | | | |
|---|---|---|---|---|---|
| ❶ | うけつけ 受付 | 詢問處；受理 | ❽ | はいしゃ 歯医者 | 牙醫 |
| ❷ | うんてんしゅ 運転手 | 司機 | ❾ | アルバイト | [arbeit] 打工，副業 |
| ❸ | かんごし 看護師 | 護士，護理師 | ❿ | しんぶんしゃ 新聞社 | 報社 |
| ❹ | けいかん 警官 | 警察；巡警 | ⓫ | こうぎょう 工業 | 工業 |
| ❺ | けいさつ 警察 | 警察；警察局 | ⓬ | じきゅう 時給 | 時薪 |
| ❻ | こうちょう 校長 | 校長 | ⓭ | みつける 見付ける | 找到；目睹 |
| ❼ | こうむいん 公務員 | 公務員 | ⓮ | さがす・さがす 探す・捜す | 尋找，找尋 |

## 主題 ❷　職場工作

| | | | | | |
|---|---|---|---|---|---|
| ❶ 計画（けいかく） | 計劃 | | ❽ 両方（りょうほう） | 兩方，兩種 |
| ❷ 予定（よてい） | 預定 | | ❾ 都合（つごう） | 情況，方便度 |
| ❸ 途中（とちゅう） | 中途；半途 | | ❿ 手伝う（てつだ） | 幫忙 |
| ❹ 片付ける（かたづ） | 收拾；解決 | | ⓫ 会議（かいぎ） | 會議 |
| ❺ 訪ねる（たず） | 拜訪，訪問 | | ⓬ 技術（ぎじゅつ） | 技術 |
| ❻ 用（よう） | 事情；用途 | | ⓭ 売り場（うば） | 賣場；出售好時機 |
| ❼ 用事（ようじ） | 事情；工作 | | | |

## 主題 ❸　職場生活

| | | | | | |
|---|---|---|---|---|---|
| ❶ オフ | [off]關；休假；折扣 | | ❽ 謝る（あやま） | 道歉；認錯 |
| ❷ 遅れる（おく） | 遲到；緩慢 | | ❾ 辞める（や） | 取消；離職 |
| ❸ 頑張る（がんば） | 努力，加油 | | ❿ 機会（きかい） | 機會 |
| ❹ 厳しい（きび） | 嚴格；嚴酷 | | ⓫ 一度（いちど） | 一次；一旦 |
| ❺ 慣れる（な） | 習慣；熟悉 | | ⓬ 続く（つづ） | 繼續；接連 |
| ❻ 出来る（でき） | 完成；能夠 | | ⓭ 続ける（つづ） | 持續；接著 |
| ❼ 叱る（しか） | 責備，責罵 | | ⓮ 夢（ゆめ） | 夢 |

⑮ パート　[part] 打工；部分

⑯ 手伝い　幫助；幫手

⑰ 会議室　會議室

⑱ 部長　經理，部長

⑲ 課長　課長，科長

⑳ 進む　前進；上升

㉑ チェック　[check] 檢查

㉒ 別　別的；區別

㉓ 迎える　迎接；邀請

㉔ 済む　完結；解決

㉕ 寝坊　睡懶覺，貪睡晚起的人

㉖ やめる　停止

㉗ 一般　一般，普通

Track 1-38

主題 ❹　電腦相關（一）

❶ ノートパソコン　[notebook personal computer 之略] 筆記型電腦

❷ デスクトップ　[desktop] 桌上型電腦

❸ キーボード　[keyboard] 鍵盤；電子琴

❹ マウス　[mouse] 滑鼠；老鼠

❺ スタートボタン　[start button] 開機鈕

❻ クリック　[click] 按按鍵

❼ 入力　輸入；輸入數據

❽ インターネット　[internet] 網際網路

❾ ホームページ　[homepage] 網站首頁；網頁

❿ ブログ　[blog] 部落格

⓫ インストール　[install] 安裝（軟體）

⓬ 受信　接收；收聽

⓭ 新規作成　新作；開新檔案

⓮ 登録　登記；註冊

## 主題❺ 電腦相關（二）

啊！信件積一堆，要快點回信啦！

❶ メール

⑫ ファイル

⑭ 返信　⑩ 転送　⑪ キャンセル

❹ 宛先　00000@000.00.jp　❷ メールアドレス　❸ アドレス

❺ 件名　商品代金のお支払いについて（お願い）

××株式会社　高橋　一郎様

いつもお世話になります。

×××××××××××××｜×××××
×××××××××××。
❻ 挿入

では、よろしくお願いします。

\*\*\*\*\*\*\*\*\*\*\*\*\*\*\*\*\*\*\*\*\*\*\*\*\*\*\*\*\*\*\*\*\*\*\*\*\*\*\*\*
××株式会社
第三営業部　山田　花子　❼ 差出人
東京都大田区平和島×××
E-mail: yamada@0000.jp
Tel:00-0000-0000 Fax:00-0000-0000
\*\*\*\*\*\*\*\*\*\*\*\*\*\*\*\*\*\*\*\*\*\*\*\*\*\*\*\*\*\*\*\*\*\*\*\*\*\*\*\*

⑬ 保存　❽ 添付　❾ 送信

| ❶ メール | [mail] 電子郵件；信息 | ⑩ 転送 | 轉送，轉寄 |
|---|---|---|---|
| ❷ メールアドレス | [mail address] 電子郵件地址 | ⑪ キャンセル | [cancel] 取消；廢除 |
| ❸ アドレス | [address] 住址；（電子信箱）地址 | ⑫ ファイル | [file] 文件夾；（電腦）檔案 |
| ❹ 宛先 | 收件人姓名地址 | ⑬ 保存 | 保存；儲存檔案 |
| ❺ 件名 | 項目名稱；郵件主旨 | ⑭ 返信 | 回信，回電 |
| ❻ 挿入 | 插入，裝入 | ⑮ コンピューター | [computer] 電腦 |
| ❼ 差出人 | 發信人，寄件人 | ⑯ スクリーン | [screen] 螢幕 |
| ❽ 添付 | 添上；附加檔案 | ⑰ パソコン | [personal computer 之略] 個人電腦 |
| ❾ 送信 | 發送郵件；播送 | ⑱ ワープロ | [word processor 之略] 文字處理機 |

**Track 1-40**

## 主題 ❶ 經濟與交易

| | | | | | |
|---|---|---|---|---|---|
| ❶ | けいざい<br>経済 | 經濟 | ❽ | ねだん<br>値段 | 價錢 |
| ❷ | ぼうえき<br>貿易 | 貿易 | ❾ | さ<br>下げる | 降低;整理 |
| ❸ | さか<br>盛ん | 繁盛,興盛 | ❿ | あ<br>上がる | 登上;上升 |
| ❹ | ゆしゅつ<br>輸出 | 出口 | ⓫ | く<br>呉れる | 給我 |
| ❺ | しなもの<br>品物 | 物品;貨品 | ⓬ | もら<br>貰う | 收到,拿到 |
| ❻ | とくばいひん<br>特売品 | 特賣品,特價品 | ⓭ | や<br>遣る | 給予;做 |
| ❼ | バーゲン | [bargain sale 之略]<br>特賣,出清 | ⓮ | ちゅうし<br>中止 | 中止 |

**Track 1-41**

## 主題 ❷ 金融

| | | | | | |
|---|---|---|---|---|---|
| ❶ | つうちょうきにゅう<br>通帳記入 | 補登錄存摺 | ❽ | おく<br>億 | 億;數量眾多 |
| ❷ | あんしょうばんごう<br>暗証番号 | 密碼 | ❾ | はら<br>払う | 付錢;揮去 |
| ❸ | キャッシュカード | [cash card] 金融卡,<br>提款卡 | ❿ | つ<br>お釣り | 找零 |
| ❹ | クレジットカード | [credit card] 信用卡 | ⓫ | せいさん<br>生産 | 生產 |
| ❺ | こうきょうりょうきん<br>公共料金 | 公共費用 | ⓬ | さんぎょう<br>産業 | 產業 |
| ❻ | しおく<br>仕送り | 匯寄生活費或學費 | ⓭ | わりあい<br>割合 | 比,比例 |
| ❼ | せいきゅうしょ<br>請求書 | 帳單,繳費單 | | | |

## 主題❸ 政治、法律

| | | | | |
|---|---|---|---|---|
| ❶ 国際 こくさい | 國際 | ❼ 法律 ほうりつ | 法律 |
| ❷ 政治 せいじ | 政治 | ❽ 約束 やくそく | 約定，規定 |
| ❸ 選ぶ えら | 選擇 | ❾ 決める き | 決定；規定 |
| ❹ 出席 しゅっせき | 出席 | ❿ 立てる た | 立起；揚起 |
| ❺ 戦争 せんそう | 戰爭；打仗 | ⓫ 浅い あさ | 淺的；淡的 |
| ❻ 規則 きそく | 規則，規定 | ⓬ もう一つ ひと | 更；再一個 |

### 單字大比拼

| 「立てる」、「立つ」 比一比 た た | |
|---|---|
| 立てる／立起 た | 把棒子那樣長的東西，或板子那樣扁的東西的一端或一邊朝上安放；又指定立計畫等。<br>本を立てる／把書立起來。 ほん た |
| 立つ／站立 た | 物體不離原地，呈上下豎立狀態；坐著的人或動物站起。<br>電柱が立つ／立著電線桿。 でんちゅう た |

| 「薄い」、「浅い」 比一比 うす あさ | |
|---|---|
| 薄い／薄的 うす | 表示東西的厚度薄，沒有深度；又指顏色或味道淡。<br>薄い紙／薄紙 うす かみ |
| 浅い／淺的 あさ | 表示到離底部或裡面的距離短；又表示程度或量小的樣子。<br>見識が浅い／見識淺。 けんしき あさ |

| 「厚い」、「深い」 比一比 あつ ふか | |
|---|---|
| 厚い／厚的 あつ | 從一面到相反的一面的距離大或深；一般有多厚因東西的不同而異，並沒有絕對的標準。<br>厚いコート／厚的外套 あつ |
| 深い／深的 ふか | 表示到離底部或裡面的距離長。在語感上以頭部為基準，向深處發展；又表示程度或量大的樣子。<br>仲が深い／關係深。 なか ふか |

**主題 ④** 犯罪

⑩ 捕まえる

⑭ 安全

⑨ 逃げる

④ 泥棒

⑧ 壊す

⑪ 見付かる

嗚~
運氣好背喔~

⑦ 盗む

① 痴漢

⑤ 無くす

③ すり

⑫ 火事

⑥ 落とす

② ストーカー

⑬ 危険

| | | | | | |
|---|---|---|---|---|---|
| ❶ 痴漢（ちかん） | 色狼 | | ❽ 壊す（こわす） | 弄碎；破壞 |
| ❷ ストーカー | [stalker] 跟蹤狂 | | ❾ 逃げる（にげる） | 逃走；逃避 |
| ❸ すり | 扒手 | | ❿ 捕まえる（つかまえる） | 逮捕，抓 |
| ❹ 泥棒（どろぼう） | 偷竊；小偷 | | ⓫ 見付かる（みつかる） | 發現了；找到 |
| ❺ 無くす（なくす） | 弄丟，搞丟 | | ⓬ 火事（かじ） | 火災 |
| ❻ 落とす（おとす） | 掉下；弄掉 | | ⓭ 危険（きけん） | 危險 |
| ❼ 盗む（ぬすむ） | 偷盜，盜竊 | | ⓮ 安全（あんぜん） | 安全；平安 |

**單字大比拼**

## 「無くす」、「落とす」比一比

| | |
|---|---|
| 無（な）くす／丟失 | 自己原本持有的東西，不知道放到哪裡去了。這些東西包括如錢包、書本、手錶或資料、證書等。<br>財布（さいふ）をなくす／弄丟錢包。 |
| 落（お）とす／掉下；弄掉 | 表示使落下；又表示自己原本持有的東西，不知道什麼時候丟了。<br>財布（さいふ）を落（お）とす／掉了錢包。 |

## 「消す」、「無くなる」比一比

| | |
|---|---|
| 消（け）す／關閉；消失；熄滅 | 關上電器用品，如電視電腦等以電驅動的開關，使其不再運轉；或滅掉火或光。<br>電気（でんき）を消（け）す／關電燈。 |
| 無（な）くなる／遺失；用完 | 原有的東西不見了；又指用光了，沒有了。<br>米（こめ）が無（な）くなった／沒米了。 |

## 「見つかる」、「探す」比一比

| | |
|---|---|
| 見（み）つかる／被發現；找到 | 被發現，被看到；又指能找到。<br>落（お）とし物（もの）が見（み）つかる／找到遺失物品。 |
| 探（さが）す／尋找 | 想要找出需要的或丟失的物或人。<br>読（よ）みたい本（ほん）を探（さが）す／尋找想看的書。 |

Track 1-44

## 主題 ❶ 數量、次數、形狀與大小

| | | | | |
|---|---|---|---|---|
| ❶ 以下（いか） | 不到…；在…以下 | | ❽ 增える（ふえる） | 增加 |
| ❷ 以内（いない） | 不超過…；以內 | | ❾ 形（かたち） | 形狀；樣子 |
| ❸ 以上（いじょう） | 超過；上述 | | ❿ 大きな（おお） | 大，大的 |
| ❹ 足す（たす） | 補足，增加 | | ⓫ 小さな（ちい） | 小的；年齡幼小 |
| ❺ 足りる（たりる） | 足夠；可湊合 | | ⓬ 緑（みどり） | 綠色 |
| ❻ 多い（おお） | 多的 | | �13 深い（ふか） | 深的；濃的 |
| ❼ 少ない（すく） | 少 | | | |

### 單字大比拼

| 「沢山（たくさん）」、「多い（おお）」、「大きな（おお）」比一比 | |
|---|---|
| 沢山（たくさん）／多量 | 當「副詞」時，表數量很多。當「形容動詞」時，表已經足夠，再也不需要。<br>たくさんある／有很多。 |
| 多い（おお）／多 | 客觀地表示數量、次數、比例多的樣子。<br>宿題（しゅくだい）が多い（おお）／功課很多。 |
| 大きな（おお）／大的 | 表示數量或程度，所佔的比例很大。<br>非常（ひじょう）に大きい（おお）／非常大。 |
| 「少し（すこ）」、「少ない（すく）」、「小さな（ちい）」比一比 | |
| 少し（すこ）／少量 | 數量少、時間短、距離近、程度小的樣子。<br>もう少し（すこ）／再一點點 |
| 少ない（すく）／少 | 客觀地表示數量、次數、比例少，少到幾乎近於零的樣子。<br>友達（ともだち）が少ない（すく）／朋友很少。 |
| 小さな（ちい）／小的 | 指數量或程度比別的輕微；又指年齡幼小。<br>小さな（ちい）時計（とけい）／小錶 |

## 主題 ❶ 心理及感情

| | | | | |
|---|---|---|---|---|
| ❶ 心 (こころ) | 內心；心情 | | ❽ 怖い (こわ) | 可怕，害怕 |
| ❷ 気 (き) | 氣息；心思 | | ❾ 邪魔 (じゃま) | 妨礙；拜訪 |
| ❸ 気分 (きぶん) | 情緒；身體狀況 | | ❿ 心配 (しんぱい) | 擔心，操心 |
| ❹ 気持ち (きもち) | 心情；感覺 | | ⓫ 恥ずかしい (は) | 丟臉；難為情 |
| ❺ 安心 (あんしん) | 放心，安心 | | ⓬ 複雑 (ふくざつ) | 複雜 |
| ❻ 凄い (すご) | 厲害；非常 | | ⓭ 持てる (も) | 能拿；受歡迎 |
| ❼ 素晴しい (すばら) | 出色，很好 | | ⓮ ラブラブ | [lovelove] 甜蜜，如膠似漆 |

### 單字大比拼

#### 「気分」、「気持ち」比一比

| 気分／情緒；身體狀況；氣氛 | 每時每刻的感情、心理狀態；又指身體狀況；還指整體籠罩的氣氛。<br>気分転換する (きぶんてんかん) ／轉換心情。 |
|---|---|
| 気持ち／心情 | 接觸某事物或某人自然產生的感情或內心的想法；由身體狀況引起的好壞的感覺。<br>気持ちが悪い (きも・わる) ／感到噁心。 |

#### 「凄い」、「素晴らしい」比一比

| 凄い (すご) ／厲害；非常 | 感到恐怖、驚嚇、憤慨等意；又形容好的事物，帶有驚訝的語氣；亦為程度大的樣子。<br>すごい人気だった (にん・き) ／超人氣。 |
|---|---|
| 素晴らしい (すば) ／出色；極好 | 表示非常出色而無條件感嘆的樣子。<br>素晴らしい効果がある (すば・こうか) ／成效極佳。 |

主題 ❷ 喜怒哀樂

⑩ 寂しい（さび）

❻ 煩い（うるさ）

❶ 嬉しい（うれ）

❷ 楽しみ（たの）

❼ 怒る（おこ）

⓭ びっくり

❽ 驚く（おどろ）

❸ 喜ぶ（よろこ）

❾ 悲しい（かな）

⓫ 残念（ざんねん）

❺ ユーモア

❹ 笑う（わら）

⓬ 泣く（な）

| ❶ 嬉しい<br><small>うれ</small> | 高興，喜悅 | ❽ 驚く<br><small>おどろ</small> | 驚嚇，吃驚 |
| --- | --- | --- | --- |
| ❷ 楽しみ<br><small>たの</small> | 期待；快樂 | ❾ 悲しい<br><small>かな</small> | 悲傷，悲哀 |
| ❸ 喜ぶ<br><small>よろこ</small> | 高興 | ❿ 寂しい<br><small>さび</small> | 孤單；寂寞 |
| ❹ 笑う<br><small>わら</small> | 笑；譏笑 | ⓫ 残念<br><small>ざんねん</small> | 遺憾，可惜 |
| ❺ ユーモア | [humor] 幽默，滑稽 | ⓬ 泣く<br><small>な</small> | 哭泣 |
| ❻ 煩い<br><small>うるさ</small> | 吵鬧；煩人的 | ⓭ びっくり | 驚嚇，吃驚 |
| ❼ 怒る<br><small>おこ</small> | 生氣；斥責 | | |

**Track 1-47**

**主題 ❸** 傳達、通知與報導

| ❶ 電報<br><small>でんぽう</small> | 電報 | ❼ 尋ねる<br><small>たず</small> | 打聽；詢問 |
| --- | --- | --- | --- |
| ❷ 届ける<br><small>とど</small> | 送達；送交 | ❽ 調べる<br><small>しら</small> | 調查；檢查 |
| ❸ 送る<br><small>おく</small> | 寄送；送行 | ❾ 返事<br><small>へんじ</small> | 回答，回覆 |
| ❹ 知らせる<br><small>し</small> | 通知，讓對方知道 | ❿ 天気予報<br><small>てんきよほう</small> | 天氣預報 |
| ❺ 伝える<br><small>つた</small> | 傳達，轉告 | ⓫ 放送<br><small>ほうそう</small> | 播映，播放 |
| ❻ 連絡<br><small>れんらく</small> | 聯繫，聯絡 | | |

**主題 ④**　思考與判斷

| | | | | |
|---|---|---|---|---|
| ❶ 思い出す | 想起來，回想 | ❾ 場合 | 時候；狀況 |
| ❷ 思う | 思考；覺得 | ❿ 変 | 奇怪；變化 |
| ❸ 考える | 思考；考慮 | ⓫ 特別 | 特別，特殊 |
| ❹ はず | 應該；會 | ⓬ 大事 | 保重；重要 |
| ❺ 意見 | 意見；勸告 | ⓭ 相談 | 商量 |
| ❻ 仕方 | 方法，做法 | ⓮ …に拠ると | 根據，依據 |
| ❼ まま | 如實，照舊 | ⓯ あんな | 那樣地 |
| ❽ 比べる | 比較 | ⓰ そんな | 那樣的 |

**主題 ⑤**　理由與決定

| | | | | |
|---|---|---|---|---|
| ❶ ため | 為了；因為 | ❽ 必要 | 需要 |
| ❷ 何故 | 為什麼 | ❾ 宜しい | 好，可以 |
| ❸ 原因 | 原因 | ❿ 無理 | 勉強；不講理 |
| ❹ 理由 | 理由，原因 | ⓫ 駄目 | 不行；沒用 |
| ❺ 訳 | 原因；意思 | ⓬ つもり | 打算；當作 |
| ❻ 正しい | 正確；端正 | ⓭ 決まる | 決定；規定 |
| ❼ 合う | 一致；合適 | ⓮ 反対 | 相反；反對 |

**主題 ❻** 理解

| | | | | |
|---|---|---|---|---|
| ❶ 経験 けいけん | 經驗，經歷 | ❾ 変える か | 改變；變更 |
| ❷ 事 こと | 事情 | ❿ 変わる か | 改變；奇怪 |
| ❸ 説明 せつめい | 說明 | ⓫ あっ | 啊；喂 |
| ❹ 承知 しょうち | 知道；接受 | ⓬ おや | 哎呀 |
| ❺ 受ける う | 接受；受到 | ⓭ うん | 嗯；對 |
| ❻ 構う かま | 在意，理會 | ⓮ そう | 那樣；是 |
| ❼ 嘘 うそ | 謊話；不正確 | ⓯ …について | 關於 |
| ❽ なるほど | 的確；原來如此 | | |

**主題 ❼** 語言與出版物

| | | | | |
|---|---|---|---|---|
| ❶ 会話 かいわ | 會話，對話 | ❼ 文学 ぶんがく | 文學 |
| ❷ 発音 はつおん | 發音 | ❽ 小説 しょうせつ | 小說 |
| ❸ 字 じ | 字，文字 | ❾ テキスト | [text] 教科書 |
| ❹ 文法 ぶんぽう | 文法 | ❿ 漫画 まんが | 漫畫 |
| ❺ 日記 にっき | 日記 | ⓫ 翻訳 ほんやく | 翻譯 |
| ❻ 文化 ぶんか | 文化；文明 | | |

## 主題 ❶ 時間副詞

| | | | | |
|---|---|---|---|---|
| ❶ 急<sub>きゅう</sub>に | 突然 | | ❼ 到頭<sub>とうとう</sub> | 終於 |

| | | | | |
|---|---|---|---|---|
| ❶ 急に | 突然 | ❼ 到頭 | 終於 |
| ❷ これから | 接下來，現在起 | ❽ 久しぶり | 許久，隔了好久 |
| ❸ 暫く | 暫時，一會兒 | ❾ 先ず | 首先，總之 |
| ❹ ずっと | 更；一直 | ❿ もう直ぐ | 不久，馬上 |
| ❺ そろそろ | 快要；逐漸 | ⓫ やっと | 終於，好不容易 |
| ❻ 偶に | 偶爾 | ⓬ 急 | 急迫；突然 |

ふりがな: 急（きゅう）、暫（しばら）く、偶（たま）に、久（ひさ）しぶり、先（ま）ず、もう直（す）ぐ、急（きゅう）

## 主題 ❷ 程度副詞

| | | | | |
|---|---|---|---|---|
| ❶ 幾ら…ても | 無論…也不… | ❽ 大体<sub>だいたい</sub> | 大部分；大概 |
| ❷ 一杯<sub>いっぱい</sub> | 充滿；很多 | ❾ 大分<sub>だいぶ</sub> | 相當地 |
| ❸ 随分<sub>ずいぶん</sub> | 相當地；不像話 | ❿ ちっとも | 一點也不… |
| ❹ すっかり | 完全，全部 | ⓫ 出来るだけ<sub>できき</sub> | 盡可能地 |
| ❺ 全然<sub>ぜんぜん</sub> | 完全不…；非常 | ⓬ 中々<sub>なかなか</sub> | 非常；不容易 |
| ❻ そんなに | 那麼，那樣 | ⓭ なるべく | 盡量，盡可能 |
| ❼ それ程<sub>ほど</sub> | 那麼地 | ⓮ ばかり | 僅只；幾乎要 |

ふりがな: 幾（いく）ら、一杯（いっぱい）、随分（ずいぶん）、全然（ぜんぜん）、それ程（ほど）、大体（だいたい）、大分（だいぶ）、出来（でき）る、中々（なかなか）

| | | | | | |
|---|---|---|---|---|---|
| ⑮ | 非常に<br><small>ひ じょう</small> | 非常，很 | ⑲ | 割合に<br><small>わりあい</small> | 比較地 |
| ⑯ | 別に<br><small>べっ</small> | 分開；除外 | ⑳ | 十分<br><small>じゅうぶん</small> | 充分，足夠 |
| ⑰ | 程<br><small>ほど</small> | …的程度；限度 | ㉑ | もちろん | 當然 |
| ⑱ | 殆ど<br><small>ほとん</small> | 大部份；幾乎 | ㉒ | やはり | 依然，仍然 |

**主題 ❸** 思考、狀態副詞

| | | | | | |
|---|---|---|---|---|---|
| ❶ | ああ | 那樣 | ❽ | 確り<br><small>しっか</small> | 紮實；可靠 |
| ❷ | 確か<br><small>たし</small> | 確實；大概 | ❾ | 是非<br><small>ぜ ひ</small> | 務必；好與壞 |
| ❸ | 必ず<br><small>かなら</small> | 一定，務必 | ❿ | 例えば<br><small>たと</small> | 例如 |
| ❹ | 代わり<br><small>か</small> | 代替；補償 | ⓫ | 特に<br><small>とく</small> | 特地，特別 |
| ❺ | きっと | 一定，務必 | ⓬ | はっきり | 清楚；明確 |
| ❻ | 決して<br><small>けっ</small> | 絕對（不） | ⓭ | 若し<br><small>も</small> | 如果，假如 |
| ❼ | こう | 如此；這樣 | | | |

**主題❹** 接續詞、接助詞與接尾詞、接頭詞

| | | | | | |
|---|---|---|---|---|---|
| ❶ すると | 於是；這樣一來 | | ⓮ …様<sup>さま</sup> | …先生，…小姐 | |

❶ すると　　　於是；這樣一來

❷ それで　　　後來，那麼

❸ それに　　　而且，再者

❹ だから　　　所以，因此

❺ 又<sup>また</sup>は　　　或者

❻ けれど・けれども　但是

❼ …置<sup>お</sup>き　　　每隔…

❽ …月<sup>がつ</sup>　　　…月

❾ …会<sup>かい</sup>　　　…會，會議

❿ …倍<sup>ばい</sup>　　　…倍，加倍

⓫ …軒<sup>けん</sup>　　　…間，…家

⓬ …ちゃん　　　小…

⓭ …君<sup>くん</sup>　　　…君

⓮ …様<sup>さま</sup>　　　…先生，…小姐

⓯ …目<sup>め</sup>　　　第…

⓰ …家<sup>か</sup>　　　…家

⓱ …式<sup>しき</sup>　　　儀式；…典禮

⓲ …製<sup>せい</sup>　　　…製

⓳ …代<sup>だい</sup>　　　世代；…多歲

⓴ …出<sup>だ</sup>す　　　開始…

㉑ …難<sup>にく</sup>い　　　難以…，不容易

㉓ …やすい　　　容易…

㉕ …過<sup>す</sup>ぎる　　　過於…

㉖ 御<sup>ご</sup>…　　　貴…

㉗ …ながら　　　一邊…，同時…

㉘ …方<sup>かた</sup>　　　…方法

**主題 ❺** 尊敬與謙讓用法

| | | | |
|---|---|---|---|
| ❶ いらっしゃる | 來，去，在 | ⓫ <ruby>下<rt>くだ</rt></ruby>さる | 給，給予 |
| ❷ おいでになる | 來，去，在 | ⓬ <ruby>差<rt>さ</rt></ruby>し<ruby>上<rt>あ</rt></ruby>げる | 給 |
| ❸ ご<ruby>存知<rt>ぞん じ</rt></ruby> | 您知道 | ⓭ <ruby>拝見<rt>はい けん</rt></ruby> | 看，拜讀 |
| ❹ ご<ruby>覧<rt>らん</rt></ruby>になる | 看，閱讀 | ⓮ <ruby>参<rt>まい</rt></ruby>る | 去；認輸 |
| ❺ なさる | 做 | ⓯ <ruby>申<rt>もう</rt></ruby>し<ruby>上<rt>あ</rt></ruby>げる | 說 |
| ❻ <ruby>召<rt>め</rt></ruby>し<ruby>上<rt>あ</rt></ruby>がる | 吃，喝 | ⓰ <ruby>申<rt>もう</rt></ruby>す | 說，叫 |
| ❼ <ruby>致<rt>いた</rt></ruby>す | 做；致 | ⓱ …ございます | 是，在 |
| ❽ <ruby>頂<rt>いただ</rt></ruby>く・<ruby>戴<rt>いただ</rt></ruby>く | 領受；頂 | ⓲ …でございます | 是 |
| ❾ <ruby>伺<rt>うかが</rt></ruby>う | 拜訪；請教 | ⓳ <ruby>居<rt>お</rt></ruby>る | 有 |
| ❿ おっしゃる | 說，叫 | ⓴ <ruby>存<rt>ぞん</rt></ruby>じ<ruby>上<rt>あ</rt></ruby>げる | 知道 |

# MEMO

# N4
vocabulary

# JLPT

## N4單字＋文法
五十音順編排

---

**0001** □□□

Level 1

# ああ

**(副)** 那樣

**(類)** そう（那樣） **(對)** こう（這樣）

**(例)** 私があの時ああ言ったのは、よくなかったです。 ／我當時那樣說並不恰當。

**文法**

が

▶ 接在名詞的後面，表示後面的動作或狀態的主體。

---

**0002** □□□

# あいさつ 【挨拶】

**(名・自サ)** 寒暄，打招呼，拜訪；致詞

**(類)** 手紙（書信）

**(例)** アメリカでは、こう握手して挨拶します。 ／在美國都像這樣握手寒暄。

**文法**

こう[這樣]

▶ 指眼前的物或近處的事時用的詞。

---

**0003** □□□

# あいだ 【間】

**(名)** 期間；間隔，距離；中間；關係；空隙

**(類)** 中（當中）；内（之内） **(對)** 外（外面）

**(例)** 10年もの間、連絡がなかった。 ／長達十年之間，都沒有聯絡。

**文法**

も[多達…]

▶ 前接數量詞，用在強調數量很多，程度很高的時候。

---

**0004** □□□

# あう 【合う】

**(自五)** 合；一致，合適；相配；符合；正確

**(類)** 合わせる（配合） **(對)** 違う（不符）

**(例)** 時間が合えば、会いたいです。 ／如果時間允許，希望能見一面。

**文法**

ば[如果…的話；假如…]

▶ 後接意志或期望等詞，表示後項受到某種條件的限制。

---

**0005** □□□

# あかちゃん 【赤ちゃん】

**(名)** 嬰兒

**(類)** 赤ん坊（嬰兒）

**(例)** 赤ちゃんは、泣いてばかりいます。 ／嬰兒只是哭著。

**文法**

ばかり[只…，淨…]

▶ 前接動詞て形，表示說話人對不斷重複一樣的事，或一直都是同樣的狀態，有負面的評價。

讀書計劃：□□/□□

## 0006 ☐☐☐

**あがる**
**【上がる】**

（自五）登上；升高，上升；發出（聲音）；（從水中）出來；（事情）完成

（類）上げる（上升）　（對）下げる、降りる（下降）

（例）野菜の値段が上がるようだ。
／青菜的價格好像要上漲了。

文法
ようだ［好像…］
▶ 用在説話人從各種情況，來推測人或事物是後項的情況，通常是説話人主觀，根據不足的推測。

## 0007 ☐☐☐

**あかんぼう**
**【赤ん坊】**

（名）嬰兒；不暗世故的人

（類）子供（小孩）

（例）赤ん坊が歩こうとしている。
／嬰兒在學走路。

文法
（よ）うとする［想要…］
▶ 表示動作主體的意志，意圖。主語不受人稱的限制。表示努力地去實行某動作。

## 0008 ☐☐☐

**あく**
**【空く】**

（自五）空著；（職位）空缺；空隙；閒著；有空

（類）空く（有空）　（對）混む（擁擠）

（例）席が空いたら、座ってください。
／如果空出座位來，請坐下。

文法
たら［如果…；…了的話］
▶ 表示確定條件，知道前項一定會成立，以其為契機做後項。
▶ （近）といい［…就好了］

## 0009 ☐☐☐

**アクセサリー**
**【accessary】**

（名）飾品，裝飾品；零件

（類）イヤリング（earring・耳環）；飾る（裝飾）

（例）デパートをぶらぶら歩いていて、かわいいアクセサリーを見つけた。／在百貨公司閒逛的時候，看到了一件可愛的小飾品。

## 0010 ☐☐☐

**あげる**
**【上げる】**

（他下一）給；送；交出；獻出

（類）やる（給予）　（對）もらう（收到）

（例）ほしいなら、あげますよ。
／如果想要，就送你。

文法
なら［要是…就…］
▶ 表示接受了對方所説的事情，狀態，情況後，説話人提出了意見，勸告，意志，請求等。

---

0011 □□□

**あさい**
【浅い】

(形) 淺的；(事物程度)微少；淡的；薄的

(類) 薄い（淺的） (對) 深い（深的）

(例) 浅いところにも小さな魚が泳いでいます。
／水淺的地方也有小魚在游動。

---

0012 □□□

**あさねぼう**
【朝寝坊】

(名・自サ) 賴床；愛賴床的人

(對) 早起き（早起）

(例) 朝寝坊して、バスに乗り遅れてしまった。
／因為睡過頭，沒能趕上公車。

**文法**

てしまう[(感慨)…了]

▶ 表示出現了說話人不願意看到的結果，含有遺憾、惋惜、後悔等語氣，這時候一般接的是無意志的動詞。

---

0013 □□□

**あじ**
【味】

(名) 味道；趣味；滋味

(類) 辛い（辣，鹹）；味見（嚐味道）

(例) 彼によると、このお菓子はオレンジの味がするそうだ。
／聽他說這糕點有柳橙味。

**文法**

お…

▶ 後接名詞（跟對方有關的行為、狀態或所有物），表示尊敬、鄭重、親愛。另外，還有習慣用法等意思。

---

0014 □□□

**アジア**
【Asia】

(名) 亞洲

(類) アジアの国々（亞洲各國） (對) ヨーロッパ（Europa・歐洲）

(例) 日本も台湾も韓国もアジアの国だ。
／日本、台湾及韓國都是亞洲國家。

---

0015 □□□

**あじみ**
【味見】

(名・自サ) 試吃，嚐味道

(類) 試食（試吃）；味（味道）

(例) ちょっと味見をしてもいいですか。
／我可以嚐一下味道嗎？

**文法**

てもいい[可以…]

▶ 如果說話人用疑問句詢問某一行為，表示請求聽話人允許某行為。

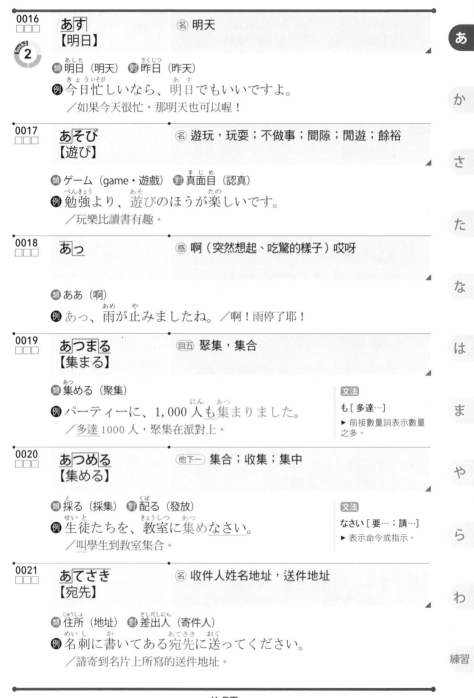

**0016**
□□□

**あす**
【明日】

Level 2

名 明天

類 明日（明天）　對 昨日（昨天）

例 今日忙しいなら、明日でもいいですよ。
／如果今天很忙，那明天也可以喔！

---

**0017**
□□□

**あそび**
【遊び】

名 遊玩，玩耍；不做事；間隙；閒遊；餘裕

類 ゲーム（game・遊戲）　對 真面目（認真）

例 勉強より、遊びのほうが楽しいです。
／玩樂比讀書有趣。

---

**0018**
□□□

**あっ**

感 啊（突然想起、吃驚的樣子）哎呀

類 ああ（啊）

例 あっ、雨が止みましたね。／啊！雨停了耶！

---

**0019**
□□□

**あつまる**
【集まる】

自五 聚集，集合

類 集める（聚集）

例 パーティーに、1,000人も集まりました。
／多達 1000 人，聚集在派對上。

**文法**
も［多達…］
▶ 前接數量詞表示數量之多。

---

**0020**
□□□

**あつめる**
【集める】

他下一 集合；收集；集中

類 採る（採集）　對 配る（發放）

例 生徒たちを、教室に集めなさい。
／叫學生到教室集合。

**文法**
なさい［要…；請…］
▶ 表示命令或指示。

---

**0021**
□□□

**あてさき**
【宛先】

名 收件人姓名地址，送件地址

類 住所（地址）　對 差出人（寄件人）

例 名刺に書いてある宛先に送ってください。
／請寄到名片上所寫的送件地址。

---

**0022** □□□

**ア**ドレス
【address】

㈎ 住址，地址；(電子信箱) 地址；(高爾夫) 擊球前姿勢

㉞ メールアドレス（mail address・電郵地址）

㉑ そのアドレスはあまり使いません。

／我不常使用那個郵件地址。

---

**0023** □□□

**ア**フリカ
【Africa】

㈎ 非洲

㉑ アフリカに遊びに行く。／去非洲玩。

---

**0024** □□□

**ア**メリカ
【America】

㈎ 美國

㉞ 西洋（西洋）

㉑ 10才のとき、家族といっしょにアメリカに渡りました。

／10歲的時候，跟家人一起搬到美國。

---

**0025** □□□

あ**や**まる
【謝る】

㉂㈤ 道歉，謝罪；認錯；謝絕

㉞ すみません（抱歉）　㈅ありがとう（謝謝）

㉑ そんなに謝らなくてもいいですよ。

／不必道歉到那種地步。

**文法**

そんな [ 那樣的 ]
▶ 間接的在説人或事物的狀態或程度。而這個事物是靠近聽話人的或聽話人之前説過的。

---

**0026** □□□

**ア**ルバイト
【(德) arbeit 之略】

㈎ 打工，副業

㉞ バイト（arbeit 之略・打工）、仕事（工作）

㉑ アルバイトばかりしていないで、勉強もしなさい。／別光打工，也要唸書啊！

**文法**

ばかり [ 淨…；光… ]
▶ 表示數量、次數非常多

---

**0027** □□□

あ**ん**しょう**ば**んごう
【暗証番号】

㈎ 密碼

㉞ 番号（號碼）；パスワード（password・密碼）

㉑ 暗証番号は定期的に変えた方がいいですよ。

／密碼要定期更改比較好喔。

## 0028 あんしん【安心】
□□□

（名・自サ）放心，安心

- 類 大丈夫（可靠） 對 心配（擔心）
- 例 大丈夫だから、安心しなさい。／沒事的，放心好了。

## 0029 あんぜん【安全】
□□□

（名・形動）安全；平安

- 類 無事（平安無事） 對 危険、危ない（危險）
- 例 安全な使いかたをしなければなりません。
  ／必須以安全的方式來使用。

文法
なければならない［必須…］
▶ 表示無論是自己或對方，從社會常識或事情的性質來看，不那樣做就不合理，有義務要那樣做。
▶ 近 なくてはならない［不得不…］

## 0030 あんな
□□□

（連體）那樣地

- 類 そんな（那樣的） 對 こんな（這樣的）
- 例 私だったら、あんなことはしません。
  ／如果是我的話，才不會做那種事。

文法
あんな［那樣的］
▶ 間接地說人或事物的狀態或程度。而這是指說話人和聽話人以外的事物，或是雙方都理解的事物。

## 0031 あんない【案内】
□□□

（名・他サ）引導；陪同遊覽，帶路；傳達

- 類 教える（指導）；ガイド（guide・帶路）
- 例 京都を案内してさしあげました。
  ／我陪同他遊覽了京都。

文法
てさしあげる［（為他人）做…］
▶ 表示自己或站在自己一方的人，為他人做前項有益的行為。
▶ 近 あげる［給予…］

## い

## 0032 いか【以下】
□□□
③

（名）以下，不到…；在…以下；以後

- 類 以内（以內） 對 以上（以上）
- 例 あの女性は、30歳以下の感じがする。
  ／那位女性，感覺不到30歲。

文法
がする［感到…；覺得…］
▶ 表示說話人通過感官感受到的感覺或知覺。

---

**0033**
□□□

## いがい
【以外】

名 除外，以外

類 その他（之外）　對 以内（之内）

例 彼以外は、みんな来るだろう。
／除了他以外，大家都會來吧！

**文法**

だろう［…吧］

▶ 表示説話人對未來或不確定事物的推測，且説話人對自己的推測有相當大的把握。

---

**0034**
□□□

## いがく
【医学】

名 醫學

類 医療（醫療）

例 医学を勉強するなら、東京大学がいいです。
／如果要學醫，東京大學很不錯。

**文法**

なら［要是…的話］

▶ 表示接受了對方所説的事情、狀態、情況後，説話人提出了意見、勸告、意志、請求等。

---

**0035**
□□□

## いきる
【生きる】

自上一 活，生存；生活；致力於…；生動

類 生活する（謀生）　對 死ぬ（死亡）

例 彼は、一人で生きていくそうです。
／聽説他打算一個人活下去。

**文法**

ていく［…去；…下去］

▶ 表示動作或狀態，越來越遠地移動或變化，或動作的繼續，順序，多指從現在向將來。

---

**0036**
□□□

## いくら…ても
【幾ら…ても】

名・副 無論…也不…

例 いくらほしくても、これはさしあげられません。
／無論你多想要，這個也不能給你。

**文法**

さしあげる［給予…］

▶ 授受物品的表達方式。表示下面的人給上面的人物品。是一種謙虛的説法。

---

**0037**
□□□

## いけん
【意見】

名・自他サ 意見；勸告；提意見

類 考え、声（想法）

例 あの学生は、いつも意見を言いたがる。
／那個學生，總是喜歡發表意見。

**文法**

がる［覺得…］

▶ 表示某人説了什麼話或做了什麼動作，而給説話人留下這種想法，有這種感覺，想這樣做的印象。

**0038** □□□

## いし
【石】

（名）石頭，岩石；（猜拳）石頭，結石；鑽石；堅硬

（類）岩石（岩石）

（例）池に石を投げるな。
／不要把石頭丟進池塘裡。

**文法**
な[不要…]
▶ 表示禁止。命令對方不要做某事的說法。由於說法比較粗魯，所以大都是直接面對當事人說。

---

**0039** □□□

## いじめる
【苛める】

（他下一）欺負，虐待；捉弄；折磨

（類）苦しめる（使痛苦）（對）可愛がる（疼愛）

（例）弱いものを苛める人は一番かっこう悪い。
／霸凌弱勢的人，是最差勁的人。

---

**0040** □□□

## いじょう
【以上】

（名）以上，不止，超過，以外；上述

（類）もっと、より（更多）；合計（總計）（對）以下（以下）

（例）100人以上のパーティーと二人で遊びに行くのと、どちらのほうが好きですか。
／你喜歡參加百人以上的派對，還是兩人一起出去玩？

**文法**
と…と…どちら[在…與…中，哪個…]
▶ 表示從兩個裡面選一個。也就是詢問兩個人或兩件事，哪一個適合後項。

---

**0041** □□□

## いそぐ
【急ぐ】

（自五）快，急忙，趕緊

（類）走る（跑）（對）ゆっくり（慢）

（例）もし急ぐなら先に行ってください。
／如果你趕時間的話，就請先走吧！

---

**0042** □□□

## いたす
【致す】

（自他五・補動）（「する」的謙恭說法）做，辦；致；有…，感覺…

（類）する（做）

（例）このお菓子は、変わった味が致しますね。
／這個糕點的味道有些特別。

---

**0043** □□□

## い<u>ただ</u>く
## 【頂く・戴く】

（他五）領受；領取；吃，喝；頂

（類）食べる（吃）；もらう（接收）（對）召し上がる（請吃）；
差し上げる（呈送）

（例）お菓子が足りないなら、私はいただかなく
てもかまいません。

／如果糕點不夠的話，我<u>不用吃也</u>沒關係。

**文法**

なくてもかまわない
[不…也行]

▶ 表示沒有必要做前面的
動作，不做也沒關係。

---

**0044** □□□

## い<u>ち</u>ど
## 【一度】

（名・副）一次，一回；一旦

（類）一回（一次）（對）再度（再次）

（例）一度あんなところに行ってみたい。

／想去一次那樣的地方。

---

**0045** □□□

## いっ<u>しょうけ</u>んめい
## 【一生懸命】

（副・形動）拼命地，努力地；一心

（類）真面目（認真）（對）いい加減（敷衍）

（例）父は一生懸命働いて、私たちを育ててくれ
ました。

／家父拚了命地工作，<u>把我們這些孩子撫養長大</u>。

**文法**

てくれる [(為我) 做…]

▶ 表示他人為我，或為我
方的人做前項有益的事，
用在帶著感謝的心情，接
受別人的行為。

---

**0046** □□□

## いって<u>まいりま</u>す
## 【行って参ります】

（寒暄）我走了

（類）いってきます（我出門了）（對）いってらっしゃい（路上小心）

（例）息子は、「いってまいります。」と言ってでかけました。

／兒子說：「我出門啦！」便出去了。

---

**0047** □□□

## いって<u>らっしゃ</u>い

（寒暄）路上小心，慢走，好走

（類）お気をつけて（路上小心）（對）いってまいります（我走了）

（例）いってらっしゃい。何時に帰る<u>の</u>？

／路上小心啊！幾點回來呢？

**文法**

の […呢]

▶ 用在句尾，以升調表
示發問，一般是用在對
兒童，或關係比較親密的
人，為口語用法。

## 0048 □□□ いっぱい 【一杯】

(名・副) 一碗，一杯；充滿，很多

類 沢山（很多）　對 少し（一點點）

例 そんなにいっぱいくださったら、多すぎます。
／您給我那麼多，太多了。

文法
すぎる［太…；過於…］
▶ 表示程度超過限度，超過一般水平，過份的狀態。
▶ 近 なさすぎる［太沒…］

## 0049 □□□ いっぱん 【一般】

(名・形動) 一般，普通

類 普通（普通）　對 特別（特別）

例 日本語では一般に名詞は形容詞の後ろに来ます。
／日語的名詞一般是放在形容詞的後面。

## 0050 □□□ いっぽうつうこう 【一方通行】

(名) 單行道；單向傳達

類 片道（單程）

例 台湾は一方通行の道が多いです。／台灣有很多單行道。

## 0051 □□□ いと 【糸】

(名) 線；（三弦琴的）弦；魚線；線狀

類 線（線條）　對 竹（竹製）

例 糸と針を買いに行くところです。
／正要去買線和針。

文法
ところだ［剛要…］
▶ 表示將要進行某動作，也就是動作、變化處於開始之前的階段。

## 0052 □□□ いない 【以内】

(名) 不超過…；以內

類 以下（以下）　對 以上（以上）

例 1万円以内なら、買うことができます。
／如果不超過一萬日圓，就可以買。

文法
ことができる［可以…］
▶ 在外部的狀況、規定等客觀條件允許時可能做。

## 0053 □□□ いなか 【田舎】

(名) 鄉下，農村；故鄉，老家

類 国（家鄉）　對 都市（都市）

例 この田舎への行きかたを教えてください。／請告訴我怎麼去這個村子。

## 0054 □□□
### い**の**る
### 【祈る】
他五 祈禱；祝福

類 願う（希望）

例 みんなで、平和のために祈るところです。
／大家正要為和平而祈禱。

## 0055 □□□
### イ**ヤ**リング
### 【earring】
名 耳環

類 アクセサリー（accessary・耳環）

例 イヤリングを一つ落としてしまいました。
／我不小心弄丟了一個耳環。

## 0056 □□□
### いらっしゃる
自五 來，去，在（尊敬語）

類 行く（去）、来る（來）；見える（來） 對 参る（去做…）

例 お忙しかったら、いらっしゃらなくてもいいですよ。
／如果忙的話，不必來也沒關係喔！

## 0057 □□□
### い**ん**
### 【員】
名 人員；人數；成員；…員

類 名（…人）

例 研究員としてやっていくつもりですか。
／你打算當研究員嗎？

## 0058 □□□
### イ**ン**スト**ー**ル
### 【install】
他サ 安裝（電腦軟體）

類 付ける（安裝）

例 新しいソフトをインストールしたいです。
／我想要安裝新的電腦軟體。

**0059** □□□

(イン|ター) |ネ|ット
【internet】

名 網際網路

類 繋ぐ (聯繫)

例 そのホテルはネットが使えますか。
／那家旅館可以連接網路嗎？

**0060** □□□

イ|ン|フ|ル|エ|ン|ザ
【influenza】

名 流行性感冒

類 風邪 (感冒)

例 家族全員、インフルエンザにかかりました。
／我們全家人都得了流行性感冒。

う

**0061** □□□

④

う|え|る
【植える】

他下一 種植；培養

類 栽培 (栽種) 對 刈る (割；剪)

例 花の種をさしあげますから、植えてみてください。
／我送你花的種子，你試種看看。

文法

てみる [試著 (做)…]

▶ 表示嘗試著做前接的事項，是一種試探性的行為或動作，一般是肯定的説法。

**0062** □□□

う|か|が|う
【伺う】

他五 拜訪；請教，打聽 (謙讓語)

類 お邪魔する (打擾)；聞く (詢問) 對 申す (告訴)

例 先生のお宅にうかがったことがあります。
／我拜訪過老師家。

文法

たことがある [ 曾…]

▶ 表示經歷過某個特別的事件，且事件的發生離現在已有一段時間，或指過去的一般經驗。

**0063** □□□

う|け|つ|け
【受付】

名 詢問處；受理；接待員

類 窓口 (窗口)

例 受付はこちらでしょうか。
／請問詢問處是這裡嗎？

## 0064 うける【受ける】
□□□

(自他下一) 接受，承接；受到；得到；遭受；接受；應考

圞 受験する（應考）　圞 断る（拒絶）

例 いつか、大学院を受けたいと思います。
／我將來想報考研究所。

文法
とおもう [我想…；覺得…]
▶ 表示説話者有這樣的想法、感受、意見。

## 0065 うごく【動く】
□□□

(自五) 變動，移動；擺動；改變；行動，運動；感動，動搖

圞 働く（活動）　圞 止まる（停止）

例 動かずに、そこで待っていてください。
／請不要離開，在那裡等我。

文法
ず(に)[不…地；沒…地]
▶ 表示以否定的狀態或方式來做後項的動作，或產生後項的結果，語氣較生硬。

## 0066 うそ【嘘】
□□□

(名) 謊話；不正確

圞 本当ではない（不是真的）　圞 本当（真實）

例 彼は、嘘ばかり言う。
／他老愛說謊。

## 0067 うち【内】
□□□

(名) …之內；…之中

圞 中（裡面）　圞 外（外面）

例 今年の内に、お金を返してくれませんか。
／年內可以還給我錢嗎？

## 0068 うちがわ【内側】
□□□

(名) 內部，內側，裡面

圞 内（內部）　圞 外側（外側）

例 危ないですから、内側を歩いた方がいいですよ。
／這裡很危險，所以還是靠內側行走比較好喔。

## 0069
□□□

うつ
【打つ】

他五 打擊，打；標記

類 叩く（敲打）　對 抜く（拔掉）

例 イチローがホームランを打ったところだ。
／一朗正好擊出全壘打。

**文法**

たところだ [ 剛…]
▶ 表示剛開始做動作沒多久，也就是在 […之後不久 ] 的階段。
▶ 近 たところ[結果…；果然…]

## 0070
□□□

うつくしい
【美しい】

形 美好的；美麗的，好看的

類 綺麗（好看）　對 汚い（難看的）

例 美しい絵を見ることが好きです。
／喜歡看美麗的畫。

**文法**

こと
▶ 前接名詞修飾短句，使其名詞化，成為後面的句子的主語或目的語。

## 0071
□□□

うつす
【写す】

他五 抄；照相；描寫，描繪

類 撮る（拍照）

例 写真を写してあげましょうか。
／我幫你照相吧！

**文法**

てあげる [(為他人)做…]
▶ 表示自己或站在一方的人，為他人做前項利益的行為。

## 0072
□□□

うつる
【映る】

自五 反射，映照；相襯

類 撮る（拍照）

例 写真に写る自分よりも鏡に映る自分の方が綺麗だ。
／鏡子裡的自己比照片中的自己好看。

## 0073
□□□

うつる
【移る】

自五 移動；變心；傳染；時光流逝；轉移

類 動く（移動）；引っ越す（搬遷）　對 戻る（回去）

例 あちらの席にお移りください。
／請移到那邊的座位。

**文法**

お…ください [ 請…]
▶ 用在對客人，屬下對上司的請求，表示敬意而抬高對方行為的表現方式。

## 0074 □□□ うで【腕】

（名）胳臂；本領；托架，扶手

（類）手（手臂）；力（力量） （對）足（腳）

（例）彼女の腕は、枝のように細い。
／她的手腕像樹枝般細。

## 0075 □□□ うまい

（形）高明，拿手；好吃；巧妙；有好處

（類）美味しい（好吃） （對）まずい（難吃）

（例）彼は、テニスはうまいけれどゴルフは下手です。
／他網球打得很好，但是高爾夫球打得很差。

**文法**

けれど(も)[ 雖然；可是 ]
▶ 逆接用法。表示前項和後項的意思或內容是相反的，對比的。
▶ 近 けど[雖然]

## 0076 □□□ うら【裏】

（名）裡面，背後；內部；內幕，幕後；內情

（類）後ろ（背面） （對）表（正面）

（例）紙の裏に名前が書いてあるかどうか、見てください。
／請看一下紙的背面有沒有寫名字。

**文法**

かどうか [ 是否… ]
▶ 表示從相反的兩種情況或事物之中選擇其一。

## 0077 □□□ うりば【売り場】

（名）賣場，出售處；出售好時機

（類）コーナー（corner・櫃臺）、窓口（服務窗口）

（例）靴下売り場は2階だそうだ。
／聽說襪子的賣場在二樓。

**文法**

そうだ [ 聽說… ]
▶ 表示傳聞。表示不是自己直接獲得的，而是從別人那裡、報章雜誌或信上等處得到該信息。
▶ 近 ということだ[聽說…]

## 0078 □□□ うるさい【煩い】

（形）吵鬧；煩人的；囉唆；厭惡

（類）賑やか（熱鬧） （對）静か（安靜）

（例）うるさいなあ。静かにしろ。
／很吵耶，安靜一點！

**文法**

命令形
▶ 表示命令。一般用在命令對方的時候，由於給人有粗魯的感覺，所以大都是直接面對當事人說。

## 0079 □□□
### うれしい
### 【嬉しい】
（形）高興，喜悦

- （類）楽しい（喜悦） （對）悲しい（悲傷）
- （例）誰でも、ほめられれば嬉しい。
  ／不管是誰，只要被誇都會很高興的。

**文法**
でも［不管(誰，什麼，
哪兒)…都…］
▶ 前接疑問詞，表示不
論什麼場合，什麼條件，
都要進行後項，或是都
會產生後項的結果。

## 0080 □□□
### うん
（感）嗯；對，是；喔

- （類）はい、ええ（是） （對）いいえ、いや（不是）
- （例）うん、僕は UFO を見たことがあるよ。
  ／對，我看過 UFO 喔！

## 0081 □□□
### うんてん
### 【運転】
（名・自他サ）開車，駕駛；運轉；周轉

- （類）動かす（移動）；走る（行駛） （對）止める（停住）
- （例）車を運転しようとしたら、かぎがなかった。
  ／正想開車，才發現沒有鑰匙。

**文法**
（よ）うとする［想…］
▶ 表示某動作還在嘗試但
還沒達成的狀態，或某動
作實現之前。

## 0082 □□□
### うんてんしゅ
### 【運転手】
（名）司機

- （類）ドライバ（driver・駕駛員）
- （例）タクシーの運転手に、チップをあげた。
  ／給了計程車司機小費。

**文法**
あげる［給予…］
▶ 授受物品的表達方式。
表示給予人（説話者或説
話一方的親友等），給予
接受人有利益的事物。

## 0083 □□□
### うんてんせき
### 【運転席】
（名）駕駛座

- （類）席（座位） （對）客席（顧客座位）
- （例）運転席に座っているのが父です。
  ／坐在駕駛座上的是家父。

**文法**
のが［的是…］
▶ 前接短句，表示強調。

**0084** ☐☐☐
うんどう
【運動】
名・自サ 運動；活動

類 スポーツ（sports・運動）　對 休み（休息）
例 運動し終わったら、道具を片付けてください。
／一運動完，就請將道具收拾好。

文法
おわる［結束］
▶ 接在動詞連用形後面，表示前接動詞的結束，完了。

**0085** ☐☐☐
えいかいわ
【英会話】
名 英語會話

類 会話（會話）
例 英会話に通い始めました。
／我開始上英語會話的課程了。

文法
はじめる［開始…］
▶ 表示前接動詞的動作，作用的開始。

**0086** ☐☐☐
エスカレーター
【escalator】
名 自動手扶梯

類 エレベーター（elevator・電梯）、階段（樓梯）
例 駅にエスカレーターをつけることになりました。
／車站決定設置自動手扶梯。

文法
ことになる［(被)決定…］
▶ 表示決定。指說話人以外的人，團體或組織等，客觀地做出了某些安排或決定；也用於宣布自己決定的事。

**0087** ☐☐☐
えだ
【枝】
名 樹枝；分枝

類 木（樹木）　對 幹（樹幹）
例 枝を切ったので、遠くの山が見えるようになった。
／由於砍掉了樹枝，遠山就可以看到了。

**0088** ☐☐☐
えらぶ
【選ぶ】
他五 選擇

類 選択（選擇）；決める（決定）
例 好きなのをお選びください。
／請選您喜歡的。

## 0089 □□□ えんかい【宴会】

(名) 宴會，酒宴

(類) パーティー（part・派對）

(例) 年末は、宴会が多いです。
　　／歲末時期宴會很多。

## 0090 □□□ えんりょ【遠慮】

(名・自他サ) 客氣；謝絕

(類) 御免（謝絕）；辞める（辭去）

(例) すみませんが、私は遠慮します。
　　／對不起，請容我拒絕。

## お

## 0091 □□□ おいしゃさん【お医者さん】

(名) 醫生

(類) 先生（醫生）、歯医者（牙醫）　(對) 患者（病患）

(例) 咳が続いたら、早くお医者さんに見てもらったほうがいいですよ。
　　／如果持續咳不停，最好還是盡早就醫治療。

## 0092 □□□ おいでになる

(他五) 來，去，在，光臨，駕臨（尊敬語）

(類) 行く（去）、来る（來）

(例) 明日のパーティーに、社長はおいでになりますか。
　　／明天的派對，社長會蒞臨嗎？

## 0093 □□□ おいわい【お祝い】

(名) 慶祝，祝福；祝賀禮品

(類) 祈る（祝福）　(對) 呪う（詛咒）

(例) これは、お祝いのプレゼントです。
　　／這是聊表祝福的禮物。

**0094**
□□□
**お**うせつま
【応接間】
名 客廳；會客室

類 待合室（等候室）
例 応接間の花に水をやってください。
／給會客室裡的花澆一下水。

文法
やる［給予…］
▶ 授受物品的表達方式。表示給予同輩以下的人，或小孩，動植物有利益的事物。

**0095**
□□□
**お**うだんほどう
【横断歩道】
名 斑馬線

類 道路（道路）
例 横断歩道を渡る時は、手をあげましょう。
／要走過斑馬線的時候，把手舉起來吧。

**0096**
□□□
**お**おい
【多い】
形 多的

類 沢山（很多）　對 少ない（少）
例 友達は、多いほうがいいです。
／朋友多一點比較好。

**0097**
□□□
**お**おきな
【大きな】
連體 大，大的

類 大きい（大的）　對 小さな（小的）
例 こんな大きな木は見たことがない。
／沒看過這麼大的樹木。

文法
こんな［這樣的］
▶ 間接地在講人事物的狀態或程度，而這個事物是靠近說話人的，也可能是剛提及的話題或剛發生的事。

**0098**
□□□
**お**おさじ
【大匙】
名 大匙，湯匙

類 スプーン（湯匙）
例 火をつけたら、まず油を大匙一杯入れます。
／開了火之後，首先加入一大匙的油。

## 0099
□□□

**オートバイ** ⑧ 摩托車
【auto bicycle】

⑲ バイク（bike・機車）

例 そのオートバイは、彼のらしい。
／那台摩托車好像是他的。

か
さ
た
な
は
ま
や
ら
わ

**文法**
らしい[好像…；似乎…]
▶ 表示從眼前可觀察的事物等狀況，來進行判斷。

## 0100
□□□

**おかえりなさい** ⑧ （你）回來了
【お帰りなさい】

⑲ お帰り（你回來了） ⑳ いってらっしゃい（路上小心）

例 お帰りなさい。お茶でも飲みますか。
／你回來啦。要不要喝杯茶？

**文法**
でも[…之類的]
▶ 用於舉例。表示雖然含有其他的選擇，但還是舉出一個具體代表性的例子。

## 0101
□□□

**おかげ** ⑧ 託福；承蒙關照
【お陰】

⑲ 助け（幫助）

例 あなたが手伝ってくれたおかげで、仕事が終わりました。
／多虧你的幫忙，工作才得以結束。

## 0102
□□□

**おかげさまで** ⑧ 託福，多虧
【お陰様で】

⑲ お陰（幸虧）

例 おかげ様で、だいぶ良くなりました。
／託您的福，病情好多了。

## 0103
□□□

**おかしい** ⑱ 奇怪的，可笑的；可疑的，不正常的
【可笑しい】

⑲ 面白い（好玩）、変（奇怪） ⑳ 詰まらない（無趣）

例 おかしければ、笑いなさい。
／如果覺得可笑，就笑呀！

**文法**
ければ[如果…的話；假如…]
▶ 敘述一般客觀事物的條件關係。如果前項成立，後項就一定會成立。

練習

---

**0104**
□□□

おか<u>ねもち</u>
【お金持ち】

名 有錢人

類 億万長者（大富豪）　對 貧しい（貧窮的）

例 あの人はお金持ちだから、きっと貸してくれるよ。
/那人很有錢，一定會借我們的。

---

**0105**
□□□

おき
【置き】

接尾 每隔…

類 ずつ（各…）

例 天気予報によると、1日おきに雨が降るそうだ。
/根據氣象報告，每隔一天會下雨。

---

**0106**
□□□

お<u>く</u>
【億】

名 億；數量眾多

類 兆（兆）

例 家を建てるのに、3億円も使いました。
/蓋房子竟用掉了三億日圓。

**文法**
のに
▶ 表示目的，用途。

---

**0107**
□□□

お<u>くじょう</u>
【屋上】

名 屋頂（上）

類 ルーフ（roof・屋頂）　對 床（地板）

例 屋上でサッカーをすることができます。
/頂樓可以踢足球。

---

**0108**
□□□

お<u>くりもの</u>
【贈り物】

名 贈品，禮物

類 プレゼント（present・禮物）

例 この贈り物をくれたのは、誰ですか。
/這禮物是誰送我的？

**文法**
のは
▶ 前接短句，表示強調。另能使其名詞化，成為句子的主語或目的語。

**0109** □□□

## おくる
【送る】

他五 寄送；派；送行；度過；標上（假名）

類 届ける（送達） 對 受ける（接收）

例 東京にいる息子に、お金を送ってやりました。
／寄錢給在東京的兒子了。

文法
てやる
▶ 表示以施恩或給予利益的心情，為下級或晚輩（或動，植物）做有益的事。

---

**0110** □□□

## おくれる
【遅れる】

自下一 遅到；緩慢

類 遅刻（遅到） 對 間に合う（來得及）

例 時間に遅れるな。／不要遅到。

---

**0111** □□□

## おこさん
【お子さん】

名 您孩子，令郎，令嬡

類 お坊っちゃん（令郎）、お嬢ちゃん（令嬡）

例 お子さんは、どんなものを食べたがりますか。
／您小孩喜歡吃什麼東西？

---

**0112** □□□

## おこす
【起こす】

他五 扶起；叫醒；發生；引起；翻起

類 立つ（行動・站立） 對 倒す（推倒）

例 父は、「明日の朝、6時に起こしてくれ。」と言った。
／父親說：「明天早上六點叫我起床」。

---

**0113** □□□

## おこなう
【行う・行なう】

他五 舉行，舉辦；修行

類 やる、する（實行）

例 来週、音楽会が行われる。／音樂將會在下禮拜舉行。

---

**0114** □□□

## おこる
【怒る】

自五 生氣；斥責

類 叱る（叱責） 對 笑う（笑）

例 なにかあったら怒られるのはいつも長男の私だ。
／只要有什麼事，被罵的永遠都是生為長子的我。

文法
（ら）れる［被…］
▶ 為被動。表示某人直接承受到別人的動作

---

## 0115 おしいれ 【押し入れ・押入れ】
名（日式的）壁櫥

類 タンス（櫃子）；物置（倉庫）

例 その本は、押入れにしまっておいてください。
／請暫且將那本書收進壁櫥裡。

文法
ておく［暫且；先…］
▶ 表示一種臨時的處理方法。也表示為將來做準備，也就是為了以後的某一目的，事先採取某種行為。

## 0116 おじょうさん 【お嬢さん】
名 您女兒，令嬡；小姐；千金小姐

類 娘さん（令嬡）  對 息子さん（令郎）

例 お嬢さんは、とても女らしいですね。
／您女兒非常淑女呢！

文法
らしい［像…樣子；有…風度］
▶ 表示充分反應出該事物的特徵或性質。

## 0117 おだいじに 【お大事に】
寒暄 珍重，請多保重

類 お体を大切に（請保重身體）

例 頭痛がするのですか。どうぞお大事に。
／頭痛嗎？請多保重！

## 0118 おたく 【お宅】
名 您府上，貴府；宅男（女），對於某事物過度熱忠者

類 お住まい（＜敬＞住所）

例 うちの息子より、お宅の息子さんのほうがまじめです。
／您家兒子比我家兒子認真。

## 0119 おちる 【落ちる】
自上一 落下；掉落；降低，下降；落選

類 落とす（落下）；下りる（下降）  對 上がる（上升）

例 何か、机から落ちましたよ。
／有東西從桌上掉下來了喔！

文法
か
▶ 前接疑問詞。當一個完整的句子中，包含另一個帶有疑問詞的疑問句時，則表示事態的不明確性。

## 0120 おっしゃる
□□□

他五 說，講，叫

類 言<sup>い</sup>う（說） 對 お聞<sup>き</sup>きになる（聽）

例 なにかおっしゃいましたか。／您說什麼呢？

## 0121 おっと
□□□ 【夫】

名 丈夫

類 主人<sup>しゅじん</sup>（丈夫） 對 妻<sup>つま</sup>（妻子）

例 単身赴任<sup>たんしんふにん</sup>の夫<sup>おっと</sup>からメールをもらった。

／自到外地工作的老公，傳了一封電子郵件給我。

**文法**

もらう［接受…；從…
那兒得到…］

▶ 表示接受別人給的東西。
這是以說話者是接受人，且
接受人是主語的形式，或站
在接受人的角度來表現。

## 0122 おつまみ
□□□

名 下酒菜，小菜

類 酒<sup>さけ</sup>の友<sup>とも</sup>（下酒菜）

例 適当<sup>てきとう</sup>におつまみを頼<sup>たの</sup>んでください。／請隨意點一些下酒菜。

## 0123 おつり
□□□ 【お釣り】

名 找零

類 つり銭<sup>せん</sup>（找零）

例 コンビニで千円札<sup>せんえんさつ</sup>を出<sup>だ</sup>したらお釣<sup>つ</sup>りが 150 円<sup>えん</sup>あった。

／在便利商店支付了 1000 日圓紙鈔，找了 150 日圓的零錢回來。

## 0124 おと
□□□ 【音】

名 （物體發出的）聲音；音訊

類 声<sup>こえ</sup>（聲音）、騒音<sup>そうおん</sup>（噪音）

例 あれは、自動車<sup>じどうしゃ</sup>の音<sup>おと</sup>かもしれない。

／那可能是汽車的聲音。

**文法**

かもしれない［也許…］

▶ 表示説話人説話當時的
一種不確切的推測。推測
某事物的正確性雖低，但
是有可能的。

## 0125 おとす
□□□ 【落とす】

他五 掉下；弄掉

類 落<sup>お</sup>ちる（落下） 對 上<sup>あ</sup>げる（提高）

例 落<sup>お</sup>としたら割<sup>わ</sup>れますから、気<sup>き</sup>をつけて。／掉下就破了，小心點！

**0126** □□□
おどり
【踊り】
(名) 舞蹈

(類) 歌 (歌曲)

(例) 沖縄の踊りを見たことがありますか。
／你看過沖繩舞蹈嗎？

**0127** □□□
おどる
【踊る】
(自五) 跳舞，舞蹈

(類) 歌う (唱歌)

(例) 私はタンゴが踊れます。
／我會跳探戈舞。

(文法)
(ら)れる [ 會…；能…]
▶ 表示技術上，身體的能力上，是具有某種能力的。

**0128** □□□
おどろく
【驚く】
(自五) 驚嚇，吃驚，驚奇

(類) びっくり (大吃一驚)

(例) 彼にはいつも、驚かされる。 ／我總是被他嚇到。

**0129** □□□

おなら
(名) 屁

(類) 屁 (屁)

(例) おならを我慢するのは、体に良くないですよ。
／忍著屁不放對身體不好喔！

**0130** □□□
オフ
【off】
(名)（開關）關；休假；休賽；折扣

(類) 消す (關)；休み (休息) (對) 点ける (開)；仕事 (工作)

(例) オフの日に、ゆっくり朝食をとるのが好きです。
／休假的時候，我喜歡悠閒吃早點。

**0131** □□□
おまたせしました
【お待たせしました】
(寒暄) 讓您久等了

(類) お待ちどうさま (讓您久等了)

(例) お待たせしました。どうぞお座りください。
／讓您久等了，請坐。

## 0132 □□□

**お\|まつり**
【お祭り】

㊂ 慶典，祭典，廟會

㊏ 夏祭り（夏日祭典）

㋑ お祭りの日が、近づいてきた。
／慶典快到了。

**文法**

てくる[…来]
▶ 由遠而近，向説話人的位置，時間點靠近。

## 0133 □□□

**お\|みまい**
【お見舞い】

㊂ 探望，探病

㊏ 訪ねる（拜訪）；見る（探看）

㋑ 田中さんが、お見舞いに花をくださった。
／田中小姐帶花來探望我。

**文法**

くださる[ 給…]
▶ 對上級或長輩給自己（或自己一方）東西的恭敬説法。這時候給予人的身份、地位、年齡要比接受人高。

## 0134 □□□

**お\|みやげ**
【お土産】

㊂ 當地名產；禮物

㊏ ギフト（gift・禮物）

㋑ みんなにお土産を買ってこようと思います。
／我想買點當地名產給大家。

**文法**

（よ）うとおもう[ 我想…]
▶ 表示説話人告訴聽話人，説話當時自己的想法、打算或意圖。且動作實現的可能性很高。
▶ 近 （よ）うとは思わない[不打算…]

## 0135 □□□

**お\|めでとう\|ございます**
【お目出度うございます】

㊎ 恭喜

㊏ お目出度う（恭喜）

㋑ お目出度うございます。賞品は、カメラとテレビとどちらのほうがいいですか。
／恭喜您！獎品有照相機跟電視，您要哪一種？

**文法**

と…と…どちら[ 在…與…中，哪個…]
▶ 表示從兩個裡面選一個。也就是詢問兩個人或兩件事，哪一個適合後項。

## 0136 □□□

**お\|もいだ\|す**
【思い出す】

㊋ 想起來，回想

㊏ 覚える（記住）　㊐ 忘れる（忘記）

㋑ 明日は休みだということを思い出した。
／我想起明天是放假。

**文法**

という[…的…]
▶ 用於針對傳聞、評價、報導、事件等內容加以描述或説明。

あ

**0137**
□□□
おもう
【思う】
(他五) 想，思考；覺得，認為；相信；猜想；感覺；希望；掛念，懷念

(類) 考える（認為）
(例) 悪かったと思うなら、謝りなさい。
／如果覺得自己不對，就去賠不是。

**0138**
□□□
おもちゃ
【玩具】
(名) 玩具

(類) 人形（玩偶）
(例) 孫のために簡単な木の玩具を作ってやった。
／給孫子做了簡單的木製玩具。

**0139**
□□□
おもて
【表】
(名) 表面；正面；外觀；外面

(類) 外側（外側）　(對) 裏（裡面）
(例) 紙の表に、名前と住所を書きなさい。
／在紙的正面，寫下姓名與地址。

**0140**
□□□
おや
(感) 哎呀

(類) あっ、ああ（啊呀）
(例) おや、雨だ。／哎呀！下雨了！

**0141**
□□□
おや
【親】
(名) 父母；祖先；主根；始祖

(類) 両親（雙親）　(對) 子（孩子）
(例) 親は私を医者にしたがっています。
／父母希望我當醫生。

文法
たがっている [想…]
▶ 顯露在外表的願望或希望，也就是從外觀就可看對方的意願。
▶ 近 てほしい[希望…]

讀書計劃：□□／□□／□□

**0142** □□□

## おりる
【下りる・降りる】

（自上一）下來；下車；退位

類 下る（下降）　對 登る（上升）；乗る（坐上）

例 この階段は下りやすい。
／這個階梯很好下。

文法
やすい［容易…；好…］
▶ 表示該行為、動作很容易做，該事情很容易發生，或容易發生某種變化，亦或是性質上很容易有那樣的傾向。

---

**0143** □□□

## おる
【折る】

（他五）摺疊；折斷

類 切る（切斷）　對 伸ばす（拉直）

例 公園の花を折ってはいけません。／不可以採摘公園裡的花。

---

**0144** □□□

## おる
【居る】

（自五）在，存在；有（「いる」的謙讓語）

類 いらっしゃる、ございます（在）

例 本日は 18 時まで会社におります。
／今天我會待在公司，一直到下午六點。

文法
まで［到…時候為止］
▶ 表示某事件或動作，直在某時間點前都持續著。

---

**0145** □□□

## おれい
【お礼】

（名）謝辭，謝禮

類 どうもありがとう（感謝）

例 旅行でお世話になった人たちに、お礼の手紙を書こうと思っています。
／旅行中受到許多人的關照，我想寫信表達致謝之意。

文法
お…になる
▶ 表示對對方或話題中提到的人物的尊敬，這是為了表示敬意而抬高對方行為的表現方式。

---

**0146** □□□

## おれる
【折れる】

（自下一）折彎；折斷；拐彎；屈服

類 曲がる（拐彎）　對 伸びる（拉直）
例 台風で、枝が折れるかもしれない。／樹枝或許會被颱風吹斷。

---

**0147** □□□

## おわり
【終わり】

（名）結束，最後

類 最終（最後）　對 始め（開始）
例 小説は、終わりの書きかたが難しい。／小說的結尾很難寫。

---

**0148**

☐☐☐

**か**
【家】

Track 2
**8**

名・接尾 …家；家族，家庭；從事…的人

類 家（家）

例 この問題は、専門家でも難しいでしょう。
／這個問題，連專家也會被難倒吧！

文法
**でも**［就連…也］
▶ 先舉出一個極端的例子，再表示其他情況當然是一樣的。

---

**0149**

☐☐☐

**カーテン**
【curtain】

名 窗簾；布幕

類 暖簾（門簾）

例 カーテンをしめなくてもいいでしょう。
／不拉上窗簾也沒關係吧！

文法
**てもいい**［…也行；可以…］
▶ 如果說話人用疑問句詢問某一行為，表示請求聽話人允許某行為。

---

**0150**

☐☐☐

**かい**
【会】

名 …會，會議

類 集まり（集會）

例 展覧会は、終わってしまいました。
／展覽會結束了。

文法
**てしまう**［…完］
▶ 表示動作或狀態的完成。

---

**0151**

☐☐☐

**かいがん**
【海岸】

名 海岸

類 ビーチ（beach・海邊） 對 沖（海上）

例 風のために、海岸は危険になっています。
／因為風大，海岸很危險。

文法
**ため(に)**［因為…所以…］
▶ 表示由於前項的原因，引起後項的結果。

---

**0152**

☐☐☐

**かいぎ**
【会議】

名 會議

類 会（會議）

例 会議には必ずノートパソコンを持っていきます。
／我一定會帶著筆電去開會。

---

## 0153
□□□

**か**いぎしつ
【会議室】

&#9426; 會議室

&#39006; ミーティングルーム（meeting room・會議室）
&#20363; 資料の準備ができたら、会議室にお届けします。
／資料如果準備好了，我會送到會議室。

## 0154
□□□

**か**いじょう
【会場】

&#9426; 會場

&#39006; 式場（會場）
&#20363; 私も会場に入ることができますか。
／我也可以進入會場嗎？

## 0155
□□□

**が**いしょく
【外食】

&#9426;・自サ 外食，在外用餐

&#39006; 食事（用餐） &#23565; 内食（在家用餐）
&#20363; 週に1回、家族で外食します。
／每週全家人在外面吃飯一次。

## 0156
□□□

**か**いわ
【会話】

&#9426;・自サ 會話，對話

&#39006; 話（說話）
&#20363; 会話の練習を<u>しても</u>、なかなか上手になりません。
／即使練習會話，也始終不見進步。

**文法**
ても［即使…也］
▶ 表示後項的成立，不受前項的約束，是一種假定逆接表現，後項常用各種意志表現的説法。

## 0157
□□□

**か**えり
【帰り】

&#9426; 回來；回家途中

&#39006; 戻り（回來） &#23565; 行き（前往）
&#20363; 私は時々、<u>帰りにおじの家に行くことがある</u>。
／我有時回家途中會去伯父家。

**文法**
ことがある［有時…］
▶ 表示有時或偶爾發生某事。

**0158**
□□□
**かえる**
【変える】
(他下一) 改變；變更

類 変わる（改變）　對 まま（保持不見）

例 がんばれば、人生を変えることもできるのだ。
／只要努力，人生也可以改變的。

**0159**
□□□
**かがく**
【科学】
(名) 科學

類 社会科学（社會科學）

例 科学が進歩して、いろいろなことができるようになりました。
／科學進步了，很多事情都可以做了。

文法
ようになる [（變得）…了]
▶ 表示是能力、狀態、行為的變化。大都含有花費時間，使成為習慣或能力。

**0160**
□□□
**かがみ**
【鏡】
(名) 鏡子

類 ミラー（mirror・鏡子）

例 鏡なら、そこにあります。　／如果要鏡子，就在那裡。

**0161**
□□□
**がくぶ**
【学部】
(名) …科系；…院系

類 部（部門）

例 彼は医学部に入りたがっています。　／他想進醫學系。

**0162**
□□□
**かける**
【欠ける】
(自下一) 缺損；缺少

類 抜ける（漏掉）　對 足りる（足夠）

例 メンバーが一人欠けたままだ。
／成員一直缺少一個人。

文法
まま [一直…]
▶ 表同一狀態一直持續著。

**0163**
□□□
**かける**
【駆ける・駈ける】
(自下一) 奔跑，快跑

類 走る（跑步）　對 歩く（走路）

例 うちから駅までかけたので、疲れてしまった。
／從家裡跑到車站，所以累壞了。

**0164** □□□
### かける
### 【掛ける】

(他下一) 懸掛；坐；蓋上；放在…之上；提交；澆；開動；花費；寄託；鎖上；(數學) 乘；使…負擔 (如給人添麻煩)

(類) 座る (坐下)；貼る (貼上)　(對) 立つ (站起)；取る (拿下)

(例) 椅子に掛けて話をしよう。
／讓我們坐下來講吧！

(文法)
(よ)う [ …吧 ]
▶ 表示提議，邀請別人一起做某件事情。

**0165** □□□
### かざる
### 【飾る】

(他五) 擺飾，裝飾；粉飾，潤色

(類) 綺麗にする (使漂亮)；付ける (配戴)

(例) 花をそこにそう飾るときれいですね。
／花像那樣擺在那裡，就很漂亮了。

(文法)
そう [ 那樣 ]
▶ 指示較靠近對方或較為遠處的事物時用的詞。

**0166** □□□
### かじ
### 【火事】

(名) 火災

(類) 火災 (火災)

(例) 空が真っ赤になって、まるで火事のようだ。
／天空一片紅，宛如火災一般。

(文法)
ようだ [ 像…一樣的 ]
▶ 把事物的狀態、形狀、性質及動作狀態，比喻成一個不同的其他事物。

**0167** □□□
### かしこまりました
### 【畏まりました】

(寒暄) 知道，了解 (「わかる」謙讓語 )

(類) 分かりました (知道了)

(例) かしこまりました。少々お待ちください。
／知道了，您請稍候。

**0168** □□□
### ガスコンロ
### 【(荷) gas+ 焜炉】

(名) 瓦斯爐，煤氣爐

(類) ストーブ (stove・火爐)

(例) マッチでガスコンロに火をつけた。／用火柴點燃瓦斯爐。

**0169** □□□
### ガソリン
### 【gasoline】

(名) 汽油

(類) ガス (gas・瓦斯)

(例) ガソリンを入れなくてもいいんですか。／不加油沒關係嗎？

## 0170 □□□

**ガソリンスタンド**
【(和製英語) gasoline+stand】

（名）加油站

類 給油所（加油站）

例 あっちにガソリンスタンドがありそうです。
/那裡好像有加油站。

> **文法**
> そう［好像…］
> ▶ 表示説話人根據親身的見聞，而下的一種判斷。

## 0171 □□□

**かた**
【方】

（名）（敬）人

類 達（們）

例 新しい先生は、あそこにいる方らしい。
/新來的老師，好像是那邊的那位。

> **文法**
> らしい［說是…；好像…］
> ▶ 指從外部來的，是説話人自己聽到的內容為根據，來進行推測。含有推測，責任不在自己的語氣。

## 0172 □□□

**かた**
【方】

（接尾）…方法

例 作り方を学ぶ。
/學習做法。

## 0173 □□□ ⑨

**かたい**
【固い・硬い・堅い】

（形）堅硬；結實；堅定；可靠；嚴厲；固執

類 丈夫（堅固）　對 柔らかい（柔軟）

例 歯が弱いお爺ちゃんに硬いものは食べさせられない。
/爺爺牙齒不好，不能吃太硬的東西。

## 0174 □□□

**かたち**
【形】

（名）形狀；形，樣子；形式上的；形式

類 姿（姿態）；様子（模樣）

例 どんな形の部屋にするか、考えているところです。
/我正在想要把房間弄成什麼樣子。

> **文法**
> にする［決定…］
> ▶ 表示抉擇、決定、選定某事物。

**0175** □□□

## かたづける
【片付ける】

他下一 收拾，打掃；解決

類 下げる；掃除する（整理收拾）　對 汚れる（被弄髒）

例 教室を片付けようとしていたら、先生が来た。
／正打算整理教室的時候，老師就來了。

**文法**

たら…た［…時…就…；發現…］
▶ 表示說話者完成前項動作後，有了新發現，或是發生了後項的事情。

---

**0176** □□□

## かちょう
【課長】

名 課長，科長

類 部長（部長）；上司（上司）

例 会社を出ようとしたら、課長から呼ばれました。
／剛準備離開公司，結果課長把我叫了回去。

---

**0177** □□□

## かつ
【勝つ】

自五 贏，勝利；克服

類 得る（得到）；破る（打敗）　對 負ける（戰敗）

例 試合に勝ったら、100 万円やろう。／如果比賽贏了，就給你一百萬日圓。

---

**0178** □□□

## がつ
【月】

接尾 …月

類 日（…日）

例 一月一日、ふるさとに帰ることにした。
／我決定一月一日回鄉下。

**文法**

ことにした［決定…］
▶ 表示決定已經形成，大都用在跟對方報告自己決定的事。

---

**0179** □□□

## かっこう
【格好・恰好】

名 外表，裝扮

類 表面（表面）、形（外形）

例 背がもう少し高かったら格好いいのに…。
／如果個子能再高一點的話，一定超酷的說…。

---

**0180** □□□

## かない
【家内】

名 妻子

類 妻（妻子）　對 夫（丈夫）

例 家内のことは「嫁」と呼んでいる。／我平常都叫我老婆「媳婦」。

**0181** □□□
## かなしい
【悲しい】

形 悲傷，悲哀

類 痛い（痛苦的）　對 嬉しい（高興）

例 失敗してしまって、悲しいです。
　／失敗了，真是傷心。

---

**0182** □□□
## かならず
【必ず】

副 一定，務必，必須

類 どうぞ（請）；もちろん（當然）

例 この仕事を10時までに必ずやっておいてね。
　／十點以前一定要完成這個工作。

文法
までに [ 在…之前 ]
▶ 接在表示時間的名詞後面，表示動作或事情的截止日期或期限。

---

**0183** □□□
## かのじょ
【彼女】

名 她；女朋友

類 恋人（情人）　對 彼（他）

例 彼女はビールを5本も飲んだ。
　／她竟然喝了五瓶啤酒。

---

**0184** □□□
## かふんしょう
【花粉症】

名 花粉症，因花粉而引起的過敏鼻炎，結膜炎

類 病気（生病）；風邪（感冒）

例 父は花粉症がひどいです。　／家父的花粉症很嚴重。

---

**0185** □□□
## かべ
【壁】

名 牆壁；障礙

類 邪魔（阻礙）

例 子どもたちに、壁に絵をかかないように言った。／已經告訴小孩不要在牆上塗鴉。

文法
ように [ 請…；希望… ]
▶ 表示祈求、願望、希望、勸告或輕微的命令等。

---

**0186** □□□
## かまう
【構う】

自他五 在意，理會；逗弄

類 心配（擔心）、世話する（照顧）

例 あんな男にはかまうな。／不要理會那種男人。

**0187**
□□□

**かみ**
【髪】

（名）頭髪

（類）髪の毛（頭髮）

（例）髪を短く切るつもりだったが、やめた。

／原本想把頭髮剪短，但作罷了。

**0188**
□□□

**かむ**
【嚙む】

（他五）咬

（類）食べる（吃）；吸う（吸入）

（例）犬にかまれました。／被狗咬了。

**0189**
□□□

**かよう**
【通う】

（自五）來往，往來（兩地間）；通連，相通

（類）通る（通過）；勤める（勤務）　（對）休む（休息）

（例）学校に通うことができて、まるで夢を見ているようだ。

／能夠上學，簡直像作夢一樣。

**0190**
□□□

**ガラス**
【（荷）glas】

（名）玻璃

（類）グラス（glass・玻璃）、コップ（kop・杯子）

（例）ガラスは、プラスチックより割れやすいです。

／玻璃比塑膠容易破。

**0191**
□□□

**かれ**
【彼】

（名・代）他；男朋友

（類）あの人（那個人）　（對）彼女（她）

（例）彼がそんな人だとは、思いませんでした。

／沒想到他是那種人。

**0192**
□□□

**かれし**
【彼氏】

（名・代）男朋友；他

（類）彼（男朋友）　（對）彼女（女朋友）

（例）彼氏はいますか。

／你有男朋友嗎？

**0193**
☐☐☐
**かれら**
**【彼等】**
名·代 他們

類 奴ら（他們）
例 彼らは本当に男らしい。／他們真是男子漢。

**0194**
☐☐☐
**かわく**
**【乾く】**
自五 乾；口渇

類 乾かす（晾乾）　對 濡れる（淋溼）
例 洗濯物が、そんなに早く乾くはずがありません。
／洗好的衣物，不可能那麼快就乾。

文法
はずがない[不可能…；沒有…的道理]
▶ 表示說話人根據事實，理論或自己擁有的知識，來推論某一事物不可能實現。

**0195**
☐☐☐
**かわり**
**【代わり】**
名 代替，替代；補償，報答；續（碗、杯等）

類 交換（交替）
例 父の代わりに、その仕事をやらせてください。
／請讓我代替父親，做那個工作。

文法
(さ)せてください[請允許…]
▶ 表示[我請對方允許我做前項]之意，是客氣地請求對方允許、承認的説法。

**0196**
☐☐☐
**かわりに**
**【代わりに】**
接續 代替，替代；交換

類 代わる（替換）
例 ワインの代わりに、酢で味をつけてもいい。
／可以用醋來取代葡萄酒調味。

**0197**
☐☐☐
**かわる**
**【変わる】**
自五 變化，改變；奇怪；與眾不同

類 変える（變換）；なる（變成）
例 彼は、考えが変わったようだ。／他的想法好像變了。

**0198**
☐☐☐
**かんがえる**
**【考える】**
他下一 想，思考；考慮；認為

類 思う（覺得）
例 その問題は、彼に考えさせます。
／我讓他想那個問題。

文法
(さ)せる[讓…；叫…]
▶ 表示某人強迫他人做某事，由於具有強迫性，只適用於長輩對晚輩或同輩之間。

**0199** □□□

かんけい
【関係】

名 關係；影響

類 仲（交情）

例 みんな、二人の関係を知りたがっています。
／大家都很想知道他們兩人的關係。

**0200** □□□

かんげいかい
【歓迎会】

名 歡迎會，迎新會

類 パーティー（party・派對）　對 送別会（歡送會）

例 今日は、新入生の歓迎会があります。
／今天有舉辦新生的歡迎會。

**0201** □□□

かんごし
【看護師】

名 護理師，護士

類 ナース（nurse・護理人員）　對 お医者さん（醫師）

例 私はもう 30 年も看護師をしています。
／我當看護師已長達 30 年了。

**0202** □□□

かんそうき
【乾燥機】

名 乾燥機，烘乾機

類 乾く（晾乾）

例 梅雨の時期は、乾燥機が欠かせません。
／乾燥機是梅雨時期不可缺的工具。

**0203** □□□

かんたん
【簡単】

形動 簡單；輕易；簡便

類 易しい（簡單）　對 複雑（複雜）

例 簡単な問題なので、自分でできます。／因為問題很簡單，我自己可以處理。

**0204** □□□

がんばる
【頑張る】

自五 努力，加油；堅持

類 一生懸命（努力）　對 さぼる（缺勤）

例 父に、合格するまでがんばれと言われた。
／父親要我努力，直到考上為止。

## 0205
☐☐☐

**き**
【気】

Part 2
**10**

（名）氣，氣息；心思；意識；性質

類 心；気持ち（感受）

例 たぶん気がつくだろう。／應該會發現吧！

## 0206
☐☐☐

**キーボード**
【keyboard】

（名）鍵盤；電腦鍵盤；電子琴

類 叩く（敲）

例 このキーボードは私が使っているものと並び方が違います。
／這個鍵盤跟我正在用的鍵盤，按鍵的排列方式不同。

## 0207
☐☐☐

**きかい**
【機会】

（名）機會

類 場合（時候）；都合（機會）

例 彼女に会えるいい機会だったのに、残念でしたね。
／難得有這麼好的機會去見她，真是可惜啊。

## 0208
☐☐☐

**きかい**
【機械】

（名）機械

類 マシン（machine・機器）

例 機械のような音がしますね。
／發出像機械般的聲音耶。

## 0209
☐☐☐

**きけん**
【危険】

（名・形動）危險

類 危ない（危險的）；心配（擔心）、怖い（害怕） 對 安心（安心）

例 彼は危険なところに行こうとしている。
／他打算要去危險的地方。

## 0210
☐☐☐

**きこえる**
【聞こえる】

（自下一）聽得見，能聽到；聽起來像是…；聞名

類 聞く（聽） 對 見える（看得見）

例 電車の音が聞こえてきました。
／聽到電車的聲音了。

## 0211 きしゃ 【汽車】　名 火車

類 電車（電車）

例 あれは、青森に行く汽車らしい。

／那好像是開往青森的火車。

## 0212 ぎじゅつ 【技術】　名 技術

類 腕（技術）；テクニック（technic・技術）

例 ますます技術が発展していくでしょう。

／技術會愈來愈進步吧！

## 0213 きせつ 【季節】　名 季節

類 四季（四季）

例 今の季節は、とても過ごしやすい。

／現在這季節很舒服。

## 0214 きそく 【規則】　名 規則，規定

類 ルール（rule・規則）；決める（決定）

例 規則を守りなさい。

／你要遵守規定。

## 0215 きつえんせき 【喫煙席】　名 吸煙席，吸煙區

對 禁煙席（禁煙區）

例 喫煙席はありますか。／請問有吸煙座位嗎？

## 0216 きっと　副 一定，務必

類 必ず（必定）

例 きっと彼が行くことになるでしょう。

／一定會是他去吧！

## 0217 きぬ【絹】
☐☐☐

名 絲

類 布（布料）

例 彼女の誕生日に、絹のスカーフをあげました。

／她的生日，我送了絲質的圍巾給她。

## 0218 きびしい【厳しい】
☐☐☐

形 嚴格；嚴重；嚴酷

類 難しい（困難）、冷たい（冷淡）　對 優しい（溫柔）；甘い（寬容）

例 新しい先生は、厳しいかもしれない。

／新老師也許會很嚴格。

## 0219 きぶん【気分】
☐☐☐

名 情緒；氣氛；身體狀況

類 気持ち（感情）；思い（想法）

例 気分が悪くても、会社を休みません。

／即使身體不舒服，也不請假。

## 0220 きまる【決まる】
☐☐☐

自五 決定；規定；決定勝負

類 決める（決定）；通る（通過）

例 先生が来るかどうか、まだ決まっていません。

／老師還沒決定是否要來。

## 0221 きみ【君】
☐☐☐

名 你（男性對同輩以下的親密稱呼）

類 あなた（你）　對 僕（我）

例 君は、将来何をしたいの？

／你將來想做什麼？

## 0222 きめる【決める】
☐☐☐

他下一 決定；規定；認定

類 決まる（決定）

例 予定をこう決めました。

／行程就這樣決定了。

## 0223 □□□
### きもち
### 【気持ち】
（名）心情；感覺；身體狀況

（類）気分（感覺）

（例）暗い気持ちのまま帰ってきた。
／心情鬱悶地回來了。

文法
**まま[…著]**
▶ 表示附帶狀況，指一個動作或作用的結果，在這個狀態還持續時，進行了後項的動作，或發生後項的事態。

## 0224 □□□
### きもの
### 【着物】
（名）衣服；和服

（類）服（衣服）（對）洋服（西服）

（例）着物とドレスと、どちらのほうが素敵ですか。
／和服與洋裝，哪一件比較漂亮？

## 0225 □□□
### きゃく
### 【客】
（名）客人；顧客

（類）観客（觀眾）（對）店員（店員）、主人（主人）

（例）客がたくさん入るだろう。／會有很多客人進來吧！

## 0226 □□□
### キャッシュカード
### 【cash card】
（名）金融卡，提款卡

（類）クレジットカード（credit card・信用卡）

（例）キャッシュカードを忘れてきました。／我忘記把金融卡帶來了。

## 0227 □□□
### キャンセル
### 【cancel】
（名・他サ）取消，作廢；廢除

（類）中止（中止）（對）続く（繼續）

（例）ホテルをキャンセルしました。／取消了飯店的訂房。

## 0228 □□□
### きゅう
### 【急】
（名・形動）急迫；突然；陡

（類）急いで（趕緊）（對）ゆっくり（慢慢來）

（例）部長は急な用事で今日は出社しません。
／部長因為出了急事，今天不會進公司。

**0229** □□□
**きゅうこう**
【急行】
(名・自サ) 急行；快車

類 急ぐ（急速）
例 急行に乗ったので、早く着いた。／因為搭乘快車，所以提早到了。

**0230** □□□
**きゅうに**
【急に】
(副) 突然

類 急ぐ（急速） 對 だんだん（逐漸）
例 車は、急に止まることができない。
／車子沒辦法突然停下來。

文法
ことができる［能…，會…］
▶ 技術上是可以做到的。

**0231** □□□
**きゅうブレーキ**
【急 brake】
(名) 緊急剎車

類 ストップ（stop・停）
例 急ブレーキをかけることがありますから、必ずシートベルトを
してください。／由於有緊急煞車的可能，因此請繫好您的安全帶。

**0232** □□□
**きょういく**
【教育】
(名・他サ) 教育

類 教える（教導） 對 習う（學習）
例 学校教育について、研究しているところだ。
／正在研究學校教育。

文法
ているところだ［正在…］
▶ 表示動作、變化處於正在進行的階段。
▶ 近につき［有關…］

**0233** □□□
**きょうかい**
【教会】
(名) 教會

類 会（…會）
例 明日、教会でコンサートがあるかもしれない。／明天教會也許有音樂會。

**0234** □□□
**きょうそう**
【競争】
(名・自他サ) 競爭，競賽

類 試合（比賽）
例 一緒に勉強して、お互いに競争するように
した。／一起唸書，以競爭方式來激勵彼此。

文法
ようにする［設法使…］
▶ 表示說話人自己將前項的行為，狀況當作目標而努力。

**0235** □□□
**きょうみ**
【興味】
名 興趣

類 趣味（興趣）
例 興味があれば、お教えします。
　　／如果有興趣，我可以教您。

**0236** □□□
**きんえんせき**
【禁煙席】
名 禁煙席，禁煙區

對 喫煙席（吸煙區）
例 禁煙席をお願いします。　／麻煩你，我要禁煙區的座位。

**0237** □□□
**きんじょ**
【近所】
名 附近；鄰居

類 近く（附近）、周り（周遭）
例 近所の人が、りんごをくれました。　／鄰居送了我蘋果。

**0238** □□□
**ぐあい**
【具合】
名 （健康等）狀況；方便，合適；方法

Level.2
**11**

類 調子、様子（狀況）
例 もう具合はよくなられましたか。
　　／您身體好些了嗎？

文法
（ら）れる
▶ 表示對對方或話題人物的尊敬，就是在表敬意之對象的動作上用尊敬助動詞。

**0239** □□□
**くうき**
【空気】
名 空氣；氣氛

類 気（氣）；風（風）
例 その町は、空気がきれいですか。　／那個小鎮空氣好嗎？

**0240** □□□
**くうこう**
【空港】
名 機場

類 飛行場（機場）
例 空港まで、送ってさしあげた。　／送他到機場了。

## 0241 ☐☐☐
### く|さ
### 【草】
（名）草

（類）葉（葉子）　（對）木（樹）

（例）草を取って、歩きやすいようにした。
／把草拔掉，以方便走路。

> **文法**
> ようにする [ 設法使… ]
> ▶ 表示對某人或事物，施予某動作，使其起作用。

---

## 0242 ☐☐☐
### く|ださ|る
### 【下さる】
（他五）給，給予（「くれる」的尊敬語）

（類）下さい（請給）

（例）先生が、今本をくださったところです。／老師剛把書給我。

---

## 0243 ☐☐☐
### く|び
### 【首】
（名）頸部，脖子；頭部，腦袋

（類）喉（喉嚨）；体（身體）

（例）どうしてか、首がちょっと痛いです。
／不知道為什麼，脖子有點痛。

---

## 0244 ☐☐☐
### く|も
### 【雲】
（名）雲

（類）雨（下雨）、雪（下雪）　（對）晴れ（放晴）

（例）白い煙がたくさん出て、雲のようだ。
／冒出了很多白煙，像雲一般。

---

## 0245 ☐☐☐
### く|らべる
### 【比べる】
（他下一）比較

（類）より（比…）

（例）妹と比べると、姉の方がやっぱり美人だ。
／跟妹妹比起來，姊姊果然是美女。

---

## 0246 ☐☐☐
### ク|リ|ック
### 【click】
（名・他サ）喀嚓聲；按下（按鍵）

（類）押す（按）

（例）ここを二回クリックしてください。／請在這裡點兩下。

**0247** □□□
クレジットカード
【credit card】
(名) 信用卡

(類) キャッシュカード（cash card・金融卡）
(例) 初めてクレジットカードを作りました。
／我第一次辦信用卡。

**0248** □□□
くれる
【呉れる】
(他下一) 給我

(類) もらう（接收）　(對) やる（給）
(例) そのお金を私にくれ。／那筆錢給我。

**0249** □□□
くれる
【暮れる】
(自下一) 日暮，天黑；到了尾聲，年終

(對) 明ける（天亮）
(例) 日が暮れたのに、子どもたちはまだ遊んでいる。
／天都黑了，孩子們卻還在玩。

**0250** □□□
くん
【君】
(接尾) 君

(類) さん（先生・小姐）
(例) 田中君でも、誘おうかと思います。／我在想是不是也邀請田中君。

**け**

**0251** □□□
け
【毛】
(名) 頭髮，汗毛

(類) ひげ（鬍子）
(例) しばらく会わない間に父の髪の毛はすっかり白くなっていた。
／好一陣子沒和父親見面，父親的頭髮全都變白了。

**0252** □□□
け
【毛】
(名) 毛線，毛織物

(類) 糸（絲線）
(例) このセーターはウサギの毛で編んだものです。
／這件毛衣是用兔毛編織而成的。

## 0253 けいかく 【計画】
名・他サ 計劃

類 予定（預定）、企画（規劃）

例 私の計画をご説明いたしましょう。
／我來說明一下我的計劃！

文法
ご…いたす
▶ 對要表示尊敬的人，透過降低自己或自己這一邊的人的說法，以提高對方地位，來向對方表示尊敬。

## 0254 けいかん 【警官】
名 警察；巡警

類 お巡りさん（巡警）

例 警官は、事故について話すように言いました。
／警察要我說關於事故的發生經過。

文法
について(は)[ 有關…]
▶ 表示前項先提出一個話題，後項就針對這個話題進行說明。

## 0255 けいけん 【経験】
名・他サ 經驗，經歷

類 勉強（累積經驗）

例 経験がないまま、この仕事をしている。
／我在沒有經驗的情況下，從事這份工作。

## 0256 けいざい 【経済】
名 經濟

類 金（錢）；政治（政治）

例 日本の経済について、ちょっとお聞きします。
／有關日本經濟，想請教你一下。

文法
お…する
▶ 對要表示尊敬的人，透過降低自己或自己這一邊的人，以提高對方地位，來向對方表示尊敬。

## 0257 けいざいがく 【経済学】
名 經濟學

(12)

類 政治学（政治學）

例 大学で経済学の理論を勉強しています。
／我在大學裡主修經濟學理論。

## 0258 けいさつ【警察】
名 警察；警察局

類 警官（警官）

例 警察に連絡することにしました。
／決定向警察報案。

## 0259 ケーキ【cake】
名 蛋糕

類 お菓子（甜點）

例 僕が出かけている間に、弟にケーキを食べられた。
／我外出的時候，蛋糕被弟弟吃掉了。

## 0260 けいたいでんわ【携帯電話】
名 手機，行動電話

類 電話（電話）

例 どこの携帯電話を使っていますか。
／請問你是用哪一家的手機呢？

## 0261 けが【怪我】
名・自サ 受傷；損失，過失

類 病気（生病）；事故（意外） 對 元気（健康）

例 事故で、たくさんの人がけがをしたようだ。
／好像因為事故很多人都受了傷。

## 0262 けしき【景色】
名 景色，風景

類 風景（風景）；写真（照片）

例 どこか、景色のいいところへ行きたい。／想去風景好的地方。

## 0263 けしゴム【消し+(荷)gom】
名 橡皮擦

類 消す（消去）

例 この色鉛筆は消しゴムできれいに消せるよ。
／這種彩色鉛筆用橡皮擦可以擦得很乾淨。

**0264**
□□□
**げしゅく**
【下宿】
名・自サ 寄宿，借宿

類 泊まる、住む（住）
例 下宿の探し方がわかりません。／不知道如何尋找住的公寓。

**0265**
□□□
**けっして**
【決して】
副 （後接否定）絕對（不）

類 きっと（絕對）
例 このことは、決してだれにも言えない。
　　／這件事我絕沒辦法跟任何人說。

**0266**
□□□
**けれど・けれども**
接助 但是

類 しかし、…が…（但是）
例 夏の暑さは厳しいけれど、冬は過ごしやすいです。／那裡夏天的酷熱非常難受，但冬天很舒服。

文法
さ
▶ 接在形容詞、形容動詞的詞幹後面等構成名詞，表示程度或狀態。

**0267**
□□□
**けん**
【県】
名 縣

類 市（市）
例 この山を越えると山梨県です。／越過這座山就是山梨縣了。

**0268**
□□□
**けん・げん**
【軒】
接尾 …間，…家

類 屋（店，房子）
例 村には、薬屋が３軒もあるのだ。／村裡竟有３家藥局。

**0269**
□□□
**げんいん**
【原因】
名 原因

類 訳、理由（理由）
例 原因は、小さなことでございました。
　　／原因是一件小事。

文法
でございます［是…］
▶ 前接名詞。為鄭重語。鄭重語用於和長輩或不熟的對象交談時。表示對聽話人表示尊敬。

讀書計劃：□□／□□／□□

**0270** ☐☐☐
**けんか**
【喧嘩】
名・自サ 吵架；打架

類 戦争（打仗） 對 仲直り（和好）
例 喧嘩するなら別々に遊びなさい。／如果要吵架，就自己玩自己的！

**0271** ☐☐☐
**けんきゅうしつ**
【研究室】
名 研究室

類 教室（教室）
例 週の半分以上は研究室で過ごした。

／一星期裡有一半的時間，都是在研究室度過。

**0272** ☐☐☐
**けんきゅう**
【研究】
名・他サ 研究

類 勉強（學習）
例 医学の研究で新しい薬が生まれた。／因醫學研究而開發了新藥。

**0273** ☐☐☐
**げんごがく**
【言語学】
名 語言學

類 言葉（語言）
例 言語学って、どんなことを勉強するのですか。

／語言學是在唸什麼的呢？

**0274** ☐☐☐
**けんぶつ**
【見物】
名・他サ 觀光，參觀

類 訪ねる（訪問）；旅行（旅行）
例 祭りを見物させてください。

／請讓我參觀祭典。

**0275** ☐☐☐
**けんめい**
【件名】
名（電腦）郵件主旨；項目名稱；類別

類 名（名稱）
例 件名を必ず入れてくださいね。

／請務必要輸入信件主旨喔。

**0276** □□□

**13**

こ
【子】

(名) 孩子

(類) 子供（孩子） (對) 親（父母親）

(例) うちの子は、まだ5歳なのにピアノがじょうずです。／我家小孩才5歲，卻很會彈琴。

**文法**

のに [ 明明…，卻…]

▶ 表示前項和後項呈現對比的關係。

---

**0277** □□□

ご
【御】

(接頭) 貴（接在跟對方有關的事物、動作的漢字詞前）表示尊敬語、謙讓語

(類) お（〈表尊敬〉貴…）

(例) ご近所にあいさつをしなくてもいいですか。／不跟（貴）鄰居打聲招呼好嗎？

**文法**

ご…[貴…]

▶ 後接名詞（跟對方有關的行為，狀態或所有物），表示尊敬，鄭重，親愛，另外，還有習慣用法等意思。

---

**0278** □□□

コインランドリー
【coin-operated laundry】

(名) 自助洗衣店

(類) クリーニング (cleaning・洗衣服)

(例) 駅前に行けば、コインランドリーがありますよ。／只要到車站前就會有自助洗衣店喔。

---

**0279** □□□

こう

(副) 如此；這樣，這麼

(類) そう（那樣） (對) ああ（那樣）

(例) そうしてもいいが、こうすることもできる。／雖然那樣也可以，但這樣做也可以。

---

**0280** □□□

こうがい
【郊外】

(名) 郊外

(類) 田舎（鄉村） (對) 都市（城市）

(例) 郊外は住みやすいですね。／郊外住起來舒服呢。

---

**0281** □□□

こうき
【後期】

(名) 後期，下半期，後半期

(類) 期間（期間） (對) 前期（前半期）

(例) 後期の試験はいつごろありますか。／請問下半期課程的考試大概在什麼時候？

## 0282 □□□
**こうぎ**
【講義】
（名・他サ）講義，上課，大學課程

類 授業（上課）

例 大学の先生に、法律について講義をしていただきました。
／請大學老師幫我上了法律課。

文法
について[有關…]
▶ 表示前項先提出一個話題，後項就針對這個話題進行說明。
▶ 近 についても[有關…]

## 0283 □□□
**こうぎょう**
【工業】
（名）工業

類 農業（農業）

例 工業と商業と、どちらのほうが盛んですか。
／工業與商業，哪一種比較興盛？

文法
と…と…どちら[在…與…中，哪個…]
▶ 表示從兩個裡面選一個。也就是詢問兩個人或兩件事，哪一個適合後項。

## 0284 □□□
**こうきょうりょうきん**
【公共料金】
（名）公共費用

類 料金（費用）

例 公共料金は、銀行の自動引き落としにしています。
／公共費用是由銀行自動轉帳來繳納的。

## 0285 □□□
**こうこう・こうとうがっこう**
【高校・高等学校】
（名）高中

類 小学校（小學）

例 高校の時の先生が、アドバイスをしてくれた。
／高中時代的老師給了我建議。

文法
てくれる[(為我)做…]
▶ 表示他人為我，或為我方的人做前項有益的事，用在帶著感謝的心情，接受別人的行為。

## 0286 □□□
**こうこうせい**
【高校生】
（名）高中生

類 学生（學生）；生徒（學生）

例 高校生の息子に、英語の辞書をやった。
／我送英文辭典給高中生的兒子。

---

**0287**
□□□

### ごうコン
【合コン】

名 聯誼

類 パーティー（party・派對）、宴会（えんかい）（宴會）

例 大学生は合コンに行くのが好きですねえ。
／大學生還真是喜歡參加聯誼呢。

**文法**

のが
▶ 前接短句，表示強調。
另能使其名詞化，成為句子的主語或目的語。

---

**0288**
□□□

### こうじちゅう
【工事中】

名 施工中；（網頁）建製中

類 仕事中（しごとちゅう）（工作中）

例 この先（さき）は工事中（こうじちゅう）です。／前面正在施工中。

---

**0289**
□□□

### こうじょう
【工場】

名 工廠

類 工場（こうば）（工廠）；事務所（じむしょ）（辦公室）

例 工場（こうじょう）で働（はたら）かせてください。
／請讓我在工廠工作。

**文法**

(さ)せてください[請允許…]
▶ 表示［我請對方允許我做前項］之意，是客氣地請求對方允許，承認的說法。

---

**0290**
□□□

### こうちょう
【校長】

名 校長

類 先生（せんせい）（老師）

例 校長（こうちょう）が、これから話（はなし）をするところです。
／校長正要開始說話。

**文法**

が
▶ 接在名詞的後面，表示後面的動作或狀態的主體。

---

**0291**
□□□

### こうつう
【交通】

名 交通

類 交通費（こうつうひ）（交通費）

例 東京（とうきょう）は、交通（こうつう）が便利（べんり）です。／東京交通便利。

---

**0292**
□□□

### こうどう
【講堂】

名 禮堂

類 式場（しきじょう）（會場；禮堂）

例 みんなが講堂（こうどう）に集（あつ）まりました。
／大家在禮堂集合。

---

## 0293
□□□

こうむいん
【公務員】

⑧ 公務員

⑲ 会社員（公司職員）

⑳ 公務員になるのは、難しいようです。
／要當公務員好像很難。

文法
のは
▶ 前接短句，表示強調。
另能使其名詞化，成為
句子的主語或目的語。

## 0294
□□□

コーヒーカップ
【coffee cup】

⑧ 咖啡杯

⑲ コップ（kop・杯子）；茶碗（飯碗）

⑳ コーヒーカップを集めています。／我正在收集咖啡杯。

## 0295
□□□

こくさい
【国際】

⑧ 國際

⑲ 世界（世界）　⑳ 国内（國內）

⑳ 彼女はきっと国際的な仕事をするだろう。
／她一定會從事國際性的工作吧！

文法
だろう[…吧]
▶ 表示説話人對未來或
不確定事物的推測，且
説話人對自己的推測有
相當大的把握。

## 0296
□□□

こくない
【国内】

⑧ 該國內部，國內

⑲ 国（國家；故鄉）　⑳ 国外（國外）

⑳ 今年の夏は、国内旅行に行くつもりです。
／今年夏天我打算要做國內旅行。

文法
つもりだ [ 打算…]
▶ 表示説話者的意志，
預定，計畫等，也可以
表示第三人稱的意志。

## 0297
□□□
⑭

こころ
【心】

⑧ 內心；心情

⑲ 気持ち（心情）　⑳ 体（身體）

⑳ 彼の心の優しさに、感動しました。
／他善良的心地，叫人很感動。

文法
さ
▶ 接在形容詞，形容動
詞的詞幹後面等構成名
詞，表示程度或狀態。

**0298** ☐☐☐
## ございます
特殊形 是，在（「ある」、「あります」的鄭重説法表示尊敬）

類 です（是；尊敬的說法）
例 山田はただいま接客中でございます。／山田正在和客人會談。

**0299** ☐☐☐
## こさじ
### 【小匙】
名 小匙，茶匙

類 スプーン（spoon・湯匙）；箸（筷子）
例 塩は小匙半分で十分です。
／鹽只要加小湯匙一半的份量就足夠了。

**0300** ☐☐☐
## こしょう
### 【故障】
名・自サ 故障

類 壊れる（壞掉）對 直る（修理好）
例 私のコンピューターは、故障しやすい。
／我的電腦老是故障。

文法
やすい [ 容易…；好…]
▶ 表示該行為，動作很容易做，該事情很容易發生，或容易發生某種變化，亦或是性質上很容易有那樣的傾向。

**0301** ☐☐☐
## こそだて
### 【子育て】
名・自サ 養育小孩，育兒

類 育てる（撫育）
例 毎日、子育てに追われています。／每天都忙著帶小孩。

**0302** ☐☐☐
## ごぞんじ
### 【ご存知】
名 您知道（尊敬語）

類 知る（知道）
例 ご存じのことをお教えください。
／請告訴我您所知道的事。

文法
お…ください [ 請…]
▶ 用在對客人，屬下對上司的請求，表示敬意而抬高對方行為的表現方式。

**0303** ☐☐☐
## こたえ
### 【答え】
名 回答；答覆；答案

類 返事（回答；回信）對 質問（提問）
例 テストの答えは、もう書きました。／考試的答案，已經寫好了。

## 0304
☐☐☐

**ごちそう**
【御馳走】

(名・他サ) 請客；豐盛佳餚

(類) 招待（款待）

(例) ごちそうがなくてもいいです。
／沒有豐盛的佳餚也無所謂。

**文法**

ご…[貴…]
▶ 後接名詞（跟對方有關的行為，狀態或所有物），表示尊敬，鄭重，親愛，另外，還有習慣用法等意思。

## 0305
☐☐☐

**こっち**
【此方】

(名) 這裡，這邊

(類) そっち（那邊）　(對) あっち（那邊）

(例) こっちに、なにか面白い鳥がいます。
／這裡有一隻有趣的鳥。

**文法**

か
▶ 前接疑問詞。當一個完整的句子中，包含另一個帶有疑問詞的疑問句時，則表示事態的不明確性。

## 0306
☐☐☐

**こと**
【事】

(名) 事情

(類) 物（事情；物品）

(例) おかしいことを言ったのに、だれも面白がらない。
／說了滑稽的事，卻沒人覺得有趣。

**文法**

がらない [ 不覺得…]
▶ 表示某人說了什麼話或做了什麼動作，而給說話人留下這種想法，有這種感覺，這樣做的印象。

## 0307
☐☐☐

**ことり**
【小鳥】

(名) 小鳥

(類) 鳥（鳥兒）

(例) 小鳥には、何をやったらいいですか。　／餵什麼給小鳥吃好呢？

## 0308
☐☐☐

**このあいだ**
【この間】

(副) 最近；前幾天

(類) このごろ（近來）；さっき（剛才）

(例) この間、山中先生にお会いしましたよ。少し痩せましたよ。
／前幾天跟山中老師碰了面。老師略顯消瘦了些。

## 0309 このごろ【此の頃】

□□□ 　副 最近

類 最近（最近）；今（目前）　對 昔（以前）

例 このごろ、考えさせられることが多いです。
／最近讓人省思的事情很多。

**文法**
（さ）せられる［讓人…］
▶ 由於外在的刺激，而產生某作用、狀況。

## 0310 こまかい【細かい】

□□□ 　形 細小；仔細；無微不至

類 小さい（小的）；丁寧（仔細）　對 大きい（大的）

例 細かいことは言わずに、適当にやりましょう。
／別在意小地方了，看情況做吧！

**文法**
ず（に）［不…地；沒…地］
▶ 表示以否定的狀況或方式來做後項的動作，或產生後項的結果，語氣較生硬。

## 0311 ごみ

□□□ 　名 垃圾

類 塵（小垃圾）；生ゴミ（廚餘）

例 道にごみを捨てるな。
／別把垃圾丟在路邊。

**文法**
な［不要…］
▶ 表示禁止。命令對方不要做某事的說法。由於說法比較粗魯，所以大都是直接面對當事人說。

## 0312 こめ【米】

□□□ 　名 米

類 ご飯（米飯）；パン（pão・麵包）

例 台所に米があるかどうか、見てきてください。
／你去看廚房裡是不是還有米。

**文法**
かどうか［是否…］
▶ 表示從相反的兩種情況或事物之中選擇其一。

## 0313 ごらんになる【ご覧になる】

□□□ 　他五 看，閱讀（尊敬語）

類 見る（看見）；読む（閱讀）

例 ここから、富士山をごらんになることができます。
／從這裡可以看到富士山。

**文法**
ことができる［能…；會…］
▶ 表示在外部的狀況，規定等客觀條件允許時可能做。

## 0314 これから

□□□

**連語** 接下來，現在起

**類** 将来（將來）

**例** これから、母にあげるものを買いに行きます。
／現在要去買送母親的禮物。

**文法**

あげる［給予…］

▶ 授受物品的表達方式。表示給予人（説話者或説話一方的親友等），給予接受人有利益的事物。

## 0315 こわい

□□□ 【怖い】

**形** 可怕，害怕

**類** 危険（危險）　**對** 安全（安全）

**例** どんなに怖くても、絶対泣かない。
／不管怎麼害怕，也絕不哭。

**文法**

ても［不管…也…］

▶ 前接疑問詞，表示不論什麼場合，什麼條件，都要進行後項，或是都會產生後項的結果。

## 0316 こわす

□□□ 【壊す】

**他五** 弄碎；破壞

**類** 壊れる（破裂）　**對** 建てる（建造）

**例** コップを壊してしまいました。
／摔破杯子了。

**文法**

てしまう［（感慨）…了］

▶ 表示出現了説話人不願意看到的結果，含有遺憾，惋惜，後悔等語氣，這時候一般接的是無意志的動詞。

## 0317 こわれる

□□□ 【壊れる】

**自下一** 壞掉，損壞；故障

**類** 故障（故障）　**對** 直る（修理好）

**例** 台風で、窓が壊れました。／窗戶因颱風，而壞掉了。

## 0318 コンサート

□□□ 【concert】

**名** 音樂會

**類** 音楽会（音樂會）

**例** コンサートでも行きませんか。
／要不要去聽音樂會？

**文法**

でも［…之類的］

▶ 用於舉例。表示雖然含有其他的選擇，但還是舉出一個具代表性的例子。

**0319** □□□

**こんど**
【今度】

名 這次；下次；以後

類 次（下次）

例 今度、すてきな服を買ってあげましょう。
/下次買漂亮的衣服給你！

文法
てあげる［（為他人）做…］
▶ 表示自己或站在一方的人，為他人做前項利益的行為。

**0320** □□□

**コンピューター**
【computer】

名 電腦

類 パソコン（personal computer・個人電腦）

例 仕事中にコンピューターが固まって動かなくなってしまった。
/工作中電腦卡住，跑不動了。

文法
てしまう［…了］
▶ 表示出現了說話人不願意看到的結果，含有遺憾、惋惜、後悔等語氣，這時候一般接的是無意志的動詞。

**0321** □□□

**こんや**
【今夜】

名 今晚

類 今晩（今晚） 對 夕べ（昨晩）

例 今夜までに連絡します。
/今晚以前會跟你聯絡。

文法
までに［在…之前］
▶ 接在表示時間的名詞後面，表示動作或事情的截止日期或期限。

**0322**
□□□
**15**
# さいきん
【最近】
（名・副）最近

類 今（現在）；この頃（近來） 對 昔（以前）

例 彼女は最近、勉強もしないし、遊びにも行きません。
／她最近既不唸書也不去玩。

文法

し[既…又…;不僅…而且…]
▶ 用在並列陳述性質相同的複數事物，或說話人認為兩事物是有相關連的時候。
▶ 近 し[反正…不如…]

---

**0323**
□□□
# さいご
【最後】
（名）最後

類 終わり（結束） 對 最初（開始）

例 最後まで戦う。
／戰到最後。

文法

まで[到…時候為止]
▶ 表示某事件或動作，直在某時間點前都持續著。

---

**0324**
□□□
# さいしょ
【最初】
（名）最初，首先

類 一番（第一個） 對 最後（最後）

例 最初の子は女の子だったから、次は男の子がほしい。
／第一胎是生女的，所以第二胎希望生個男的。

---

**0325**
□□□
# さいふ
【財布】
（名）錢包

類 カバン（手提包）

例 彼女の財布は重そうです。
／她的錢包好像很重的樣子。

文法

そう[好像…]
▶ 表示說話人根據親身的見聞，而下的一種判斷。

---

**0326**
□□□
# さか
【坂】
（名）斜坡

類 山（山）

例 自転車を押しながら坂を上った。
／邊推著腳踏車，邊爬上斜坡。

**0327** □□□
## さ<u>がす</u>
【探す・捜す】
他五 尋找，找尋

類 尋ねる（尋找）；見つかる（找到）

例 彼が財布をなくしたので、一緒に探してやりました。/他的錢包不見了，所以一起幫忙尋找。

文法
**てやる**
▶ 表示以施恩或給予利益的心情，為下級或晚輩（或動、植物）做有益的事。

**0328** □□□
## さ<u>がる</u>
【下がる】
自五 下降；下垂；降低（價格、程度、溫度等）；衰退

類 下げる（降下） 對 上がる（提高）

例 気温が下がる。/氣溫下降。

**0329** □□□
## さ<u>かん</u>
【盛ん】
形動 繁盛，興盛

類 賑やか（熱鬧）

例 この町は、工業も盛んだし商業も盛んだ。/這小鎮工業跟商業都很興盛。

**0330** □□□
## さ<u>げる</u>
【下げる】
他下一 降低，向下；掛；躲開；整理，收拾

類 落とす（使降落）；しまう（整理收拾） 對 上げる（使升高）

例 飲み終わったら、コップを下げます。
/一喝完了，杯子就會收走。

文法
**おわる[結束]**
▶ 接在動詞連用形後面，表示前接動詞的結束，完了。

**0331** □□□
## さ<u>しあげる</u>
【差し上げる】
他下一 給（「あげる」的謙讓語）

類 あげる（給予）

例 差し上げた薬を、毎日お飲みになってください。
/開給您的藥，請每天服用。

文法
**お…になる**
▶ 表示對對方或話題中提到的人物的尊敬，這是為了表示敬意而抬高對方行為的表現方式。

**0332** □□□
## さ<u>しだしにん</u>
【差出人】
名 發信人，寄件人

類 宛先（收信人姓名）

例 差出人はだれですか。/寄件人是哪一位？

**0333** ☐☐☐ さっき 　名・副 剛剛，剛才

類 最近（近來）

例 さっきここにいたのは、だれだい？
／剛才在這裡的是誰呀？

文法
だい［…呀］
▶ 表示向對方詢問的語氣，有時也含有責備或責問的口氣。男性用言，用在口語，説法較為老氣。

**0334** ☐☐☐ さびしい【寂しい】　形 孤單；寂寞；荒涼，冷清；空虚

類 一人（一個人）　對 賑やか（熱鬧）

例 寂しいので、遊びに来てください。／因為我很寂寞，過來坐坐吧！

**0335** ☐☐☐ さま【様】　接尾 先生，小姐

類 さん（先生，小姐）；方（各位）

例 山田様、どうぞお入りください。／山田先生，請進。

**0336** ☐☐☐ さらいげつ【再来月】　名 下下個月

類 来月（下個月）

例 再来月国に帰るので、準備をしています。
／下下個月要回國，所以正在準備行李。

**0337** ☐☐☐ さらいしゅう【再来週】　名 下下星期

類 来週（下星期）

例 再来週遊びに来るのは、伯父です。
／下下星期要來玩的是伯父。

**0338** ☐☐☐ サラダ【salad】　名 沙拉

類 野菜（蔬菜）

例 朝はいつも母が作ってくれたパンとサラダです。
／早上都是吃媽媽做的麵包跟沙拉！

**0339**
□□□
## さわぐ
【騒ぐ】

〔自五〕 吵鬧，喧囂；慌亂，慌張；激動

類 煩い（吵雜）　対 静か（安靜）

例 教室で騒いでいるのは、誰なの？
／是誰在教室吵鬧呀？

**文法**
の［…呢］
▶ 用在句尾，以升調表示發問，一般是用在對兒童，或關係比較親密的人，為口語用法。

**0340**
□□□
## さわる
【触る】

〔自五〕 碰觸，觸摸；接觸；觸怒，觸犯

類 取る（拿取）

例 このボタンには、絶対触ってはいけない。
／絕對不可觸摸這個按鈕。

**文法**
てはいけない［不准…］
▶ 表示禁止，基於某種理由、規則，直接跟聽話人表示不能做前項事情。

**0341**
□□□
## さんぎょう
【産業】

〔名〕 産業

類 工業（工業）

例 彼女は自動車産業の株をたくさん持っている。
／她擁有許多自動車產業相關的股票。

**0342**
□□□
## サンダル
【sandal】

〔名〕 涼鞋

類 靴（鞋子）；スリッパ（slipper・拖鞋）

例 涼しいので、靴ではなくてサンダルにします。
／為了涼快，所以不穿鞋子改穿涼鞋。

**0343**
□□□
## サンドイッチ
【sandwich】

〔名〕 三明治

類 弁当（便當）

例 サンドイッチを作ってさしあげましょうか。
／幫您做份三明治吧？

**文法**
てさしあげる［(為他人)做…］
▶ 表示自己或站在自己一方的人，為他人做前項有益的行為。

## 0344
□□□

ざんねん
【残念】

（名・形動）遺憾，可惜，懊悔

類 恥ずかしい（羞恥的）

例 あなたが来ないので、みんな残念がっています。
／因為你沒來，大家都感到很遺憾。

文法
がっている［覺得…］
▶ 表示某人説了什麼話或做了什麼動作，而給説話人留下這種想法，有這種感覺，想這樣做的印象。

し

## 0345
□□□

**16**

し
【市】

（名）…市

類 県（縣）

例 福岡市の花粉は隣の市まで広がっていった。
／福岡市的花粉擴散到鄰近的城市。

## 0346
□□□

じ
【字】

（名）字，文字

類 仮名（假名）；絵（繪畫）

例 田中さんは、字が上手です。／田中小姐的字寫得很漂亮。

## 0347
□□□

しあい
【試合】

（名・自サ）比賽

類 競争（競爭）

例 試合はきっとおもしろいだろう。
／比賽一定很有趣吧！

## 0348
□□□

しおくり
【仕送り】

（名・自他サ）匯寄生活費或學費

類 送る（寄送）

例 東京にいる息子に毎月仕送りしています。
／我每個月都寄錢給在東京的兒子。

**0349** □□□
**しかた**
【仕方】
名 方法，做法

類 方（方法）

例 誰か、上手な洗濯の仕方を教えてください。
／有誰可以教我洗好衣服的方法？

**0350** □□□
**しかる**
【叱る】
他五 責備，責罵

類 怒る（罵） 對 褒める（讚美）

例 子どもをああしかっては、かわいそうですよ。
／把小孩罵成那樣，就太可憐了。

文法
ああ [ 那樣 ]
▶ 指示説話人和聽話人以外的事物，或是雙方都理解的事物。

**0351** □□□
**しき**
【式】
名・接尾 儀式，典禮；…典禮；方式；樣式；算式，公式

類 会（…會）；結婚式（結婚典禮）

例 入学式の会場はどこだい？／開學典禮的禮堂在哪裡？

**0352** □□□
**じきゅう**
【時給】
名 時薪

類 給料（薪水）

例 コンビニエンスストアでアルバイトすると、時給はいくらぐらいですか。
／如果在便利商店打工的話，時薪大概多少錢呢？

**0353** □□□
**しけん**
【試験】
名・他サ 試驗；考試

類 受験（考試）；テスト（test・考試）

例 試験があるので、勉強します。／因為有考試，我要唸書。

**0354** □□□
**じこ**
【事故】
名 意外，事故

類 火事（火災）

例 事故に遭ったが、全然けがをしなかった。
／遇到事故，卻毫髮無傷。

## 0355 じしん 【地震】
☐☐☐

名 地震

類 台風（颱風）

例 地震の時はエレベーターに乗るな。
　／地震的時候不要搭電梯。

## 0356 じだい 【時代】
☐☐☐

名 時代；潮流；歴史

類 頃（時候）；時（時候）

例 新しい時代が来たということを感じます。
　／感覺到新時代已經來臨了。

文法
という［…的…］
▶ 用於針對傳聞、評價、報導，事件等內容加以描述或說明。

## 0357 したぎ 【下着】
☐☐☐

名 內衣，貼身衣物

類 パンツ（pants・褲子）；ズボン（jupon・褲子）　對 上着（上衣）

例 木綿の下着は洗いやすい。
　／棉質內衣好清洗。

## 0358 したく 【支度】
☐☐☐

名・自他サ 準備；打扮；準備用餐

類 用意、準備（準備）

例 旅行の支度をしなければなりません。
　／我得準備旅行事宜。

文法
なければならない［必須…］
▶ 表示無論是自己或對方，從社會常識或事情的性質來看，不那樣做就不合理，有義務要那樣做。

## 0359 しっかり 【確り】
☐☐☐

副・自サ 紮實；堅固；可靠；穩固

類 丈夫（牢固）；元気（健壯）

例 ビジネスのやりかたを、しっかり勉強してきます。
　／我要紮紮實實去學做生意回來。

**0360**
□□□
**しっぱい**
【失敗】
名・自サ 失敗

類 負ける（輸） 對 勝つ（勝利）
例 方法がわからず、失敗しました。／不知道方法以致失敗。

**0361**
□□□
**しつれい**
【失礼】
名・形動・自サ 失禮，沒禮貌；失陪

類 お礼（謝禮）
例 黙って帰るのは、失礼です。／連個招呼也沒打就回去，是很沒禮貌的。

**0362**
□□□
**していせき**
【指定席】
名 劃位座，對號入座

類 席（座位） 對 自由席（自由座）
例 指定席ですから、急いで行かなくても大丈夫ですよ。
／我是對號座，所以不用趕著過去也無妨。

**0363**
□□□
**じてん**
【辞典】
名 字典

類 辞書（辭典）
例 辞典をもらったので、英語を勉強しようと思う。
／有人送我字典，所以我想認真學英文。

文法
（よ）うとおもう [ 我想…]
▶ 表示説話人告訴聽話人，
説話當時自己的想法、打
算或意圖，且動作實現的
可能性很高。

**0364**
□□□
**しなもの**
【品物】
名 物品，東西；貨品

類 物（物品）
例 あのお店の品物は、とてもいい。
／那家店的貨品非常好。

文法
お…
▶ 後接名詞（跟對方有關
的行為、狀態或所有物），
表示尊敬、鄭重、親愛，另
外，還有習慣用法等意思。

**0365**
□□□
**しばらく**
【暫く】
副 暫時，一會兒；好久

類 ちょっと（一會兒）
例 しばらく会社を休むつもりです。／我打算暫時向公司請假。

**0366** □□□
## しま
## 【島】
⊛ 島嶼

類 山（山）

例 島に行くためには、船に乗らなければなりません。
／要去小島，就得搭船。

**文法**
ためには［以…為目的，做…］
▶ 表示為了某一目的，而有後面積極努力的動作、行為，前項是後項的目標。

**0367** □□□
## しみん
## 【市民】
⊛ 市民，公民

類 国民（國民）

例 市民の生活を守る。／捍衛市民的生活。

**0368** □□□
## じむしょ
## 【事務所】
⊛ 辦公室

類 会社（公司）

例 こちらが、会社の事務所でございます。
／這裡是公司的辦公室。

**文法**
でございます［是…］
▶ 前接名詞。為鄭重語。鄭重語用於和長輩或不熟的對象交談時。表示對聽話人表示尊敬。

**0369** □□□
## しゃかい
## 【社会】
⊛ 社會，世間

類 世間（社會上）　對 一人（一個人）

例 社会が厳しくても、私はがんばります。
／即使社會嚴峻，我也會努力的。

**文法**
ても［即使…也］
▶ 表示後項的成立，不受前項的約束，是一種假定逆接表現，後項常用各種意志表現的説法。

**0370** □□□
## しゃちょう
## 【社長】
⊛ 社長

類 部長（部長）；上司（上司）

例 社長に、難しい仕事をさせられた。
／社長讓我做很難的工作。

**文法**
（さ）せられる［被迫…；不得已…］
▶ 被某人或某事物強迫做某動作，且不得不做。含有不情願，感到受害的心情。

**0371** □□□
しゃ**ない**アナ**ウ**ンス
【車内 announce】
(名) 車廂內廣播

(類) 知らせる（通知）

(例)「この電車はまもなく上野です」と車内アナウンスが流れていた。
／車內廣播告知：「電車即將抵達上野」。

**0372** □□□
じゃ**ま**
【邪魔】
(名・形動・他サ) 妨礙，阻擾；拜訪

(類) 壁（牆壁）

(例) ここにこう座っていたら、じゃまですか。
／像這樣坐在這裡，會妨礙到你嗎？

**文法**
こう [ 這樣 ]
▶ 指眼前的物或近處的事時用的詞。

**0373** □□□
ジャ**ム**
【jam】
(名) 果醬

(類) バター (butter・奶油)

(例) あなたに、いちごのジャムを作ってあげる。
／我做草莓果醬給你。

**0374** □□□
じ**ゆ**う
【自由】
(名・形動) 自由，隨便

(類) 約束（規定；約定）

(例) そうするかどうかは、あなたの自由です。
／要不要那樣做，隨你便！

**文法**
そう [ 那樣 ]
▶ 指示較靠近對方或較為遠處的事物時用的詞。

**0375** □□□
しゅ**う**かん
【習慣】
(名) 習慣

(類) 慣れる（習以為常）

(例) 一度ついた習慣は、変えにくいですね。
／一旦養成習慣，就很難改變呢。

**文法**
にくい [ 不容易…；難…]
▶ 表示該行為，動作不容易做，不容易發生，或不容易發生某種變化，亦或是性質上很不容易有那樣的傾向。

**0376** □□□
じゅうしょ
【住所】
⊛ 地址

類 アドレス（address・地址；網址）；ところ（地方；住處）
わたし　じゅうしょ
例 私の住所をあげますから、手紙をください。
／給你我的地址，請寫信給我。

**0377** □□□
じゆうせき
【自由席】
⊛ 自由座

對 指定席（對號座）
じゆうせき　　せき
例 自由席ですから、席がないかもしれません。
／因為是自由座，所以說不定會沒有位子。

文法
かもしれない [ 也許…]
▶ 表示說話人說話當時的一種不確切的推測。推測某事物的正確性雖低，但是有可能的。

**0378** □□□
⑰
しゅうでん
【終電】
⊛ 最後一班電車，末班車

類 始発（頭班車）
しゅうでん　　　じ　　　　　で
例 終電は 12 時にここを出ます。／末班車將於 12 點由本站開出。

**0379** □□□
じゅうどう
【柔道】
⊛ 柔道

類 武道（武術）；運動（運動）；ボクシング（boxing・拳擊）
じゅうどう　なら　　おも
例 柔道を習おうと思っている。
／我想學柔道。

文法
とおもう[覺得…；我想…]
▶ 表示說話者有這樣的想法、感受、意見。

**0380** □□□
じゅうぶん
【十分】
副・形動 充分，足夠

類 足りる（足夠）；一杯（充分）　對 少し（一點）
きのう　　　　じゅうぶん　　やす
例 昨日は、十分お休みになりましたか。
／昨晚有好好休息了嗎？

文法
お…になる
▶ 表示對對方或話題中提到的人物的尊敬，這是為了表示敬意而抬高對方行為的表現方式。

練習

**0381**
☐☐☐

しゅじん
【主人】

(名) 老公，（我）丈夫，先生；主人

(類) 夫（〈我〉丈夫） (對) 妻（〈我〉妻子）

(例) ご主人の病気は軽いですから心配しなくても大丈夫です。
　　／請不用擔心，您先生的病情並不嚴重。

**0382**
☐☐☐

じゅしん
【受信】

(名・他サ)（郵件、電報等）接收；收聽

(類) 受ける（接到） (對) 送信（發報）

(例) メールが受信できません。／沒有辦法接收郵件。

**0383**
☐☐☐

しゅっせき
【出席】

(名・自サ) 出席

(類) 出る（出席） (對) 欠席（缺席）

(例) そのパーティーに出席することは難しい。
　　／要出席那個派對是很困難的。

**文法**

こと

▶ 前接名詞修飾短句，使
其名詞化，成為後面的句
子的主語或目的語。

**0384**
☐☐☐

しゅっぱつ
【出発】

(名・自サ) 出發；起步，開始

(類) 立つ（動身）；出かける（出門） (對) 着く（到達）

(例) なにがあっても、明日は出発します。
　　／無論如何，明天都要出發。

**0385**
☐☐☐

しゅみ
【趣味】

(名) 嗜好；趣味

(類) 興味（興趣） (對) 仕事（工作）

(例) 君の趣味は何だい？／你的嗜好是什麼？

**0386**
☐☐☐

じゅんび
【準備】

(名・他サ) 準備

(類) 用意（準備）、支度（準備）

(例) 早く明日の準備をしなさい。
　　／趕快準備明天的事！

**文法**

なさい [ 要…；請…]

▶ 表示命令或指示。

**0387**
☐☐☐
しょ|うかい
【紹介】

（名・他サ）**介紹**

類 説明 （說明）

例 鈴木さんをご紹介しましょう。
／我來介紹鈴木小姐給您認識。

文法
ご…する
▶ 對要表示尊敬的人，
透過降低自己或自己這
一邊的人的說法，以提
高對方地位，來向對方
表示尊敬。

**0388**
☐☐☐
しょ|うがつ
【正月】

（名）**正月，新年**

類 新年 （新年）

例 もうすぐお正月ですね。／馬上就快新年了呢。

**0389**
☐☐☐
しょ|うがっこう
【小学校】

（名）**小學**

類 高校 （高中）

例 来年から、小学校の先生になることが決まりました。
／明年起將成為小學老師。

**0390**
☐☐☐
しょ|うせつ
【小説】

（名）**小說**

類 物語 （故事）

例 先生がお書きになった小説を読みたいです。
／我想看老師所寫的小說。

**0391**
☐☐☐
しょ|うたい
【招待】

（名・他サ）**邀請**

類 ご馳走 （宴請）

例 みんなをうちに招待するつもりです。
／我打算邀請大家來家裡作客。

**0392** □□□

## しょうち
【承知】

（名・他サ）知道，了解，同意；接受

（類）知る、分かる（知道）　（對）無理（不同意）

（例）彼がこんな条件で承知するはずがありません。
／他不可能接受這樣的條件。

**文法**

こんな [ 這樣的 ]

▶ 間接地在講人事物的狀態或程度，而這個事物是靠近說話人的，也可能是剛提及的話題或剛發生的事。

---

**0393** □□□

## しょうらい
【将来】

（名）將來

（類）これから（今後）　（對）昔（以前）

（例）将来は、立派な人におなりになるだろう。
／將來他會成為了不起的人吧！

---

**0394** □□□

## しょくじ
【食事】

（名・自サ）用餐，吃飯；餐點

（類）ご飯（餐點）；食べる（吃飯）

（例）食事をするために、レストランへ行った。
／為了吃飯，去了餐廳。

---

**0395** □□□

## しょくりょうひん
【食料品】

（名）食品

（類）食べ物（食物）　（對）飲み物（飲料）

（例）パーティーのための食料品を買わなければなりません。
／得去買派對用的食品。

---

**0396** □□□

## しょしんしゃ
【初心者】

（名）初學者

（類）入門（初學）

（例）このテキストは初心者用です。
／這本教科書適用於初學者。

## 0397 ☐☐☐
### じょせい
### 【女性】
（名）女性

類 女（女性）　對 男性（男性）

例 私は、あんな女性と結婚したいです。
／我想和那樣的女性結婚。

> **文法**
>
> あんな［那樣的］
> ▶ 間接地說人或事物的狀態或程度。而這是指說話人和聽話人以外的事物，或是雙方都理解的事物。

## 0398 ☐☐☐
### しらせる
### 【知らせる】
（他下一）通知，讓對方知道

類 伝える（傳達）、連絡（通知；聯繫）

例 このニュースを彼に知らせてはいけない。
／這個消息不可以讓他知道。

> **文法**
>
> てはいけない［不准…］
> ▶ 表示禁止，基於某種理由、規則，直接跟聽話人表示不能做前項事情。

## 0399 ☐☐☐
### しらべる
### 【調べる】
（他下一）查閱，調查；檢查；搜查

類 引く（查〈字典〉）

例 出かける前に電車の時間を調べておいた。
／出門前先查了電車的時刻表。

> **文法**
>
> ておく［先…，暫且…］
> ▶ 表示為將來做準備，也就是為了以後的某一目的，事先採取某種行為。

## 0400 ☐☐☐
### しんきさくせい
### 【新規作成】
（名・他サ）新作，從頭做起；（電腦檔案）開新檔案

類 新しい（新的）

例 この場合は、新規作成しないといけません。
／在這種情況之下，必須要開新檔案。

## 0401 ☐☐☐
### じんこう
### 【人口】
（名）人口

類 数（數量）、人（人）

例 私の町は人口が多すぎます。
／我住的城市人口過多。

> **文法**
>
> すぎる［太…；過於…］
> ▶ 表示程度超過限度，超過一般水平，過份的狀態。

**0402** □□□
### しんごうむし
【信号無視】
（名）違反交通號誌，闖紅（黃）燈

（類）信号（紅綠燈）

（例）信号無視をして、警察につかまりました。
　/因為違反交通號誌，被警察抓到了。

**0403** □□□
### じんじゃ
【神社】
（名）神社

（類）寺（寺廟）

（例）この神社は、祭りのときはにぎやからしい。
　/這個神社每逢慶典好像都很熱鬧。

文法
らしい［好像…；似乎…］
▶ 表示從眼前可觀察的事物等狀況，來進行判斷。

**0404** □□□
### しんせつ
【親切】
（名・形動）親切，客氣

（類）やさしい（親切的）；暖かい（親切）　（對）冷たい（冷淡的）

（例）彼は親切で格好よくて、クラスでとても人気がある。
　/他人親切又帥氣，在班上很受歡迎。

**0405** □□□
### しんぱい
【心配】
（名・自他サ）擔心，操心

（類）困る（苦惱）；怖い（害怕；擔心）　（對）安心（安心）

（例）息子が帰ってこないので、父親は心配しはじめた。
　/由於兒子沒回來，父親開始擔心起來了。

文法
はじめる［開始…］
▶ 表示前接動詞的動作，作用的開始。

**0406** □□□
### しんぶんしゃ
【新聞社】
（名）報社

（類）テレビ局（television・電視台）

（例）右の建物は、新聞社でございます。
　/右邊的建築物是報社。

**0407**
□□□
**18**

**すいえい**
【水泳】

(名・自サ) 游泳

類 泳ぐ（游泳）

例 テニスより、水泳の方が好きです。
／喜歡游泳勝過打網球。

---

**0408**
□□□

**すいどう**
【水道】

(名) 自來水管

類 水道代（水費）；電気（電力）

例 水道の水が飲めるかどうか知りません。
／不知道自來水管的水是否可以飲用。

---

**0409**
□□□

**ずいぶん**
【随分】

(副・形動) 相當地，超越一般程度；不像話

類 非常に（非常）；とても（相當）

例 彼は、「ずいぶん立派な家ですね。」と言った。
／他說：「真是相當豪華的房子呀」。

---

**0410**
□□□

**すうがく**
【数学】

(名) 數學

類 国語（國文）

例 友達に、数学の問題の答えを教えてやりました。
／我告訴朋友數學題目的答案了。

---

**0411**
□□□

**スーツ**
【suit】

(名) 套裝

類 背広（西裝）

例 スーツを着ると立派に見える。／穿上西裝看起來派頭十足。

---

**0412**
□□□

**スーツケース**
【suitcase】

(名) 手提旅行箱

類 荷物（行李）

例 親切な男性に、スーツケースを持っていた
だきました。／有位親切的男士，幫我拿了旅行箱。

文法
ていただく [承蒙…]
▶ 表示接受人請求給予
人做某行為，且對那一
行為帶著感謝的心情。

**さ**
行單字

---

**0413** □□□

## スーパー
【supermarket之略】

（名）超級市場

（類）デパート（department store・百貨公司）

（例）向かって左にスーパーがあります。
／馬路對面的左手邊有一家超市。

---

**0414** □□□

## すぎる
【過ぎる】

（自上一）超過；過於；經過
（接尾）過於…

（類）通る（通過）；渡る（渡過）；あまり（過於）

（例）5時を過ぎたので、もう家に帰ります。
／已經超過五點了，我要回家了。

（例）そんなにいっぱいくださったら、多すぎます。
／您給我那麼大的量，真的太多了。

**文法**

そんな［那樣的］

▶ 間接的在說人或事物的狀態或程度。而這個事物是靠近聽話人的或聽話人之前說過的。

---

**0415** □□□

## すく
【空く】

（自五）飢餓；空間中的人或物的數量減少

（類）空く（出現空隙）（對）一杯（滿）

（例）おなかもすいたし、のどもかわきました。
／肚子也餓了，口也渴了。

---

**0416** □□□

## すくない
【少ない】

（形）少

（類）少し（一點）；ちょっと（一點點）（對）多い（多的）；沢山（很多）

（例）本当に面白い映画は、少ないのだ。
／真的有趣的電影很少！

---

**0417** □□□

## すぐに
【直ぐに】

（副）馬上

（類）もうすぐ（馬上）

（例）すぐに帰る。／馬上回來。

---

讀書計劃：□□／□□／□□

## 0418
□□□
**スクリーン**
【screen】

(名) 螢幕

(類) 黒板（黒板）

(例) 映画はフィルムにとった劇や景色などをスクリーンに映して見せるものです。
／電影是利用膠卷將戲劇或景色等捕捉起來，並在螢幕上放映。

## 0419
□□□
**すごい**
【凄い】

(形) 厲害，很棒；非常

(類) うまい（高明的;好吃的）；上手（拿手）；素晴らしい（出色）

(例) 上手に英語が話せるようになったら、すごいなあ。
／如果英文能講得好，應該很棒吧！

**文法**
たら [要是…；…了的話]
▶ 表示假定條件，當實現前面的情況時，後面的情況就會實現，但前項會不成立，實際上還不知道。

## 0420
□□□
**すすむ**
【進む】

(自五) 進展，前進；上升（級別等）；進步；（鐘）快；引起食慾；（程度）提高

(類) 戻る（返回）

(例) 敵が強すぎて、彼らは進むことも戻ることもできなかった。
／敵人太強了，讓他們陷入進退兩難的局面。

## 0421
□□□
**スタートボタン**
【start button】

(名) （微軟作業系統的）開機鈕

(類) ボタン (button・按鍵；鈕釦)

(例) スタートボタンを押してください。／請按下開機鈕。

## 0422
□□□
**すっかり**

(副) 完全，全部

(類) 全部（全部）

(例) 部屋はすっかり片付けてしまいました。
／房間全部整理好了。

**文法**
てしまう [ …完 ]
▶ 表示動作或狀態的完成。如果是動作繼續的動詞，就表示積極地實行並完成其動作。

### 0423 ☐☐☐ ずっと 　　副 更；一直

類 とても（更）；いつも（經常）

例 ずっとほしかったギターをもらった。
　／收到一直想要的吉他。

文法

もらう［接受…；從…那兒得到…］

▶ 表示接受別人給的東西。這是以説話者是接受人，且接受人是主語的形式，或站在接受人的角度來表現。

### 0424 ☐☐☐ ステーキ 【steak】　　名 牛排

類 牛肉（牛肉）

例 ステーキをナイフで食べやすい大きさに切りました。
　／用刀把牛排切成適口的大小。

### 0425 ☐☐☐ すてる 【捨てる】　　他下一 丟掉，拋棄；放棄

類 投げる（投擲）　對 拾う（撿拾）；置く（留下）

例 いらないものは、捨ててしまってください。
　／不要的東西，請全部丟掉。

### 0426 ☐☐☐ ステレオ 【stereo】　　名 音響

類 ラジオ（radio・收音機）

例 彼にステレオをあげたら、とても喜んだ。
　／送他音響，他就非常高興。

### 0427 ☐☐☐ ストーカー 【stalker】　　名 跟蹤狂

類 おかしい（奇怪）；変（古怪）

例 ストーカーに遭ったことがありますか。
　／你有被跟蹤狂騷擾的經驗嗎？

文法

たことがある［曾…］

▶ 表示經歷過某個特別的事件，且事件的發生離現在已有一段時間，或指過去的一般經驗。

讀書計劃：☐☐／☐☐／☐☐

あ

## 0428 □□□

**す<u>な</u>**
【砂】

名 沙

類 石（石頭）

例 雪がさらさらして、砂のようだ。
／沙沙的雪，像沙子一般。

か

文法
ようだ［像…一樣的］
▶ 把事物的狀態、形狀、性質及動作狀態，比喻成一個不同的其他事物。

さ

## 0429 □□□

**す<u>ばらし</u>い**
【素晴しい】

形 出色，很好

類 凄い（了不起的）；立派（出色）

例 すばらしい映画ですから、見てみてください。
／因為是很棒的電影，不妨看看。

た

## 0430 □□□

**す<u>べ</u>る**
【滑る】

自下一 滑（倒）；滑動；（手）滑；不及格，落榜；下跌

類 倒れる（跌倒）

例 この道は、雨の日はすべるらしい。
／這條路，下雨天好像很滑。

な

## 0431 □□□

**す<u>み</u>**
【隅】

名 角落

類 角（角落）

例 部屋を隅から隅まで掃除してさしあげた。
／房間裡各個小角落都幫您打掃得一塵不染。

は

ま

## 0432 □□□

**す<u>む</u>**
【済む】

自五（事情）完結，結束；過得去，沒問題；（問題）解決，（事情）了結

類 終わる（結束）　對 始まる（開始）

例 用事が済んだら、すぐに帰ってもいいよ。
／要是事情辦完的話，馬上回去也沒關係喔！

文法
てもいい［…也行；可以…］
▶ 表示許可或允許某一行為。如果說的是聽話人的行為，表示允許聽話人某一行為。

や

ら

わ

練習

## 0433 すり

(名) 扒手

類 泥棒（小偷）

例 すりに財布を盗まれたようです。
／錢包好像被扒手扒走了。

文法
(ら)れる [ 被…]
▶ 為被動。表示某人直接承受到別人的動作。

## 0434 すると

(接續) 於是；這樣一來

類 だから（因此）

例 すると、あなたは明日学校に行かなければならないのですか。
／這樣一來，你明天不就得去學校了嗎？

## 0435 せい 【製】

(名・接尾) …製

19

類 生産（生產）

例 先生がくださった時計は、スイス製だった。
／老師送我的手錶，是瑞士製的。

文法
くださる [ 給…]
▶ 對上級或長輩給自己（或自己一方）東西的恭敬説法。這時候給予人的身份、地位、年齡要比接受人高。

## 0436 せいかつ 【生活】

(名・自サ) 生活

類 生きる（生存）；食べる（吃）

例 どんなところでも生活できます。
／我不管在哪裡都可以生活。

文法
でも [ 不管（誰，什麼，哪兒）…都]
▶ 前接疑問詞，表示不論什麼場合，什麼條件，都要進行後項，或是都會產生後項的結果。

## 0437 せいきゅうしょ 【請求書】

(名) 帳單，繳費單

類 領収書（收據）

例 クレジットカードの請求書が届きました。
／收到了信用卡的繳費帳單。

**0438**
☐☐☐
せいさん
【生産】
（名・他サ）生産

類作る（製造） 對消費（消費）
例製品１２３の生産をやめました。／製品123停止生產了。

**0439**
☐☐☐
せいじ
【政治】
（名）政治

類経済（經濟）
例政治の難しさについて話しました。／談及了關於政治的難處。

**0440**
☐☐☐
せいよう
【西洋】
（名）西洋

類ヨーロッパ（Europa・歐洲） 對東洋（亞洲；東洋）
例彼は、西洋文化を研究しているらしいです。
／他好像在研究西洋文化。

**文法**

らしい［說是…；好像…］

▶ 指從外部來的，是說話人自己聽到的內容為根據，來進行推測。含有推測，責任不在自己的語氣。

**0441**
☐☐☐
せかい
【世界】
（名）世界；天地

類地球（地球）
例世界を知るために、たくさん旅行をした。
／為了認識世界，常去旅行。

**0442**
☐☐☐
せき
【席】
（名）座位；職位

類椅子（位置；椅子）；場所（席位；地方）
例「息子はどこにいる？」「後ろから２番目の席に座っているよ。」
／「兒子在哪裡？」「他坐在從後面數來倒數第二個座位上啊！」

**0443**
☐☐☐
せつめい
【説明】
（名・他サ）說明

類紹介（介紹）
例後で説明をするつもりです。／我打算稍後再說明。

---

**0444**
□□□

**せなか**
【背中】

名 背部

類 背（身高） 對 腹（肚子）
例 背中も痛いし、足も疲れました。／背也痛，腳也酸了。

---

**0445**
□□□

**ぜひ**
【是非】

副 務必；好與壞

類 必ず（一定）
例 あなたの作品をぜひ読ませてください。
／請務必讓我拜讀您的作品。

文法
(さ)せてください[請允許…]
▶ 表示[我請對方允許我做前項]之意，是客氣地請求對方允許、承認的說法。

---

**0446**
□□□

**せわ**
【世話】

名・他サ 幫忙；照顧，照料

類 手伝い（幫忙）、心配（關照）
例 子どもの世話をするために、仕事をやめた。
／為了照顧小孩，辭去了工作。

---

**0447**
□□□

**せん**
【線】

名 線；線路；界限

類 糸（紗線）
例 先生は、間違っている言葉を線で消すように言いました。／老師說錯誤的字彙要劃線去掉。

文法
ように[請…；希望…]
▶ 表示祈求、願望、希望、勸告或輕微的命令等。

---

**0448**
□□□

**ぜんき**
【前期】

名 初期，前期，上半期

類 期間（期間） 對 後期（後半期）
例 前期の授業は今日で最後です。／今天是上半期課程的最後一天。

---

**0449**
□□□

**ぜんぜん**
【全然】

副 （接否定）完全不…，一點也不…；非常

類 何にも（什麼也…）
例 ぜんぜん勉強したくないのです。
／我一點也不想唸書。

讀書計劃：□□
／□□

**0450**
□□□

# せ|ん|そ|う
【戦争】

名・自サ 戦爭；打仗

類 喧嘩（吵架） 對 平和（和平）

例 いつの時代でも、戦争はなくならない。
／不管是哪個時代，戰爭都不會消失的。

文法
でも [ 不管(誰，什麼，哪兒)…都…]
▶ 前接疑問詞，表示不論什麼場合，什麼條件，都要進行後項，或是都會產生後項的結果。

---

**0451**
□□□

# せ|ん|ぱ|い
【先輩】

名 學姐，學長；老前輩

類 上司（上司） 對 後輩（晚輩）

例 先輩から学校のことについていろいろなことを教えられた。
／前輩告訴我許多有關學校的事情。

---

**0452**
□□□

# せ|ん|も|ん
【専門】

名 專門，專業

類 職業（職業）

例 上田先生のご専門は、日本の現代文学です。
／上田教授專攻日本現代文學。

---

そ

---

**0453**
□□□
**20**

# そ|う

感・副 那樣，這樣；是

類 こう（這樣）；ああ（那樣）

例 彼は、そう言いつづけていた。
／他不斷地那樣說著。

文法
つづける [ 連續…]
▶ 表示某動作或事情還沒有結束，還繼續，不斷地處於同樣狀態。

---

**0454**
□□□

# そ|う|し|ん
【送信】

名・自サ 發送（電子郵件）；(電) 發報，播送，發射

類 送る（傳送）

例 すぐに送信しますね。
／我馬上把郵件傳送出去喔。

## 0455 ☐☐☐
**そうだん**
【相談】　名・自他サ　商量

類 話（商談）

例 なんでも相談してください。
／不論什麼都可以找我商量。

文法
でも［無論］
▶ 前接疑問詞。表示全面肯定或否定，也就是沒有例外，全部都是。句尾大都是可能或容許等表現。

## 0456 ☐☐☐
**そうにゅう**
【挿入】　名・他サ　插入，裝入

類 入れる（裝進）

例 二行目に、この一文を挿入してください。
／請在第二行，插入這段文字。

## 0457 ☐☐☐
**そうべつかい**
【送別会】　名　送別會

類 宴会（宴會）　對 歓迎会（歡迎宴會）

例 課長の送別会が開かれます。／舉辦課長的送別會。

## 0458 ☐☐☐
**そだてる**
【育てる】　他下一　撫育，培植；培養

類 子育て（育兒）；飼う（飼養）；養う（養育）

例 蘭は育てにくいです。／蘭花很難培植。

## 0459 ☐☐☐
**そつぎょう**
【卒業】　名・自サ　畢業

類 卒業式（畢業典禮）　對 入学（入學）

例 感動の卒業式も無事に終わりました。
／令人感動的畢業典禮也順利結束了。

## 0460 ☐☐☐
**そつぎょうしき**
【卒業式】　名　畢業典禮

類 卒業（畢業）　對 入学式（開學典禮）

例 卒業式で泣きましたか。
／你在畢業典禮上有哭嗎？

あ

か

さ

た

な

は

ま

や

ら

わ

練習

**0461**
□□□

## そとがわ
## 【外側】

(名) 外部，外面，外側

(類) 外（外面） (對) 内側（內部）

(例) だいたい大人が外側、子どもが内側を歩きます。

／通常是大人走在外側，小孩走在內側。

**0462**
□□□

## そふ
## 【祖父】

(名) 祖父，外祖父

(類) お祖父さん（祖父） (對) 祖母（祖母）

(例) 祖父はずっとその会社で働いてきました。

／祖父一直在那家公司工作到現在。

**0463**
□□□

## ソフト
## 【soft】

(名・形動) 柔軟；溫柔；軟體

(類) 柔らかい（柔軟的） (對) 固い（堅硬的）

(例) あのゲームソフトは人気があるらしく、すぐに売切れてしまった。

／那個遊戲軟體似乎廣受歡迎，沒多久就賣完了。

**0464**
□□□

## そぼ
## 【祖母】

(名) 祖母，外祖母，奶奶，外婆

(類) お祖母さん（祖母） (對) 祖父（祖父）

(例) 祖母は、いつもお菓子をくれる。

／奶奶常給我糕點。

**文法**

くれる [ 給… ]

▶ 表示他人給說話人（或說話一方）物品。

**0465**
□□□

## それで

(接續) 後來，那麼

(類) で（後來，那麼）

(例) それで、いつまでに終わりますか。 ／那麼，什麼時候結束呢？

**0466**
□□□

## それに

(接續) 而且，再者

(類) また（再，還）

(例) その映画は面白いし、それに歴史の勉強にもなる。

／這電影不僅有趣，又能從中學到歷史。

## 0467 それはいけませんね （寒暄）那可不行

類 だめ（不可以）

例 それはいけませんね。薬を飲んでみたらどうですか。

／那可不行啊！是不是吃個藥比較好？

**文法**

てみる［試著(做)…］

▶ 表示嘗試著做前接的事項，是一種試探性的行為或動作，一般是肯定的說法。

## 0468 それほど 【それ程】 （副）那麼地

類 あんまり（不怎樣）

例 映画が、それほど面白くなくてもかまいません。

／電影不怎麼有趣也沒關係。

**文法**

てもかまわない［即使…也沒關係］

▶ 表示讓步關係。雖然不是最好的，或不是最滿意的，但妥協一下，這樣也可以。

## 0469 そろそろ （副）快要；逐漸；緩慢

類 もうすぐ（馬上）；だんだん（逐漸）

例 そろそろ２時でございます。／快要兩點了。

## 0470 ぞんじあげる 【存じ上げる】 （他下一）知道（自謙語）

類 知る（知道）；分かる（清楚）

例 お名前は存じ上げております。／久仰大名。

## 0471 そんな （連體）那樣的

類 そんなに（那麼）

例「私の給料はあなたの半分ぐらいです。」「そんなことはないでしょう。」

／「我的薪水只有你的一半。」「沒那回事！」

0472 □□□ **そんなに** 　　　　　　　　⃝副 那麼，那樣

⃝類 そんな（那樣的）

⃝例 そんなにほしいなら、あげますよ。
　　／那麼想要的話，就給你吧！

文法
**なら [ 要是…的話 ]**
▶ 表示接受了對方所説
的事情、狀態、情況後，
説話人提出了意見、勸
告、意志、請求等。

行單字

**0473**
□□□

**21**

だい
【代】

名・接尾 世代；（年齡範圍）…多歲；費用

類 時代（時代）；世紀（世紀）

例 この服は、30代とか40代とかの人のために作られました。

／這件衣服是為三十及四十多歲的人做的。

文法

…とか…とか［及；…或…］

▶ 表示從各種同類的人事物中選出幾個例子來説，或羅列一些事物，暗示還有其它，是口語的説法。

▶ 近 とか［…或…］

**0474**
□□□

たいいん
【退院】

名・自サ 出院

對 入院（住院）

例 彼が退院するのはいつだい？

／他什麼時候出院的呢？

文法

だい［…呢］

▶ 表示向對方詢問的語氣，有時也含有責備或責問的口氣。男性用言，用在口語，説法較為老氣。

**0475**
□□□

ダイエット
【diet】

名・自サ （為治療或調節體重）規定飲食；減重療法；減重，減肥

類 痩せる（痩的） 對 太る（肥胖）

例 夏までに、3キロダイエットします。

／在夏天之前，我要減肥三公斤。

**0476**
□□□

だいがくせい
【大学生】

名 大學生

類 学生（學生）

例 鈴木さんの息子さんは、大学生だと思う。

／我想鈴木先生的兒子，應該是大學生了。

**0477**
□□□

だいきらい
【大嫌い】

形動 極不喜歡，最討厭

類 嫌い（討厭） 對 大好き（很喜歡）

例 好きなのに、大嫌いと言ってしまった。

／明明喜歡，卻偏説非常討厭。

文法

のに［明明…；卻…］

▶ 表示逆接，用於後項結果違反前項的期待，含有説話者驚訝、懷疑、不滿、惋惜等語氣。

讀書計劃：□□／□□／□□

### 0478
□□□

だいじ
【大事】

(名・形動) 大事；保重，重要（「大事さ」為形容
詞的名詞形）

類 大切（重要；珍惜）
例 健康の大事さを知りました。／領悟到健康的重要性。

### 0479
□□□

だいたい
【大体】

(副) 大部分；大致，大概

類 ほとんど（大部分；大約）

例 練習して、この曲はだいたい弾けるように

なった。
／練習以後，大致會彈這首曲子了。

**文法**

ようになる[(變得)…了]
▶ 表示是能力，狀態，行
為的變化。大都含有花
費時間，使成為習慣或
能力。

### 0480
□□□

タイプ
【type】

(名) 款式；類型；打字

類 型（類型）

例 私はこのタイプのパソコンにします。
／我要這種款式的電腦。

**文法**

にする [ 叫…]
▶ 常用於購物或點餐時，
決定買某樣商品。

### 0481
□□□

だいぶ
【大分】

(副) 相當地

類 大抵（大概）

例 だいぶ元気になりましたから、もう薬を飲

まなくてもいいです。
／已經好很多了，所以不吃藥也沒關係的。

**文法**

なくてもいい[不…也行]
▶ 表示允許不必做某一行
為，也就是沒有必要，或
沒有義務做前面的動作。

### 0482
□□□

たいふう
【台風】

(名) 颱風

類 地震（地震）

例 台風が来て、風が吹きはじめた。
／颱風來了，開始刮起風了。

---

**0483** □□□

### た おれる
### 【倒れる】

〔自下一〕 倒下；垮台；死亡

類 寝る（倒下）；亡くなる（死亡） 對 立つ（站立）

例 倒れにくい建物を作りました。／蓋了一棟不容易倒塌的建築物。

---

**0484** □□□

### だ から

〔接續〕 所以，因此

類 ので（因此）

例 明日はテストです。だから、今準備しているところです。

／明天考試。所以，現在正在準備。

**文法**

ているところだ [ 正在… ]
▶ 表示正在進行某動作，也就是動作、變化處於正在進行的階段。
▶ 近 ところだ[剛要…]

---

**0485** □□□

### た しか
### 【確か】

〔形動・副〕 確實，可靠；大概

類 たぶん（大概）

例 確か、彼もそんな話をしていました。／他大概也說了那樣的話。

---

**0486** □□□

### た す
### 【足す】

〔他五〕 補足，增加

類 合計（總計）

例 数字を足していくと、全部で 100 になる。
／數字加起來，總共是一百。

**文法**

ていく [ …去；…下去 ]
▶ 表示動作或狀態，越來越遠地移動或變化，或動作的繼續、順序，多指從現在向將來。

---

**0487** □□□

### だ す
### 【出す】

〔接尾〕 開始…

對 …終わる（…完）

例 うちに着くと、雨が降りだした。
／一到家，便開始下起雨來了。

**文法**

と [ 一…就 ]
▶ 表示前項一發生，就接著發生後項的事情，或是說話者因此有了新的發現。

**0488** □□□
## たずねる
【訪ねる】

（他下一）拜訪，訪問

類 探す（尋找）；訪れる；（拜訪）

例 最近は、先生を訪ねることが少なくなりました。
／最近比較少去拜訪老師。

---

**0489** □□□
## たずねる
【尋ねる】

（他下一）問，打聽；詢問

類 聞く（詢問）；質問する（提問）　對 答える（回答）

例 彼に尋ねたけれど、分からなかったのです。
／雖然去請教過他了，但他不知道。

**文法**
けれど(も)[雖然；可是]
▶ 逆接用法。表示前項和後項的意思或內容是相反的、對比的。

---

**0490** □□□
## ただいま
【唯今・只今】

（副）現在；馬上，剛才；我回來了

類 現在（現在）、今（立刻）

例 その件はただいま検討中です。／那個案子我們正在研究。

---

**0491** □□□
## ただしい
【正しい】

（形）正確；端正

類 本当（真的）　對 間違える（錯誤）

例 私の意見が正しいかどうか、教えてください。／請告訴我，我的意見是否正確。

---

**0492** □□□
## たたみ
【畳】

（名）榻榻米

類 床（地板）

例 このうちは、畳の匂いがします。
／這屋子散發著榻榻米的味道。

**文法**
がする [有…味道]
▶ 表示說話人通過感官感受到的感覺或知覺。

---

**0493** □□□
## たてる
【立てる】

（他下一）立起，訂立；揚起；維持

類 立つ（站立）

例 自分で勉強の計画を立てることになっています。
／要我自己訂定讀書計畫。

**文法**
ことになっている [ (被) 決定…]
▶ 表示人們的行為會受法律、約定、紀律及生活慣例等約束。

**0494** □□□
**た て る**
【建てる】

(他下一) 建造

(類) 直す (修理)　(對) 壊す (毀壊)

(例) こんな家を建てたいと思います。／我想蓋這樣的房子。

---

**0495** □□□
**た と え ば**
【例えば】

(副) 例如

(類) もし (假如)

(例) 例えば、こんなふうにしたらどうですか。
　　／例如像這樣擺可以嗎？

---

**0496** □□□
**た な**
【棚】

(名) 架子，棚架

(類) 本棚 (書架)

(例) 棚を作って、本を置けるようにした。
　　／做了架子，以便放書。

(文法)
**ようにする** [ 以便…]
▶ 表示對某人或事物，施予某動作，使其起作用。

---

**0497** □□□
**た の し み**
【楽しみ】

(名・形動) 期待，快樂

(類) 遊び (消遣；遊戲)

(例) みんなに会えるのを楽しみにしています。
　　／我很期待與大家見面。

(文法)
**のを**
▶ 前接短句，表示強調。另能使其名詞化，成為句子的主語或目的語。

---

**0498** □□□
**た の し む**
【楽しむ】

(他五) 享受，欣賞，快樂；以…為消遣；期待，盼望

(類) 遊ぶ (消遣)；暇 (餘暇)　(對) 働く (工作)；勉強する (學習)

(例) 公園は桜を楽しむ人でいっぱいだ。
　　／公園裡到處都是賞櫻的人群。

---

**0499** □□□
**た べ ほ う だ い**
【食べ放題】

(名) 吃到飽，盡量吃，隨意吃

(類) 飲み放題 (喝到飽)

(例) 食べ放題ですから、みなさん遠慮なくどうぞ。
　　／這家店是吃到飽，所以大家請不用客氣盡量吃。

---

**0500**
☐☐☐

**た**まに
【偶に】

副 偶爾

類 時々（偶爾）　對 いつも（經常）；よく（經常）

例 たまに祖父の家に行かなければならない。
　／偶爾得去祖父家才行。

---

**0501**
☐☐☐

**た**め

名（表目的）為了；（表原因）因為

類 から（為了）

例 あなたのために買ってきたのに、食べないの？
　／這是特地為你買的，你不吃嗎？

文法
てくる［…來］
▶ 表示在其他場所做了某事之後，又回到原來的場所。

---

**0502**
☐☐☐

**だ**め
【駄目】

名 不行；沒用；無用

類 いや（不行）

例 そんなことをしたらだめです。／不可以做那樣的事。

---

**0503**
☐☐☐

**た**りる
【足りる】

自上一 足夠；可湊合

類 十分（足夠）　對 欠ける（不足）

例 1万円あれば、足りるはずだ。
　／如果有一萬日圓，應該是夠的。

文法
ば［如果…的話；假如…］
▶ 表示條件。只要前項成立，後項也當然會成立。前項是焦點，敘述需要的是什麼，後項大多是被期待的事。

---

**0504**
☐☐☐

**だ**んせい
【男性】

名 男性

類 男（男性）　對 女性（女性）

例 そこにいる男性が、私たちの先生です。
　／那裡的那位男性，是我們的老師。

---

### 0505 □□□
**だんぼう**
【暖房】
（名）暖氣

(類) ストーブ (stove・暖爐)　(對) 冷房（冷氣）

(例) 暖かいから、暖房をつけなくてもいいです。
／很溫暖的，所以不開暖氣也無所謂。

ち

### 0506 □□□
**ち**
【血】
（名）血；血緣

22

(類) 毛（毛）；肉（肌肉）

(例) 傷口から血が流れつづけている。／血一直從傷口流出來。

### 0507 □□□
**チェック**
【check】
（名・他サ）檢查

(類) 調べる（檢查）

(例) 正しいかどうかを、ひとつひとつ丁寧にチェックしておきましょう。
／正確與否，請一個個先仔細檢查吧！

**文法**
ておく[先…；暫且…]
▶ 表示為將來做準備，也就是為了以後的某一目的，事先採取某種行為。

### 0508 □□□
**ちいさな**
【小さな】
（連體）小，小的；年齡幼小

(對) 大きな（大的）

(例) あの人は、いつも小さなプレゼントをくださる。／那個人常送我小禮物。

### 0509 □□□
**ちかみち**
【近道】
（名）捷徑，近路

(類) 近い（近的）　(對) 回り道（繞道）

(例) 八百屋の前を通ると、近道ですよ。
／一過了蔬果店前面就是捷徑了。

**文法**
と[一…就]
▶ 表示陳述人和事物的一般條件關係，常用在機械的使用方法、說明路線、自然的現象及反覆的習慣等情況。

### 0510 □□□
**ちから**
【力】
（名）力氣；能力

(類) 腕（力氣；本事）

(例) この会社では、力を出しにくい。／在這公司難以發揮實力。

**0511**
□□□
**ちかん**
【痴漢】
名 色狼

類 すり（扒手；小偷）
例 電車でちかんを見ました。／我在電車上看到了色狼。

**0512**
□□□
**ちっとも**
副 一點也不…

類 少しも（一點也〈不〉…）
例 お菓子ばかり食べて、ちっとも野菜を食べない。／光吃甜點，青菜一點也不吃。

文法
ばかり[ 淨…；光…]
▶ 表示數量、次數非常多。

**0513**
□□□
**ちゃん**
接尾（表親暱稱謂）小…

類 君（君）；さん（先生・小姐）；さま（先生・小姐）
例 まいちゃんは、何にする？
／小舞，你要什麼？

文法
にする[ 叫…]
▶ 常用於購物或點餐時，決定買某樣商品。

**0514**
□□□
**ちゅうい**
【注意】
名・自サ 注意，小心

類 気をつける（小心）
例 車にご注意ください。／請注意車輛！

**0515**
□□□
**ちゅうがっこう**
【中学校】
名 中學

類 高校（高中）
例 私は、中学校のときテニスの試合に出たことがあります。
／我在中學時曾參加過網球比賽。

**0516**
□□□
**ちゅうし**
【中止】
名・他サ 中止

類 キャンセルする（cancel・取消） 對 続く（持續）
例 交渉中止。／停止交涉。

---

**0517** □□□

# ちゅうしゃ
## 【注射】

名・他サ 打針

類 病気（疾病）

例 お医者さんに、注射していただきました。／醫生幫我打了針。

---

**0518** □□□

# ちゅうしゃいはん
## 【駐車違反】

名 違規停車

類 交通違反（交通違規）

例 ここに駐車すると、駐車違反になりますよ。

／如果把車停在這裡，就會是違規停車喔。

---

**0519** □□□

# ちゅうしゃじょう
## 【駐車場】

名 停車場

類 パーキング（parking・停車場）

例 駐車場に行ったら、車がなかった。

／一到停車場，發現車子不見了。

文法
たら…た［一…；發現…］
▶ 表示説話者完成前項動作後，有了新發現，或是發生了後項的事情。

---

**0520** □□□

# ちょう
## 【町】

名・漢造 鎮

類 市（…市）

例 町長になる。／當鎮長。

---

**0521** □□□

# ちり
## 【地理】

名 地理

類 歴史（歴史）

例 私は、日本の地理とか歴史とかについてあまり知りません。

／我對日本地理或歷史不甚了解。

---

つ

**0522** □□□
**23**

# つうこうどめ
## 【通行止め】

名 禁止通行，無路可走

類 一方通行（單行道）

例 この先は通行止めです。／此處前方禁止通行。

**0523** ☐☐☐
**つうちょうきにゅう**
**【通帳記入】**
（名）補登錄存摺

類 付ける（記上）
例 ここに通帳を入れると、通帳記入できます。
／只要把存摺從這裡放進去，就可以補登錄存摺了。

**0524** ☐☐☐
**つかまえる**
**【捕まえる】**
（他下一）逮捕，抓；握住

類 掴む（抓住）　對 逃げる（逃走）
例 彼が泥棒ならば、捕まえなければならない。
／如果他是小偷，就非逮捕不可。

文法
ば［如果…就…］
▶ 敘述一般客觀事物的
條件關係。如果前項成
立，後項就一定會成立。

**0525** ☐☐☐
**つき**
**【月】**
（名）月亮

類 星（星星）　對 日（太陽）
例 今日は、月がきれいです。／今天的月亮很漂亮。

**0526** ☐☐☐
**つく**
**【点く】**
（自五）點上，（火）點著

類 点ける（點燃）　對 消える（熄滅）
例 あの家は、昼も電気がついたままだ。
／那戶人家，白天燈也照樣點著。

文法
まま［…著］
▶ 表示附帶狀況，指一
個動作或作用的結果，
在這個狀態還維持續時，
進行了後項的動作，或
發生後項的事態。

**0527** ☐☐☐
**つける**
**【付ける】**
（他下一）裝上，附上；塗上

類 塗る（塗抹）　對 落とす（弄下）
例 ハンドバッグに光る飾りを付けた。／在手提包上別上了閃閃發亮的綴飾。

**0528** ☐☐☐
**つける**
**【漬ける】**
（他下一）浸泡；醃

類 塩づけする（醃）
例 母は、果物を酒に漬けるように言った。／媽媽說要把水果醃在酒裡。

**0529**
□□□
つ**ける**
【点ける】
他下一 打開（家電類）；點燃

類 燃やす（燃燒） 對 消す（切斷）

例 クーラーをつけるより、窓を開けるほうがいいでしょう。

／與其開冷氣，不如打開窗戶來得好吧！

**0530**
□□□
つ**ごう**
【都合】
名 情況，方便度

類 場合（情況）

例 都合がいいときに、来ていただきたいです。

／時間方便的時候，希望能來一下。

**0531**
□□□
つ**たえる**
【伝える】
他下一 傳達，轉告；傳導

類 説明する（說明）；話す（說明）

例 私が忙しいということを、彼に伝えてください。

／請轉告他我很忙。

**0532**
□□□
つ**づく**
【続く】
自五 繼續；接連；跟著

類 続ける（繼續） 對 止まる（中斷）

例 雨は来週も続くらしい。／雨好像會持續到下週。

**0533**
□□□
つ**づける**
【続ける】
他下一 持續，繼續；接著

類 続く（繼續） 對 止める（取消）

例 一度始めたら、最後まで続けろよ。

／既然開始了，就要堅持到底喔！

**0534**
□□□
つ**つむ**
【包む】
他五 包住，包起來；隱藏，隱瞞

類 包装する（包裝）

例 必要なものを全部包んでおく。

／把要用的東西全包起來。

**0535** □□□
## つま
## 【妻】
⑧（對外稱自己的）妻子，太太

類 家内（〈我〉妻子）　對 夫（〈我〉先生）
例 私が会社をやめたいということを、妻は知りません。
／妻子不知道我想離職的事。

**0536** □□□
## つめ
## 【爪】
⑧ 指甲

類 指（手指）
例 爪をきれいにするだけで、仕事も楽しくなります。
／指甲光只是修剪整潔，工作起來心情就感到愉快。

**0537** □□□
## つもり
⑧ 打算；當作

類 考える（想）
例 父には、そう説明するつもりです。／打算跟父親那樣說明。

**0538** □□□
## つる
## 【釣る】
他五 釣魚；引誘

類 誘う（誘惑；邀請）
例 ここで魚を釣るな。／不要在這裡釣魚。

**0539** □□□
## つれる
## 【連れる】
他下一 帶領，帶著

類 案内（導遊）
例 子どもを幼稚園に連れて行ってもらいました。
／請他幫我帶小孩去幼稚園了。

**文法**
てもらう [（我）請（某人為我做）…]
▶ 表示請求別人做某行為，且對那一行為帶著感謝的心情。

**て**

**0540** □□□
**24**
## ていねい
## 【丁寧】
⑧・形動 客氣；仔細；尊敬

類 細かい（仔細）
例 先生の説明は、彼の説明より丁寧です。／老師比他說明得更仔細。

**0541** ☐☐☐

テキスト
【text】

（名）教科書

（類）教科書（課本）

（例）読みにくいテキストですね。

／真是一本難以閱讀的教科書呢！

**0542** ☐☐☐

てきとう
【適当】

（名・自サ・形動）適當；適度；隨便

（類）よろしい（適當；恰好）　（對）真面目（認真）

（例）適当にやっておくから、大丈夫。

／我會妥當處理的，沒關係！

**0543** ☐☐☐

できる
【出来る】

（自上一）完成；能夠；做出；發生；出色

（類）上手（擅長）　（對）下手（笨拙）

（例）1週間でできるはずだ。

／一星期應該就可以完成的。

（文法）

はずだ〔(按理說)應該…〕

▶ 表示說話人根據事實、理論或自己擁有的知識來推測出結果，是主觀色彩強，較有把握的推斷。

**0544** ☐☐☐

できるだけ
【出来るだけ】

（副）盡可能地

（類）なるべく（盡可能）

（例）できるだけお手伝いしたいです。　／我想盡力幫忙。

**0545** ☐☐☐

でございます

（自・特殊形）是（「だ」「です」「である」的鄭重說法）

（類）である（是〈だ、です的鄭重說法〉）

（例）店員は、「こちらはたいへん高級なワインでございます。」と言いました。　／店員說：「這是非常高級的葡萄酒」。

**0546** ☐☐☐

てしまう

（補動）強調某一狀態或動作完了；懊悔

（類）残念（悔恨）

（例）先生に会わずに帰ってしまったの？／沒見到老師就回來了嗎？

## 0547 □□□
### デスクトップ
【desktop】
(名) 桌上型電腦

(類) パソコン (Personal Computer・個人電腦)
(例) 会社ではデスクトップを使っています。
／在公司的話，我是使用桌上型電腦。

## 0548 □□□
### てつだい
【手伝い】
(名) 幫助；幫手；幫傭

(類) ヘルパー (helper・幫傭)
(例) 彼に引越しの手伝いを頼んだ。 ／搬家時我請他幫忙。

## 0549 □□□
### てつだう
【手伝う】
(自他五) 幫忙

(類) 助ける (幫助)
(例) いつでも、手伝ってあげます。
／我無論何時都樂於幫你的忙。

> 文法
> **でも[無論]**
> ▶ 前接疑問詞。表示全面肯定或否定，也就是沒有例外，全部都是。句尾大都是可能或容許等表現。

## 0550 □□□
### テニス
【tennis】
(名) 網球

(類) 野球 (棒球)
(例) テニスはやらないが、テニスの試合をよく見ます。
／我雖然不打網球，但經常看網球比賽。

## 0551 □□□
### テニスコート
【tennis court】
(名) 網球場

(類) テニス (tennis・網球)
(例) みんな、テニスコートまで走れ。 ／大家一起跑到網球場吧！

## 0552 □□□
### てぶくろ
【手袋】
(名) 手套

(類) ポケット (pocket・口袋)
(例) 彼女は、新しい手袋を買ったそうだ。
／聽說她買了新手套。

> 文法
> **そうだ[聽說…]**
> ▶ 表示傳聞。不是自己直接獲得，而是從別人那裡，報章雜誌等處得到該信息。

**0553**
☐☐☐
**て まえ**
【手前】

(名・代) 眼前；靠近自己這一邊；（當著…的）面前；我（自謙）；你（同輩或以下）

類 前（前面）；僕（我）
例 手前にある箸を取る。／拿起自己面前的筷子。

**0554**
☐☐☐
**て もと**
【手元】

(名) 身邊，手頭；膝下；生活，生計

類 元（身邊；本錢）
例 今、手元に現金がない。／現在我手邊沒有現金。

**0555**
☐☐☐
**て ら**
【寺】

(名) 寺廟

類 神社（神社）
例 京都は、寺がたくさんあります。
／京都有很多的寺廟。

**0556**
☐☐☐
**て ん**
【点】

(名) 點；方面；（得）分

類 数（數目）
例 その点について、説明してあげよう。
／關於那一點，我來為你說明吧！

文法
（よ）う［…吧］
▶ 表示説話者的個人意志行為，準備做某件事情，或是用來提議、邀請別人一起做某件事情。

**0557**
☐☐☐
**て んいん**
【店員】

(名) 店員

類 社員（職員）
例 店員が親切に試着室に案内してくれた。
／店員親切地帶我到試衣間。

**0558**
☐☐☐
**て んきよほう**
【天気予報】

(名) 天氣預報

類 ニュース（news・新聞）
例 天気予報ではああ言っているが、信用できない。
／雖然天氣預報那樣說，但不能相信。

あ

か

さ

た

な

は

ま

や

ら

わ

練習

**0559** □□□
**て↓んそう**
【転送】
(名・他サ) 轉送，轉寄，轉遞

(類)送る（傳送）
(例)部長にメールを転送しました。／把電子郵件轉寄給部長了。

**0560** □□□
**で↓んとう**
【電灯】
(名) 電燈

(類)電気（電燈；電力）
(例)明るいから、電灯をつけなくてもかまわない。
／天還很亮，不開電燈也沒關係。

文法
てもかまわない[即使…
也沒關係]
▶ 表示讓步關係。雖然不
是最好的，或不是最滿意
的，但妥協一下，這樣也
可以。

**0561** □□□
**て↓んぷ**
【添付】
(名・他サ) 添上，附上；（電子郵件）附加檔案
（或唸：て↓んぷ）

(類)付く（添上）
(例)写真を添付します。／我附上照片。

**0562** □□□
**て↓んぷら**
【天ぷら】
(名) 天婦羅

(類)刺身（生魚片）
(例)私が野菜を炒めている間に、彼はてんぷら
と味噌汁まで作ってしまった。
／我炒菜時，他除了炸天婦羅，還煮了味噌湯。

文法
が
▶ 接在名詞的後面，表
示後面的動作或狀態的
主體。

**0563** □□□
**で↓んぽう**
【電報】
(名) 電報

(類)電話（電話）
(例)私が結婚したとき、彼はお祝いの電報をく
れた。
／我結婚的時候，他打了電報祝福我。

文法
お…[貴…]
▶ 後接名詞（跟對方有關
的行為、狀態或所有物），
表示尊敬、鄭重、親愛，
另外，還有習慣用法等意
思。

### 0564 てんらんかい 【展覧会】
名 展覧會

類 発表会（發表會）

例 展覧会とか音楽会とかに、よく行きます。
／展覽會啦、音樂會啦，我都常去參加。

文法
…とか…とか［…啦…啦；…或…］
▶ 表示從各種同類的人事物中選出幾個例子來説，或羅列一些事物，暗示還有其它，是口語的説法。

### 0565 どうぐ 【道具】
名 工具；手段

類 絵の具（顔料）；ノート（note・筆記）；鉛筆（鉛筆）

例 道具をそろえて、いつでも使えるようにした。
／收集了道具，以便無論何時都可以使用。

文法
でも［無論…都…］
▶ 前接疑問詞。表示全面肯定或否定，也就是沒有例外，全部都是。句尾大都是可能或容許等表現。

### 0566 とうとう 【到頭】
副 終於

類 やっと（終於）

例 とうとう、国に帰ることになりました。
／終於決定要回國了。

文法
ことになる［決定…］
▶ 表示決定。宣布自己決定的事。

### 0567 どうぶつえん 【動物園】
名 動物園

類 植物園（植物園）

例 動物園の動物に食べ物をやってはいけません。
／不可以餵動物園裡的動物吃東西。

文法
やる［給予…］
▶ 授受物品的表達方式。表示給予同輩以下的人，或小孩，動植物有利益的事物。

### 0568 とうろく 【登録】
名・他サ 登記；（法）登記，註冊；記錄

類 記録（記錄）

例 伊藤さんのメールアドレスをアドレス帳に登録してください。
／請將伊藤先生的電子郵件地址儲存到地址簿裡。

**0569**
□□□

と|おく
【遠く】

名 遠處；很遠

類 遠い（遙遠）　對 近く（很近）

例 あまり遠くまで行ってはいけません。
　／不可以走到太遠的地方。

文法
てはいけない [ 不准…]
▶ 表示禁止，基於某種理由、規則，直接跟聽話人表示不能做前項事情。

---

**0570**
□□□

と|おり
【通り】

名 道路，街道

類 道（道路）

例 どの通りも、車でいっぱいだ。／不管哪條路，車都很多。

---

**0571**
□□□

と|おる
【通る】

自五 經過；通過；穿透；合格；知名；了解；進來

類 過ぎる（經過）；渡る（渡過）　對 落ちる（沒考中）

例 私は、あなたの家の前を通ることがあります。
　／我有時會經過你家前面。

文法
ことがある [ 有時…]
▶ 表示有時或偶爾發生某事。

---

**0572**
□□□

と|き
【時】

名 …時，時候

類 場合（時候）；時間（時間）　對 ところ（地方）

例 そんな時は、この薬を飲んでください。
　／那時請吃這服藥。

文法
そんな [ 那樣的 ]
▶ 間接的在說人或事物的狀態或程度。而這個事物是靠近聽話人的或聽話人之前說過的。

---

**0573**
□□□

と|くに
【特に】

副 特地，特別

類 特別（特別）

例 特に、手伝ってくれなくてもかまわない。
　／不用特地來幫忙也沒關係。

文法
なくてもかまわない
[ 不…也行 ]
▶ 表示沒有必要做前面的動作，不做也沒關係。

**0574** □□□
## と|くばいひん
【特売品】
名 特賣商品，特價商品

類 品物（物品）

例 お店の入り口近くにおいてある商品は、だいたい特売品ですよ。
／放置在店門口附近的商品，大概都會是特價商品。

**0575** □□□
## と|くべつ
【特別】
名・形動 特別，特殊

類 特に（特別）

例 彼には、特別な練習をやらせています。
／讓他進行特殊的練習。

**0576** □□□
## と|こや
【床屋】
名 理髮店；理髮室

類 美容院（美容院）

例 床屋で髪を切ってもらいました。
／在理髮店剪了頭髮。

**0577** □□□
## と|し
【年】
名 年齡；一年

類 歳（歲）

例 おじいさんは年をとっても、少年のような目をしていた。
／爺爺即使上了年紀，眼神依然如少年一般純真。

> **文法**
> ても[即使…也]
> ▶ 表示後項的成立，不受前項的約束，是一種假定逆接表現，後項常用各種意志表現的説法。

**0578** □□□
## と|ちゅう
【途中】
名 半路上，中途；半途

類 中途（半途）

例 途中で事故があったために、遅くなりました。
／因路上發生事故，所以遲到了。

> **文法**
> ため(に)[因為…所以…]
> ▶ 表示由於前項的原因，引起後項的結果。

## 0579 □□□
### と｜っきゅう
### 【特急】
（名）特急列車；火速

（類）エクスプレス (express・急行列車)；急行（快車）

（例）特急で行こうと思う。

／我想搭特急列車前往。

**文法**

（よ）うとおもう [ 我想…]

▶ 表示説話人告訴聽話人，説話當時自己的想法，打算或意圖，且動作實現的可能性很高。

## 0580 □□□
### どっち
### 【何方】
（代）哪一個

（類）こっち（這邊；我們）；あっち（那邊；他們）

（例）無事に産まれてくれれば、男でも女でもどっちでもいいです。

／只要能平平安安生下來，不管是男是女我都喜歡。

**文法**

ば [ 如果…的話；假如…]

▶ 表示條件。只要前項成立，後項也當然會成立。前項是焦點，敘述需要的是什麼，後項大多是被期待之事。

## 0581 □□□
### と｜どける
### 【届ける】
（他下一）送達；送交；申報，報告

（類）運ぶ（運送）；送る（傳送）

（例）忘れ物を届けてくださって、ありがとう。

／謝謝您幫我把遺失物送回來。

**文法**

てくださる [(為我)做…]

▶ 表示他人為我，或為我方的人做前項有益的事，用在帶著感謝的心情，接受別人的行為時。

## 0582 □□□
### と｜まる
### 【止まる】
（自五）停止；止住；堵塞

（類）止める（停止）　（對）動く（轉動）；続く（持續）

（例）今、ちょうど機械が止まったところだ。

／現在機器剛停了下來。

**文法**

たところだ [ 剛…]

▶ 表示剛開始做動作沒多久，也就是在 […之後不久 ] 的階段。

## 0583 □□□
### と｜まる
### 【泊まる】
（自五）住宿，過夜；（船）停泊

（類）住む（居住）

（例）お金持ちじゃないんだから、いいホテルに泊まるのはやめなきゃ。

／既然不是有錢人，就得打消住在高級旅館的主意才行。

**文法**

じゃ

▶ [ じゃ ] 是 [ では ] 的縮略形式，一般是用在口語上。多用在跟自己比較親密的人，輕鬆交談的時候。

## 0584
□□□

### と|める
### 【止める】

（他下一）關掉，停止；戒掉

類 止まる（停止） 對 歩く（歩行）；続ける（持續進行）

例 その動きつづけている機械を止めてください。
／請關掉那台不停轉動的機械。

文法

つづける［連續…］
▶ 表示某動作或事情還沒有結束，還繼續，不斷地處於同樣狀態。

## 0585
□□□

### と|りかえる
### 【取り替える】

（他下一）交換；更換

類 かわりに（代替）

例 新しい商品と取り替えられます。
／可以更換新產品。

文法

（ら）れる［可以…；能…］
▶ 從周圍的客觀環境條件來看，有可能做某事。

## 0586
□□□

### ど|ろぼう
### 【泥棒】

（名）偷竊；小偷，竊賊

類 すり（小偷；扒手）

例 泥棒を怖がって、鍵をたくさんつけた。
／因害怕遭小偷，所以上了許多道鎖。

## 0587
□□□

### ど|んどん

（副）連續不斷，接二連三；（炮鼓等連續不斷的聲音）咚咚；（進展）順利；（氣勢）旺盛

類 だんだん（逐漸）

例 水がどんどん流れる。
／水嘩啦嘩啦不斷地流。

あ

か

さ

た

**な**

は

ま

や

ら

わ

練習

---

**0588**
□□□

**26**

## ナイロン
【nylon】

名 尼龍

類 めん（棉）

例 ナイロンの丈夫さが、女性のファッションを変えた。
／尼龍的耐用性，改變了女性的時尚。

**文法**
さ
▶ 接在形容詞、形容動詞的詞幹後面等構成名詞，表示程度或狀態。

---

**0589**
□□□

## なおす
【直す】

他五 修理；改正；整理；更改

類 直る（修理好；改正） 對 壊す（毀壞）

例 自転車を直してやるから、持ってきなさい。
／我幫你修理腳踏車，去把它牽過來。

**文法**
てやる
▶ 表示以施恩或給予利益的心情，為下級或晚輩（或動、植物）做有益的事。

---

**0590**
□□□

## なおる
【治る】

自五 治癒，痊愈

類 元気になる（恢復健康） 對 怪我（受傷）；病気（生病）

例 風邪が治ったのに、今度はけがをしました。
／感冒才治好，這次卻換受傷了。

**文法**
のに［明明…；卻…］
▶ 表示逆接，用於後項結果違反前項的期待，含有說話者驚訝、懷疑、不滿、惋惜等語氣。

---

**0591**
□□□

## なおる
【直る】

自五 改正；修理；回復；變更

類 修理する（修理）

例 この車は、土曜日までに直りますか。
／這輛車星期六以前能修好嗎？

**文法**
までに［在…之前］
▶ 接在表示時間的名詞後面，表示動作或事情的截止日期或期限。

---

**0592**
□□□

## なかなか
【中々】

副・形動 超出想像；頗，非常；（不）容易；（後接否定）總是無法

類 とても（非常）

例 なかなかさしあげる機会がありません。
／始終沒有送他的機會。

**文法**
さしあげる［給予…］
▶ 授受物品的表達方式。表示下面的人給上面的人物品。是一種謙虛的說法。

---

---

**0593**
☐☐☐ ながら 　　接助 一邊…，同時…

類 つつ（一面…一面…）

例 子どもが、泣きながら走ってきた。
　／小孩哭著跑過來。

文法
てくる[…來]
▶ 由遠而近，向説話人的位置、時間點靠近。

---

**0594**
☐☐☐ なく
【泣く】　　自五 哭泣

類 呼ぶ（喊叫）；鳴く（鳴叫） 對 笑う（笑）

例 彼女は、「とても悲しいです。」と言って泣いた。
　／她說：「真是難過啊」，便哭了起來。

---

**0595**
☐☐☐ なくす
【無くす】　　他五 弄丟，搞丟

類 無くなる（消失）；落とす（遺失）

例 財布をなくしたので、本が買えません。
　／錢包弄丟了，所以無法買書。

---

**0596**
☐☐☐ なくなる
【亡くなる】　　他五 去世，死亡

類 死ぬ（死亡） 對 生きる（生存）

例 おじいちゃんがなくなって、みんな悲しんでいる。
　／爺爺過世了，大家都很哀傷。

---

**0597**
☐☐☐ なくなる
【無くなる】　　自五 不見，遺失；用光了

類 消える（消失）

例 きのうもらった本が、なくなってしまった。
　／昨天拿到的書不見了。

文法
てしまう[…了]
▶ 表示出現了説話人不願意看到的結果，含有遺憾、惋惜、後悔等語氣，這時候一般接的是無意志的動詞。

**0598**
□□□

## なげる
【投げる】

（自下一）丢，抛；摔；提供；投射；放棄

（類）捨てる（丢掉）　（對）拾う（撿拾）

（例）そのボールを投げてもらえますか。
／可以請你把那個球丢過來嗎？

（文法）
てもらう [(我) 請（某人為我做）…]
▶ 表示請求別人做某行為，且對那一行為帶著感謝的心情。

---

**0599**
□□□

## なさる

（他五）做（「する」的尊敬語）

（類）する（做）

（例）どうして、あんなことをなさったのですか。
／您為什麼會做那種事呢？

（文法）
あんな [ 那樣的 ]
▶ 間接地說人或事物的狀態或程度。而這是指說話人和聽話人以外的事物，或是雙方都理解的事物。

---

**0600**
□□□

## なぜ
【何故】

（副）為什麼

（類）どうして（為什麼）

（例）なぜ留学することにしたのですか。
／為什麼決定去留學呢？

（文法）
ことにした [ 決定…]
▶ 表示決定已經形成，大都用在跟對方報告自己決定的事。

---

**0601**
□□□

## なまごみ
【生ごみ】

（名）廚餘，有機垃圾

（類）ごみ（垃圾）

（例）生ごみは一般のごみと分けて捨てます。
／廚餘要跟一般垃圾分開來丢棄。

---

**0602**
□□□

## なる
【鳴る】

（自五）響，叫

（類）呼ぶ（喊叫）

（例）ベルが鳴りはじめたら、書くのをやめてください。
／鈴聲一響起，就請停筆。

（文法）
たら [ 一到…就…]
▶ 表示確定條件，知道前項一定會成立，以其為契機做後項。

## 0603 なるべく　　副 盡量，盡可能
□□□

類 出来るだけ（盡可能）
例 なるべく明日までにやってください。
　　／請盡量在明天以前完成。

文法
までに [ 在…之前 ]
▶ 接在表示時間的名詞後面，表示動作或事情的截止日期或期限。

## 0604 なるほど　　感・副 的確，果然；原來如此
□□□

類 確かに（的確）
例 なるほど、この料理は塩を入れなくてもいいんですね。
　　／原來如此，這道菜不加鹽也行呢！

文法
なくてもいい [ 不…也行 ]
▶ 表示允許不必做某一行為，也就是沒有必要，或沒有義務做前面的動作。

## 0605 なれる　　自下一 習慣；熟悉
□□□ 【慣れる】

類 習慣（個人習慣）
例 毎朝 5 時に起きるということに、もう慣れました。／已經習慣每天早上五點起床了。

文法
という […的…]
▶ 用於針對傳聞、評價、報導、事件等內容加以描述或說明。

に

## 0606 におい　　名 味道；風貌
□□□ 【匂い】
27

類 味（味道）
例 この花は、その花ほどいい匂いではない。
　　／這朵花不像那朵花味道那麼香。

文法
ほど…ない [ 不像…那麼…]
▶ 表示兩者比較之下，前者沒有達到後者那種程度。是以後者為基準，進行比較的。

## 0607 にがい　　形 苦；痛苦
□□□ 【苦い】

類 まずい（難吃的）　對 甘い（好吃的；喜歡的）
例 食べてみましたが、ちょっと苦かったです。
　　／試吃了一下，覺得有點苦。

文法
てみる [ 試著(做)…]
▶ 表示嘗試著做前接的事項，是一種試探性的行為或動作，一般是肯定的說法。

讀書計劃：□□ /□□ /□□

あ

か

さ

た

な

は

ま

や

ら

わ

練習

**0608** □□□

## にかいだて
【二階建て】

(名) 二層建築

(類) 建物（建築物）

(例)「あの建物は何階建てですか？」「二階建てです。」
／「那棟建築物是幾層樓的呢？」「二層樓的。」

**0609** □□□

## にくい
【難い】

(接尾) 難以，不容易

(類) 難しい（困難）　(對)…やすい（容易…）

(例) 食べ難ければ、スプーンを使ってください。
／如果不方便吃，請用湯匙。

**文法**

ければ[如果…的話；假如…]

▶ 敘述一般客觀事物的條件關係。

**0610** □□□

## にげる
【逃げる】

(自下一) 逃走，逃跑；逃避；領先（運動競賽）

(類) 消す（消失）；無くなる（消失）　(對) 捕まえる（捕捉）

(例) 警官が来たぞ。逃げろ。
／警察來了，快逃！

**文法**

命令形

▶ 表示命令。一般用在命令對方的時候，由於給人有粗魯的感覺，所以大都是直接面對當事人説。

**0611** □□□

## について

(連語) 關於

(類) に関して（關於）

(例) みんなは、あなたが旅行について話すことを期待しています。
／大家很期待聽你説有關旅行的事。

**文法**

について(は)[有關…]

▶ 表示前項先提出一個話題，後項就針對這個話題進行説明。

▶ 近 についての[有關…]

**0612** □□□

## にっき
【日記】

(名) 日記

(類) 手帳（雜記本）

(例) 日記は、もう書きおわった。
／日記已經寫好了。

### 0613 にゅういん 【入院】
名・自サ 住院

對 退院（出院）

例 入院するときは手伝ってあげよう。
／住院時我來幫你吧。

**文法**
てあげる[（為他人）做…]
▶ 表示自己或站在一方的人，為他人做前項利益的行為。

### 0614 にゅうがく 【入学】
名・自サ 入學

類 卒業（畢業）

例 入学するとき、何をくれますか。
／入學的時候，你要送我什麼？

**文法**
くれる[給…]
▶ 表示他人給說話人（或說話一方）物品。這時候接受人跟給予人大多是地位、年齡相當的同輩。

### 0615 にゅうもんこうざ 【入門講座】
名 入門課程，初級課程

類 授業（上課）

例 ラジオのスペイン語入門講座を聞いています。
／我平常會收聽廣播上的西班牙語入門課程。

### 0616 にゅうりょく 【入力】
名・他サ 輸入；輸入數據

類 書く（書寫）

例 ひらがなで入力することができますか。
／請問可以用平假名輸入嗎？

**文法**
ことができる[可以…]
▶ 表示在外部的狀況、規定等客觀條件允許時可能做。

### 0617 によると 【に拠ると】
連語 根據，依據

類 判断（判斷）

例 天気予報によると、7時ごろから雪が降りだすそうです。
／根據氣象報告說，七點左右將開始下雪。

**文法**
だす[…起來；開始…]
▶ 表示某動作、狀態的開始。

讀書計劃：□□／□□

**0618**
☐☐☐
**にる**
【似る】
(自上一) 相像，類似

(類) 同じ（一樣）　(對) 違う（不同）

(例) 私は、妹ほど母に似ていない。／我不像妹妹那麼像媽媽。

**0619**
☐☐☐
**にんぎょう**
【人形】
(名) 娃娃，人偶

(類) 玩具（玩具）

(例) 人形の髪が伸びるはずがない。
／娃娃的頭髮不可能變長。

**文法**
はずがない［不可能…；
沒有…的道理］
▶ 表示說話人根據事實、理論或自己擁有的知識，來推論某一事物不可能實現。

**ぬ**

**0620**
☐☐☐
**ぬすむ**
【盗む】
(他五) 偷盜，盜竊

(類) 取る（奪取）

(例) お金を盗まれました。／我的錢被偷了。

**0621**
☐☐☐
**ぬる**
【塗る】
(他五) 塗抹，塗上

(類) 付ける（塗上）　(對) 消す（抹去）

(例) 赤とか青とか、いろいろな色を塗りました。
／紅的啦、藍的啦，塗上了各種顏色。

**0622**
☐☐☐
**ぬれる**
【濡れる】
(自下一) 淋濕

(類) 乾く（乾）

(例) 雨のために、濡れてしまいました。
／因為下雨而被雨淋濕了。

---

**0623** □□□
### ねだん 【値段】
名 價錢

類 料金（費用）

例 こちらは値段が高いので、そちらにします。
／這個價錢較高，我決定買那個。

**文法**
にする［決定…］
▶ 常用於購物或點餐時，決定買某樣商品。

---

**0624** □□□
### ねつ 【熱】
名 高溫；熱；發燒

類 病気（生病）、風邪（感冒）；火（火；火焰）

例 熱がある時は、休んだほうがいい。
／發燒時最好休息一下。

---

**0625** □□□
### ねっしん 【熱心】
名・形動 專注，熱衷；熱心；熱衷；熱情

類 一生懸命（認真） 對 冷たい（冷淡的）

例 毎日10時になると、熱心に勉強しはじめる。
／每天一到十點，便開始專心唸書。

**文法**
と［一…就］
▶ 表示陳述人和事物的一般條件關係，常用在機械的使用方法、説明路線、自然的現象及反覆的習慣等情況。

---

**0626** □□□
### ねぼう 【寝坊】
名・形動・自サ 睡懶覺，貪睡晚起的人

類 朝寝坊（好睡懶覺的人） 對 早起き（早早起床〈的人〉）

例 寝坊して会社に遅れた。／睡過頭，上班遲到。

---

**0627** □□□
### ねむい 【眠い】
形 睏

類 眠たい（昏昏欲睡）

例 お酒を飲んだら、眠くなってきた。／喝了酒，便開始想睡覺了。

---

**0628** □□□
### ねむたい 【眠たい】
形 昏昏欲睡，睏倦

類 眠い（想睡覺）

例 眠たくてあくびが出る。／想睡覺而打哈欠。

**0629** ☐☐☐
**ね<u>む</u>る**
【眠る】
（自五）**睡覺**

類 寝る（睡覺）；休む（就寢） 對 起きる（起床）
例 薬を使って、眠らせた。
／用藥讓他入睡。

文法
（さ）せる［讓…；叫…］
▶ 表示使役。
▶ 近（さ）せておく［讓…］

の

**0630** ☐☐☐
**ノートパソコン**
【notebook personal
computer 之略】
（名）**筆記型電腦**

類 パソコン（Personal Computer・個人電腦）
例 小さいノートパソコンを買いたいです。
／我想要買小的筆記型電腦。

**0631** ☐☐☐
**の<u>こ</u>る**
【残る】
（自五）**剩餘，剩下；遺留**

類 残す（剩下） 對 捨てる（留下）
例 みんなあまり食べなかったために、食べ物が残った。
／因為大家都不怎麼吃，所以食物剩了下來。

**0632** ☐☐☐
**の<u>ど</u>**
【喉】
（名）**喉嚨**

類 首（脖子）；体（身體）
例 風邪を引くと、喉が痛くなります。
／一感冒，喉嚨就會痛。

文法
と［一…就］
▶ 表前項一發生，後項就
接著反覆或習慣性地發生。

**0633** ☐☐☐
**の<u>みほ</u>う<u>だい</u>**
【飲み放題】
（名）**喝到飽，無限暢飲**

類 食べ放題（吃到飽）
例 一人 2,000 円で飲み放題になります。
／一個人兩千日幣就可以無限暢飲。

0634 □□□

**のりかえる**
【乗り換える】

(他下一・自下一) 轉乘，換車；改變

(類)換える（變換）

(例)新宿で J R にお乗り換えください。
／請在新宿轉搭 JR 線。

**文法**

お…ください [ 請…]

▶ 用在對客人、屬下對上司的請求，表示敬意而抬高對方行為的表現方式。

0635 □□□

**のりもの**
【乗り物】

(名) 交通工具

(類)バス（bus・公共汽車）；タクシー（taxi・計程車）
(例)乗り物に乗るより、歩くほうがいいです。
／走路比搭交通工具好。

**0636**
□□□
**28**
## は
【葉】
名 葉子，樹葉

類 草（草）

例 この葉は、あの葉より黄色いです。／這樹葉，比那樹葉還要黃。

---

**0637**
□□□
## ばあい
【場合】
名 時候；狀況，情形

類 時間（時間）；とき（時候）

例 彼が来ない場合は、電話をくれるはずだ。
／他不來的時候，應該會給我電話的。

**文法**
はずだ〔〔按理說〕應該…〕
▶ 表示說話人根據事實、理論或自己擁有的知識來推測出結果，是主觀色彩強，較有把握的推斷。

---

**0638**
□□□
## パート
【part】
名 打工；部分，篇，章；職責，（扮演的）角色；分得的一份

類 アルバイト（arbeit・打工）

例 母は弁当屋でパートをしています。／媽媽在便當店打工。

---

**0639**
□□□
## バーゲン
【bargain sale 之略】
名 特價，出清；特賣

類 セール（sale・拍賣）

例 夏のバーゲンは来週から始まります。／夏季特賣將會在下週展開。

---

**0640**
□□□
## ばい
【倍】
名・接尾 倍，加倍

對 半（一半）

例 今年から、倍の給料をもらえるようになりました。／今年起可以領到雙倍的薪資了。

**文法**
ようになる〔〔變得〕…了〕
▶ 表示是能力、狀態、行為的變化。大都含有花費時間，使成為習慣或能力。

---

**0641**
□□□
## はいけん
【拝見】
名・他サ 看，拜讀

類 見る（觀看）；読む（閱讀）

例 写真を拝見したところです。／剛看完您的照片。

---

**0642**
□□□

はいしゃ
【歯医者】

⊛名 牙醫

類 医者（醫生）　對 患者（病患）

例 歯が痛いなら、歯医者に行けよ。
／如果牙痛，就去看牙醫啊！

文法
なら [ 要是…就…]
▶ 表示接受了對方所説的
事情、狀態、情況後，説
話人提出了意見、勸告、
意志、請求等。

**0643**
□□□

ばかり

副助 大約；光，淨；僅只；幾乎要

類 だけ（僅僅）

例 そんなことばかり言わないで、元気を出して。
／別淨説那樣的話，打起精神來。

文法
ばかり [ 淨…；光…]
▶ 表示數量、次數非常多

**0644**
□□□

はく
【履く】

他五 穿（鞋、襪）

類 着る（穿〈衣服〉）；つける ( 穿上 )　對 脱ぐ（脱掉）

例 靴を履いたまま、入らないでください。
／請勿穿著鞋進入。

文法
まま […著 ]
▶ 表示附帶狀況，指一個
動作或作用的結果，在這
個狀態還持續時，進行了
後項的動作，或發生後項
的事態。

**0645**
□□□

はこぶ
【運ぶ】

自・他五 運送，搬運；進行

類 届ける（遞送）

例 その商品は、店の人が運んでくれます。
／那個商品，店裡的人會幫我送過來。

**0646**
□□□

はじめる
【始める】

他下一 開始；開創；發（老毛病）

類 始まる（開始）　對 終わり（結束）

例 ベルが鳴るまで、テストを始めてはいけません。
／在鈴聲響起前，不能開始考試。

## 0647 □□□ はず

形式名詞 應該；會；確實

類 べき（應該）

例 彼は、年末までに日本にくるはずです。
／他在年底前，應該會來日本。

## 0648 □□□ はずかしい 【恥ずかしい】

形 丟臉，害羞；難為情

類 残念（懊悔）

例 失敗しても、恥ずかしいと思うな。
／即使失敗了也不用覺得丟臉。

文法
な [ 不要… ]
▶ 表示禁止。命令對方不要做某事的説法。由於説法比較粗魯，所以大都是直接面對當事人説。

## 0649 □□□ パソコン 【personal computer 之略】

名 個人電腦

類 コンピューター（computer・電腦）

例 パソコンは、ネットとワープロぐらいしか使えない。
／我頂多只會用電腦來上上網、打打字。

## 0650 □□□ はつおん 【発音】

名 發音

類 声（聲音）

例 日本語の発音を直してもらっているところです。
／正在請他幫我矯正日語的發音。

文法
ているところだ [ 正在… ]
▶ 表示正在進行某動作，也就是動作、變化處於正在進行的階段。

## 0651 □□□ はっきり

副 清楚；明確；爽快；直接

類 確か（清楚）

例 君ははっきり言いすぎる。
／你說得太露骨了。

文法
すぎる [ 太…；過於… ]
▶ 表示程度超過限度，超過一般水平，過份的狀態。

**0652**
□□□

はなみ
【花見】

名 賞花（常指賞櫻）

類 楽しむ（欣賞）

例 花見は楽しかったかい？
／賞櫻有趣嗎？

文法
かい […嗎]
▶ 放在句尾，表示親暱的疑問。

**0653**
□□□

はやし
【林】

名 樹林；林立；（轉）事物集中貌

類 森（森林）

例 林の中の小道を散歩する。／在林間小道上散步。

**0654**
□□□

はらう
【払う】

他五 付錢；除去；處裡；驅趕；揮去

類 出す（拿出）；渡す（交給）　對 もらう（收到）

例 来週までに、お金を払わなくてはいけない。
／下星期前得付款。

文法
なくてはいけない [必須…]
▶ 表示義務和責任，多用在個別的事情，或對某個人。口氣比較強硬，所以一般用在上對下，或同輩之間。

**0655**
□□□

ばんぐみ
【番組】

名 節目

類 テレビ（television・電視）

例 新しい番組が始まりました。／新節目已經開始了。

**0656**
□□□

ばんせん
【番線】

名 軌道線編號，月台編號

類 何番（幾號）

例 12番線から東京行きの急行が出ます。／開往東京的快車即將從12月台發車。

**0657**
□□□

はんたい
【反対】

名・自サ 相反；反對

類 賛成（同意）

例 あなたが社長に反対しちゃ、困りますよ。
／你要是跟社長作對，我會很頭痛的。

文法
ちゃ [要是…的話]
▶ 表示條件。[ちゃ]是[ては]的縮略形式，一般是用在口語上。

**0658**
□□□
**ハンドバッグ**
【handbag】
名 手提包

類 スーツケース（suitcase・手提箱）

例 電車の中にハンドバッグを忘れてしまったのですが、どうしたらいいですか。
／我把手提包忘在電車上了，我該怎麼辦才好呢？

**ひ**

**0659**
□□□
**29**
**ひ**
【日】
名 天，日子

類 日（日・天數）

例 その日、私は朝から走りつづけていた。
／那一天，我從早上開始就跑個不停。

**0660**
□□□
**ひ**
【火】
名 火

類 ガス（gas・瓦斯）；マッチ（match・火柴）　對 水（水）

例 ガスコンロの火が消えそうになっています。
／瓦斯爐的火幾乎快要熄滅了。

文法
そう［好像…］
▶ 表示說話人根據親身的見聞，而下的一種判斷。

**0661**
□□□
**ピアノ**
【piano】
名 鋼琴

類 ギター（guitar・吉他）

例 ピアノが弾けたらかっこういいと思います。
／心想要是會彈鋼琴那該是一件多麼酷的事啊！

文法
とおもう［覺得…；我想…］
▶ 表示說話者有這樣的想法、感受、意見。

**0662**
□□□
**ひえる**
【冷える】
自下一 變冷；變冷淡

類 寒い（寒冷）　對 暖かい（溫暖）

例 夜は冷えるのに、毛布がないのですか。
／晚上會冷，沒有毛毯嗎？

## 0663 ひかり【光】
（名）光亮，光線；（喻）光明，希望；威力，光榮
（類）火（火；火焰）
（例）月の光が水に映る。／月光照映在水面上。

## 0664 ひかる【光る】
（自五）發光，發亮；出眾
（類）差す（照射）
（例）夕べ、川で青く光る魚を見ました。
／昨晚在河裡看到身上泛著青光的魚兒。

## 0665 ひきだし【引き出し】
（名）抽屜
（類）机（桌子）
（例）引き出しの中には、鉛筆とかペンとかがあります。
／抽屜中有鉛筆跟筆等。

## 0666 ひげ
（名）鬍鬚
（類）髪（頭髪）
（例）今日は休みだから、ひげをそらなくてもかまいません。
／今天休息，所以不刮鬍子也沒關係。

## 0667 ひこうじょう【飛行場】
（名）機場
（類）空港（機場）
（例）もう一つ飛行場ができるそうだ。
／聽說要蓋另一座機場。

文法
そうだ［聽說…］
▶ 表示傳聞。表示不是自己直接獲得的，而是從別人那裡，報章雜誌或信上等處得到該信息。

## 0668 ひさしぶり【久しぶり】
（名・形動）許久，隔了好久
（類）しばらく（好久）
（例）久しぶりに、卒業した学校に行ってみた。
／隔了許久才回畢業的母校看看。

**0669** □□□

# びじゅつかん
## 【美術館】

(名) 美術館

(類) 図書館（圖書館）

(例) 美術館で絵はがきをもらいました。／在美術館拿了明信片。

---

**0670** □□□

# ひじょうに
## 【非常に】

(副) 非常，很

(類) たいへん（非常）；とても（非常）；あまり（很）

(例) 王さんは、非常に元気そうです。
　　／王先生看起來很有精神。

---

**0671** □□□

# びっくり

(副・自サ) 驚嚇，吃驚

(類) 驚く（吃驚）

(例) びっくりさせないでください。
　　／請不要嚇我。

> **文法**
> （さ）せる［ 被…，給…］
> ▶ 表示某人用言行促使他人自然地做某種行為，常搭配當事人難以控制的情緒動詞。

---

**0672** □□□

# ひっこす
## 【引っ越す】

(自五) 搬家

(類) 運ぶ（搬運）

(例) 大阪に引っ越すことにしました。
　　／決定搬到大阪。

> **文法**
> ことにする［ 決定…］
> ▶ 表示說話人以自己的意志，主觀地對將來的行為做出某種決定、決心。

---

**0673** □□□

# ひつよう
## 【必要】

(名・形動) 需要

(類) 要る（需要）；欲しい（想要）

(例) 必要だったら、さしあげますよ。／如果需要就送您。

---

**0674** □□□

# ひどい
## 【酷い】

(形) 殘酷；過分；非常；嚴重，猛烈

(類) 怖い（可怕）；残念（遺憾）

(例) そんなひどいことを言うな。
　　／別說那麼過分的話。

---

**0675**
□□□

ひらく
【開く】

（自・他五）綻放；打開；拉開；開拓；開設；開導

類 咲く（綻放）　對 閉まる（緊閉）；閉じる（閉上）

例 ばらの花が開きだした。／玫瑰花綻放開來了。

**文法**
だす［…起來，開始…］
▶ 表示某動作、狀態的開始。

---

**0676**
□□□

ビル
【building 之略】

名 高樓，大廈

類 アパート（apartment house・公寓）；建物（建築物）

例 このビルは、あのビルより高いです。／這棟大廈比那棟大廈高。

---

**0677**
□□□

ひるま
【昼間】

名 白天

類 昼（白天）　對 夜（晚上）

例 彼は、昼間は忙しいと思います。／我想他白天應該很忙。

---

**0678**
□□□

ひるやすみ
【昼休み】

名 午休

類 休み（休息）；昼寝（午睡）

例 昼休みなのに、仕事をしなければなりませんでした。
／午休卻得工作。

---

**0679**
□□□

ひろう
【拾う】

他五 撿拾；挑出；接；叫車

類 呼ぶ（叫來）　對 捨てる（丟棄）

例 公園でごみを拾わせられた。
／被叫去公園撿垃圾。

**文法**
（さ）せられる［被迫…；
不得已…］
▶ 被某人或某事物強迫做
某動作，且不得不做。含有
不情願，感到受害的心情。

---

ふ

**0680**
□□□
30

ファイル
【file】

名 文件夾；合訂本，卷宗；（電腦）檔案

類 道具（工具）

例 昨日、作成したファイルが見つかりません。
／我找不到昨天已經做好的檔案。

**0681** ☐☐☐
ふ<u>え</u>る
【増える】

（自下一）増加

（對）減る（減少）
（例）結婚しない人が増えだした。／不結婚的人變多了。

**0682** ☐☐☐
ふ<u>か</u>い
【深い】

（形）深的；濃的；晚的；（情感）深的；（關係）密切的

（類）厚い（厚的）（對）浅い（淺的）
（例）このプールは深すぎて、危ない。／這個游泳池太過深了，很危險！

**0683** ☐☐☐
ふ<u>く</u>ざつ
【複雑】

（名・形動）複雑

（類）難しい（困難）（對）簡単（容易）
（例）日本語と英語と、どちらのほうが複雑だと思いますか。／日語和英語，你覺得哪個比較複雜？

**文法**

と…と…どちら[在…與…中，哪個…]
▶ 從兩個裡面選一個。也就是詢問兩個人或兩件事，哪一個適合後項。

**0684** ☐☐☐
ふ<u>く</u>しゅう
【復習】

（名・他サ）複習

（類）練習（練習）（對）予習（預習）
（例）授業の後で、復習をしなくてはいけませんか。／下課後一定得複習嗎？

**文法**

なくてはいけない[必須…]
▶ 表示義務和責任，多用在個別的事情，或對某個人，口氣比較強硬，一般用在上對下，同輩之間。

**0685** ☐☐☐
ぶ<u>ちょう</u>
【部長】

（名）部長

（類）課長（課長）；上司（上司）
（例）部長、会議の資料がそろいましたので、ご確認ください。／部長，開會的資料我都準備好了，請您確認。

**0686** ☐☐☐
ふ<u>つう</u>
【普通】

（名・形動）普通，平凡；普通車

（類）いつも（通常）（對）偶に（偶爾）；ときどき（偶爾）
（例）急行は小宮駅には止まりません。普通列車をご利用ください。／快車不停小宮車站，請搭乘普通車。

---

**0687**
□□□

## ぶどう
## 【葡萄】

名 葡萄

類 果物（水果）

例 隣のうちから、ぶどうをいただきました。
／隔壁的鄰居送我葡萄。

文法
いただく[承蒙…；拜領…]
▶ 表示從地位、年齡高的人那裡得到東西。用在給予人身份、地位、年齡比接受人高的時候。

---

**0688**
□□□

## ふとる
## 【太る】

自五 胖，肥胖；增加

類 太い（肥胖的）　對 痩せる（痩的）

例 ああ太っていると、苦しいでしょうね。
／一胖成那樣，會很辛苦吧！

文法
ああ[那樣]
▶ 指示說話人和聽話人以外的事物，或是雙方都理解的事物。

---

**0689**
□□□

## ふとん
## 【布団】

名 被子，床墊

類 敷き布団（被褥；下被）

例 布団をしいて、いつでも寝られるようにした。
／鋪好棉被，以便隨時可以睡覺。

文法
ようにする[以便…]
▶ 表示對某人或事物，施予某動作，使其起作用。

---

**0690**
□□□

## ふね
## 【船・舟】

名 船；舟，小型船

類 飛行機（飛機）

例 飛行機は、船より速いです。／飛機比船還快。

---

**0691**
□□□

## ふべん
## 【不便】

形動 不方便

類 困る（不好處理）　對 便利（方便）

例 この機械は、不便すぎます。／這機械太不方便了。

---

**0692**
□□□

## ふむ
## 【踏む】

他五 踩住，踩到；踏上；實踐

類 蹴る（踢）

例 電車の中で、足を踏まれたことはありますか。
／在電車裡有被踩過腳嗎？

読書計劃：□□／□□／□□

**プレゼント**
【present】

名 禮物

類 お土産（特產；禮物）

例 子どもたちは、プレゼントをもらって喜んだ。
　／孩子們收到禮物，感到欣喜萬分。

---

0694
□□□

**ブログ**
【blog】

名 部落格

類 ネット（net・網路）

例 去年からブログをしています。
　／我從去年開始寫部落格。

---

0695
□□□

**ぶんか**
【文化】

名 文化；文明

類 文学（文學）

例 外国の文化について知りたがる。
　／他想多了解外國的文化。

文法
たがる［想…］
▶ 顯露在外表的願望或希望，也就是從外觀就可看對方的意願。
▶ 近 ないでほしい［希望（對方）不要…］

---

0696
□□□

**ぶんがく**
【文学】

名 文學

類 歴史（歷史）

例 アメリカ文学は、日本文学ほど好きではありません。
　／我對美國文學，沒有像日本文學那麼喜歡。

---

0697
□□□

**ぶんぽう**
【文法】

名 文法

類 文章（文章）

例 文法を説明してもらいたいです。
　／想請你說明一下文法。

**0698**
□□□

**べつ**
【別】

(名・形動) 別外，別的；區別

(類) 別々（分開） (對) 一緒（一起）

(例) 駐車場に別の車がいて私のをとめられない。
/停車場裡停了別的車，我的沒辦法停。

**0699**
□□□

**べつに**
【別に】

(副) 分開；額外；除外；(後接否定)(不) 特別，(不) 特殊

(類) 別（分別）

(例) 別に教えてくれなくてもかまわないよ。/不教我也沒關係。

**0700**
□□□

**ベル**
【bell】

(名) 鈴聲

(類) 声（聲音）

(例) どこかでベルが鳴っています。
/不知哪裡的鈴聲響了。

**0701**
□□□

**ヘルパー**
【helper】

(名) 幫傭；看護

(類) 看護師（護士）

(例) 週に2回、ヘルパーさんをお願いしています。
/一個禮拜會麻煩看護幫忙兩天。

**0702**
□□□

**へん**
【変】

(名・形動) 奇怪，怪異；變化；事變

(類) おかしい（奇怪）

(例) その服は、あなたが思うほど変じゃないですよ。
/那件衣服，其實並沒有你想像中的那麼怪。

**0703**
□□□

**へんじ**
【返事】

(名・自サ) 回答，回覆

(類) 答え（回答）；メール（mail・郵件）

(例) 両親とよく相談してから返事します。/跟父母好好商量之後，再回覆你。

0704
□□□
へんしん
【返信】
名・自サ 回信，回電

類 返事（回信）；手紙（書信）
例 私の代わりに、返信しておいてください。／請代替我回信。

ほ

0705
□□□
31
ほう
【方】
名 …方，邊；方面；方向

類 より（も）（比…還）
例 子供の服なら、やはり大きいほうを買います。
／如果是小孩的衣服，我還是會買比較大的。

0706
□□□
ぼうえき
【貿易】
名 國際貿易

類 輸出（出口）
例 貿易の仕事は、おもしろいはずだ。／貿易工作應該很有趣。

0707
□□□
ほうそう
【放送】
名・他サ 播映，播放

類 ニュース（news・新聞）
例 英語の番組が放送されることがありますか。
／有時會播放英語節目嗎？

0708
□□□
ほうりつ
【法律】
名 法律

類 政治（政治）
例 法律は、ぜったい守らなくてはいけません。
／一定要遵守法律。

文法
なくてはいけない[必須…]
▶ 表示社會上一般人普遍的想法。

0709
□□□
ホームページ
【homepage】
名 網站首頁；網頁（總稱）

類 ページ（page・頁）
例 新しい情報はホームページに載せています。
／最新資訊刊登在網站首頁上。

### 0710 ☐☐☐
**ぼく**
**【僕】**

图 我（男性用）

類 自分（自己‧我） 對 きみ（你）
例 この仕事は、僕がやらなくちゃならない。／這個工作非我做不行。

### 0711 ☐☐☐
**ほし**
**【星】**

图 星星

類 月（月亮）
例 山の上では、星がたくさん見えるだろうと思います。
／我想在山上應該可以看到很多的星星吧！

### 0712 ☐☐☐
**ほぞん**
**【保存】**

名‧他サ 保存；儲存（電腦檔案）

類 残す（留下）
例 別の名前で保存した方がいいですよ。／用別的檔名來儲存會比較好喔。

### 0713 ☐☐☐
**ほど**
**【程】**

名‧副助 …的程度；限度；越…越…

類 程度（程度）；ぐらい（大約）
例 あなたほど上手な文章ではありませんが、なんとか書き終わったところです。
／我的文章程度沒有你寫得好，但總算是完成了。

### 0714 ☐☐☐
**ほとんど**
**【殆ど】**

名‧副 大部份；幾乎

類 だいたい（大致）；たぶん（大概）
例 みんな、ほとんど食べ終わりました。／大家幾乎用餐完畢了。

### 0715 ☐☐☐
**ほめる**
**【褒める】**

他下一 誇獎

對 叱る（斥責）
例 部下を育てるには、褒めることが大事です。
／培育部屬，給予讚美是很重要的。

**ほんやく**
**【翻訳】**

（名・他サ）翻譯

類 通訳（口譯）

例 英語の小説を翻訳しようと思います。
／我想翻譯英文小說。

文法

(よ)うとおもう［我想…］

▶ 表示説話人告訴聽話
人，説話當時自己的想
法，打算或意圖，且動
作實現的可能性很高。

行單字

**0717**
□□□

**32**

**ま**いる
【参る】

(自五) 來，去（「行く」、「来る」的謙讓語）；認輸；參拜

(類) 行く（去）；来る（來）

(例) ご都合がよろしかったら、2時にまいります。
／如果您時間方便，我兩點過去。

文法
ご…[ 貴…]

▶ 後接名詞（跟對方有關的行為、狀態或所有物），表示尊敬、鄭重、親愛，另外，還有習慣用法等意思。

---

**0718**
□□□

**マ**ウス
【mouse】

(名) 滑鼠；老鼠

(類) キーボード（keyboard・鍵盤）

(例) マウスの使い方が分かりません。／我不知道滑鼠的使用方法。

---

**0719**
□□□

**ま**ける
【負ける】

(自下一) 輸；屈服

(類) 失敗（失敗） (對) 勝つ（勝利）

(例) がんばれよ。ぜったい負けるなよ。／加油喔！千萬別輸了！

---

**0720**
□□□

**ま**じめ
【真面目】

(名・形動) 認真；誠實

(類) 一生懸命（認真的）

(例) 今後も、まじめに勉強していきます。
／從今以後，也會認真唸書。

**文法**
ていく[…去；…下去]

▶ 表示動作或狀態，越來越遠地移動或變化，或動作的繼續、順序，多指從現在向將來。

---

**0721**
□□□

**ま**ず
【先ず】

(副) 首先，總之；大約；姑且

(類) 最初（開始）；初め（開頭）

(例) まずここにお名前をお書きください。／首先請在這裡填寫姓名。

---

**0722**
□□□

**ま**たは
【又は】

(接續) 或者

(類) 又（再）

(例) ボールペンまたは万年筆で記入してください。
／請用原子筆或鋼筆謄寫。

**0723**
□□□
## まちがえる
【間違える】
(他下一) 錯；弄錯

(類) 違う（錯誤） (對) 正しい（正確）；合う（符合）

(例) 先生は、間違えたところを直してくださいました。
/老師幫我訂正了錯誤的地方。

**0724**
□□□
## まにあう
【間に合う】
(自五) 來得及，趕得上；夠用

(類) 十分（足夠） (對) 遅れる（沒趕上）

(例) タクシーに乗らなくちゃ、間に合わないですよ。
/要是不搭計程車，就來不及了唷！

**0725**
□□□
## まま
(名) 如實，照舊，…就…；隨意

(對) 変わる（改變）

(例) 靴もはかないまま、走りだした。 /沒穿鞋子，就跑起來了。

**0726**
□□□
## まわり
【周り】
(名) 周圍，周邊

(類) 近所（附近，鄰居）；隣（隔壁，鄰居）；そば（旁邊）

(例) 本屋で声を出して読むと周りのお客様に迷惑です。
/在書店大聲讀出聲音，會打擾到周遭的人。

**0727**
□□□
## まわる
【回る】
(自五) 轉動；走動；旋轉；繞道；轉移

(類) 通る（通過）

(例) 村の中を、あちこち回るところです。
/正要到村裡到處走動走動。

> **文法**
> ところだ [ 剛要… ]
> ▶ 表示將要進行某動作，也就是動作、變化處於開始之前的階段。

**0728**
□□□
## まんが
【漫画】
(名) 漫畫

(類) 雑誌（雜誌）

(例) 漫画ばかりで、本はぜんぜん読みません。
/光看漫畫，完全不看書。

---

**0729**
□□□

**まんなか**
【真ん中】

名 正中間

類 間（中間）　對 隅（角落）

例 電車が田んぼの真ん中をのんびり走っていた。
　　／電車緩慢地行走在田園中。

**み**

---

**0730**
□□□

**みえる**
【見える】

自下一 看見；看得見；看起來

類 見る（觀看）　對 聞こえる（聽得見）

例 ここから東京タワーが見えるはずがない。
　　／從這裡不可能看得到東京鐵塔。

---

**0731**
□□□

**みずうみ**
【湖】

名 湖，湖泊

類 海（海洋）；池（池塘）

例 山の上に、湖があります。／山上有湖泊。

---

**0732**
□□□

**みそ**
【味噌】

名 味噌

類 スープ（soup・湯）

例 この料理は、みそを使わなくてもかまいません。／這道菜不用味噌也行。

---

**0733**
□□□

**みつかる**
【見付かる】

自五 發現了；找到

類 見付ける（找到）

例 財布は見つかったかい？／錢包找到了嗎？

---

**0734**
□□□

**みつける**
【見付ける】

他下一 找到，發現；目睹

類 見付かる（被看到）

例 どこでも、仕事を見つけることができませんでした。／不管到哪裡都找不到工作。

文法
でも［不管…都…］

▶ 前接疑問詞。表示全面肯定或否定，也就是沒有例外，全部都是。句尾大都是可能或容許等表現。

**0735** ☐☐☐
みどり
【緑】
⓶ 緑色，翠綠；樹的嫩芽

ⓣ 色（顏色）；青い（綠，藍）
⓹ 今、町を緑でいっぱいにしているところです。
　／現在鎮上正是綠意盎然的時候。

**0736** ☐☐☐
みな
【皆】
⓶ 大家；所有的

ⓣ 全部（全部）；皆（全部）　⓸ 半分（一半）
⓹ この街は、みなに愛されてきました。
　／這條街一直深受大家的喜愛。

文法
(ら)れる［被…］
▶ 為被動。是種客觀的事實描述。

**0737** ☐☐☐
みなと
【港】
⓶ 港口，碼頭

ⓣ 駅（電車站）；飛行場（機場）
⓹ 港には、船がたくさんあるはずだ。
　／港口應該有很多船。

**む**

**0738** ☐☐☐
むかう
【向かう】
⓰ 面向

ⓣ 向ける（向著）；向く（朝向）
⓹ 船はゆっくりとこちらに向かってきます。
　／船隻緩緩地向這邊駛來。

**0739** ☐☐☐
むかえる
【迎える】
⓱ 迎接；邀請；娶，招；迎合

ⓣ 向ける（前往）　⓸ 送る（送行）；別れる（離別）
⓹ 高橋さんを迎えるため、空港まで行ったが、会えなかった。
　／為了接高橋先生，趕到了機場，但卻沒能碰到面。

文法
ため(に)［以…為目的，做…］
▶ 表示為了某一目的，而有後面積極努力的動作、行為，前項是後項的目標。

**0740**
□□□

む|かし
【昔】

㊡ 以前

㊣ 最近（最近）

㊋ 私は昔、あんな家に住んでいました。／我以前住過那樣的房子。

**0741**
□□□

む|すこさん
【息子さん】

㊡（尊稱他人的）令郎

㊣ 息子（兒子）　㊤ 娘さん（女兒）

㊋ 息子さんのお名前を教えてください。／請教令郎的大名。

**0742**
□□□

む|すめさん
【娘さん】

㊡ 您女兒，令媛

㊣ 娘（女兒）　㊤ 息子さん（兒子）

㊋ 隣の娘さんは来月ハワイで結婚式を挙げるのだそうだ。

／聽說隔壁家的女兒下個月要在夏威夷舉辦婚禮。

**0743**
□□□

む|ら
【村】

㊡ 村莊，村落；鄉

㊣ 田舎（農村，鄉下）　㊤ 町（城鎮）

㊋ この村への行きかたを教えてください。

／請告訴我怎麼去這個村子。

**0744**
□□□

む|り
【無理】

㊢ 勉強；不講理；逞強；強求；無法辦到

㊣ だめ（不行）　㊤ 大丈夫（沒問題）

㊋ 病気のときは、無理をするな。／生病時不要太勉強。

**め**

**0745**
□□□

**33**

め
【…目】

㊥ 第…

㊣ …回（…次）

㊋ 田中さんは、右から３人目の人だと思う。

／我想田中應該是從右邊算起的第三位。

## 0746
☐☐☐

**メール**
【mail】
名 電子郵件；信息；郵件

類 手紙（書信）

例 会議の場所と時間は、メールでお知らせします。
／將用電子郵件通知會議的地點與時間。

**文法**

お…する
▶ 對要表示尊敬的人，透過降低自己或自己這一邊的人，以提高對方地位，來向對方表示尊敬。

## 0747
☐☐☐

**メールアドレス**
【mail address】
名 電子信箱地址，電子郵件地址

類 住所（住址）

例 このメールアドレスに送っていただけますか。
／可以請您傳送到這個電子信箱地址嗎？

**文法**

ていただく[ 承蒙…]
▶ 表示接受人請求給予人做某行為，且對那一行為帶著感謝的心情。「いただく」的可能形是「いただける」。

## 0748
☐☐☐

**めしあがる**
【召し上がる】
他五 吃，喝（「食べる」、「飲む」的尊敬語）

類 食べる（吃）；飲む（喝）；取る（吃）

例 お菓子を召し上がりませんか。／要不要吃一點點心呢？

## 0749
☐☐☐

**めずらしい**
【珍しい】
形 少見，稀奇

類 少ない（少的）

例 彼がそう言うのは、珍しいですね。
／他會那樣說倒是很稀奇。

**文法**

そう[ 那樣 ]
▶ 指示較靠近對方或較為遠處的事物時用的詞。

**も**

## 0750
☐☐☐

**もうしあげる**
【申し上げる】
他下一 說（「言う」的謙讓語）

類 言う（說）

例 先生にお礼を申し上げようと思います。
／我想跟老師道謝。

**0751** □□□
## もうす
【申す】
他五 說，叫（「言う」的謙讓語）

類 言う（說）
例「雨が降りそうです。」と申しました。
／我說：「好像要下雨了」。

**0752** □□□
## もうすぐ
【もう直ぐ】
副 不久，馬上

類 そろそろ（快要）；すぐに（馬上）
例 この本は、もうすぐ読み終わります。
／這本書馬上就要看完了。

**0753** □□□
## もうひとつ
【もう一つ】
連語 再一個

類 もう一度（再一次）
例 これは更にもう一つの例だ。
／這是進一步再舉出的一個例子。

**0754** □□□
## もえるごみ
【燃えるごみ】
名 可燃垃圾

類 ゴミ（垃圾）
例 燃えるごみは、火曜日に出さなければいけません。
／可燃垃圾只有星期二才可以丟。

**0755** □□□
## もし
【若し】
副 如果，假如

類 例えば（例如）
例 もしほしければ、さしあげます。
／如果想要就送您。

**0756** □□□
## もちろん
副 當然

類 必ず（一定）
例 中国人だったら中国語はもちろん話せる。
／中國人當然會說中文。

---

0757 □□□

**もてる**
【持てる】

(自下一) 能拿，能保持；受歡迎，吃香

類 人気 (受歡迎)　對 大嫌い (很討厭)

例 大学生の時が一番もてました。
　／大學時期是最受歡迎的時候。

---

0758 □□□

**もどる**
【戻る】

(自五) 回到；折回

類 帰る (回去)　對 進む (前進)

例 こう行って、こう行けば、駅に戻れます。
　／這樣走，再這樣走下去，就可以回到車站。

文法

こう [ 這樣 ]
▶ 指眼前的物或近處的
事時用的詞。

---

0759 □□□

**もめん**
【木綿】

(名) 棉

類 綿 (棉花)

例 友達に、木綿の靴下をもらいました。
　／朋友送我棉質襪。

---

0760 □□□

**もらう**
【貰う】

(他五) 收到，拿到

類 頂く (拜領)；取る (拿取)　對 やる (給予)

例 私は、もらわなくてもいいです。
　／不用給我也沒關係。

---

0761 □□□

**もり**
【森】

(名) 樹林

類 林 (樹林)

例 森の中で鳥が鳴いて、川の中に魚が泳いでいる。
　／森林中有鳥叫聲，河裡有游動的魚兒。

---

**0762**
□□□
**34**
**やく**
【焼く】
(他五) 焚燒；烤；曬；嫉妒

(類) 料理する（烹飪）
(例) 肉を焼きすぎました。
／肉烤過頭了。

**0763**
□□□
**やくそく**
【約束】
(名・他サ) 約定，規定

(類) 決まる（決定）；デート（date・約會） (對) 自由（隨意）
(例) ああ約束したから、行かなければならない。
／已經那樣約定好，所以非去不可。

**文法**
なければならない［必須…］
▶ 表示無論是自己或對方，從社會常識或事情的性質來看，不那樣做就不合理，有義務要那樣做。

**0764**
□□□
**やくにたつ**
【役に立つ】
(慣) 有幫助，有用

(類) 使える（能用）；使いやすい（好用） (對) つまらない（沒用）
(例) その辞書は役に立つかい？
／那辭典有用嗎？

**0765**
□□□
**やける**
【焼ける】
(自下一) 烤熟；（被）烤熟；曬黑；燥熱；發紅；添麻煩；感到嫉妒

(類) 火事になる（火災）；焼く（焚燒）
(例) ケーキが焼けたら、お呼びいたします。
／蛋糕烤好後我會叫您的。

**文法**
お…いたす
▶ 對要表示尊敬的人，透過降低自己或自己這一邊的人的說法，以提高對方地位，來向對方表示尊敬。

**0766**
□□□
**やさしい**
【優しい】
(形) 溫柔的，體貼的；柔和的；親切的

(類) 親切（溫柔） (對) 厳しい（嚴厲）
(例) 彼女があんなに優しい人だとは知りませんでした。
／我不知道她是那麼貼心的人。

読書計劃：□□／□□

**0767** ☐☐☐

**や**<u>す</u>**い**　　接尾 容易…

對 にくい（很難…）
例 風邪をひきやすいので、気をつけなくては
いけない。／容易感冒，所以得小心一點。

文法
なくてはいけない
[ 必須…]
▶ 表達説話者自己的決心。

**0768** ☐☐☐

**や**せる
【痩せる】　　自下一 痩；貧瘠

類 ダイエット（diet・減重）　對 太る（發福）
例 先生は、少し痩せられたようですね。
／老師您好像痩了。

文法
(ら)れる
▶ 表示對方或話題人物的尊敬，就是在表敬意之對象的動作上用尊敬助動詞。

**0769** ☐☐☐

**や**っと　　副 終於，好不容易

類 とうとう（終究）
例 やっと来てくださいましたね。／您終於來了。

**0770** ☐☐☐

**や**はり　　副 依然，仍然

類 やっぱり（仍然）
例 みんなには行くと言ったが、やはり行きたくない。
／雖然跟大家說了我要去，但是我還是不想去。

**0771** ☐☐☐

**や**む
【止む】　　自五 停止

類 止める（停止）
例 雨がやんだら、出かけましょう。／如果雨停了，就出門吧！

**0772** ☐☐☐

**や**める
【辞める】　　他下一 停止；取消；離職

類 行かない（不去）；遠慮する（謝絕）
例 こう考えると、会社を辞めたほうがいい。
／這樣一想，還是離職比較好。

**0773**
□□□

やめる
【止める】

（他下一）停止

(類) 止む（停止）　(對) 始める（開始）

(例) 好きなゴルフをやめるつもりはない。
／我不打算放棄我所喜歡的高爾夫。

文法
つもり（で）はない［不打算…］
▶ 說話者意志堅定的語氣。

**0774**
□□□

やる
【遣る】

（他五）派；給，給予；做

(類) あげる（給予）

(例) 動物にえさをやっちゃだめです。
／不可以給動物餵食。

**0775**
□□□

やわらかい
【柔らかい】

（形）柔軟的

(類) ソフト（soft・柔軟）　(對) 硬い（硬的）

(例) このレストランのステーキは柔らかくておいしい。
／這家餐廳的牛排肉質軟嫩，非常美味。

**ゆ**

**0776**
□□□

ゆ
【湯】

（名）開水，熱水；浴池；溫泉；洗澡水

(類) 水（水）；スープ（soup・湯）

(例) 湯をわかすために、火をつけた。
／為了燒開水，點了火。

**0777**
□□□

ゆうはん
【夕飯】

（名）晚飯

(類) 朝ご飯（早餐）

(例) 叔母は、いつも夕飯を食べさせてくれる。
／叔母總是做晚飯給我吃。

文法
てくれる［（為我）做…］
▶ 表示他人為我，或為我方的人做前項有益的事，用在帶著感謝的心情，接受別人的行為。

| 0778 | ゆ<u>うべ</u> 【夕べ】 | 名 昨晚；傍晚 |
| --- | --- | --- |

類 昨夜（昨晚） 對 朝（早晨）

例 ゆうべは暑かったですねえ。よく眠れませんでしたよ。

　　／昨天晚上真是熱死人了，我根本不太睡得著。

| 0779 | ユ<u>ーモア</u> 【humor】 | 名 幽默，滑稽，詼諧 |
| --- | --- | --- |

類 面白い（有趣） 對 つまらない（無聊）

例 ユーモアのある人が好きです。／我喜歡有幽默感的人。

| 0780 | ゆ<u>しゅつ</u> 【輸出】 | 名・他サ 出口 |
| --- | --- | --- |

對 輸入（進口）

例 自動車の輸出をしたことがありますか。

　　／曾經出口汽車嗎？

> **文法**
>
> たことがある[ 曾…]
>
> ▶ 表示經歷過某個特別的事件，且事件的發生離現在已有一段時間，或指過去的一般經驗。

| 0781 | ゆ<u>び</u> 【指】 | 名 手指 |
| --- | --- | --- |

類 手（手）；足（腳）

例 指が痛いために、ピアノが弾けない。

　　／因為手指疼痛，而無法彈琴。

| 0782 | ゆ<u>びわ</u> 【指輪】 | 名 戒指 |
| --- | --- | --- |

類 アクセサリー（accessory・裝飾用品）

例 記念の指輪がほしいかい？／想要紀念戒指嗎？

| 0783 | ゆ<u>め</u> 【夢】 | 名 夢 |
| --- | --- | --- |

類 願い（心願）

例 彼は、まだ甘い夢を見つづけている。

　　／他還在做天真浪漫的美夢！

**0784**
□□□

# ゆれる
【揺れる】

（自下一）搖動；動搖

類 動く（搖動）

例 地震で家が激しく揺れた。
／房屋因地震而劇烈的搖晃。

**0785**
□□□
35

# よう
【用】

（名）事情；用途

類 用事（有事）

例 用がなければ、来なくてもかまわない。
／如果沒事，不來也沒關係。

**0786**
□□□

# ようい
【用意】

（名・他サ）準備；注意

類 準備（預備）

例 食事をご用意いたしましょうか。
／我來為您準備餐點吧？

文法
ご…いたす
▶ 對要表示尊敬的人，透過降低自己或自己這一邊的人的説法，以提高對方地位，來向對方表示尊敬。

**0787**
□□□

# ようこそ

（寒暄）歡迎

類 いらっしゃい（歡迎光臨）

例 ようこそ、おいで下さいました。
／衷心歡迎您的到來。

**0788**
□□□

# ようじ
【用事】

（名）事情；工作

類 仕事（工作）　對 無事（太平無事）

例 用事があるなら、行かなくてもかまわない。
／如果有事，不去也沒關係。

## 0789
□□□ **よくいらっしゃいました** 〔寒暄〕歡迎光臨

　　類 いらっしゃいませ（歡迎光臨）

例 よくいらっしゃいました。靴を脱がずに、お入りください。
／歡迎光臨。不用脱鞋，請進來。

> **文法**
> ず(に)[不…地；沒…地]
> ▶ 表示以否定的狀態或方式來做後項的動作，或產生後項的結果，語氣較生硬。

## 0790
□□□ **よごれる**
【汚れる】　　〔自下一〕髒污；齷齪

　　類 汚い（骯髒的）　　對 綺麗（乾淨的）

例 汚れたシャツを洗ってもらいました。／我請他幫我把髒的襯衫拿去送洗了。

## 0791
□□□ **よしゅう**
【予習】　　〔名・他サ〕預習

　　類 練習（練習）　　對 復習（複習）

例 授業の前に予習をしたほうがいいです。／上課前預習一下比較好。

## 0792
□□□ **よてい**
【予定】　　〔名・他サ〕預定

　　類 予約（約定）

例 木村さんから自転車をいただく予定です。
／我預定要接收木村的腳踏車。

> **文法**
> いただく[承蒙…，拜領…]
> ▶ 表示從地位、年齡高的人那裡得到東西。用在給予人身份、地位、年齡比接受人高的時候。

## 0793
□□□ **よやく**
【予約】　　〔名・他サ〕預約

　　類 取る（訂）

例 レストランの予約をしなくてはいけない。／得預約餐廳。

## 0794
□□□ **よる**
【寄る】　　〔自五〕順道去…；接近；增多

　　類 近づく（接近）

例 彼は、会社の帰りに喫茶店に寄りたがります。
／他下班回家途中總喜歡順道去咖啡店。

---

**0795** □□□

よ|ろ|こ|ぶ
【喜ぶ】

（自五）高興

類 楽しい（快樂） 對 悲しい（悲傷）；心配（擔心）

例 弟と遊んでやったら、とても喜びました。

／我陪弟弟玩，結果他非常高興。

---

**0796** □□□

よ|ろ|し|い
【宜しい】

（形）好，可以

類 結構（出色） 對 悪い（不好）

例 よろしければ、お茶をいただきたいのですが。

／如果可以的話，我想喝杯茶。

---

**0797** □□□

よ|わ|い
【弱い】

（形）虛弱；不擅長，不高明

類 病気（生病）；暗い（黯淡） 對 強い（強壯）；丈夫（牢固）

例 その子どもは、体が弱そうです。

／那個小孩看起來身體很虛弱。

## 0798 ☐☐☐ 36

### ラップ
### 【rap】

名 饒舌樂，饒舌歌

類 歌（歌曲）

例 ラップで英語の発音を学ぼう。／利用饒舌歌來學習英語發音！

---

## 0799 ☐☐☐

### ラップ
### 【wrap】

名・他サ 保鮮膜；包裝，包裹

類 包む（包裹）

例 野菜をラップする。／用保鮮膜將蔬菜包起來。

---

## 0800 ☐☐☐

### ラブラブ
### 【lovelove】

形動 （情侶，愛人等）甜蜜，如膠似漆

類 恋愛（愛情）

例 付き合いはじめたばかりですから、ラブラブです。
／因為才剛開始交往，兩個人如膠似漆。

> **文法**
> たばかりだ[剛…]
> ▶ 從心理上感覺到事情發生後不久的語感。

## 0801 ☐☐☐

### りゆう
### 【理由】

名 理由，原因

類 訳（原因）；意味（意思）

例 彼女は、理由を言いたがらない。
／她不想說理由。

> **文法**
> たがらない[不想…]
> ▶ 顯露在外的否定意願，也就是從外觀就可看對出對方的不願意。

---

## 0802 ☐☐☐

### りよう
### 【利用】

名・他サ 利用

類 使う（使用）

例 図書館を利用したがらないのは、なぜですか。
／你為什麼不想使用圖書館呢？

> **文法**
> のは
> ▶ 前接短句，表示強調。另能使其名詞化，成為句子的主語或目的語。

**0803** ☐☐☐
**りょうほう**
【両方】
名 兩方，兩種

類 二つ（兩個，兩方）

例 やっぱり両方買うことにしました。
／我還是決定兩種都買。

文法
ことにする［決定…］
▶ 表示說話人以自己的意志，主觀地對將來的行為做出某種決定、決心。如果用「ことにしている」就表示因某決定，而養成了習慣或形成了規矩。

**0804** ☐☐☐
**りょかん**
【旅館】
名 旅館

類 ホテル（hotel・飯店）

例 和式の旅館に泊まることがありますか。
／你曾經住過日式旅館嗎？

**る**

**0805** ☐☐☐
**るす**
【留守】
名 不在家；看家

對 出かける（出門）

例 遊びに行ったのに、留守だった。
／我去找他玩，他卻不在家。

**れ**

**0806** ☐☐☐
**れいぼう**
【冷房】
名・他サ 冷氣

類 クーラー（cooler・冷氣）　對 暖房（暖氣）

例 なぜ冷房が動かないのか調べたら、電気が入っていなかった。
／檢查冷氣為什麼無法運轉，結果發現沒接上電。

文法
たら…た
［原來…；發現…］
▶ 表示說話者完成前項動作後，有了新發現，或是發生了後項的事情。

**0807** ☐☐☐
**れきし**
【歴史】
名 歷史

類 地理（地理）

例 日本の歴史についてお話しいたします。／我要講的是日本歷史。

**0808**
☐☐☐

レジ
【register 之略】

（名）収銀台

類 お会計（算帳）

例 レジで勘定する。
／到收銀台結帳。

---

**0809**
☐☐☐

レポート
【report】

（名・他サ）報告

類 報告（報告）

例 レポートにまとめる。
／整理成報告。

---

**0810**
☐☐☐

れんらく
【連絡】

（名・自他サ）聯繫，聯絡；通知

類 知らせる（通知）；手紙（書信）

例 連絡せずに、仕事を休みました。
／沒有聯絡就缺勤了。

文法

せず(に)[ 不…地，沒
…地 ]

▶ 表示以否定的狀態或
方式來做後項的動作，
或產生後項的結果。語
氣較生硬。

**0811**
□□□
**37**

ワープロ
【word processor之略】

名 文字處理機

類 パソコン（personal computer・個人電腦）

例 このワープロは簡単に使えて、とてもいいです。

／這台文書處理機操作簡單，非常棒。

**0812**
□□□

わかす
【沸かす】

他五 煮沸；使沸騰

類 沸く（煮沸）

例 ここでお湯が沸かせます。

／這裡可以將水煮開。

**0813**
□□□

わかれる
【別れる】

自下一 分別，分開

類 送る（送走）　對 迎える（迎接）

例 若い二人は、両親に別れさせられた。

／兩位年輕人，被父母給強行拆散了。

**0814**
□□□

わく
【沸く】

自五 煮沸，煮開；興奮

類 沸かす（燒熱）

例 お湯が沸いたら、ガスをとめてください。

／熱水開了，就請把瓦斯關掉。

**0815**
□□□

わけ
【訳】

名 原因，理由；意思

類 理由（原因）

例 私がそうしたのには、訳があります。

／我那樣做，是有原因的。

**0816**
□□□

わすれもの
【忘れ物】

名 遺忘物品，遺失物

類 落とし物（遺失物）

例 あまり忘れ物をしないほうがいいね。

／最好別太常忘東西。

**0817**
□□□

**わらう**
【笑う】

自五 笑；譏笑

對 泣く（哭泣）

例 失敗して、みんなに笑われました。

／因失敗而被大家譏笑。

**0818**
□□□

**わりあい**
【割合】

名 比，比例

類 割合に（比較地）

例 人件費は、経費の中でもっとも大きな割合を占めている。

／人事費在經費中所佔的比率最高。

**0819**
□□□

**わりあいに**
【割合に】

副 比較地

類 結構（相當）

例 東京の冬は、割合に寒いだろうと思う。

／我想東京的冬天，應該比較冷吧！

**0820**
□□□

**われる**
【割れる】

自下一 破掉，破裂；分裂；暴露；整除

類 破れる（打破）；割る（打破）

例 鈴木さんにいただいたカップが、割れてしまいました。

／鈴木送我的杯子，破掉了。

# MEMO

# N4
TEST

# JLPT

＊以「國際交流基金日本國際教育支援協會」的「新しい『日本語能力試驗』ガイド
ブック」為基準的三回「文字・語彙　模擬考題」。

## 問題1　漢字讀音問題　應試訣竅

　　這一題要考的是漢字讀音問題。出題形式改變了一些，但考點是一樣的。預估出9題。

　　漢字讀音分音讀跟訓讀，預估音讀跟訓讀將各佔一半的分數。音讀中要注意的有濁音、長短音、促音、撥音…等問題。而日語固有讀法的訓讀中，也要注意特殊的讀音單字。當然，發音上有特殊變化的單字，出現比率也不低。我們歸納分析一下：

1. 音讀：接近國語發音的音讀方法。如：「花」唸成「か」、「犬」唸成「けん」。
2. 訓讀：日本原來就有的發音。如：「花」唸成「はな」、「犬」唸成「いぬ」。
3. 熟語：由兩個以上的漢字組成的單字。如：練習、切手、每朝、見本、為替等。
　　　　其中還包括日本特殊的固定讀法，就是所謂的「熟字訓読み」。如：「小豆」（あずき）、「土産」（みやげ）、「海苔」（のり）等。
4. 發音上的變化：字跟字結合時，產生發音上變化的單字。如：春雨（はるさめ）、反応（はんのう）、酒屋（さかや）等。

もんだい1　＿＿＿＿のことばはどうよみますか。１・２・３・４からいちばんいいものを一つえらんでください。

1　かれにもらった指輪をなくしてしまったようです。
　1　よびわ　　　　2　ゆびは　　　　3　ゆびわ　　　　4　ゆひは

2　この文法がまちがっている理由をおしえてください。
　1　りよう　　　　2　りゆ　　　　3　りいよう　　　　4　りゆう

3　運転手さんに文化かいかんへの行き方を聞きました。
1　うんでんしょ　　　　　　　　　　2　うんでんしょ
3　うんてんしゅう　　　　　　　　　4　うんてんしゅ

4　校長せんせいのおはなしがおわったら、すいえいの競争がはじまります。
1　きょそう　　　　　2　きょうそ　　　　3　きょうそう　　　4　きょうそお

5　ことし100さいになる男性もパーティーに招待されました。
1　しょうたい　　　　2　しょうだい　　　3　しょおたい　　　4　しょうた

6　小説をよみはじめるまえに食料品をかいにスーパーへいきます。
1しょうせつ　　　　　2　しょおせつ　　　3　しゃせつ　　　　4　しょうせっつ

7　果物のおさけをつくるときは、3かげつぐらいつけたほうがいい。
1　くたもの　　　　　2　くだもん　　　　3　くだもの　　　　4　くだも

8　再来月、祖母といっしょに展覧会にいくつもりです。
1　さいらいげつ　　　2　らいげつ　　　　3　さらいげつ　　　4　さらいつき

9　美術館にゴッホの作品が展示されています。
1　みじゅつかん　　　　　　　　　　2　びじゅつかん
3　めいじゅつかん　　　　　　　　　4　げいじゅつかん

## 問題2　漢字書寫問題　應試訣竅

這一題要考的是漢字書寫問題，出題形式改變了一些，但考點是一樣的。問題預估為6題。

這道題要考的是音讀漢字跟訓讀漢字，預估將各佔一半的分數。音讀漢字考點在識別詞的同音異字上，訓讀漢字考點在掌握詞的意義，及該詞的表記漢字上。

解答方式，首先要仔細閱讀全句，從句意上判斷出是哪個詞，浮想出這個詞的表記漢字，確定該詞的漢字寫法。也就是根據句意確定詞，根據詞意來確定字。如果只看畫線部分，很容易張冠李戴，要小心。

もんだい2　＿＿＿＿のことばはどうかきますか。1・2・3・4からいちばんいいものを一つえらんでください。

10 ねつが36どまでさがったから、もう心配しなくていいです。
1 塾　　　　　2 熱　　　　　3 熟　　　　　4 勢

11 へやのすみは道具をつかってきれいにそうじしなさい。
1 遇　　　　　2 隅　　　　　3 禺　　　　　4 偶

12 にほんせいの機械はとても高いそうですよ。
1 姓　　　　　2 性　　　　　3 製　　　　　4 制

13 ごぞんじのとおり、このパソコンはこしょうしています。
1 古障　　　　2 故障　　　　3 故章　　　　4 故症

**14** 事務所のまえに<u>ちゅうしゃじょう</u>がありますので、くるまできてもいいですよ。

1 注車場 　　　　2 往車場 　　　　3 駐車場 　　　　4 駐車所

**15** <u>くつ</u>のなかに砂がはいって、あるくといたいです。

1 靴 　　　　2 鞍 　　　　3 鞄 　　　　4 鞘

## 問題3　選擇符合文脈的詞彙問題　應試訣竅

　　這一題要考的是選擇符合文脈的詞彙問題。這是延續舊制的出題方式，問題預估為10題。

　　這道題主要測試考生是否能正確把握詞義，如類義詞的區別運用能力，及能否掌握日語的獨特用法或固定搭配等等。預測名詞、動詞、形容詞、副詞的出題數都有一定的配分。另外，外來語也估計會出一題，要多注意。

　　由於我們的國字跟日本的漢字之間，同形同義字佔有相當的比率，這是我們得天獨厚的地方。但相對的也存在不少的同形不同義的字，這時候就要注意，不要太拘泥於國字的含義，而混淆詞義。應該多從像「暗号で送る」（用暗號發送）、「絶対安静」（得多靜養）、「口が堅い」（口風很緊）等日語固定的搭配，或獨特的用法來做練習才是。以達到加深對詞義的理解、觸類旁通、豐富詞彙量的目的。

**もんだい3　（　　　）になにをいれますか。1・2・3・4からいちばんいいものを一つえらんでください。**

16　さむいのがすきですから、＿＿＿＿＿はあまりつけません。
　1　だんぼう　　　　2　ふとん　　　　3　コート　　　　4　れいぼう

17　きのう、おそくねたので、きょうは＿＿＿＿＿。
　1　うんてんしました　　　　　　2　うんどうしました
　3　ねぼうしました　　　　　　　4　すべりました

18　6じを＿＿＿＿＿、しょくじにしましょうか。
　1　きたら　　　　　2　くると　　　　3　まえ　　　　4　すぎたら

**19** けんきゅうしつのせんせいは、せいとにとても＿＿＿＿＿です。
1 くらい　　　　2 うれしい　　3 きびしい　　4 ひどい

**20** かいしゃにいく＿＿＿＿＿、ほんやによりました。
1 うちに　　　　2 あいだ　　　3 ながら　　　4 とちゅうで

**21** おとうとをいじめたので、ははに＿＿＿＿＿。
1 しっかりしました　　　　　　2 しっぱいしました
3 よばれました　　　　　　　　4 しかられました

**22** もう＿＿＿＿＿だとおもいますが、アメリカにりゅうがくすることになりました。
1 ごちそう　　　　2 ごくろう　　3 ごぞんじ　　4 ごらん

**23** かぜをひいたので、あさから＿＿＿＿＿がいたいです。
1 こえ　　　　　2 のど　　　　3 ひげ　　　　4 かみ

**24** こうこうせいになったので、＿＿＿＿＿をはじめることにしました。
1 カーテン　　　　2 オートバイ　　3 アルバイト　　4 テキスト

**25** なつやすみになったら、＿＿＿＿＿おばあちゃんにあいにいこうとおもいます。
1 ひさしぶりに　　2 だいたい　　3 たぶん　　　4 やっと

## 問題4 替換同義詞 應試訣竅

　　這一題要考的是替換同義詞，或同一句話不同表現的問題，這是延續舊制的出題方式，問題預估為5題。

　　這道題的題目預測會給一個句子，句中會有某個關鍵詞彙，請考生從四個選項句中，選出意思跟題目句中該詞彙相近的詞來。看到這種題型，要能馬上反應出，句中關鍵字的類義跟對義詞。如：太る（肥胖）的類義詞有肥える、肥る…等；太る的對義詞有やせる…等。

　　這對這道題，準備的方式是，將詞義相近的字一起記起來。這樣，透過聯想記憶來豐富詞彙量，並提高答題速度。

　　另外，針對同一句話不同表現的「換句話説」問題，可以分成幾種不同的類型，進行記憶。例如：

比較句

○中小企業は大手企業より資金力が乏しい。

○大手企業は中小企業より資金力が豊かだ。

分裂句

○今週買ったのは、テレビでした。

○今週は、テレビを買いました。

○部屋の隅に、ごみが残っています。

○ごみは、部屋の隅にまだあります。

敬語句

○お支払いはいかがなさいますか。

○お支払いはどうなさいますか。

同概念句

○夏休みに桜が開花する。

○夏休みに桜が咲く。

…等。

也就是把「換句話説」的句子分門別類，透過替換句的整理，來提高答題正確率。

もんだい4 　　　　　のぶんとだいたいおなじいみのぶんがあります。 1
・2・3・4からいちばんいいものを一つえらんでください。

26 ちょうどでんわをかけようとおもっていたところです。

1 でんわをかけたはずです。

2 ちょうどでんわをかけていたところです。

3 これからでんわをかけるところでした。

4 ちょうどでんわをかけたところです。

27 きのうはなにがつれましたか。

1 きのうはどんなにくがとれましたか。

2 きのうはどんなにやさいがとれましたか。

3 きのうはどんなさかながとれましたか。

4 きのうはどんなくだものがとれましたか。

28 いそいでいたので、くつしたをはかないままいえをでました。

1 いそいでいたので、くつしたをはいてからいえをでました。

2 いそいでいたのに、くつしたをはかずにいえをでました。

3 いそいでいたのに、くつしたをはいたままいえをでました。

4 いそいでいたので、くつしたをぬいでいえをでました。

29 いとうせんせいのせつめいは、ひじょうにていねいではっきりしています。

1 いとうせんせいのせつめいはかんたんです。

2 いとうせんせいのせつめいはわかりやすいです。

3 いとうせんせいのせつめいはふくざつです。

4 いとうせんせいのせつめいはひどいです。

**30** きょうはぐあいがわるかったので、えいがにいきませんでした。

1 きょうはべんりがわるかったので、えいがにいきませんでした。

2 きょうはつごうがわるかったので、えいがにいきませんでした。

3 きょうはようじがあったので、えいがにいきませんでした。

4 きょうはたいちょうがわるかったので、えいがにいきませんでした。

## 問題5　判斷語彙正確的用法　應試訣竅

這一題要考的是判斷語彙正確用法的問題，這是延續舊制的出題方式，問題預估為5題。

詞彙在句子中怎樣使用才是正確的，是這道題主要的考點。預測名詞、動詞、形容詞、副詞的出題數都有一定的配分。名詞以2個漢字組成的詞彙為主、動詞有漢字跟純粹假名的、副詞就以往經驗來看，也有一定的比重。

針對這一題型，該怎麼準備呢？方法是，平常背詞彙的時候，多看例句，多唸幾遍例句，最好是把單字跟例句一起背。這樣，透過仔細觀察單字在句中的用法與搭配的形容詞、動詞、副詞…等，可以有效增加自己的「日語語感」。而該詞彙是否適合在該句子出現，很容易就感覺出來了。

## もんだい5　つぎのことばのつかいかたでいちばんいいものを1・2・3・4から一つえらんでください。

31　ほめる

1　こどもがしゅくだいをわすれたので、ほめました。

2　あのくろいいぬは、ほかのいぬにほめられているようです。

3　わたしのしっぱいですから、そんなにほめないでください。

4　子どもがおてつだいをがんばったので、ほめてあげました。

32　もうすぐ

1　しあいはもうすぐはじまりましたよ。

2　もうすぐおはなみのきせつですね。

3　なつやすみになったので、もうすぐたのしみです。

4　わたしのばんがおわったのでもうすぐほっとしました。

**33** ひきだし

1 ひきだしにコートをおいてもいいですよ。

2 ひきだしのうえにテレビとにんぎょうをかざっています。

3 ひきだしからつめたいのみものを出してくれますか。

4 ひきだしにはノートやペンがはいっています。


**34** あく

1 ひどいかぜをひいて、すこしあいてしまいました。

2 水曜日のごごなら、時間があいていますよ。

3 テストのてんすうがあまりにあいたので、お母さんにおこられました。

4 朝からなにもたべていませんので、おなかがとてもあいています。


**35** まじめに

1 あつい日がつづきますから、おからだどうぞまじめにしてください。

2 それはもうつかいませんから、まじめにかたづければいいですよ。

3 かのじょはしごともべんきょうもまじめにがんばります。

4 あのひとはよくうそをつくので、みんなまじめにはなしをききます。

もんだい１　＿＿＿＿のことばはどうよみますか。１・２・３・４からいちばんいいものを一つえらんでください。

**1** かいしゃのまわりはちかてつもあり、交通がとてもべんりです。
　　1　こおつ　　　　　2　こうつう　　　3　こほつう　　　4　こうつ

**2** 警官に事故のことをいろいろはなしました。
　　1　けいかん　　　　2　けいがん　　　3　けえかん　　　4　けへかん

**3** 経済のことなら伊藤さんにうかがってください。かれの専門ですから。
　　1　けえざい　　　　2　けいざい　　　3　けへざい　　　4　けいさい

**4** 社長からの贈り物は今夜届くことになっています。
　　1　しゃちょお　　　2　しゃっちょ　　3　しゃちょう　　4　しゃちょ

**5** ごはんをたべるまえに歯を磨くのが私の習慣です。
　　1　しゅがん　　　　2　しゅうかん　　3　しゅかん　　　4　しょうかん

**6** あには政治や法律をべんきょうしています。
　　1　ほふりつ　　　　2　ほうりつ　　　3　ほりつ　　　　4　ほおりつ

**7** 港に着いた時は、もう船がしゅっぱつした後でした。
　　1　ふに　　　　　　2　ふな　　　　　3　うね　　　　　4　ふね

あ
か
さ
た
な
は
ま
や
ら
わ

練習

**8** 煙草をたくさん吸うと体に良くないですよ。

1 たはこ 　　　　 2 たばこ 　　　　 3 たはご 　　　　 4 だはこ


**9** 何が原因で火事が起こったのですか。

1 げんいん 　　　　 2 げえいん 　　　　 3 げいいん 　　　　 4 げいん

もんだい2 ＿＿＿のことばはどうかきますか。1・2・3・4からいちば んいいものを一つえらんでください。

あ

か

さ

た

な

は

ま

や

ら

わ

練習

10 工場に泥棒がはいって、しゃちょうの<u>さいふ</u>がとられました。
1 財希 　　　　2 賺布 　　　　3 財布 　　　　4 財巾

11 <u>そぼ</u>が生まれた時代には、エスカレーターはありませんでした。
1 阻母 　　　　2 租母 　　　　3 姐母 　　　　4 祖母

12 注射をしたら、もう<u>たいいん</u>してもいいそうです。
1 退院 　　　　2 出院 　　　　3 入院 　　　　4 撤院

13 すずき先生の<u>こうぎ</u>がきけなかったので、とても残念です。
1 校義 　　　　2 講儀 　　　　3 講義 　　　　4 講議

14 きょうからタイプを特別に<u>れんしゅう</u>することにしました。
1 聯習 　　　　2 練習 　　　　3 煉習 　　　　4 連習

15 なつやすみの計画については、あとでお父さんに<u>そうだん</u>します。
1 相談 　　　　2 想談 　　　　3 想淡 　　　　4 相淡

もんだい3 （　　　）になにをいれますか。1・2・3・4からいちばん
いいものを一つえらんでください。

**16** くちにたくさんごはんがはいっているときに、はなしたら＿＿＿＿ですよ。
1 そう　　　　　　2 きっと　　　　　3 うん　　　　　4 だめ

**17** ずっとまえから、つくえのひきだしが＿＿＿＿＿＿。
1 われています　　　　　　　　　2 こわれています
3 こわしています　　　　　　　　4 とまっています

**18** すずきさんは、＿＿＿＿＿＿言わないので、何をかんがえているのかよくわかり
ません。
1 もっと　　　　　　2 はっきり　　　　　3 さっぱり　　　　4 やっぱり

**19** いらないなら、＿＿＿＿＿＿ほうがへやがかたづきますよ。
1 もらった　　　　　2 くれた　　　　　3 すてた　　　　　4 ひろった

**20** かぜをひかないように、寝るときはクーラーを＿＿＿＿＿＿。
1 あけません　　　　2 けしません　　　3 やめません　　　4 つけません

**21** ちょっと＿＿＿＿＿＿がありますので、ごごはおやすみをいただきます。
1 もの　　　　　　　2 おかげ　　　　　3 ふべん　　　　　4 ようじ

**22** あたたかくなってきたので、木にもあたらしい＿＿＿＿＿＿がたくさんはえてき
ました。
1 は　　　　　　　　2 つち　　　　　　3 くさ　　　　　　4 くも

**23** えんそくのおべんとうは＿＿＿＿＿がいいです。

1 ラジオ 　　　　　　　　　　　2 サンドイッチ

3 オートバイ 　　　　　　　　　4 テキスト

**24** ＿＿＿＿＿かいぎしつにはいっていったのは、いとうさんですか。

1 このごろ 　　　2 あとは 　　　3 さっき 　　　4 これから

**25** そんなにおこって＿＿＿＿＿いないで、たのしいことをかんがえましょうよ。

1 まま 　　　　　2 だけ 　　　3 おかげ 　　　4 ばかり

もんだい4 ＿＿＿＿＿のぶんとだいたいおなじいみのぶんがあります。1・2・3・4からいちばんいいものを一つえらんでください。

26 こうこうせいのあには、アルバイトをしています。
1 あには何もしごとをしていません。
2 あにはかいしゃいんです。
3 あにはときどきしごとに行きます。
4 あには、まいにち朝から夜まではたらいています。

27 わたしがるすの時に、だれか来たようです。
1 わたしが家にいない間に、だれか来たようです。
2 わたしが家にいる時、だれか来たようです。
3 わたしが家にいた時、だれか来たようです。
4 わたしが家にいる間に、だれか来たようです。

28 ほうりつとぶんがく、りょうほう勉強することにしました。
1 ほうりつとぶんがく、どちらも勉強しないことにしました。
2 ほうりつかぶんがくを勉強することにしました。
3 ほうりつとぶんがくのどちらかを勉強することにしました。
4 ほうりつとぶんがく、どちらも勉強することにしました。

29 だいがくの友達からプレゼントがとどきました。
1 だいがくの友達はプレゼントをうけとりました。
2 だいがくの友達がプレゼントをおくってくれました。
3 だいがくの友達へプレゼントをおくりました。
4 だいがくの友達にプレゼントをあげました。

30 しらせをうけて、母はとてもよろこんでいます。

1 しらせをうけて、母はとてもさわいでいます。

2 しらせをうけて、母はとてもおどろいています。

3 しらせをうけて、母はとてもびっくりしています。

4 しらせをうけて、母はとてもうれしがっています。

## もんだい５　つぎのことばのつかいかたでいちばんいいものを１・２・３・４から一つえらんでください。

31 ふくしゅうする
1　２ねんせいがおわるまえに、３ねんせいでならうことを<u>ふくしゅうします</u>。
2　今日ならったことは、家にかえって、すぐ<u>ふくしゅうします</u>。
3　らいしゅうべんきょうすることを<u>ふくしゅうしておきます</u>。
4　あした、がっこうであたらしいぶんぽうを<u>ふくしゅうします</u>。

32 なかなか
1　10ねんかかったじっけんが、ことし<u>なかなか</u>せいこうしました。
2　そらもくらくなってきたので、<u>なかなか</u>かえりましょうよ。
3　いとうさんなら、もう<u>なかなか</u>かえりましたよ。
4　いそがしくて、<u>なかなか</u>おはなしするきかいがありません。

33 かみ
1　なつになったので、<u>かみ</u>をきろうとおもいます。
2　ごはんをたべたあとは、<u>かみ</u>をきれいにみがきます。
3　ちいさいごみが<u>かみ</u>にはいって、かゆいです。
4　がっこうへ行くときにけがをしました。<u>かみ</u>がいたいです。

34 おく
1　かぜをひいて、ねつが40<u>おく</u>ちかくまででました。
2　えきのとなりのデパートをたてるのに３<u>おく</u>かかったそうですよ。
3　わたしのきゅうりょうは、1カ月だいたい30<u>おく</u>あります。
4　さかなやでおいしそうなイカを３<u>おく</u>かいました。

35 ひろう

1 もえないごみは、かようびのあさに<u>ひろいます</u>。

2 すずきさんがかわいいギターをわたしに<u>ひろってくれました</u>。

3 がっこうへいくとちゅうで、500えん<u>ひろいました</u>。

4 いらなくなったほんは、ともだちに<u>ひろう</u>ことになっています。

もんだい1 ＿＿＿＿のことばはどうよみますか。1・2・3・4からいちばんいいものを一つえらんでください。

**1** わからなかったところをいまから<u>復習</u>します。
1　ふくしょう　　　2　ふくしゅう　　　3　ふくしゅ　　　4　ふくしょお

**2** おおきな音に<u>驚いて</u>、いぬがはしっていきました。
1　おとろいて　　　2　おどろいて　　　3　おどるいて　　　4　おどらいて

**3** ベルがなって電車が<u>動き</u>だしました。
1　うごき　　　　　2　ゆごき　　　　　3　うこき　　　　　4　うこぎ

**4** <u>再来週</u>、柔道の試合がありますから頑張ってれんしゅうします。
1　さいらいしゅ　　　　　　　　　2　さえらいしゅう
3　さらいしゅう　　　　　　　　　4　さらいしょう

**5** <u>祖父</u>は昔、しんぶんしゃではたらいていました。
1　そひ　　　　　2　そふ　　　　　3　そぼ　　　　　4　そふぼ

**6** 世界のいろんなところで<u>戦争</u>があります。
1　せんそ　　　　2　せんぞう　　　3　せんそお　　　4　せんそう

**7** 母はとなりのお寺の木をたいせつに<u>育てて</u>います。
1　そたてて　　　2　そだてて　　　3　そうだてて　　　4　そったてて

8 かいしゃの事務所に泥棒が入ったそうです。
　1　どろほう　　　　　2　どろぼ　　　　3　どろぽう　　　4　どろぼう

9 いとうさんは非常に熱心に発音のれんしゅうをしています。
　1　ひっじょう　　　　2　ひじょ　　　　3　ひじょう　　　4　ひしょう

もんだい2 _____のことばはどうかきますか。1・2・3・4からいちばんいいものを一つえらんでください。

**10** かれは<u>しんせつ</u>だし、優しいし、クラスのにんきものです。
　　1　新切　　　　　2　真切　　　　　3　親窃　　　　　4　親切

**11** 台風のせいで、水道も<u>でんき</u>もとまってしまいました。
　　1　電機　　　　　2　電気　　　　　3　電池　　　　　4　電器

**12** <u>しょうらい</u>、法律にかんする仕事をしたいとおもっています。
　　1　将來　　　　　2　将来　　　　　3　未来　　　　　4　蒋来

**13** この問題ちょっと<u>ふくざつ</u>ですから、みなでかんがえましょう。
　　1　複雑　　　　　2　复雑　　　　　3　複雑　　　　　4　復雑

**14** おおきな地震が起きて、たくさんの家が<u>こわれました</u>。
　　1　割れました　　2　壊れました　　3　崩れました　　4　破れました

**15** 海岸のちかくは<u>きけん</u>ですから、一人でいってはいけませんよ。
　　1　危剣　　　　　2　危険　　　　　3　危倹　　　　　4　棄験

もんだい3 （　　　　）になにをいれますか。1・2・3・4からいちばん
いいものを一つえらんでください。

あ
か
さ

16 ふるいじしょですが、つかいやすいし、とても＿＿＿＿＿＿。
　1　だします　　　　　　　　　　　　2　やくにたちます
　3　みつかります　　　　　　　　　　4　ひらきます

17 はるになると、あのこうえんにはきれいなはながたくさん＿＿＿＿＿＿。
　1　のびます　　　　2　でます　　　　3　さきます　　　4　あきます

た

18 このいしは、せかいにひとつしかないとても＿＿＿＿＿＿ものです。
　1　ほそい　　　　　2　めずらしい　　3　うれしい　　　4　ほしい

な

19 15＿＿＿＿＿＿3は5です。
　1　たす　　　　　　2　ひく　　　　　3　かける　　　　4　わる

は

20 こたえがわかるひとは、てを＿＿＿＿＿＿くださいね。
　1　あけて　　　　　2　たって　　　　3　たてて　　　　4　あげて

ま

21 あそこでたのしそうに＿＿＿＿＿＿のが、わたしのおにいちゃんです。
　1　はしっている　　2　おこっている　3　しっている　　4　わかっている

や
ら

22 おいしゃさんに、らいしゅうには＿＿＿＿＿＿できるといわれました。
　1　たいいん　　　　2　そつぎょう　　3　ていいん　　　4　にゅうがく

わ
練習

**23** いもうとのけっこんしきには、＿＿＿＿＿をきていくつもりです。

　1　もめん　　　　　2　くつした　　　3　きもの　　　　4　ぼうし


**24** ＿＿＿＿＿のじゅぎょうでは、よくじっけんをします。

　1　ぶんがく　　　　2　ほうりつ　　　3　けいざい　　　4　かがく


**25** ぼくの＿＿＿＿＿は、しゃちょうになることです。

　1　ほし　　　　　　2　ゆめ　　　　　3　そら　　　　　4　つき

もんだい4　_____のぶんとだいたいおなじいみのぶんがあります。1・2・3・4からいちばんいいものを一つえらんでください。

26 <u>いもうとは、むかしから体がよわいです。</u>
1 いもうとはむかしから、とても元気です。
2 いもうとはむかしから、ほとんどかぜをひきません。
3 いもうとはむかしから、よくびょうきをします。
4 いもうとはむかしから、ほとんどびょういんへ行きません。

27 <u>もうおそいですから、そろそろしつれいします。</u>
1 もうおそいですから、そろそろ寄ります。
2 もうおそいですから、そろそろむかえに行きます。
3 もうおそいですから、そろそろ来ます。
4 もうおそいですから、そろそろ帰ります。

28 <u>ぶたにくいがいは、何でもすきです。</u>
1 どんなにくも、すきです。
2 ぶたにくだけ、すきです。
3 ぶたにくだけはすきではありません。
4 ぶたにくもほかのにくも何でもすきです。

29 <u>木のしたに、ちいさなむしがいました。</u>
1 木のしたで、ちいさなむしをみつけました。
2 木のしたで、ちいさなむしをけんぶつしました。
3 木のしたで、ちいさなむしをひろいました。
4 木のしたに、ちいさなむしをおきました。

**30** だいたいみっかおきに、家に電話をかけます。

1 だいたい毎月みっかごろに、家に電話をかけます。

2 だいたい1週間に2かい、家に電話をかけます。

3 だいたい1日に2、3かい、家に電話をかけます。

4 だいたい3時ごろに、家に電話をかけます。

もんだい５　つぎのことばのつかいかたでいちばんいいものを１・２・３・
　　　　　４から一つえらんでください。

31　へん
　1　テレビのちょうしがちょっとへんです。
　2　くすりをのんでから、ずいぶんへんになりました。よかったです。
　3　このふくはへんで、つかいやすいです。
　4　すずきさんはいつもとてもへんにいいます。

32　たおれる
　1　ラジオが雨にぬれてたおれてしまいました。
　2　コップがテーブルからたおれました。
　3　今日はみちがたおれやすいので、気をつけてね。
　4　だいがくのよこの大きな木が、かぜでたおれました。

33　きっと
　1　太郎くんがきっとてつだってくれたので、もうできました。
　2　４年間がんばって、きっとだいがくにごうかくしました。
　3　私のきもちはきっときめてあります。
　4　きっとだいじょうぶだから、そんなにしんぱいしないで。

**34** ねだん

1 がいこくでは、おみせの人にすこし<u>ねだん</u>をあげるそうです。

2 こまかい<u>ねだん</u>は、こちらのさいふに入れています。

3 がんばってはたらいても、1カ月の<u>ねだん</u>は少ないです。

4 気にいりましたので、<u>ねだん</u>がたかくてもかおうと思います。


**35** しょうたいする

1 らいげつのしけんに<u>しょうたいして</u>ください。

2 じょうしから、あすのかいぎに<u>しょうたいされました</u>。

3 だいがくのともだちをけっこんしきに<u>しょうたいする</u>つもりです。

4 ちょっとこっちにきて、このさくひんを<u>しょうたいなさい</u>ませんか。

# 新制日檢模擬考試解答

第一回

## 問題 1

| 1 | 3 | 2 | 4 | 3 | 4 | 4 | 3 | 5 | 1 |
| 6 | 1 | 7 | 3 | 8 | 3 | 9 | 2 | | |

## 問題 2

| 10 | 2 | 11 | 2 | 12 | 3 | 13 | 2 | 14 | 3 |
| 15 | 1 | | | | | | | | |

## 問題3

| 16 | 1 | 17 | 3 | 18 | 4 | 19 | 3 | 20 | 4 |
| 21 | 4 | 22 | 3 | 23 | 2 | 24 | 3 | 25 | 1 |

## 問題4

| 26 | 3 | 27 | 3 | 28 | 2 | 29 | 2 | 30 | 4 |

## 問題5

| 31 | 4 | 32 | 2 | 33 | 4 | 34 | 2 | 35 | 3 |

第二回

## 問題 1

| 1 | 2 | 2 | 1 | 3 | 2 | 4 | 3 | 5 | 2 |
| 6 | 2 | 7 | 4 | 8 | 2 | 9 | 1 | | |

## 問題2

| 10 | 3 | 11 | 4 | 12 | 1 | 13 | 3 | 14 | 2 |
| 15 | 1 |

## 問題3

| 16 | 4 | 17 | 2 | 18 | 2 | 19 | 3 | 20 | 4 |
| 21 | 4 | 22 | 1 | 23 | 2 | 24 | 3 | 25 | 4 |

## 問題4

| 26 | 3 | 27 | 1 | 28 | 4 | 29 | 2 | 30 | 4 |

## 問題5

| 31 | 2 | 32 | 4 | 33 | 1 | 34 | 2 | 35 | 3 |

## 第三回

## 問題1

| 1 | 2 | 2 | 2 | 3 | 1 | 4 | 3 | 5 | 2 |
| 6 | 4 | 7 | 2 | 8 | 4 | 9 | 3 |

## 問題2

| 10 | 4 | 11 | 2 | 12 | 2 | 13 | 1 | 14 | 2 |
| 15 | 2 |

問題3

| 16 | 2 | 17 | 3 | 18 | 2 | 19 | 4 | 20 | 4 |
| 21 | 1 | 22 | 1 | 23 | 3 | 24 | 4 | 25 | 2 |

問題4

| 26 | 3 | 27 | 4 | 28 | 3 | 29 | 1 | 30 | 2 |

問題5

| 31 | 1 | 32 | 4 | 33 | 4 | 34 | 4 | 35 | 3 |

あ

か

さ

た

な

は

ま

や

ら

わ

練習

# 精修 重音版

# 新制對應 絕對合格！

# 日檢必背單字 [25K＋MP3]

【日檢智庫 22】

■ 發行人／林德勝

■ 著者／吉松由美

■ 出版發行／山田社文化事業有限公司

　臺北市大安區安和路一段112巷17號7樓

　電話　02-2755-7622

　傳真　02-2700-1887

■ 郵政劃撥／19867160號　大原文化事業有限公司

■ 總經銷／聯合發行股份有限公司

　新北市新店區寶橋路235巷6弄6號2樓

　電話　02-2917-8022

　傳真　02-2915-6275

■ 印刷／上鎰數位科技印刷有限公司

■ 法律顧問／林長振法律事務所　林長振律師

■ 書＋MP3／定價　新台幣385元

■ 初版／2019年 04 月

■ 修訂再版／2021年 01 月

© ISBN : 978-986-246-538-7

2019, Shan Tian She Culture Co., Ltd.